Prol

Die Gruppe stand hinter der Kapelle. Ich kam vom See, aber keiner bemerkte mich, bis ich ganz nah war. Im schwachen Licht der Kirchenbeleuchtung waren ihre Gesichter geisterhaft blass über den schwarzen Fracks. Es war diese widerliche Clique mit den Königsnamen, Erik, Gustav, Oscar, Magnus und dann er, Henrik Stiernberg, der selbstverliebte Freund meiner Schwester.

Henrik sah mich als Erster. Offensichtlich hatte ich ihn erschreckt, denn er sah zutiefst verängstigt aus, als er mich fragte, was zum Teufel ich hier wolle. Ich starrte ihn eine Weile schweigend an, dann begann ich zu lachen.

»Was lachst du so blöd?«, fragte er. »Wieso bist du immer so komisch?«

Ich antwortete nicht, weil ich nicht wusste, worüber ich lachte oder warum ich so komisch war.

»Lauf zurück zum Ball, du Irre«, sagte Erik. »Geh rein und tanz einen Walzer oder so was.«

»Mein Tanzpartner ist weg«, erwiderte ich.

In diesem Augenblick schlug meine Stimmung um, und ich war den Tränen nahe. Paul war schon eine Ewigkeit verschwunden, und es war völlig sinnlos ohne ihn auf dem Herbstball. Er hatte mir den ersten und den letzten Tanz versprochen, und bald würde das Orchester in der Turnhalle das letzte Lied spielen. Vielleicht hatte es das schon längst. Ich weiß nicht, warum ich deswegen so traurig war, weil mir eigentlich meine Tanzpartner gar nicht wichtig waren – geschweige denn das Tanzen an sich –, aber in diesem Fall ging es um Paul.

»Schau in seinem Zimmer nach«, sagte Erik. »Er ist wahrscheinlich zu besoffen.«

Ich sagte, dass er dort nicht sei.

»Hier ist er auf jeden Fall nicht«, erklärte Henrik. »Du wirst wohl weitersuchen müssen.«

Ich blieb stehen, denn mir fiel nichts mehr ein, wo ich noch nach Paul suchen könnte. Am See und bei der Trauerweide war ich schon gewesen, und sein Zimmer im Internatswohnheim Talludden war leer. Die Bank bei den Familiengräbern hinter der Kapelle war meine letzte Hoffnung.

»Was ist los?«, fragte Henrik, als ich plötzlich schwankte.

»Mir ist… schwindelig«, sagte ich und streckte meine Hand aus, um mich an einem Grabstein abzustützen. Ich verschätzte mich und stürzte. Als ich auf der Erde lag, sah ich die Rose. Sie hatte dieselbe Farbe wie mein Kleid, und sie hatte in Pauls Frackbrusttasche gesteckt.

»Paul muss hier gewesen sein«, sagte ich und hielt den Jungen die gelbe Rose entgegen.

»Was redest du da?«, fragte Henrik. »Wir haben deinen kleinen Freund nicht gesehen.«

Ungefähr ab diesem Punkt begannen unsere Geschichten sich zu trennen.

Kapitel eins

Charlie versuchte, in dem nach hinten geneigten Stuhl eine bequeme Position zu finden. Links von ihr saß Eva, ihre Psychologin.

Eva hatte gerade mit ihr die Rahmenbedingungen für ihre Sitzungen besprochen. Es war wichtig, sich an die festgelegten Zeiten zu halten, zu sagen, wenn man sich mit etwas nicht wohlfühlte, und zu wissen, dass alles, was in diesem Raum besprochen wurde, natürlich nicht nach außen drang.

Eva sprach freundlich, doch an ihrem Blick merkte man, dass sie auch streng sein konnte, falls nötig. Charlie hatte sie recherchiert, sie war Mitglied im Fachverband der Psychologen und hatte fünfzehn Jahre Berufserfahrung. Das war Charlies erste Bedingung gewesen, als Challe forderte, sie müsse sich therapeutisch behandeln lassen. Sie würde nur zu jemandem mit professioneller Ausbildung gehen, nicht zu irgendeiner selbstgefälligen Person, die gerade mal einen mehrwöchigen Kurs zum Thema »Persönliche Entwicklung« absolviert hatte. Sie wollte auf keinen Fall Zeit bei jemandem verschwenden, der Allgemeinplätze daherplapperte oder zu viel über sich selbst sprach. Am liebsten würde sie sich das Ganze sowieso ersparen, weshalb sie die erste Sitzung so lange rausgeschoben hatte wie möglich. Sie hatte versucht,

Challe zu zeigen, dass es ihr gut ging, dass sie sich hervorragend um sich selbst und ihren Job kümmern konnte, aber nach den Ereignissen des Sommers vertraute ihr Chef ihr nicht mehr uneingeschränkt.

Jetzt saß sie jedenfalls in dem unbequemen Stuhl in Evas Behandlungszimmer. Der Regen rann in dünnen Rinnsalen das Fenster herunter, hinter dem eine große Eiche mit buntem Herbstlaub stand.

»Charline, warum sind Sie hier?«, fragte Eva.

»Sie können mich Charlie nennen.«

»Warum sind Sie hier, Charlie?«

»Wegen meines Chefs. Er hat mir ein Ultimatum gestellt. Er findet, dass ich Hilfe brauche.«

»Aha.« Eva musterte sie prüfend, als ob sie sich eine stille Notiz machte: *eventuelle fehlende Selbsteinsicht.* »Und finden Sie das auch?«

»Dass ich Hilfe brauche?«

»Ja.«

»Ja, schon, aber ich säße vermutlich nicht hier, wenn das nicht die Bedingung dafür wäre, dass ich meinen Job behalten kann.«

»Erzählen Sie bitte in groben Zügen von sich. Ich weiß, was Sie beruflich machen, aber sonst kaum etwas.«

»Was müssen Sie denn noch wissen?«, entgegnete Charlie.

Eva lächelte und sagte, dass ein Mensch schließlich mehr sei als nur seine Arbeit. Vielleicht könne sie einfach ganz allgemein sagen, wer sie sei.

»Natürlich«, antwortete Charlie. »Ich mag …« Sie unterbrach sich. Was mochte sie eigentlich? Lesen, trinken, allein sein. Im Moment fiel ihr nichts ein, was nicht deprimierend klang. »Ich lese gern.«

Sie sah, dass Eva eine ausführlichere Antwort erwartete, und wollte fast schon »Sport« als weiteres Hobby angeben, aber warum sollte sie lügen?

»Waren Sie schon einmal in psychologischer Behandlung?«, fragte Eva nach einer Weile.

»Ja, ein paar Sitzungen als Erwachsene sowie eine längere Therapie als Jugendliche. Meine Mutter starb, als ich vierzehn war.«

»Das ist ein schwieriges Alter, um einen Elternteil zu verlieren.«

Charlie nickte.

»Und Ihr Vater?«

»Unbekannt.«

»Ich verstehe. Wie war das Verhältnis zu Ihrer Mutter?«

»Es war …« Charlie wusste nicht, was sie sagen sollte. Kompliziert? »Meine Mutter war sehr speziell.«

»Inwiefern?«

»Sie war nicht wie andere Mütter. Ich kämpfe sehr dagegen an, nicht wie sie zu werden.«

»Das ist ganz natürlich«, antwortete Eva, »dass man nicht die Fehler der Eltern wiederholen will. Aber solange Sie versuchen, nicht so wie Ihre Mutter zu werden, bleibt sie Ihre Referenz. Erst wenn Sie unabhängiger von ihr agieren können, werden Sie sich freier fühlen.«

»Ja.«

»Wir können später noch darüber reden. Mich würde zuerst der Grund für das Ultimatum Ihres Chefs interessieren. Dass Sie eine Therapie machen sollen.«

Bettys Stimme meldete sich in Charlies Kopf. Die Sätze, die sie immer sagte, wenn sie eine schlechte Phase hatte. *Ich habe das Gefühl, als würden mich die Unterströmun-*

gen nach unten ziehen. Wenn ich zu viel nachdenke, dann sinke ich auf den Grund. Am besten also nicht nachdenken, nichts sagen. Sonst wird alles nur noch schlimmer.

»Der Alkohol war schuld«, antwortete Charlie. »Manchmal trinke ich zu viel. Bisher hatte ich es im Griff und habe nur getrunken, wenn ich freihatte, und auch nicht am Abend vor der Arbeit – oder dann zumindest nur wenig –, aber in letzter Zeit habe ich diese Regel öfter gebrochen und im Büro dann nach Alkohol gerochen. Mein Chef Challe ist eine wahre Spürnase.«

»Vielleicht ist das Ihr Glück gewesen«, sagte Eva. »So konnten Sie sich rechtzeitig Hilfe suchen.«

»Woher wollen Sie wissen, dass es rechtzeitig war?«, konnte sich Charlie nicht verkneifen.

»Sie akzeptieren Ihr Problem und sprechen offen darüber. Das ist eine sehr gute Ausgangslage.«

»Ich weiß es schon lange, konnte aber trotzdem nichts dagegen tun. Ich bin mir also nicht sicher, ob das so viel zu bedeuten hat.«

»Haben Sie nicht gerade gesagt, dass Sie das Problem im Griff haben?«

»Es kam schon vor, dass ich die Kontrolle verloren habe«, gestand Charlie.

»Und jetzt sind Sie hier.«

»Ja, jetzt bin ich hier.«

Nach einigen Minuten oberflächlichen Gesprächs kehrte Stille ein. Charlie betrachtete die gerahmten Bilder hinter Eva an der Wand. Rorschachtests. Sie versuchte, Formen in den Farbklecksen zu erkennen, um etwas über ihren psychischen Zustand zu erfahren, doch Eva wollte mehr über ihre Arbeitsaufgaben wissen.

Charlie erzählte von ihrer Arbeit als Ermittlerin bei der

Nationalen Operativen Abteilung, dass sie und ihre Kollegen bei schweren Verbrechen im ganzen Land hinzugerufen wurden und die örtliche Polizei unterstützten.

»Wie sieht Ihr sonstiges Leben aus?«, fragte Eva.

»Single, keine Kinder.«

»Um noch mal auf Ihren Alkoholkonsum zurückzukommen«, fuhr Eva fort, ohne auf Charlies Familienstand einzugehen. »Wie lange würden Sie das schon als Problem bezeichnen?«

»Ich weiß es nicht genau. Das kommt eher darauf an, wen man fragt.«

»Ich frage Sie.«

»Seit ich angefangen habe, Alkohol zu trinken, habe ich es geliebt, und ich habe schon immer mehr als andere getrunken. Ich habe noch nie verstanden, wie man nach nur einem Glas aufhören kann. Aber ich würde mich nicht als Alkoholikerin bezeichnen, nur weil ich mehr als andere trinke. Es ist eher phasenweise.«

»Und wann begann die Phase, die unserer Sitzung heute vorausging?«

»Ich kann mich nicht genau erinnern, aber vor ein paar Monaten kam ich zurück nach Gullspång, wo ich aufgewachsen bin. Eine Kleinstadt in Västergötland«, fügte sie hinzu, als sie merkte, dass Eva den Ort nicht kannte. »Ich habe dort bis zum Tod meiner Mutter gelebt. Dann bin ich nach Stockholm gezogen.«

»Hatten Sie hier Verwandtschaft?«

»Nein, ich kam zu einer Pflegefamilie.«

»Wie war das für Sie?«

Charlie wusste nicht, was sie darauf sagen sollte. Gab es irgendetwas Berichtenswertes über das Leben in dem kleinen Reihenhaus in Huddinge? Sie sah den Garten vor sich, den geharkten Kiesweg, die Blumenbeete, in denen alles in Reih und Glied wuchs, den kleinen Apfelbaum, der nie Früchte trug. Sie dachte an die erste Begegnung mit den Pflegeeltern Bengt und Lena und ihrer Tochter Lisen, wie die drei sie steif in ihr klinisch sauberes Heim aufgenommen hatten. Von außen betrachtet war die neue Familie genau das, was sich Charlie immer gewünscht hatte, wenn Betty ausgeflippt war: ruhige, ordentliche Menschen mit festen Schlafenszeiten, gemeinsamen Mahlzeiten und einer Mutter, die Turnbeutel packte und Hausmannskost kochte, ohne zusammenzubrechen. Lena lag nie auf dem Sofa und verlangte völlige Dunkelheit und Ruhe. Sie veranstaltete nie ausufernde Feste oder lud Menschen ein, die sie gar nicht kannte. Charlie dachte an ihr kleines Zimmer im Reihenhaus, die frisch gewaschene Bettwäsche, den Duft nach Waschmittel und Rosen. *Fühl dich wie zu Hause,* hatte Lena an diesem ersten Abend gesagt. *Ich hoffe wirklich, dass du dich hier wie daheim fühlst, Charline, und dass du und Lisen wie Schwestern füreinander sein könnt.*

Doch Charlie hatte sich nie daheim gefühlt in dem Haus in Huddinge, und sie und Lisen wurden nie wie Schwestern.

Eva räusperte sich.

»Es hat funktioniert in der Pflegefamilie«, antwortete Charlie schließlich. »Es herrschte Ordnung, und ich konnte mich auf die Schule konzentrieren.«

»Das ist schön«, meinte Eva. »Aber gehen wir noch mal zurück zu dem Zeitpunkt, an dem die letzte Phase begann. Sie sind Anfang des Sommers nach Gullspång gefahren. Warum?«

»Aus beruflichen Gründen. Ein junges Mädchen war

verschwunden, Annabelle Roos. Vielleicht haben Sie von dem Fall in der Zeitung gelesen.«

»Ja, das habe ich.«

»Wir sollten die Arbeit der örtlichen Polizei unterstützen, und die Rückkehr war hart, sehr viel härter, als ich gedacht hatte.«

»Inwiefern?«

»Sehr viele Erinnerungen kamen wieder hoch, und ich …«

Charlie sah vor sich, wie Annabelles magerer Körper aus dem schwarzen Wasser des Flusses gezogen wurde, sah Bettys Freund Mattias zwanzig Jahre vorher in denselben schwarzen Tiefen verschwinden. Sah zwei Mädchen mit einem weinenden kleinen Jungen zwischen sich, lange vor ihrer Geburt.

»Und Sie …?«, fragte Eva und beugte sich vor.

»Nun, ich habe mich persönlich in den Fall verwickeln lassen. Und dann unterlief mir ein Fehler, und ich wurde von dem Fall abgezogen, was mich schwer getroffen hat. Als ich wieder in Stockholm war, dachte ich, dass sich alles wieder einrenken würde, aber da hatte ich mich geirrt. Es wurde sogar noch schlimmer.«

»Was wurde schlimmer?«

»Die Angst, ein Gefühl der Sinnlosigkeit, Schlafprobleme. Ich schlafe schlecht, und wenn, dann habe ich Albträume.«

»Beschreiben Sie sie.«

»Die Träume?«

»Ja.«

»Es hat angefangen, als ich aus Gullspång zurückkam, zwischendurch war es ein wenig besser, aber jetzt arbeite ich an einem Fall, der mich mehr mitnimmt, als ich es will.«

Eva fragte nach dem Fall, und Charlie erzählte von den zwei jungen ermordeten Frauen aus Estland, die man in einem Waldstück am Stadtrand gefunden hatte. Eine hatte eine dreijährige Tochter, ein hohläugiges, halb verhungertes Mädchen, das mindestens zwei Tage allein in einer Wohnung gewesen war. Vor zwei Wochen hatte man sie gefunden, und seitdem hatte sie kein Wort gesprochen.

Eva fand es nicht so verwunderlich, dass Charlie der Fall an die Nieren ging, denn ein verlassenes kleines Kind weckte bei den meisten solche Gefühle. Und das Mädchen hatte es doch geschafft?

»Sie war am Leben«, sagte Charlie. »Aber auch nicht viel mehr. Heute Nacht habe ich geträumt, es wäre mein Kind und ich die Mutter. Ich wollte nach Hause laufen und es retten, aber das konnte ich nicht, weil ich ja tot war. Im nächsten Traum war ich das Kind und … Sie verstehen schon.«

»Nehmen Sie Medikamente?«, fragte Eva, ohne etwas zu den Träumen zu sagen.

»Hundert Milligramm Sertralin.« Charlie verschwieg, dass sie manchmal eine Sobril oder eine Schlaftablette oder beides zusammen nahm.

»Sonst nichts?«

Charlie schüttelte den Kopf.

»Sie wissen vielleicht, dass Albträume eine verbreitete Nebenwirkung von Sertralin sind?«

Charlie nickte. Das wusste sie alles, aber sie nahm das Medikament seit Jahren, weshalb die Träume sicher nicht daher rührten.

Eva verschränkte die Hände über dem Knie.

»Dieser Fehler, von dem Sie gesprochen haben«, fuhr sie fort. »Darüber würde ich gern reden.«

Charlie dachte an den Abend und die Nacht in der Motelbar zurück. Die Lakritzshots in den Gläsern, der Wein, das Bier, Johan. Sie war so dumm gewesen, zurück in Stockholm Nachforschungen über ihn anzustellen. Wenn man nach vorne schauen wollte, musste man Vergangenes abschließen und ruhen lassen, das wusste sie ganz genau, doch stattdessen hatte sie immer weiter geforscht. Erst wollte sie wissen, wo er wohnte, dann, ob er unverheiratet war und ob Bettys Freund wirklich sein Vater gewesen war. Alles schien zu stimmen.

»Charlie?« Eva sah sie an.

»Entschuldigung, was haben Sie gesagt?«

»Ich würde gern mit Ihnen über den Fehler reden, den Sie erwähnt haben.«

»Ach ja, genau. Ich kann mich nicht an alles erinnern, aber ich habe zu viel getrunken und einen Journalisten mit aufs Zimmer genommen. Am nächsten Tag standen vertrauliche Informationen zu dem Fall in der Zeitung. Aber ich habe nichts ausgeplaudert, auch wenn das natürlich alle glaubten. Und ja, ich habe Ärger bekommen.«

Eva wartete schweigend, ob Charlie noch mehr sagen würde. Schließlich antwortete sie: »Hätten Sie die Nacht mit dem Mann verbracht, wenn Sie nüchtern gewesen wären?«

»Um Himmels willen, nein!«

»Warum nicht?«

Charlie wusste nicht genau, was sie sagen sollte, weshalb sie ehrlich erwiderte, dass sie keine Ahnung hatte, wann sie das letzte Mal nüchtern mit einem Mann ins Bett gegangen war. War das schlimm?

»Was denken Sie?«, fragte Eva.

»Ich denke, dass es dumm war, aber sonst? Ich meine,

wenn ich nicht im Dienst bin? Finden Sie solche flüchtigen Kontakte verwerflich?«

»Ist es Ihnen wichtig, was ich davon halte?«

Charlie sagte, dass es das nicht sei, aber das stimmte nicht. Denn wenn sie mit jemandem nicht zurechtkam, dann mit Menschen, die urteilten.

»Es fällt mir nicht leicht, darauf eine Antwort zu geben, aber sich für Sex zu entscheiden, anstatt Rücksicht auf sein eigenes Wohlbefinden zu nehmen«, fuhr Eva fort, »erscheint mir nicht besonders konstruktiv.«

»Aber doch auf jeden Fall besser als Alkohol?«

»Wenn ich es richtig verstanden habe, machen Sie ja beides – Sex haben und trinken.«

Charlie seufzte, sah aus dem Fenster und folgte einer vorbeifliegenden Amsel mit dem Blick.

»Ich sage nicht, dass Sex mit Fremden falsch ist. Ich sage nur, dass Sie darüber nachdenken sollten, warum Sie es tun. Wozu es Ihnen dient.«

»Reicht es nicht, dass es mir damit besser geht? Muss es immer einen tieferen Sinn geben? Warum kann man nicht einfach mal nur tun, womit es einem gut geht?«

»Natürlich kann man das. Aber das, was Ihnen für den Moment hilft, hilft Ihnen vielleicht nicht auf lange Sicht.«

Charlie nickte. Das war ernüchternd, aber wahr.

»Ich meine, einem drogenabhängigen Menschen geht es auch gut mit seinen Drogen«, führte Eva weiter aus, »aber das heißt nicht, dass …«

»Ja, ja, ich verstehe schon.«

Charlie begann zu bereuen, dass sie sich für eine professionelle Psychologin entschieden hatte. Es wäre einfacher gewesen, sich mit einem fröhlichen Lebenscoach zu treffen, der ihr neue Yogastellungen und Meditation empfahl. Wenn sie sich auf die professionelle Hilfe einließ, würde sie sehr tief in sich hineingehen müssen, und sie wusste nicht, ob sie das schaffte. Sie war so müde.

»Sprechen wir noch mal über Ihre Mutter«, sagte Eva. »Wie war sie?«

»Sie war … anders.«

Charlie sah auf die Uhr. Nicht weil sie wissen wollte, wie lange die Sitzung noch dauerte, sondern weil sie Betty nicht beschreiben konnte, selbst wenn sie ein Leben lang dafür Zeit hätte. Betty war voller Gegensätze und Kontraste gewesen, hatte Dunkelheit und Licht in sich vereint, Kraft und Kraftlosigkeit. Als Charlie Psychologie studierte, hatte sie versucht, eine Diagnose für ihre Mutter zu finden, doch nichts hatte richtig gepasst. Alle Kategorisierungen schienen zu eng gefasst zu sein für Betty Lager.

Kapitel zwei

In einer halben Stunde begann die Morgenbesprechung. Charlie hatte noch genug Zeit, als sie Evas Praxis verließ.

Es hatte aufgehört zu regnen, die Luft war frisch. Der Herbst war Charlies liebste Jahreszeit. *Die Zeit der Fäulnis,* hatte Betty immer gesagt. Betty, die schon vor Mittsommer Panik bekam, wenn die Kirschblüten abfielen. Für Charlie war der Herbst eine Wiedergeburt, ein Versprechen der Ordnung, Routine, Aufgeräumtheit. Sie liebte den Duft von Hagebutten und neuen Büchern, alles erinnerte sie an den Schulanfang nach den unsäglich langen und chaotischen Sommerferien. In diesem Herbst war es anders. Während sie vorgab, ihre Umgebung wahrzunehmen, zu arbeiten, sich an Gesprächen zu beteiligen, zu leben, wirkte alles auf widersprüchliche Weise überwältigend und Angst einflößend. Letztens war sie kurz davor gewesen, eine Decke vor das Fenster im Schlafzimmer zu hängen, um das Licht auszuschließen, das zwischen den Jalousienlamellen hereinfiel. Allein schon die Tatsache, auf so eine Idee zu kommen, erschreckte sie. Sie wollte nicht wie Betty werden. Niemals.

Charlie holte ihr Handy aus der Tasche, um zu sehen, ob Susanne zurückgerufen hatte, doch das hatte sie nicht. Als der Fall in Gullspång abgeschlossen war, hatten sie und Susanne einander versprochen, in Kontakt zu bleiben und sich bald wieder zu treffen. In den ersten Wochen hatte ihre alte Freundin fast jeden Abend angerufen, wenn sie mit dem Hund Gassi ging. Sie hatten über Susannes Ehe gesprochen, um die es schlechter stand als je zuvor, und alles, was sich in ihren Leben anders entwickelt hatte, als sie es sich vorgestellt hatten. Doch vor einer Weile hatte Susanne keine Anrufe mehr angenommen und nur noch kurze Nachrichten geschickt, dass es ihr gut gehe, wenn Charlie fragte, ob etwas passiert sei. Es sei nur alles gerade etwas viel.

Charlie wählte Susannes Nummer und ließ es läuten, bis sich die Mailbox einschaltete. Vielleicht musste sie einfach respektieren, dass Susanne ihre Ruhe haben wollte.

Die Rezeptionistin Kristina war gerade aus dem Urlaub zurück, aber obgleich sie vor der Abreise über nichts anderes gesprochen hatte, hatte Charlie schon wieder vergessen, wo sie gewesen war. Jetzt stand sie an der Kaffeemaschine in der Küche beim Besprechungsraum und erzählte, wie toll es gewesen sei, die warme Luft, das warme Meer, der warme Pool, und was sie alles gesehen hatte. Sie sei ja so froh, dass sie weggefahren war, denn in Schweden war es ja wirklich nicht warm gewesen, von den heißen Wochen im Juni mal abgesehen, aber da hatte sie ja arbeiten müssen. Und danach war der Sommer nicht mehr richtig in Schwung gekommen.

Charlie versuchte, sich an den Sommer zu erinnern. Sie hatte nie über das Wetter nachgedacht. Die wenigen Male, die sie seit der Rückkehr aus Gullspång freigehabt hatte, hatte sie verschlafen.

Kristina sagte, dass sie sich schon nach dem nächsten Sommer sehne.

»Ich nicht«, erwiderte Charlie und nahm ein Gebäckstück von dem Teller auf dem Tisch.

»Machst du Witze?«

»Nein. Ich mag den Sommer nicht, genauso wenig wie Urlaub oder Feiertage und all das. Ich mag auch nicht verreisen«, fügte sie hinzu und bereute ihre Worte im selben Moment, denn sie wusste genau, dass es Zeitverschwendung war, Kristina ihre Eigenheiten erklären zu wollen. Warum lernte sie es einfach nicht, die Klappe zu halten? Wie oft hatten sie sich schon in endlose Diskussionen über die unwichtigsten Themen verstrickt, weil sie sich über etwas geärgert hatte oder schlicht und ergreifend gelangweilt gewesen war? Mit Kristina konnte man über Rezepte, das Wetter und Quadratmeterpreise für Wohnungen reden. Einfache, gewöhnliche, konkrete Sachen.

»Das ist aber schon ganz schön traurig«, sagte Kristina, »den Sommer nicht zu mögen.«

»Warum denn? Es gibt doch noch mehr Jahreszeiten als den Sommer, es ist also viel trauriger, nur dafür zu leben. Und wenn man von jedem Tag enttäuscht ist, an dem die Sonne nicht scheint, wie viele Tage gibt es denn dann noch, an denen man glücklich sein kann, wenn man unbedingt so viel Glück wie möglich anhäufen will?«

Kristina starrte sie mit leerem Blick an.

»Himmel«, sagte sie schließlich. »Du musst doch nicht gleich aggressiv werden, nur weil ich mich ein wenig über das Sommerwetter und die Jahreszeit beschwere.«

»Ich bin nicht aggressiv, ich finde es nur nicht okay, dass du mich als traurig bezeichnest.«

»Ich habe nie gesagt, dass *du* traurig bist.«

Hugo kam in die Küche, und Kristina strahlte.

»Du warst im Warmen, wie ich sehe«, sagte er.

Er lächelte Kristina an und nickte Charlie kurz zu.

Kristina vergaß Charlie und erzählte wieder von der Hitze, was sie alles gesehen hatte, den Ausflügen. Dann unterbrach sie sich plötzlich und gratulierte Hugo mit den Worten, ein kleiner Vogel hätte ihr da was geflüstert.

»Danke«, erwiderte Hugo. »Wir freuen uns sehr.«

Er warf Charlie einen Blick zu.

»Hast du es schon gehört, Charlie?«, fragte Kristina. »Hier wird jemand Vater!«

»Nein, aber jetzt erfahre ich es ja.« Charlie wandte sich zu Hugo und lächelte, so breit es ihr möglich war. »Wie schön. Alles Gute für euch.«

»Danke«, sagte Hugo und errötete.

Wenigstens schämt er sich, dachte Charlie. Das ist schon was wert.

»Und wie geht es Anna?«, fragte Kristina, die die angespannte Stimmung im Raum nicht bemerkte.

»Anfangs ging es ihr ganz schön schlecht«, erzählte Hugo, »aber jetzt ist es glücklicherweise besser.«

»Kommst du nicht zur Teamsitzung?«, fragte Kristina, als Charlie sich erhob und zur Tür ging.

»Doch, aber bis dahin sind es ja noch drei Minuten.«

Charlie ging zur Toilette und ließ eiskaltes Wasser über die Handgelenke laufen. Das hatte Betty ihr beigebracht. *Wenn das Blut kocht und der Schädel brennt, dann ist eiskaltes Wasser das Beste. Halte die Handgelenke so, nein, zieh sie nicht weg, bald spürst du nichts mehr, bist wie betäubt. Halte aus, Liebling. Halte durch. Na, spürst du es jetzt? Spürst du, wie sich alles einfach auflöst?*

Charlie schloss die Augen, versuchte alles zum Verschwinden zu bringen, an gar nichts zu denken, nur ein weißes Zimmer mit weißem Boden, weißer Decke, weißen Wänden ohne Fenster. Doch ständig schob sich das Gesicht von Hugos Frau dazwischen, die Hände auf den Bauch gelegt, Hugos Arm beschützend um ihre Schultern, die Freude über das Kind.

Noch vor einem Monat hatte Charlie mit Hugo geschlafen. Er hatte in ihrer Stammkneipe an der Bar gestanden, dümmlich gelächelt und so getan, als wäre er rein zufällig dort. Als er sie zu einem Drink einladen wollte, hatte sie zuerst abgelehnt, gesagt, dass sie privat fertig miteinander seien, doch er hatte nicht nachgelassen. Sie könnten doch wohl etwas zusammen trinken und darüber sprechen, was zwischen ihnen gewesen war. Schließlich hatte Charlie nachgegeben, aber nur diesen Drink, hatte sie gesagt, und nicht noch einmal ihre Affäre durchkauen. Sie wusste alles, was sie wissen musste: Hugo war ein feiger und verlogener Kerl, der zu viel von sich selbst hielt. Das wusste sie alles, doch ihre Gefühle ließen sich davon nicht beeindrucken. Charlie bekam oft zu hören, dass sie ein rationaler Mensch sei, doch bei Hugo hatte der Intellekt keine Chance gegen die körperliche Anziehungskraft, denn als sie dort mit ihrem Long Island Iced Tea saßen, wollte sie ihn nur noch mit nach Hause nehmen und die ganze Nacht Sex mit ihm haben. Was sie nach dem dritten Drink dann auch getan hatte.

Sei einfach nur froh, dass er nicht dein Mann ist, Charline. Was willst du mit so einem gewissenlosen Kerl? Warum einem Mann ohne Gewissen hinterherschmachten?

Charlie öffnete die Augen. Sie wollte Hugo überhaupt nicht. Das hatte sie irgendwann einmal geglaubt, weil sie sich eingeredet hatte, dass er ein anderer war, viel tiefgründiger. Aber er war nur …

Er ist nur ein ganz normaler Mann, Liebling. Verschwende deine Zeit nicht mit ihm.

Jemand drückte die Türklinke.

»Entschuldigung«, hörte sie Anders' Stimme vom Flur. »Ich habe nicht gesehen, dass abgeschlossen ist.«

Charlie drehte den Wasserhahn zu, tupfte sich etwas Wasser unter die Augen, trocknete sich die Hände ab und ging nach draußen.

»Alles in Ordnung?«, fragte Anders.

»Ja, nur ein wenig erkältet.«

»Wollen wir nach der Arbeit was trinken gehen? Das letzte Mal ist schon ewig her.«

»Acht Monate«, bestätigte Charlie.

»So lange schon?« Anders runzelte die Stirn, als ob er es nicht glauben könnte. »Ja, stimmt wohl. Im letzten Monat vor Sams Geburt war ich nur daheim und danach … kein einziges Mal mehr unterwegs.«

»Maria wird dich nicht weglassen«, sagte Charlie lächelnd.

»Ich habe immer noch einen freien Willen.«

»Okay, dann trinken wir nach der Arbeit was.«

»Ich rufe Maria sicherheitshalber nur noch mal an«, sagte Anders.

»Gut«, meinte Charlie. »Dann reden wir nachher noch mal.«

Kapitel drei

Nach der Besprechung bat Challe Charlie, kurz zu ihm ins Büro zu kommen. Sie folgte ihm und schloss die Tür hinter sich.

»Ich habe mir die Überstunden und ausstehenden Urlaube der Abteilung angesehen«, eröffnete Challe das Gespräch, als er sich an seinen Schreibtisch setzte.

»Und?«, fragte Charlie.

»Und ich war nicht überrascht, dass du noch die meisten Urlaubstage hast.«

»Aha.«

»Willst du die Tage irgendwann nehmen?«

»Ich habe doch zwei Wochen im Juli Urlaub genommen.«

»Eineinhalb«, korrigierte Challe sie. »Und im letzten Sommer nicht einmal eine Woche.«

»Ja, aber jetzt stecke ich mitten in einem wichtigen Fall.«

»Alle Fälle sind wichtig«, sagte Challe. »Wir haben immer genug Arbeit.«

Charlie ahnte, worauf das Gespräch hinauslief. Gleich würde er sagen, dass niemandem damit gedient sei, wenn sie sich persönlich zu sehr in den Fall involvierte. Er kenne das Muster, hatte er beim letzten Mal gesagt, als sie über das Thema gesprochen hatten, dass die Fälle mit jungen missbrauchten Frauen sie zu sehr mitnähmen, dass sie riskiere, sich völlig zu verausgaben, was weder den Opfern und deren Angehörigen noch ihr selbst nütze.

Charlie sah die nackten Frauenleichen vor sich, den Blick des dreijährigen Mädchens in der Wohnung. Wie sollte man da nicht hineingezogen werden?

»Ich will damit nicht sagen, dass du jetzt sofort Urlaub nehmen sollst, Charlie. Ich finde nur, dass du – genau wie alle anderen Menschen – zwischendurch längere Erholungsphasen brauchst.«

Grundsätzlich stimme sie ihm zu, antwortete Charlie, gab jedoch zu bedenken, dass Menschen vielleicht unterschiedliche Erholungsbedürfnisse hätten.

Challe gab ihr recht, doch es sei auch seine Pflicht, einzuschreiten, wenn er das Gefühl habe, dass seine Leute eine Pause bräuchten. Denn niemand sei unentbehrlich. Wie man an den vollen Friedhöfen sehe.

Charlie verzog keine Miene bei seinem seltsamen Vergleich. Stattdessen fragte sie ihn, ob ihr Gespräch etwas mit den Ereignissen im Sommer zu tun habe.

»Das hat mit vielem zu tun«, sagte Challe. »Was in Västergötland passiert ist, deine Trinkerei, und du siehst sehr müde aus. Ich habe schon viel zu viele ehrgeizige Menschen in diesem Beruf untergehen sehen, und ich kann es mir nicht leisten, dich zu verlieren.«

»Das tust du auch nicht«, antwortete Charlie und schluckte den Zusatz herunter: *Hast du nicht gerade gesagt, dass jeder entbehrlich ist? Was willst du eigentlich?*

»Das weißt du nicht, man kann ja schlecht beschließen, keinen Burn-out zu bekommen. Das solltest gerade du doch wissen.«

»Ja, das weiß ich, aber dann wäre ich jetzt wohl schon

an diesem Punkt. Und ich habe mir eine Therapeutin gesucht. Ich habe alles getan, was du verlangt hast.«

»Was gut ist«, sagte Challe. »Aber ich finde trotzdem, dass du ein paar Wochen am Stück freinehmen solltest. Zum Beispiel, wenn dieser Fall hier abgeschlossen ist. Ich werde dich nicht zwingen«, fuhr er bei Charlies Blick rasch fort, »aber denk darüber nach.«

»Natürlich. Das werde ich.«

Charlie verließ das Büro ihres Vorgesetzten mit einem leichten Erstickungsgefühl. Sie mochte Challe sehr viel lieber, wenn er den fordernden Chef spielte und nicht den väterlichen.

Und wenn er schon so viel darüber nachdachte, was gut für sie war, dann müsste er doch wissen, dass ein längerer Urlaub zu diesem Zeitpunkt katastrophal wäre. Womit sollte sie ihre Tage füllen? Lesen? Und dann? So ein Urlaub barg das Risiko, dass sie in die nächste Kneipe ging, ein Bier trank, und noch eins, und wenn sie wieder zu arbeiten anfing, noch erholungsbedürftiger sein würde als jetzt.

Zurück in ihrem Büro, widmete sich Charlie der zeitraubenden Suche nach Menschen aus der näheren Umgebung der beiden Estinnen. Es war ein einziges Durcheinander aus Spitznamen, Prepaid-Telefonnummern und Sackgassen. Es stresste Charlie, dass die Ermittlungen nicht voranschritten. Die DNA der beiden Frauen war nicht im System, und die wenigen Hinweise, die sie erhalten hatten, führten ins Leere.

Nach einigen Stunden brauchte sie eine Pause. Um sich von dem Fall abzulenken, tippte sie »Johan Ro« bei Google ein. Das hatte sie schon länger nicht mehr gemacht. Ein ihr unbekannter Artikel erschien als erster Treffer. *Was geschah mit Francesca Mild?* Charlie rief den Text auf. *In der Nacht vom 7. auf den 8. Oktober 1989 verschwand die sechzehnjährige Internatsschülerin Francesca Mild vom Gutshof der Familie, Gudhammar, außerhalb der Gemeinde Gullspång in Västergötland.*

Charlie hielt inne und las den Satz noch einmal. *Die Gemeinde Gullspång in Västergötland.* Dann das Jahr, 1989. Warum hatte sie kein Wort von diesem Mädchen gehört, als sie nach Annabelle suchten? Sie schüttelte den Kopf und las weiter. Die Eltern waren an dem betreffenden Abend eingeladen gewesen, Francesca und ihre ältere Schwester allein daheim. Die Schwester war früh eingeschlafen, und man hatte erst am nächsten Morgen gemerkt, dass Francesca verschwunden war.

Vor siebenundzwanzig Jahren ist Francesca Mild spurlos verschwunden, und man weiß bis heute nicht, was ihr zugestoßen ist. Es gab viele Theorien. Ihr Pass war ebenfalls nicht auffindbar, weshalb man zuerst dachte, sie wäre freiwillig von zu Hause weggegangen.

Charlie scrollte weiter und las von Selbstmordverdacht, Tauchgängen im See und Gesprächen mit Klassenkameraden, Freunden und Verwandten. Alles war ergebnislos geblieben. Ein Foto zeigte die Familie Mild auf einer großen Steintreppe vor dem herrschaftlichen Haus. Ein Mann und eine Frau hinter zwei Töchtern im Teenageralter, die ungefähr gleich alt zu sein schienen. Alle lächelten steif, außer der einen Tochter, die nur ergeben und zugleich trotzig in die Kamera starrte: Francesca Mild.

Weiter unten war noch ein Foto. Es zeigte das Internat Adamsberg, Schüler in dunkelblauen Uniformen, die Jungen in Hosen, die Mädchen in Faltenröcken. Eine jüngere

Version von Francesca Mild stand in der ersten Reihe, das einzige Mädchen. Sie hatte die Arme vor der Brust verschränkt.

Was war ihr zugestoßen?

Charlies Blick blieb an Johans Namen unter dem Artikel hängen. Sollte sie sich bei ihm melden? Nein, besser nicht. Was sollte das denn bringen?

Francesca

Das Licht brannte in meinen Augen, als ich durch die Krankenhaustüren ins Freie trat. Nachdem ich über eine Woche im Bett gelegen hatte, fühlte ich mich seltsam zerbrechlich. Die Welt hatte sich verändert. Ich weiß nicht, ob es an den Farben, den Geräuschen oder der Luft lag, aber etwas war definitiv anders. Ich hielt mich an Papas Arm fest, schloss die Augen und ließ mich zum Auto führen.

»Warum hast du die Augen zu, Francesca?«, fragte Mama.

»Das Licht«, antwortete ich. »Das viele Licht tut weh.«

Papa nahm meine Hand von seinem Arm, doch ich tastete mich mit ausgestreckten Händen und geschlossenen Augen weiter vor. Als ich einmal blinzelte, sah ich, wie Mama zu Papa blickte und den Kopf schüttelte. Sie ertrug es überhaupt nicht, wenn ich mich wie eine Verrückte benahm.

»Wohin fahren wir?«, fragte ich, als ich mich auf den Rücksitz von Papas Sportwagen gequetscht hatte. Mit meinen langen Beinen hätte ich vielleicht besser vorne sitzen sollen, aber um nichts in der Welt würde Mama sich nach hinten setzen.

»Nach Gudhammar«, sagte Papa. Er hatte alle Besprechungen in der Schweiz aufgeschoben. Erst da erkannte ich den Ernst der Lage. Papa hatte noch nie Termine abgesagt. Ein Termin war ein Termin, eine Vereinbarung eine Vereinbarung. Und auf dem Gutshof waren wir nur zu Feiertagen und im Urlaub.

»Und dann?«, fragte ich. »Was sollen wir in Gudhammar machen?«

»Wir werden darüber sprechen, wie wir dir helfen können«, erwiderte Papa. »Wir müssen uns in Ruhe unterhalten, bevor wir beschließen, wie es weitergeht.«

»Warum soll ich nicht zurück nach Adamsberg?«

»Das ist dir doch sicher klar.«

Ich antwortete, dass mir das überhaupt nicht klar sei. Und wenn jemand das Internat verlassen sollte, dann doch wohl Henrik Stiernberg und seine Freunde.

»Schluss mit dem Gerede über Henrik Stiernberg«, sagte Papa. »Wir haben lange genug über ihn gesprochen.«

Ich dachte, dass ich nie genug über ihn würde sprechen, nie genug darüber würde nachdenken können, wie man ihn bestrafen konnte. Denn selbst wenn es stimmte, was sie gesagt hatten, die Jungen der Königsclique, dass sie Paul am Ballabend nicht gesehen hatten, waren doch alle schuld an seinem Tod. Seit Paul in Adamsberg angefangen hatte, hatten sie ihn wegen seiner Kleider aufgezogen, seiner Art, beim Sprechen zu gestikulieren, seines Dialekts. Sie hatten ihn verhöhnt, weil er so viel las, im Unterricht ins Philosophieren geriet, wegen seines Interesses für das Gehirn, den Körper, das Leben und den Tod. Nicht einmal über seine Witze hatten sie gelacht, auch wenn er der Lustigste von uns allen war. Sie quälten ihn nicht nur psychisch, sondern rempelten ihn oft auf den Gängen an, als wäre er unsichtbar.

Ich bin wie ein Schwan, antwortete er immer auf meine Frage, wie er es schaffte, ihnen keine reinzuhauen, *das perlt alles an mir ab.* Einmal habe ich ihn verbessert und gesagt, dass Wasser nur an Gänsen abperlte, nicht an Schwänen. Und Paul hatte gelacht und geantwortet, dass es bei Schwänen genauso sei, dass die Kälte nie bis zu ihrer Haut durchdringe. Aber egal, ob Gans oder Schwan, es war ihm einfach gleichgültig, was eine Gruppe Arschlöcher von ihm hielt.

Habe ich ihm das geglaubt? Ich erinnere mich, dass ich dachte, ja, wahrscheinlich ist es das Beste, die ganzen Gemeinheiten einfach an sich abperlen zu lassen. Erst später wurde mir klar, dass es nicht funktioniert hatte, dass die Kälte trotzdem Pauls Schutzschichten überwunden haben und bis in sein Herz gedrungen sein musste. Und dann kam meine Schwester auch noch ausgerechnet mit Henrik Stiernberg zusammen, dem Gemeinsten der Gruppe. Sie hat sich nicht einmal von ihm getrennt, nachdem das mit Paul passiert war. Als ich sie danach fragte, sprach sie mir nur ihr Beileid aus, als wären wir entfernte Bekannte: *Der Tod deines Freundes tut mir wirklich leid, Francesca.* Im nächsten Atemzug sagte sie, dass sie Henrik glaube, dass sie ihn liebe, dass es niemals die Schuld eines anderen sei, wenn ein Mensch sich das Leben nahm.

Ich dachte an meine Schwester, an ihre Besuche bei mir im Krankenhaus. Beim ersten Mal weinte sie, als wäre ich tot, beim zweiten Mal, als ihr klar war, dass ich überleben würde, weinte sie, weil ich furchtbare Lügen über ihren Freund erzählte. So etwas hätte ich früher schon getan, sagte sie und spielte damit auf meine Anklagen gegen Erik Vendts großen Bruder an. Ich hatte nicht einmal die Kraft, mich zu wehren.

»Und Cécile?«, fragte ich, als Papa auf die Autobahn fuhr. »Was passiert mit Cécile?«

Papa sah mich im Rückspiegel an und sagte, dass nichts mit ihr passieren werde.

»Ich fasse es nicht, dass ihr sie weiter dorthin gehen lasst.«

»Du konzentrierst dich auf die falschen Dinge, Francesca«, sagte Mama. »Du sollst jetzt nur daran denken, gesund zu werden.«

Ich erwiderte, dass ich gesund sei. Krank sei dagegen, wie man seine Tochter weiter auf eine Schule gehen lassen könne, die …

»Schluss jetzt mit dem Thema«, unterbrach mich Papa. »Wir sprechen über etwas anderes.«

Ich wollte aber nicht über etwas anderes sprechen. Ich hatte es so satt, dass immer Papa bestimmte, über was man reden durfte. Deshalb schloss ich die Augen und gab vor zu schlafen, genoss die Erleichterung, wenigstens nicht zurück in die Schule zu müssen.

Doch zuerst mussten wir noch in Adamsberg vorbeifahren und ein paar Kleider holen.

»Komm mit«, sagte Mama, als wir auf dem Parkplatz stehen blieben. »Du kannst dich doch wenigstens von Cécile verabschieden.«

Ich schüttelte den Kopf, weil ich mich nicht von Cécile verabschieden wollte, außerdem wollte ich nicht riskieren, Henrik Stiernberg oder einen der anderen zu treffen. Denn dann würde ich wahrscheinlich einen Aufstand machen. Das war eines meiner vielen Probleme: meine gestörte Impulskontrolle.

Als Mama und Papa gegangen waren, setzte ich mich auf den Beifahrersitz und sah zu dem großen weißen Hauptgebäude des Internats Adamsberg. Der Ort hatte etwas Abweisendes und Kaltes an sich. Ich dachte, wie unglaublich es doch war, wie lange ich es dort ausgehalten hatte. Fast fünf Jahre hatte ich vor jeder Mahlzeit gebetet und dämliche Lieder über die Größe der Schule gesungen. Ich hatte das schlecht sitzende Jackett mit den Adlern auf der Brust getragen, versucht, mich anzupassen und eine gute Schulkameradin zu sein, aber letztendlich hatte ich alles von der ersten Sekunde an verabscheut.

Um das Hauptgebäude herum waren die Wohnheime verteilt: Majoren, Talludden, Norra und Högsäter, in dem ich seit meinem Eintritt in die Schule wohnte. *Esse non videri* stand über der Eingangstür. Sein, ohne gesehen zu werden, hatte mir Papa erklärt, als wir zum ersten Mal durch das Schultor gegangen waren. Er sagte es, als wären das positive Worte.

Ich war erst elf, als ich ins Haus Högsäter einzog, die jüngste Schülerin von ganz Adamsberg. Cécile und ich sollten beide in die sechste Jahrgangsstufe kommen, aber in Parallelklassen, und wir sollten auch nicht zusammen wohnen. Damit wir neu anfangen konnten. Mama wollte das so. Als Papa am ersten Schultag meine Taschen in das kleine Haus auf der Anhöhe trug, konnte ich die Tränen kaum zurückhalten. Ich wollte nicht bei Menschen schlafen, die ich nicht kannte, und warum konnte ich nicht wenigstens im selben Haus wie Cécile wohnen? Papa tätschelte meinen Kopf und sagte, dass ich hier die schönste Zeit meines Lebens verbringen würde. So wie er.

Aber ich war nicht wie Papa, nicht wie Mama und auch nicht wie Cécile. Ich war eine Fremde in der Welt, eine Fremde in meiner eigenen Familie.

Beschreib sie mir, bat mich Paul einmal, als ich mich darüber beschwerte, wie ausgeschlossen ich mich fühlte. *Beschreib mir deine Familie.*

Ich erzählte ihm die Kurzfassung, dass meine Schwester eine Blenderin war, mein Vater ein Lügner und meine Mutter… meine Mutter war eine im Wind flatternde Papierpuppe.

Für Papa musste es sich wie persönliches Versagen anfühlen, dass seine eigene Tochter der Schule verwiesen wurde, die für ihn der *Grundstein seiner Karriere* gewesen war. Rikard Mild hatte das Beste aus seiner Zeit in Schwedens nobelstem Internat gemacht. Sein Bild hing an der Wand vor dem Speisesaal, zusammen mit den Fotos aller anderen Schüler, die ihren Abschluss mit Bestnoten in allen Fächern gemacht hatten.

Papa sah albern aus auf dem alten Foto. Das sorgfältig mit Wasser gekämmte Haar klebte über der Stirn, die Zähne waren schief.

Seltsam, dass er Mama erobern konnte, sagte Cécile einmal, als wir uns das Bild zusammen ansahen. *Dass er mit seinem Aussehen Stockholms hübscheste Frau bekommen hat.*

Ich fragte, woher sie wisse, dass Mama Stockholms hübscheste Frau war, und Cécile erwiderte, das habe Papa erzählt.

Ich sagte, dass Papa in Sachen Mama eine sehr unzuverlässige Quelle sei. Für ihn war sie der perfekteste Mensch der Welt, und da hatte er unrecht, denn wenn man mehr als fünf Minuten mit Mama verbrachte, war einem klar, dass sie sehr viele Fehler hatte. Für die Papa, ansonsten sehr klarsichtig, völlig blind war.

Cécile sagte, dass das wohl Liebe sei, das Gute in einem Menschen zu sehen. Sie wollte auch einen Mann heiraten, der das Gute in ihr sah.

Ich antwortete, dass ich, sollte ich jemals heiraten, nur einen Mann nehmen würde, der mich zum Lachen bringt und nicht fremdgeht. Denn was spielten Beteuerungen, man sei die perfekte Frau, für eine Rolle, wenn man am Ende doch nur betrogen wurde?

Cécile sagte, dass ich nicht von Sachen reden solle, von denen ich keine Ahnung hätte.

Ich erinnerte sie an Mamas und Papas nächtliche Streite zu genau diesem Thema. Wenn wir hinter der Tür gestanden und Mama weinen gehört hatten und wie Papa alles abstritt. Und ich hatte genug von Papas Blicken und seinen Händen auf anderen Frauen gesehen, um zu wissen, dass Mamas Anschuldigungen nicht aus der Luft gegriffen waren.

Mama und Papa ließen sich Zeit. Ich wurde unruhig und stieg aus dem Wagen. In der Zigarettenschachtel in meiner Tasche war nur noch eine Zigarette. Trotzig stand ich da, für alle sichtbar, am helllichten Tag, und rauchte. Ich hoffte beinahe, dass jemand aus dem Abschlussjahr oder einer der Lehrer mich sehen würde. Es wäre so schön, unerreichbar für ihre Drohungen zu sein. Ich war ausgeschlossen, allein, hatte nichts zu fürchten, nichts konnte schlimmer werden. Ich näherte mich dem Kiesweg, der zum Schulgelände führte, stellte mich neben die Inschrift in Goldbuchstaben auf der Eisenplatte, die die Tore zusammenhielt, und las die lateinischen Wörter (in Adamsberg war Latein immer noch die Weltsprache). *Non est ad astra mollis e terris via.* Ich hatte vergessen, was das bedeutete, aber ich erinnerte mich, dass ich es beängstigend fand, als es mir jemand mal übersetzte.

Mama und Papa waren nirgends zu sehen, wahrscheinlich sprachen sie noch mit irgendeinem Lehrer. Ohne so richtig zu wissen, warum, ging ich zur Kapelle. Da Gottes Haus immer offen war, trat ich ein. Langsam ging ich den Mittelgang entlang bis zu dem Platz, an dem Paul und ich immer bei den Gottesdiensten gesessen hatten. Ich setzte mich und sah zu Jesus am Kreuz empor. Wie oft hatte ich an diesem Platz schon an ganz andere Dinge gedacht? Ich strich mit den Fingern über die Buchstaben, die Paul in das Fach mit den Gebetbüchern geritzt hatte. *Gott ist t.* Weiter war er nicht gekommen, weil Fräulein Asp ihn erwischt und für eine Verwarnung gesorgt hatte. Jetzt suchte ich in meinen Taschen nach etwas Spitzem. Im Krankenhaus hatte man mir alles abgenommen, womit ich mich hätte verletzen können, aber bei der Entlassung hatte ich zumindest meinen Schlüsselbund zurückbekommen. Ich holte ihn aus der Tasche und vollendete Pauls Werk. *Gott ist tot.*

Danach ging ich zum Auto zurück.

Nach zwanzig Minuten kamen Mama und Papa mit einer Tasche zurück.

»Cécile lässt grüßen«, sagte Mama, nachdem sie mich gebeten hatte, auszusteigen und mich wieder auf den Rücksitz zu setzen.

Ich fragte, warum Cécile nicht mit zum Auto gekommen sei und mich selbst begrüßt hätte. Weil sie für den Bundestest in Englisch lernen müsse, sagte Mama.

Ich erwiderte, der Test sei im Frühjahr.

Mama seufzte und meinte, dass sie es vielleicht falsch

verstanden habe. Es spielte aber auch keine Rolle, da ich ja sowieso nicht mit ihr sprach. Es war nicht besonders erbaulich, mit jemandem zu sprechen, der einen wie Luft behandelte.

Ich wollte sagen, dass ich wieder mit ihr sprechen würde, wenn sie mir glaubte, wenn sie ihrer eigenen Schwester glaubte statt ihrem Idiotenfreund, aber das wäre sinnlos gewesen. Mama und Papa glaubten immer nur Céciles Version von Ereignissen. Bei mir gingen sie davon aus, dass ich log, bis das Gegenteil bewiesen war. Daraus machten sie kein Geheimnis und rechtfertigten es damit, dass es meine eigene Schuld sei, weil ich so oft log. Dieses Verhalten konnte man aber auch durchaus als die Folge des ständigen Misstrauens sehen, das mir entgegengebracht wurde. Wie Papa selbst zu sagen pflegte, wusste man nicht, was zuerst da war: das Huhn oder das Ei.

»Das hier lag in deiner Schreibtischschublade«, sagte Mama und reichte mir einen Umschlag.

Ich nahm ihn und las meinen Namen in Pauls verschnörkelter Handschrift darauf. Das verwirrte mich. Hatte er doch einen Abschiedsbrief geschrieben?

»Ist der von *ihm*?«, fragte Mama.

Ich nickte.

»Willst du ihn nicht aufmachen?«

»Später.«

Kapitel vier

Kurz nach fünf klopfte es an Charlies Tür. Anders fragte, ob sie bald fertig sei. Sie musste kurz überlegen, bis sie sich erinnerte, dass sie ja etwas trinken gehen wollten.

»Darfst du denn?«, konnte sie sich nicht verkneifen.

Sie hatte eigentlich nicht damit gerechnet und wäre lieber im Büro geblieben, während die Dunkelheit sich vor den Fenstern senkte, und hätte versucht, mit den aktuellen Ermittlungen weiterzukommen. Doch sie wusste auch, dass Pausen ihr halfen, neue Sichtweisen zu entwickeln.

»Ich bin ja kein Leibeigener«, antwortete Anders, und Charlie unterdrückte einen Kommentar, dass es für sie aber schon ganz danach aussah.

»Deine oder meine Ecke?«, fragte sie.

Anders verstand erst nicht, was sie meinte, strahlte jedoch, als sie das Riche vorschlug.

Es war laut im Riche, obwohl es noch nicht einmal sechs Uhr abends war. Anders konnte rasch die Aufmerksamkeit eines Kellners erregen, und sie bekamen einen kleinen Tisch weiter hinten im Lokal.

»Du hast doch sicher Hunger?«, fragte er.

Sie nickte.

»Was willst du?«

»Bestell einfach irgendwas«, sagte Charlie. »Ich bin so

hungrig, dass ich es nicht mal schaffe, die Speisekarte zu lesen und mich für etwas zu entscheiden.«

Anders sah zu einer Bedienung, die rasch zu ihnen an den Tisch kam. Er bestellte zweimal das Rinderfilet-Carpaccio und zwei Gläser Rotwein, dessen Namen sie nicht verstand. Anders zögerte und fragte, ob sie vielleicht einen anderen Wein wolle, doch sie schüttelte den Kopf, nein, sie vertraue ihm. Die verschiedenen Weinsorten interessierten sie nicht. War es schon so lange her, dass sie zusammen unterwegs waren, dass er vergessen hatte, dass sie überhaupt keinen Unterschied schmeckte? Außerdem mochte sie lieber Bier, aber es war ihr zu mühsam, ihn jetzt daran zu erinnern.

Anders' Handy piepste. Er sah aufs Display und lächelte.

»Was ist los?«, fragte Charlie.

»Sam«, antwortete er. Er zeigte ihr das Telefon, auf dem ein kleines Video abgespielt wurde, in dem sein Sohn mit etwas Speichel am Kinn auf dem Boden auf einer Decke saß. »Er sitzt ganz allein.«

»Ganz schön früh«, sagte Charlie, auch wenn sie keine Ahnung hatte, ob das stimmte. Sie wusste nichts über die Entwicklung von Kleinkindern.

»Er entwickelt sich ganz normal«, erklärte Anders, »aber für uns ist es trotzdem ein Wunder.«

Er drückte wieder auf »Play«. Charlie versuchte, ihre Langeweile dadurch zu kompensieren, dass sie ihm das Telefon aus der Hand nahm und sich das Video genau anschaute.

»Er ist süß«, sagte sie, als sie ihm das Gerät zurückgab.

»Himmel, habe ich einen Hunger«, verkündete Anders.

»Ich glaube, das ist der Schlafmangel, ich bin die ganze Zeit am Snacken.«

»Ich auch«, sagte Charlie. »Ich esse permanent, wenn ich übermüdet bin.«

»Leidest du auch unter Schlafmangel?«

»Ja.«

»Und was hält dich wach?«

»Ich weiß es nicht. Gedanken, die nicht zur Ruhe kommen.«

»Was für Gedanken?«

»Dieser furchtbare Fall zum Beispiel, den wir gerade bearbeiten.«

»Und sonst nichts?«

Warum hatte sie das Gespräch in diese Richtung steuern lassen? Sie wusste doch, dass Anders nachfragen würde. Es hatte ihn schon immer interessiert, wer sie war und was sie umtrieb, aber nach ihren Ermittlungen in Gullspång hatte er mehr Fragen zu ihrem Hintergrund und ihrer Verfassung gestellt als je zuvor. Sie wusste nicht, ob aus Sorge oder Neugier oder vielleicht auch beidem.

»Nur normale Schlafprobleme«, antwortete sie. »Der böse Kreislauf. Ich denke, dass ich jetzt unbedingt schlafen muss, und bin dann erst recht wach und … du weißt schon.«

»Ja, das tue ich«, sagte Anders. »Vielleicht bist du deshalb niedergeschlagen. Also, wegen des Schlafmangels.«

»Es geht mir gut.«

»Nein, es geht dir nicht gut, Lager. Nicht, seit wir aus Västergötland zurück sind, und davor ging es dir auch schon nicht gut. Wenn ich so darüber nachdenke, weiß ich nicht, ob ich dich überhaupt anders kenne.«

Charlies Ärger wuchs. Anders war zweifellos der Kollege, mit dem sie sich am besten verstand. Auch wenn sie völlig unterschiedliche Leben führten und gegensätzliche Hintergründe hatten, hatten sie sich gefunden. Sie waren selten einer Meinung, diskutierten oft, lachten aber noch mehr. Doch es hatte sich etwas zwischen ihnen verändert. Sie konnte nicht vergessen, wie er sie Challe nach dem Fehler in Gullspång ausgeliefert hatte. Vielleicht hätte sie an seiner Stelle dasselbe getan, doch es schmerzte noch immer.

»Ich habe eine Therapie angefangen«, antwortete sie knapp. »Ich versuche, alles in Ordnung zu bringen.«

»Was ist passiert?« Anders legte sein Besteck zur Seite und sah sie an. »Was war eigentlich in Gullspång im Sommer los?«

»Was los war?« Charlie erwiderte seinen Blick. »Ein siebzehnjähriges Mädchen ist verschwunden und wurde tot bei den Dammschleusen gefunden. Sie hieß Annabelle Roos. Ich glaube, du warst auch dort.«

»Darüber hinaus ist aber noch viel mehr passiert«, sagte Anders. »Glaubst du nicht, dass mir das klar ist? Du warst wirklich nicht du selbst.«

Das Essen wurde serviert, und Charlie merkte, wie hungrig sie war. Sie aß einen Bissen Fleisch mit Rucola und Pinienkernen. Es schmeckte himmlisch.

»Auf jeden Fall ist es schön, dass wir es mal wieder nach der Arbeit geschafft haben«, sagte sie. »Dass du wieder der Alte bist.«

»Das bin ich nicht«, antwortete Anders.

»Warum?«

Anders gab Öl, Salz und Pfeffer über sein Essen. »Maria. Ich glaube, wir haben unsere erste richtige Krise.«

Charlie legte das Besteck beiseite. »Was meinst du mit Krise?«

Ihrer Ansicht nach war Anders' und Marias Beziehung eine einzige lange Krise.

»Wir streiten uns wegen allem und jedem«, erzählte Anders. »Und vor ein paar Tagen hat sie gesagt, dass sie nicht wisse, was sie eigentlich für mich empfindet. Okay, sie war wütend, aber trotzdem. Ich muss immer daran denken. ›Soll das alles sein?‹, hat sie gefragt. ›Soll das Leben immer so weitergehen?‹ Als ob alles für sie eine Hölle wäre.«

»Vielleicht braucht ihr ein wenig Abstand«, sagte Charlie. »Zum Durchatmen, Nachdenken …«

»Das will ich nicht. Ich will mit ihr zusammen sein.«

»Ich verstehe«, antwortete Charlie, auch wenn sie es nicht verstand. Sie und Maria hatten sich nicht oft gesehen und waren sich vom ersten Moment an unsympathisch gewesen. Ihr Verhältnis hatte sich auch nicht gebessert, als Maria von Charlies Affäre mit Hugo erfahren hatte. Danach hatte sie Anders verboten, allein mit Charlie zu arbeiten, und nicht einmal dagegen hatte Anders protestiert. Stattdessen hatte er ihre Zusammenarbeit heruntergespielt. Charlie konnte nicht nachvollziehen, wie man es mit einem Menschen wie Maria aushielt.

»Sie ist unglücklich«, fuhr Anders fort. »Sie ist wirklich nicht glücklich.«

»Bist du es denn?«

»Ja, ich glaube schon. Ich meine, natürlich bin ich nicht ständig euphorisch, aber … Für mich ist Scheidung einfach keine Alternative.«

»Warum nicht?«

»Weil das in meiner Welt, also so, wie ich und Maria aufgewachsen sind … ein Scheitern ist.«

Und da, wo ich herkomme, ist man gescheitert, wenn man sich einem anderen unterordnet und nicht für sich selbst einstehen kann, dachte Charlie.

Es war eben nicht immer so einfach, auf der Sonnenseite des Lebens geboren und aufgewachsen zu sein.

»Aber vielleicht hast du ja sogar recht«, sagte Anders. »Dass wir Zeit für uns brauchen. Ich fürchte nur, dass wir dann erkennen, dass es nicht funktioniert, und uns trennen. Und vor dem Alleinsein … habe ich Angst.«

»Was macht dir daran Angst?«

»Die Frage ist doch eher, warum du dich nicht davor fürchtest.«

»Das habe ich nie behauptet. Mir macht nur viel mehr die vorgetäuschte Gemeinschaft Angst, der Glaube, dass man einem Menschen gehört, die Vorstellung, dass man durch Versprechen, Ringe, Kinder immun gegen die Einsamkeit wird.«

»Aber macht es dich glücklich?«, fragte Anders.

Charlie überlegte, ob er das vielleicht ironisch meinte. »Was meinst du mit Glück?«

»Na, einfach Glück.«

»Die Menschen haben unterschiedliche Definitionen von Glück.«

»Und wie sieht deine aus?«

»Ich weiß es nicht«, sagte Charlie. »Wenn man Glück als diesen prickelnden, trunkenen Zustand definiert, dann glaube ich nicht, dass er lange anhält. Mir ist es am wichtigsten, keine Angst zu haben. Ich glaube, dieses Gefühl ist mir wichtiger als alles andere. Keine Angst zu haben, ist für mich Glück.«

»Das klingt frustrierend.«

»Wieso?«

»Dass Glück bedeutet, keine Angst zu haben. Das klingt nach einem ganz schön unglücklichen Menschen.«

Und du klingst wie ein Mensch, der noch nie richtige Angst erlebt hat, dachte Charlie.

Sie bestellten eine Flasche von dem Wein, den sie bisher schon getrunken hatten. Anders' Handy klingelte. Es war natürlich Maria. Er stellte das Gerät auf lautlos.

»Sie weiß, dass ich unterwegs bin«, erklärte er. »Aber ich schaffe es gerade nicht, zu lügen und nicht zu sagen, dass ich mich mit dir treffe. Ich schicke ihr eine SMS und frage kurz, ob mit Sam alles in Ordnung ist.«

Mach, was du willst, dachte Charlie.

»Schau nicht nach rechts«, fuhr Anders fort. »Da drüben sitzt ein Typ an der Bar und schaut die ganze Zeit zu dir.«

Charlie drehte sich natürlich sofort nach rechts und sah, wen Anders meinte. Ihre Blicke trafen sich. Sie erkannte ihn sofort. Johan Ro. Nein, dachte sie. Nicht jetzt.

Räume in der Zeit

Du hast also schon einen toten Menschen gesehen?, frage ich Paul, als er erzählt, dass sein Vater ein Bestattungsunternehmen hat. Wir kennen uns erst eine Woche, aber ich habe bereits am ersten Tag erkannt, dass er anders ist.

Natürlich, antwortet Paul. Sicher über hundert. Mein Bruder und ich helfen in den Ferien immer mit.

Das klingt nach einer spannenden Arbeit, sage ich.

Die meisten finden es wohl eher abstoßend. Die meisten Menschen leben, als ob es den Tod nicht gäbe. Sie wollen am liebsten gar nicht daran denken.

Ich denke jeden Tag an den Tod, sage ich. Ich glaube, seit ich abstrakt denken kann.

Du scheinst auch nicht wie die meisten anderen zu sein, erwidert Paul und lächelt.

Ich bitte ihn, von der Arbeit zu erzählen. Muss er ... die Toten anfassen?

Paul nickt. Er bereitet sie für den Sarg vor, kämmt die Haare, zieht ihnen Kleider an, die die Angehörigen ausgewählt haben, und faltet die Hände.

Könntest du mich herrichten?, frage ich.

Was meinst du?

Wie eine Tote?

Warum?

Ich weiß nicht, es wäre einfach ... spannend.

Klar, sagt Paul, klar könnte ich das, aber es wäre komisch.

Wie sind sie?

Wer?

Die Körper. Wie sehen sie aus? Wie fühlen sie sich an?

Die meisten sehen jedenfalls nicht aus, als schliefen sie, erzählt Paul. Sie sind steif, kalt, haben Leichenflecken und sehen einfach tot aus. Das Charakteristischste ist aber der Geruch.

Er soll ihn mir beschreiben, doch Paul schüttelt den Kopf und sagt, das geht nicht. Der Geruch ist… unbeschreiblich. Wenn man ihn einmal gerochen hat, wird man ihn nie wieder vergessen. An schwülen Sommertagen glaubt er manchmal, ihn im ganzen Haus zu riechen.

Und die Würmer, frage ich, woher kommen die? Ich kann mir nicht vorstellen, wie sie aus dem Nichts einfach auftauchen.

Das tun sie auch nicht, sagt Paul und lächelt. Eine Leiche lockt Fliegen an, die ihre Eier ablegen, aus denen Maden werden.

Ich dachte immer, sie kommen aus dem Nichts.

Nichts kommt aus dem Nichts.

Kapitel fünf

Charlie trank einen großen Schluck Wein.

»Wer ist das?«, fragte Anders.

»Erkennst du ihn nicht? Glotz nicht so auffällig.«

»Er kommt mir bekannt vor«, sagte Anders, »aber ich kann mir Gesichter so schlecht merken. Sollte ich ihn kennen?«

»Johan Ro«, antwortete Charlie. »Der Journalist, vom letzten Sommer.«

Anders' Gesicht leuchtete auf. »Ja, jetzt erinnere ich mich.«

Charlie konnte ihren Ärger darüber nicht unterdrücken, wie fröhlich er wirkte. Hatte er das Nachspiel vergessen, das ihre Bekanntschaft gehabt hatte?

»Wegen ihm wurde ich von dem Fall abgezogen.«

»Wenn wir ehrlich sein wollen, war es wohl eher deine eigene Schuld«, korrigierte Anders sie. »Denn ich nehme ja mal an, dass er dich nicht zum Sex gezwungen und dann um vertrauliche Informationen zu dem Fall gebeten hat.«

Charlie hatte vergessen, wie angriffslustig Anders werden konnte, wenn er Alkohol trank.

»Ich habe ihm nie Informationen zu dem Fall weitergegeben«, wehrte sie sich.

»Und trotzdem stand es am nächsten Tag in der Zeitung«, entgegnete Anders. »Du glaubst doch sonst auch nicht an Zufälle.«

»Natürlich glaube ich an Zufälle.«

»Warum bist du so wütend? Ich dachte, du wärst mittlerweile darüber hinweg.«

»Anders«, sagte Charlie und beugte sich zu ihm. »Ich habe ihm gegenüber niemals etwas ausgeplaudert.«

»Und woher hatte er die Informationen dann?« Anders lächelte immer noch, als fände er das Gespräch unterhaltsam. »Wir sollten ihn vielleicht einfach fragen.« Er stand auf.

»Jetzt hör schon auf, verdammt noch mal«, sagte Charlie. »Setz dich wieder hin.«

»Ganz ruhig. Ich will nur auf die Toilette. Aber du solltest ihn vielleicht begrüßen.«

»Warum?«

»Warum nicht? Er sucht doch offenbar den Kontakt. Im Moment betrachtet er gerade dein Profil im Spiegel hinter der Bar.«

Komm bitte nicht her, dachte Charlie, nachdem Anders sich entfernt hatte. Komm nicht her und wirbel alles wieder auf. Doch Johan war schon auf dem Weg zu ihr.

»Hallo«, sagte er. »Ich war mir nicht sicher, ob du es bist.«

»Hallo.« Charlie versuchte, freudig überrascht zu wirken. »Schön, dich zu sehen. Wie geht's?«

»Ganz gut.« Johan lächelte. »Und dir?«

Charlie merkte, wie erfolgreich sie die Wirkung seines Lächelns auf sie verdrängt hatte.

»Gut.«

»Ich habe dich angerufen.«

»Ach ja?« Charlie schämte sich, weil ihr bewusst war, wie falsch das klang.

Zuerst hatte sie sich gefreut und geplant zurückzurufen, aber dann hatte sie es doch nicht getan. Aus reinem Selbsterhaltungstrieb, denn nach den Ereignissen in Gullspång konnte sie niemanden brauchen, der sie an alles erinnerte, was dort passiert war. Jemand, der so viel über ihre Familiengeschichte wusste. Johan, Mattias' verlorener Sohn.

»Ja, ich habe ein paarmal angerufen und auch eine Nachricht hinterlassen, aber ich habe den Hinweis schon verstanden, als du nicht zurückgerufen hast.«

»Es war so viel los, ich …«

»Kein Problem. Ich verstehe schon.«

Und etwas an seinem Blick sagte ihr, dass er tatsächlich verstand. Charlie erinnerte sich, was Betty über seinen Vater Mattias gesagt hatte: *Er ist der einzige Mensch, der alles über mich weiß und mich trotzdem mag.*

War es möglich, dass Johan ein ebenso großes Verständnis für verlorene Seelen hatte wie sein Vater? In der nächsten Sekunde dachte sie, dass das wirklich keine Selbstverständlichkeit war. Johan kannte vielleicht ihre Geheimnisse, aber er wusste nichts über sie als Mensch. Sie kannten einander nicht, und es war vermutlich das Beste, wenn sich daran nichts änderte.

»Willst du dich setzen?«, fragte Charlie. Wo kam das denn her? Aber jetzt war es zu spät.

Anders kam zum Tisch zurück und begrüßte Johan freundlich. Er war ziemlich angetrunken.

»Ich habe eine alte Klassenkameradin getroffen«, erzählte er. »Sie würde gern was mit mir an der Bar trinken. Ist es in Ordnung, wenn ich …«

»Natürlich«, sagte Charlie. »Ich wollte sowieso bald gehen.«

Anders entfernte sich und ließ sie und Johan zurück.

»Willst du Wein?«, fragte sie Johan.

Johan nickte, und sie füllte Anders' Glas und reichte es ihm. Sie saßen schweigend da und ließen den Blick durch den Raum schweifen. Die Hintergrundmusik war laut, unrhythmisch und unmelodiös. Charlie entdeckte Anders mit seiner Bekannten an der Bar. Sie hatten die Köpfe zusammengesteckt und unterhielten sich angeregt. Vielleicht, um die Musik zu übertönen, denn Anders war sonst nicht der Typ, der Frauen körperlich nahe kam, mit denen er nicht verheiratet war. Oder war er es doch? Wenn das Leben sie eins gelehrt hatte, dann, dass man einen anderen Menschen nie ganz kannte. Dass selbst die, die man für extrem vorhersehbar und schlicht gestrickt hielt, plötzlich Dinge taten, die völlig gegen ihre Natur zu sein schienen. Sie selbst bildete sich gern ein, dass sie ihre Gefühle größtenteils steuern konnte, aber das stimmte überhaupt nicht. Wie jetzt zum Beispiel in Gesellschaft dieses Mannes, von dem sie sich, ginge es nach ihrer Vernunft, möglichst schnell verabschieden sollte. Stattdessen prostete sie Johan zu und sagte, wie schön es sei, ihn zu sehen, dass sie seit dem Sommer oft an ihn gedacht habe.

»Ach wirklich?« Johan lächelte wieder.

»Warum nicht? Es taucht ja nicht jeden Tag ein verlorener Bruder auf.«

»Ich möchte aber nicht, dass du mich als Bruder siehst.«

»Warum nicht?«

Wärme breitete sich in Charlies Brust aus, als Johan auf die wenig geschwisterliche Liebe zwischen ihnen anspielte, die sie im Sommer füreinander empfunden hatten.

»Was war es dann?«, fragte sie und stellte ihr Weinglas ab. Sie wusste, wie sehr der Alkohol ihre Zunge lockerte.

»Sag du es mir.«

»Lust?« Charlie griff doch wieder nach ihrem Glas. »Vorübergehende geistige Verwirrung? Die Nachkommen zweier Verrückter suchten Trost beieinander?«

»Warum nicht einfach zwei erwachsene Menschen, die nicht miteinander verwandt sind und sich zueinander hingezogen fühlen?«, entgegnete Johan.

»Das klingt natürlich schöner.«

Charlie trank einen Schluck Wein. Dachte wieder an den Artikel, das Teenagermädchen, das sie nicht losließ.

»Ich habe übrigens deinen Artikel gelesen«, sagte sie. »Den über Francesca Mild. Weißt du mehr darüber? Also, über das hinaus, was du geschrieben hast?«

»Nein, das meiste habe ich eingearbeitet. Die Leute wollen nicht über Francesca Mild sprechen. Man könnte beinahe glauben, sie haben Angst. Warum?«

Charlie zuckte mit den Schultern. »Ich finde es nur merkwürdig, dass niemand in Gullspång von ihr gesprochen hat, als wir nach Annabelle gesucht haben. Das wäre doch naheliegend, wenn früher schon ein Mädchen verschwunden ist.«

»Ja, das sollte man meinen. Aber es ist so lange her, dass die Leute es vielleicht vergessen haben.«

»In solchen kleinen Gemeinden vergessen die Leute nie, glaub mir.«

Charlie sah Francesca vor sich, wie das Mädchen mit verschränkten Armen vor dem Internat stand, den trotzigen Gesichtsausdruck.

Sie tranken den Wein aus. Anders war immer noch mit seiner Bekannten an der Bar.

»Sollen wir gehen?«, fragte Charlie.

»Wohin?«

»Zu mir.«

Wiederholungen, dachte Charlie, als sie ihre Jacken holten und das Riche verließen. Bestand das Leben nur aus einer unendlichen Reihe von Wiederholungen?

Kapitel sechs

Johan sah sich im Wohnzimmer um. Charlie bemerkte, wie sein Blick über die Bücherstapel auf dem Boden und den Fenstersimsen schweifte.

Das war ein Grund, warum sie lieber bei anderen war, als jemanden zu sich einzuladen. Es gefiel ihr nicht, begutachtet zu werden, aufgrund ihrer Wohnung beurteilt zu werden.

»Warum hast du keine Bücherregale?«, fragte Johan.

»Weil das Betonwände sind«, antwortete Charlie. »In denen hält nichts.«

»Du brauchst Dübel.«

»Ja, mag sein, aber ich schaffe es nicht, mich darum zu kümmern.«

»Es sieht aus, als wärst du gerade erst eingezogen.«

»Das bin ich nicht. Aber eine gemütliche Einrichtung, für die ich mir viel Zeug kaufen müsste, interessiert mich nicht.« Charlie ging in die Küche. »Komm mit.«

Johan deutete auf Liliths Futterschüsseln.

»Hast du eine Katze?«

»Hatte. Ich habe im Sommer eine verwilderte Katze aus Lyckebo mitgenommen.«

»Was ist passiert?«

»Sie ist gestorben.«

»Im Verkehr?«

»Nein, ich habe sie nicht rausgelassen, aus Angst, dass sie mit der Stadt nicht zurechtkommt. Sie wurde krank.«

In den ersten Wochen schien es ihr noch gut zu gehen. Charlie hatte eine Wurmkur mit ihr gemacht, das Fell glänzte, sie hatte zugenommen. Doch plötzlich hatte sie das Fressen verweigert. Charlie kaufte ihr nur noch das teuerste Katzenfutter. Als sie auch das nicht fraß, brachte sie das Tier zum Tierarzt, der feststellte, dass die Katze todkrank war. Charlie hatte geweint und sich Vorwürfe gemacht. Sie hatte das Tier aus seiner natürlichen Umgebung gerissen. Alles war ihre Schuld. Der Tierarzt versicherte ihr, dass das auf keinen Fall der Grund für die schwere Krankheit sei, aber wenn sie dem Tier etwas Gutes tun wolle, dann sollte sie es einschläfern lassen.

Charlie hatte darum gebeten, die Katze zu behandeln, die Kosten würden keine Rolle spielen, auch nicht die geringen Überlebenschancen. *Retten Sie sie,* hatte sie gesagt, ohne sich darüber Gedanken zu machen, wie verzweifelt sie klang. *Bitte tun Sie, was Sie können.* Doch der Tierarzt hatte gesagt, dass das Tier dadurch nur länger leiden werde, und schließlich hatte Charlie nachgegeben und zugesehen, wie der Arzt Lilith die Spritze verpasste. Sie hatte dagesessen und den kleinen warmen Körper auf dem Schoß gehalten. Bevor Lilith die Augen für immer schloss, hatte sie noch einmal traurig zu Charlie aufgeblickt, als wolle sie sagen: *Danke. Danke, dass du es versucht hast.*

Sie sah zu Johan. »Was willst du trinken?«, fragte sie.

»Hast du Tee?«

»Schwarz, weiß, rot oder aus selbst getrockneten Kräutern?«

»Das meinst du nicht ernst, oder?«

»Nein.«

»Ich auch nicht. Also, dass ich gern Tee hätte. Was hast du da? Whisky?«

»Der ist aus. Bier ist noch da.«

Johan lachte, als sie den Kühlschrank öffnete.

»Entschuldige«, sagte er auf ihren fragenden Blick hin. »Vom Kühlschrank einer Frau erwartet man sich normalerweise etwas anderes. Ich hatte vergessen, dass du ... Überraschungen magst.«

Charlie lächelte bei diesem Verweis auf ihre Bekanntschaft im Sommer. Sie reichte Johan eine Flasche und nahm sich selbst auch eine. Dann gingen sie ins Wohnzimmer und setzten sich.

»Francesca Mild«, sagte Charlie. »Was hat dich veranlasst, über sie zu schreiben?«

»Als ich im Sommer aus Gullspång zurückkam, kam mir der Gedanke«, sagte Johan. »Ich dachte, es würde mir inneren Frieden bringen, wenn ich den Ort besuche, an dem Papa verschwand. Wenn ich Lyckebo sehe, mit dir über ihn spreche. Aber ich wollte nur noch mehr wissen und habe keine Ruhe gefunden.«

»Willkommen in meiner Welt.«

»Und warum interessiert dich der alte Fall?«

»Der Ort«, antwortete Charlie. »Und ...«

»Was?«

»Vielleicht der Annabelle-Fall, dass in Gullspång schon mal ein Mädchen im selben Alter verschwunden ist.«

»Aber das war vor fast dreißig Jahren.«

»Trotzdem.«

Charlie trank einen großen Schluck Bier und dachte, dass es noch einen Grund gab, warum sie immerzu an

Francesca Mild denken musste. Doch sie konnte es nicht in Worte fassen.

»Ich bin zufällig auf den Francesca-Fall gestoßen und habe angefangen zu recherchieren«, erzählte Johan. »Das war gar nicht so einfach, denn im Netz findet man fast nichts. Das hat mich neugierig gemacht. Und je schwerer es war, an Informationen heranzukommen, desto wichtiger wurde es für mich. Als ich das Internat kontaktiert habe, um mehr über Francescas Klassenkameraden zu erfahren, war man nicht direkt entgegenkommend. Vielleicht hängt das mit dem Ruf der Schule zusammen, aber es war trotzdem seltsam.«

Charlie nickte, und ihr wurde schwindelig. Sie versuchte, den Blick fest auf die Buchrücken auf dem Stapel an der Wand gegenüber zu richten, doch alles verschwamm. Sie war betrunken.

»Und wenn ich einen der alten Mitschüler aufgetrieben habe, wollte keiner reden.«

»Wundert dich das?«, fragte Charlie. »Hast du noch nichts von der Schweigekultur an solchen Orten gehört?«

»Doch. Aber es ist schon so lange her. Ich hätte nicht gedacht, dass das Thema immer noch so heikel ist.«

»Das Schweigen wurde ihnen seit Generationen eingeimpft.«

»Wahnsinn, was du alles über Internatsschüler weißt.« Johan lächelte.

»Adamsberg ist nicht allzu weit von Gullspång entfernt. Manchmal kamen die Schüler in den Ort und ... lachten.« Charlie erinnerte sich an die Gruppe in den teuren Klamotten, ihre Fragen nach bestimmten Waren im Laden, wie sie die Augen verdrehten, wenn sie das Gewünschte nicht bekamen.

»Lachten?«, fragte Johan. »Worüber?«

»Ich habe nie gefragt. Vielleicht über alles, was es bei uns nicht gab. Oder darüber, wie es bei uns war. Sie hatten auch Namen für uns …«

»Was für Namen?«

»Ich weiß es nicht mehr. Aber es war auf jeden Fall verdammt erniedrigend.«

»Sie haben sich aber trotzdem ganz schön was getraut«, sagte Johan.

»Als Gruppe aufzutauchen und Jugendliche auszulachen, die nicht wie sie auf der Sonnenseite geboren waren?«

»Ich hätte mich nicht getraut, dich auszulachen.«

»Die Frage ist doch eher, ob du es gewollt hättest«, entgegnete Charlie. »Außerdem war ich damals nicht so tough.«

»Doch, das glaube ich schon.«

Charlie wollte ihm widersprechen, da beugte er sich vor und küsste sie.

»Warte«, sagte sie leise.

»Entschuldige.« Johan zog sich zurück. »Ich dachte, du wolltest es auch.«

»Ja, das stimmt«, antwortete sie und beugte sich zu ihm. »Ich wollte nur …«

»Was?«

»Nichts«, sagte sie und küsste ihn.

Johan zog sich schon bald, nachdem sie fertig waren, an. Charlie war noch leicht benommen von dem, was gerade zwischen ihnen geschehen war. Sie hatten sich aneinandergeklammert, als könnten sie nur in der körperlichen Vereinigung überleben. Und nun wollte er also gehen.

»Ich muss morgen sehr früh aufstehen«, erklärte er.

»Verstehe.«

Was ist denn mit mir los?, dachte Charlie. Ich schlafe doch am liebsten allein. Es ist gut, wenn ich ihn nicht wegschicken muss. Trotzdem war sie enttäuscht, als Johan sich zu ihr beugte und sie küsste.

»Ich bin nicht nur mitgekommen, weil ich das tun wollte«, sagte er.

»Warum sonst?« Charlie zog sich die Sofadecke über den nackten Körper.

»Weil ich mit dir reden wollte.«

Charlie lachte auf.

»Wirklich.«

»Entschuldige, das klang nur etwas aufgesetzt. Ich rede auch gern mit dir.«

Charlie schlief ein und träumte von Betty. Bettys Hände in ihren Haaren, die Zöpfe, die so hart geflochten sind, dass die Kopfhaut schmerzt. Betty legt roten Lippenstift auf, beugt sich nach hinten und legt ihre Wange an Charlies. Ihre Blicke treffen sich im Spiegel. *Sind wir hübsch? Sehen wir nach was aus?*

Eine Allee, Bettys bleiches Gesicht im Mondschein, Nebel um ihre Beine. Sind sie im Himmel oder auf Erden?

Wohin gehen wir, Mama?

Zu einem Bekannten.

Was für ein Bekannter?

Schweigen.

Charlie wachte davon auf, dass das Handy auf dem Couchtisch vibrierte.

Susanne stand auf dem Display.

»Susanne?«, sagte Charlie, als sie den Anruf entgegennahm. Sie räusperte sich, als ihre schlaftrunkene Stimme brach. »Wie geht es dir?«

»Beschissen.«

»Was ist los?«

»Zwei Dinge«, antwortete Susanne. »Isak ist ausgezogen, und Mama säuft wieder.«

»Oh verdammt.«

»Ich weiß, dass es gerade ungünstig ist, aber ich bin am Limit«, flüsterte Susanne. »Ich kann nicht mehr, Charlie.«

»Doch, du schaffst das.«

»Da bin ich mir nicht so sicher.«

»Soll ich zu dir kommen?«

Kurzes Schweigen.

»Wäre das möglich?«

»Sobald der aktuelle Fall abgeschlossen ist, komme ich.«

Als sie aufgelegt hatten, konnte Charlie nicht mehr einschlafen. Sie blickte an die Decke und dachte an Susanne, die Feste, die sie gemeinsam in Lyckebo durchlitten hatten, das Gelächter, die Schreie, die Streite im Suff, Eltern, die zu Kindern wurden. *Als ob wir beiden hier die einzigen Erwachsenen sind, Charlie.*

Dann erinnerte sie sich an den Traum: Betty, das Mondlicht, die Bäume am Wegesrand, eine Allee, alles merkwürdig vertraut. Nach ein paar weiteren Minuten hatte ihr Gehirn die Informationen verarbeitet. Sie setzte sich auf, holte den Laptop aus der Küche und rief den Artikel über die verschwundene Francesca und das Bild des Familiensitzes auf. Gudhammar.

Soweit Charlie sich an die verschiedenen Theorien zur Traumdeutung erinnern konnte, setzte das Gehirn die

Eindrücke des Tages zu einem Ganzen zusammen. Tagesreste. Aber sie glaubte nicht daran, dass Träume ein heimlicher Zugang zur Psyche waren, dass sie Botschaften enthielten oder unterbewusste Gedanken und Ängste ausdrückten. Sie hatte das Bild angesehen, an Betty gedacht und im Traum alles zusammengefügt.

Sie stellte den Laptop beiseite und versuchte vergeblich, wieder einzuschlafen. Schließlich stand sie auf und wanderte ziellos durch die Wohnung. Ich gehe einfach ein bisschen auf und ab, dachte sie. Ich brauche keine Benzo zum Schlafen, außerdem habe ich getrunken und … Schon stand sie im Badezimmer mit zwei Stesolid in der Hand. Nur heute Nacht, dachte sie, dann höre ich damit auf.

Im Traum kehrt Betty zurück. Sie sitzt an ihrem Schminktisch in Lyckebo. Das Schlafzimmerfenster ist offen, die dünne weiße Spitzengardine flattert in der Sommerbrise. *Komm, Liebling. Komm und hilf mir, das Kleid zuzuknöpfen.*

Betty steckt ihr Haar hoch, und Charlie geht zu ihr. Dann bleibt sie stehen, weil Bettys Rücken hohl wie ein alter Baumstamm ist.

Was ist los? Betty legt den Kopf zur Seite und sieht sie mit besorgtem Blick im Spiegel an. *Was ist denn jetzt schon wieder?*

Francesca

Gudhammar. Mama sagte immer, dass ihr dort die Decke auf den Kopf fällt, aber mir machte es nichts aus, dass es so abgeschieden lag. Ich liebte es, dass man um sich herum nur Wiesen, Wälder und Wasser sah. Ich liebte sogar den kleinen Ort in der Nähe. Mama und Cécile beschwerten sich immer, dass es dort so vieles nicht gab. Sie fanden es suspekt, dass ein Mensch freiwillig an einem so gottvergessenen Ort wohnen wollte. Sie hatten nicht viel für die Einwohner übrig. Cécile kicherte immer über sie, wegen ihrer Einfältigkeit, weil sie uns grüßten, obwohl sie uns überhaupt nicht kannten. Darüber machte sie sich lustig, und über den hässlichen Dialekt. Ich fand, der Dialekt klang freundlich, und es gefiel mir, dass unbekannte Menschen mich grüßten. Ich unterhielt mich gern in den engen Gängen im ICA-Supermarkt mit den Frauen und kaufte Lotterielose von dem eigenartigen Mann, der vor dem Eingang saß.

Papa missbilligte, dass ich mit Leuten redete, die ich nicht kannte. Ein Anwesen wie Gudhammar und das Vermögen, das unsere Familie seit Generationen besaß, ziehe Verrückte an, sagte er.

Papa bog in die Allee ein. Als wir am Torhaus vorbeifuhren, erwartete ich beinahe, den alten Vilhelm in der Küche sitzen und die Petroleumlampe im Fenster brennen zu sehen. Vilhelm war seit fast drei Jahren tot, und auch wenn er alt und krank gewesen war, war es ein Schock für mich gewesen. Vilhelm war immer da gewesen, und ich hatte viele Stunden mit ihm in der Küche beim Kartenspielen verbracht. Ich liebte seine Geschichten, wie es früher auf dem Gut gewesen war, als meine Großeltern väterlicherseits noch lebten und wir noch Tiere hatten. Und auch wenn ich diese Zeit nicht miterlebt hatte, vermisste ich sie. Vilhelms Sohn Ivan hatte bei uns gearbeitet, als sein Vater keine Kraft mehr hatte, aber jetzt hatte er aufgehört. Darüber war ich froh, weil Ivan überhaupt nicht wie sein Vater war. Sein Gesicht war permanent verbittert, und in seiner Gegenwart fühlte ich mich immer unwohl.

»Der Rhododendron ist noch da«, bemerkte Mama und deutete auf das Beet vor dem Nordflügel. »Ich habe Adam doch gesagt, er soll ihn entfernen.«

»Und ich habe ihm gesagt, er soll ihn stehen lassen«, entgegnete Papa.

»Warum?«

»Weil ich ihn behalten möchte.«

Sie stritten sich über das Schicksal des Rhododendrons. Papa fand die Blüten schön, Mama nicht. Ihr gefiel die Farbe nicht, und außerdem verblühten sie so schnell.

Ich seufzte laut und dachte, dass ich auf keinen Fall so werden wollte, dass ich mich wegen eines Busches stritt.

»Was ist das?«, fragte ich und zeigte auf die Treppe, als Papa den Wagen vor der Eingangstreppe hielt.

»Löwen«, antwortete Mama. »Siehst du das nicht?«

»Ich habe mich eher gefragt, was sie vor der Treppe machen.«

»Sie begrüßen uns.«

Mama erzählte, dass sie sie in der Schweiz bei einer Auktion ersteigert hatte, dass einer über hundert Kilo wog und eine Spezialfirma sie hatte abholen müssen. Ich fand nicht, dass Löwen besonders einladende Tiere waren, aber Mama wurde richtig wütend, als ich ihre Erwerbung kritisierte, weshalb ich zu einem Löwen ging, die Hand in sein aufgerissenes Maul legte und sagte, dass man spüre, wie exklusiv das Material sei.

»Adam!«, rief Mama in Richtung eines Schattens im Garten. »Wie gut, dass du hier bist!

Ich sah zu Adam, den Papa nur den »Gartenjungen« nannte, und mir ging es wie Mama. Adam war ein Mensch, der gedrückte Stimmungen aufheitern konnte. Er war eine angenehme Gesellschaft. Cécile mochte ihn auch, das gab sie eines Abends zu, als wir in Badeshorts auf dem Steg saßen. Aber er war trotzdem nichts für sie. Er war ihr zu einfach, nicht tiefgründig genug. Ich musste lachen, als sie das sagte, denn die Jungs, die Cécile mochte, hatten eines gemeinsam: Sie waren alle so tiefgründig wie Pfützen. Adam war jedenfalls nicht überheblich und brachte mich manchmal sogar zum Lachen. Das war mehr, als man von den meisten anderen behaupten konnte.

»Hallo, Francesca«, sagte Adam jetzt und lächelte.

»Hallo, Adam«, erwiderte ich und fragte mich, wie viel er von den Ereignissen der letzten Zeit wusste.

Mama und Papa besprachen nie persönliche Angelegenheiten mit den Angestellten, aber er verstand sicher trotzdem, dass etwas nicht in Ordnung war, wenn wir mitten im Schulhalbjahr anreisten und auf meinem Handrücken immer noch das Pflaster von der Infusion klebte.

»Ich habe drinnen Feuer gemacht«, sagte Adam und nickte Richtung Haus.

»Danke, das ist sehr nett«, antwortete Mama.

»Hast du das Anmachholz aufgebraucht?«, fragte Papa.

Adam schüttelte den Kopf. Er hatte gar kein Anmachholz verwendet.

»Ich muss noch mit dir reden, Adam«, verkündete Mama. »Wegen des Rhododendrons. Morgen vielleicht?«

Als Erstes fiel der Blick in der Eingangshalle von Gudhammar auf einen eingerahmten Wandbehang, den die Mutter meiner Großmutter mütterlicherseits gestickt hatte. Verschnörkelte Buchstaben, umgeben von blauen Schmetterlingen und Maiglöckchen.

Gute Gedanken
Gute Worte
Verbreiten Glück auf unserer Erde.

Bei den Worten fühlte ich mich immer wie ein schlechter Mensch. Meine üblichen Gedanken kehrten zurück. *Ich bin eine Fremde. Ich bin eine Fremde in dieser Familie.*

Ich ging auf die Toilette und holte Pauls Brief hervor. Falls es ein Abschiedsbrief war, erwartete ich mir genau das – einen ordentlichen Abschied oder vielleicht einen Versuch einer Erklärung, oder zumindest eine Entschuldigung, dass er mich allein an einem Ort zurückließ, der ohne ihn gänzlich unerträglich war. Vor allem wollte ich Klarheit, warum er mich nicht mitgenommen hatte. Doch nichts davon stand in den wenigen Zeilen.

Bellman und der Russe sind auf Entdeckungsreise im Dschungel und werden von Kannibalen gefangen genommen und in einen Kessel mit kochend heißem Wasser gesteckt. Aus heiterem Himmel fängt Bellman zu lachen an.

»Was ist denn so lustig?«, fragt der Russe. »Wir werden hier gerade bei lebendigem Leib gekocht, und du amüsierst dich.«

»Ja«, antwortet Bellman, »weil ich gerade in die Suppe gepinkelt habe.«

Mama und Papa saßen im Salon. Ich ging in die Küche. An der Pinnwand neben dem Kühlschrank hing ein Zettel mit allen Nummern der Beschäftigten auf Gudhammar. Es waren sicher fünfzig Namen, manche durchgestrichen und durch neue ersetzt. Warum kamen wir nicht allein zurecht, wenn wir hier waren? Warum konnten wir nicht wie normale Menschen Dachrinnen säubern, den Kühlschrank abtauen und die Gartenmöbel streichen? Sollte man mir jemals fehlenden Realitätssinn vorwerfen, würde ich genau solchen Sachen die Schuld geben. Bevor ich nach oben in mein Zimmer ging, riss ich den Zettel ab, knüllte ihn zusammen und warf ihn in den Mülleimer.

Das Zimmer auf der Nordseite gehörte mir, seit Cécile und ich aus dem großen Kinderzimmer neben Mamas und Papas Schlafzimmer ausgezogen waren. Wir wollten beide das Zimmer auf der Südseite haben, und damit es gerecht zuging, zogen wir Strohhalme aus Papas Hand. Natürlich zog Cécile den längeren. Als ich eine Wiederholung verlangte, weil es nicht mit rechten Dingen zugegangen sei, lachte Papa und sagte, dass ich die weltschlechteste Verliererin sei. Außerdem sei es keine große Sache, die Zimmer seien fast gleich. Der Balkon sei der größte Unterschied.

Ich protestierte und sagte, dass da auch noch der begehbare Kleiderschrank seien, die Kletterrosen an der Fassade, das Sonnenlicht und die freie Aussicht über das Wasser. Ich hätte gerne an Sommerabenden auf dem Balkon gesessen und zugesehen, wie die Sonne über dem See untergeht und der Nebel sich übers Wasser legt. Das Zimmer an der Nordseite lag im Schatten einer riesigen Eiche. Doch Cécile hatte den längeren Strohhalm gezogen. Sie hatte mehr Glück als ich gehabt. Das war gerecht.

Ich stellte meine Tasche ab und ging in Céciles Zimmer. Lange stand ich da und sah mich um. Dann zerwühlte ich ihr makellos gemachtes Bett ein wenig. Unter dem Kissen lag eines ihrer seidenweichen Nachthemden. Ich zog mein Kleid aus, ließ es über den Kopf gleiten und betrachtete mich in dem Standspiegel am Fußende des Bettes. Mit meiner weißen Haut und den Bandagen an den Unterarmen sah ich aus wie ein Geist. Dann setzte ich mich in den Drehstuhl vor dem antiken Schreibtisch und musterte die Pinnwand mit den unzähligen Fotos. Cécile, unterschiedlich alt, immer die Arme um fast genauso hübsche Freundinnen gelegt. Cécile im gelben Bikini unten am Steg. Cécile breit lächelnd neben dem Connemara-Pony, das sie einen Sommer lang hatte. Und überall die vielen Freunde. Ich verstand nicht, wie Cécile es aushielt, sie ständig um sich zu haben. Menschen, mit denen man reden musste, die nicht einfach nur still dasaßen, während man nachdachte, zeichnete oder las. Plötzliche Trauer überfiel mich, als mir klar wurde, dass ich nie wieder so einen Freund wie Paul finden würde. Ich war davon überzeugt, dass es keinen anderen Menschen gab, der so gut zu mir passte, jemanden, der gleichermaßen klug und lustig war und mich außerdem ehrlich mochte. Ich dachte an den Zettel von ihm. Paul hatte mir oft kleine Botschaften zugesteckt. Manchmal fand ich sie unter meinem Kopfkissen oder im Mathebuch. Alles, von ironischen kleinen Anspielungen bis zu Zitaten der Philosophen, mit denen er sich gerade beschäftigte. Wenn er sich wider Erwarten wirklich das Leben genommen hatte, hätte er einen Brief hinterlassen, da war ich mir ganz sicher.

Ich nahm ein Foto von Cécile von der Pinnwand, vom Frühlingsball in der neunten Klasse. Sie trug ein zweiteiliges hellrosa Kleid, die Arme hatte sie um zwei Klassenkameradinnen gelegt. Ganz am Rand sah ich ein Stück meines grünen Kleides. Ohne nachzudenken, zerriss ich das Bild in zwei Teile und warf es in den Papierkorb unter dem Schreibtisch. Dann verließ ich das Zimmer. Cécile würde natürlich merken, dass ich hier gewesen war (als ob sie meinen Geruch wahrnahm. Sie würde es wissen, selbst wenn ich nichts angefasst hatte), und sie würde sofort das fehlende Bild entdecken und sich bei Mama beschweren, und Mama würde mir wieder einen Vortrag halten, wie wichtig es sei, die Privatsphäre anderer Menschen zu respektieren. Wann wollte ich endlich aufhören, diese sozialen Regeln zu brechen?

Ich ging zurück in mein Zimmer und begann, die sorgfältig zusammengelegten Kleider aus meiner Tasche zu ziehen. Drei Kleidungsstücke verstaute ich im Schrank, dann verließ mich die Kraft. Mir fiel nichts ein, was ich stattdessen tun sollte. Ich war müde, aber viel zu unruhig, um mich hinzulegen. Irgendetwas fehlte mir, und erst nach einer Weile kam ich darauf, dass ich rauchen musste. Zu meiner Freude fand ich eine halbe Packung

Blend in der Nachttischschublade. Ich öffnete das Fenster, setzte mich aufs Fensterbrett und zündete eine Zigarette an. Gudhammar hatte einen ganz eigenen Geruch. Nach einer Weile nahm man ihn nicht mehr wahr, aber jetzt inhalierte ich diese schwer definierbare Mischung aus Holz, Erde und Kies.

Zwischen den Baumstämmen erahnte ich den Steg unten am See. Ich dachte daran, wie Cécile und ich klein waren und wetteiferten, wer länger unter Wasser sein konnte. Es spielte keine Rolle, dass ich viel länger die Luft anhalten konnte, Mama sagte immer, dass wir beide gleich gut seien.

Ich kann länger die Luft anhalten, sagte Cécile einmal, als ich sie aufzog, dass sie so leicht aufgab. *Ich könnte genauso lange wie du unter Wasser bleiben, wenn ich nicht immer gleich wieder nach oben treiben würde.*

Ich bot ihr meine Hilfe an und drückte ihren Kopf unter Wasser. Natürlich wollte ich nicht meine eigene Schwester ertränken, wie Mama es Papa entgegenschrie, als er vom Haus zu uns rannte. Ich wollte ihr einfach nur helfen, den Rekord zu brechen.

»Francesca«, hörte ich plötzlich Mamas Stimme. Sie konnte sich schon immer unangenehm an Leute heranschleichen.

Ich warf die Zigarette nach unten.

»Wie oft soll ich dir noch sagen, dass du nicht so im offenen Fenster sitzen sollst?«, tadelte sie mich. »Weißt du, wie weit es bis zum Boden ist?«

Ich sah meiner glühenden Zigarette nach und sagte, dass es wohl sechs, sieben Meter seien.

»Es sind über zehn Meter«, entgegnete Mama.

»Wolltest du was?«

»Hast du geraucht?«

Ich schüttelte den Kopf.

»Genau das meine ich.« Mama ging zum Fenster und wischte mit dem Finger über ein wenig Asche. »Wie sollen wir dir vertrauen, wenn du ständig lügst?«

»Ihr habt mir doch noch nie vertraut, was spielt das also für eine Rolle?«

»Und warum glaubst du das?« Mama setzte sich aufs Bett und sah traurig aus. »Warum glaubst du, dass wir dir nicht vertrauen? Es ist wie mit Peter und dem Wolf«, fuhr sie fort, ohne meine Antwort abzuwarten. »Genau wie mit Peter und dem Wolf.«

»Wovon redest du?«

»Erinnerst du dich nicht an das Märchen? Du hast es als Kind oft gehört, aber es dir offensichtlich nicht gemerkt. Vielleicht soll ich es noch mal erzählen?«

»Nein, danke«, wehrte ich ab, denn tatsächlich kannte ich das alberne Märchen auswendig.

»Peter war ein Schafhirte«, begann Mama.

»Nicht jetzt, Mama, ich kann nicht. Es geht mir nicht gut.«

»Glaubst du nicht, dass ich das weiß?« Sie stand abrupt vom Bett auf. »Begreifst du nicht, dass du Papa und mich dem Schlimmsten ausgesetzt hast, was Eltern passieren kann?«

»Das Schlimmste ist doch nicht eingetreten.«

»Aber das wäre es, wenn nicht…« Mama schluchzte auf.

»Ich wollte mir nicht das Leben nehmen.«

Mama sagte, dass es in dem Fall sehr seltsam sei, sich die Arme aufzuschlitzen. Menschen, die leben wollten, täten so etwas nicht.

»Aber ich wollte nicht sterben. Ich hatte nur Angst und war so schrecklich traurig wegen Paul. Ich wollte irgendwie meinen inneren Schmerz betäuben. Es war kein Selbstmordversuch.«

»Ich weiß«, sagte Mama und zupfte ein verwelktes Blatt von einer Pflanze im Fenster. »Es war nur ein Hilferuf.«

»Wolltest du sonst noch was?«, fragte ich.

»Ich denke an die Sache mit der Schule. Ich verstehe, dass du niedergeschlagen bist, Francesca, aber …«

Und bevor ich noch einwerfen konnte, dass die Schule das Letzte sei, weswegen ich niedergeschlagen sei, hielt sie eine lange Rede, dass ich ohne Probleme ein Jahr später Abitur machen könne. Ich hätte ja ohnehin ein Jahr gut, weil ich eine Klasse übersprungen hätte. Und wenn diese Situation, also, wenn es mir wieder etwas besser gehe … dann könne ich einfach mit dem Unterricht weitermachen. Der Ausschluss galt ja nicht für immer. Der Direktor hatte sogar gesagt, dass ich gern zurückkommen könne, wenn es mir besser ging.

»Vielleicht«, antwortete ich. Hoffentlich ging sie jetzt endlich.

»Francesca«, sagte Mama. »Nur weil etwas Trauriges in deinem Leben passiert ist …«

»Mein bester Freund ist tot«, schleuderte ich ihr entgegen.

»Ja, das sage ich doch.«

»Nein, das tust du nicht. Du sagst nur, dass etwas Trauriges passiert ist.«

»Gut.« Mama biss sich auf die Unterlippe. »Aber hör mir jetzt bitte zu. Man bekommt im Leben nicht unendlich viele Chancen.«

»Ach was.«

»Ich meine es ernst, Francesca. Man kann nicht ständig schlechte Entscheidungen treffen und darauf hoffen, dass man immer wieder eine neue Chance bekommt. Ich sage das nicht, damit du dich elender fühlst, das will ich ganz bestimmt nicht, aber als deine Mutter muss ich dir deutlich sagen, dass, wenn man zu viele Angebote ablehnt, sich manche Türen verschließen.«

Sie warf mir einen betrübten Blick zu.

»Antworte bitte, Francesca.«

Ich wusste nicht, was ich antworten sollte, weil ich keine Frage herausgehört hatte.

»Wenn der Herr eine Tür zuschlägt, öffnet er eben ein Fenster«, meinte ich schließlich.

In diesem Moment schlug eine Windböe mit einem Knall mein Fenster zu.

»Ich werde das nicht als Zeichen sehen«, bemerkte ich.

»Vielleicht solltest du das aber.« Mama lächelte.

»Sind wir jetzt fertig?«

»Cécile mag es nicht, wenn du in ihr Zimmer gehst.«

»Ich war nicht dort.«

»Warum trägst du dann ihr Nachthemd?«

Kapitel sieben

Charlie wusste sofort, dass etwas nicht stimmte, als sie wach wurde. Ein kurzer Blick auf die Uhr ließ sie aus dem Bett springen. Es war ein Uhr mittags! Ein Uhr! Hatte sie den Wecker nicht gestellt? Sie nahm ihr Handy und fluchte, als sie die verpassten Anrufe von Challe sah. Und eine Nachricht von Anders: *Melde dich, wenn wir keine Einheit vorbeischicken sollen. Challe denkt, dass du tot bist.*

Sie rief ihren Chef an. Er antwortete nach dem ersten Klingeln.

»Ich bin nicht tot«, sagte sie.

»Schade«, meinte Challe. »Denn das wäre deine einzige akzeptable Entschuldigung gewesen.«

»Es tut mir furchtbar leid.«

»Komm her. Wir müssen reden.«

Alle Entschuldigungen, über die Charlie im Taxi auf dem Weg ins Büro nachgrübelte, waren weder glaubwürdig noch gut genug. Und einfach zu sagen, dass sie verschlafen hatte, reichte auch nicht. Kein normaler Mensch schlief bis ein Uhr mittags. Sie gab den Versuch auf, eine glaubhafte Lüge für Challe zu konstruieren, und dachte stattdessen über das Telefonat nach, das sie nachts mit Susanne geführt hatte. Susanne war einer der stärksten

Menschen, die sie kannte. Oder zumindest war sie das gewesen, als sie noch jung waren. Die Susanne, die sie im Sommer wiedergetroffen hatte, war vom Leben und den Umständen gezeichnet, und jetzt hatte sich die Situation noch weiter zugespitzt. *Ich bin am Limit, Charlie. Ich kann nicht mehr.*

Als sie ins Büro kam, war Challe gerade in einer Besprechung. Charlie ging in die Küche.

Ihr Kopf dröhnte wegen des Alkohols und der Schlaftabletten. Sie brauchte Kaffee.

Kristina stand an der Spüle und hielt einen Monolog über eines ihrer Lieblingsthemen: dass Frauen endlich aufhören sollten, übereinander herzuziehen, und sich stattdessen lieber gegenseitig unterstützen sollten. Hugo saß am Tisch und nickte zustimmend.

»Da bist du ja!«, sagte Kristina, als sie Charlie sah. »Challe hat …«

»Ich weiß«, unterbrach Charlie sie, »ich weiß.«

Sie spürte Hugos Blick im Rücken, als sie eine Tasse mit Kaffee aus dem Automaten füllte.

»Ich stimme dir zu«, sagte Hugo zu Kristina. »Frauen sind am gemeinsten zu anderen Frauen. Was denn?«, fragte er, als Charlie laut auflachte.

»Ich verstehe nur nicht ganz, was ihr meint«, sagte sie und setzte sich mit ihrer Tasse an den Tisch. »Gibt es wissenschaftliche Studien, die das beweisen?«

»Was beweisen?«, fragte Kristina.

»Dass Frauen zu anderen Frauen am gemeinsten sind?«

»Das weiß man doch«, entgegnete Kristina und verdrehte die Augen in Hugos Richtung.

Charlie wollte schon sagen, dass das kein Argument sei, aber das wäre Zeitverschwendung. Kristina war nicht empfänglich für Fakten und Statistiken. Ihre eigene unverrückbare Überzeugung reichte ihr.

»Sagen wir, ihr habt recht«, begann Charlie, »dass Frauen gemeiner übereinander reden als Männer, dann lässt sich das vielleicht ja durch die bestehenden Gesellschaftsstrukturen erklären.«

»Ich verstehe nicht, warum du dich so aufregst«, sagte Hugo. »Nicht nur wir zwei denken, dass Frauen andere Frauen am schlimmsten behandeln.«

»Das ist ja wohl kein Argument«, sagte Charlie, »dass viele andere auch auf der falschen Gedankenspur sind.«

Sie fragte sich, wohin der Mann, den sie zu kennen geglaubt hatte, verschwunden war, und kam zu demselben traurigen Schluss wie schon zuvor: Es hatte ihn nie gegeben.

Kristinas Dummheit wühlte sie nicht so auf. Kristina war nicht da draußen gewesen und hatte gesehen, wozu Männer fähig waren. Sie ermittelte nicht gerade in einem Fall, in dem zwei junge Frauen wie Müll im Wald entsorgt worden waren. Sie hatte nie traumatisierte Vergewaltigungsopfer vernommen oder sich um Kinder gekümmert, deren Mütter vor ihren Augen von ihren Vätern getötet worden waren. Sie war ein Mensch, dem analytische Fähigkeiten fehlten und der für das Offensichtliche blind war.

»Ich hoffe, dass wir uns wenigstens in einem einig sind«, sagte Charlie. »Dass Misshandlung, Vergewaltigung und Mord schlimmer sind, als schlecht übereinander zu reden.«

Kristina antwortete, dass sie sich da natürlich einig seien.

»Na also«, meinte Charlie. »Frauen morden nicht, sie

vergewaltigen nicht, sie schlagen nicht. Das tun Männer Frauen an.«

»So haben wir das gar nicht gemeint«, sagte Hugo.

»Okay, dann habe ich es wohl falsch verstanden. Ich dachte, ihr hättet gesagt, dass Frauen am gemeinsten zu anderen Frauen sind.«

»Mit dir kann man über so etwas nicht diskutieren«, sagte Hugo.

»Mit euch auch nicht«, entgegnete Charlie. »Außerdem glaube ich nicht eine Sekunde daran, dass Frauen mehr Mist reden als Männer. Ich habe genügend Männer kennengelernt, die mir das Gegenteil bewiesen haben.«

Sie stand auf, nahm ihre Kaffeetasse und verließ die Küche.

»Ich bin jetzt fertig«, sagte Challe, als sie an seinem Büro vorbeiging. »Komm rein, Charlie.«

Sie setzte sich Challe gegenüber. Hier hatte sie viele gute Gespräche geführt, war gelobt und befördert worden und hatte Gehaltserhöhungen bekommen. Am besten erinnerte sie sich jedoch an die unangenehmen Gespräche. Das nach der Betriebsfeier wegen ihres Alkoholkonsums, das wegen ihres unprofessionellen Verhaltens im Fall Annabelle und schließlich das letzte wegen ihres Urlaubs. Mit einem Mal verließ sie alle Kraft. Sie konnte sich nicht mehr verteidigen, nicht darum betteln, weiterarbeiten zu dürfen, ihm versichern, dass alles in Ordnung sei. Denn das war es nicht. Und noch bevor Challe überhaupt den Mund öffnen konnte, sagte sie, dass sie nachgedacht habe. Challe bedeutete ihr weiterzusprechen. Worüber habe sie nachgedacht?

»Über den Urlaub«, antwortete Charlie. »Ich glaube, ich brauche eine Auszeit.«

»Ich dachte, du wolltest zuerst den Fall abschließen.«

»Ich weiß. Aber eine Freundin aus Jugendtagen braucht mich. Ich will zu ihr fahren.«

»Wo wohnt sie?«, fragte Challe.

»Spielt das eine Rolle?«

»Nein, ich frage nur.«

»In Västergötland.«

»In Gullspång?«

Charlie nickte. »Ist das ein Problem?«

»Ich weiß es nicht«, sagte Challe. »Es hat dir nunmal überhaupt nicht gutgetan, als du das letzte Mal dort warst.«

»Wer sagt denn, dass das mit der Gegend zu tun hatte?«

»Keiner. Anders hat nur kurz erwähnt, dass du als Kind dort gelebt hast. Ich dachte, vielleicht ...«

»Was dachtest du?«

»Dass es vielleicht nicht so gut ist, wieder dorthin zu fahren.«

»Darum geht es aber gerade nicht«, sagte Charlie. »Sondern darum, dass eine gute Freundin mich braucht.«

Challe stand auf und ging zum Fenster, wo er eine Weile stumm dastand, bevor er sich umdrehte.

»Ich verstehe. Aber was ist mit den Therapiesitzungen? Es ist wichtig, dass du die Psychologin weiterhin siehst, nachdem du endlich damit angefangen hast.«

»Absolut«, erwiderte Charlie. »Ich werde die Therapie nicht abbrechen. Nur eine Pause einlegen.«

»Und wann willst du fahren?«

»Heute.«

»Heute?« Challe raufte sich die Haare. »Okay. Gut, dann machen wir es so.«

»Gut.«

»Und, Charlie?«, sagte Challe zu ihrem Rücken. »Pass auf dich auf.«

Kapitel acht

Nach zehn Minuten im Auto rief Charlie Susanne an, um ihr zu sagen, dass sie auf dem Weg war. Susannes ältester Sohn Melker antwortete.

Charlie begrüßte ihn und bat darum, mit seiner Mutter reden zu können.

»Sie schläft«, sagte Melker. »Wir dürfen sie nur wecken, wenn es um Leben oder Tod geht. Soll ich ihr ausrichten, dass du angerufen hast, wenn sie aufwacht?«

»Sag ihr, dass ich unterwegs und in drei Stunden bei euch bin.«

»Sie hat erzählt, dass du kommst, aber nicht heute.«

»Die Dinge haben sich etwas geändert. Ich komme heute schon.«

»Ich richte es ihr aus, wenn sie aufwacht.«

Charlie versuchte sich zu erinnern, wie alt Susannes Kinder waren. Die Zwillinge waren sechs, Nils ein paar Jahre älter, aber wie alt war Melker? Elf? Wer kümmerte sich um sie, wenn ihre Mutter schlief? Wahrscheinlich kamen sie gut allein zurecht. Sie war einige Jahre jünger als Melker gewesen, als sie sich selbstständig um ihr Essen, die Hausaufgaben und ums Zubettgehen gekümmert hatte, ohne Betty.

Nach etwa einer Stunde Fahrt hielt Charlie an einem 7-Eleven, tankte und kaufte sich einen großen Latte. Es dämmerte bereits. Charlie gefiel das. Die Dunkelheit hatte eine ganz andere Wirkung auf sie als auf alle Menschen, die sich immer nur nach dem Licht sehnten.

Als sie wieder auf die Schnellstraße fuhr, sah sie Francesca Milds Gesicht vor sich. Was hatte sie gesehen? Welche Lügen hatte sie durchschaut? Warum war sie verschwunden? Und wie konnte es sein, dass keiner in Gullspång im Sommer ihr Verschwinden erwähnt hatte? Weil Francesca nicht aus Gullspång kam? Weil sie ein Mädchen aus reicher Familie war, das auf ein Internat ging und nur ein paar Wochen im Sommer in der Gegend war?

Einige Straßenlampen waren kaputt, weshalb die Hauptstraße, die durch Gullspångs Zentrum führte, teilweise im Dunkeln lag. Vielleicht machten sich gelangweilte Teenager immer noch einen Spaß daraus, gegen die Laternenpfähle zu treten, bis das Licht erlosch. So wie sie und Susanne damals. Die Technik hatten sie von älteren Jungs gelernt. Ein fester Tritt mit der Fußsohle in ungefähr einem Meter Höhe. Nach langer Zeit und vielen Fehlversuchen war es ihr schließlich gelungen, dass die Lampe knisterte und erlosch.

Das Restaurant im Motel war hell erleuchtet, und durch die Fenster sah sie Menschen an den Tischen sitzen. Sie fragte sich, wie die Stimmung da drinnen wohl war, ob die Stammgäste bereits versammelt und betrunken waren. Auf einem schwankenden Schild an der Straße zum Motel stand ERNTEDANKFEST und das Datum des kommenden Wochenendes. Wasserfalltag und Erntedankfest, dachte Charlie. Seit wann gab es diese Traditionen eigentlich schon? Betty hatte diese Festabende geliebt, das Bierzelt, das auf der Wiese zwischen dem Restaurant und dem Fluss aufgebaut wurde, die ausnahmsweise namhafte Band, die Takt und Melodie halten konnte. Wenn etwas sie glücklich machte, dann, dass sie zu einer richtigen Band tanzen durfte.

Betty in ihrem Traum. Ihre Hände in Charlies Haar, die Zöpfe, der Kies, das Mondlicht.

Wohin gehen wir, Mama?

Zu einem Bekannten.

Was für ein Bekannter?

Schweigen.

Die Straße zu Susanne war unbeleuchtet und stockfinster. Charlie fuhr an dem kleinen Hof vorbei, in dem eine alte Frau mit ihrem erwachsenen Sohn gewohnt hatte. Susanne hatte erzählt, dass sie entfernt verwandt waren. Es war nicht besonders aufbauend, mit Verrückten verwandt zu sein. Der Sohn hatte früher Lose vor dem ICA-Supermarkt verkauft und dabei herumgeschrien und Auswärtige erschreckt. Als Charlie Susannes Mutter Lola gefragt hatte, was ihm denn fehle, hatte sie Charlie angesehen, als verstünde sie die Frage nicht. Er habe gar nichts, er sei nur ein wenig nervös. Wenn er keine Lose verkaufte, stand er mit einem orangefarbenen Schneeleitstab an der Kreuzung und hob ihn grüßend in Richtung der Autofahrer. Das beruhige seine Nerven, vermutete Lola. Einmal hatten sich Charlie und Susanne, nachdem sie einiges an Bier getrunken hatten, zu dem Haus geschlichen, die Stange gestohlen und sie ein Stück entfernt in den Wald geworfen. Warum? Charlie wusste es nicht.

Sie war so in Gedanken versunken, dass sie fast den kleinen Pfad verpasst hätte, der zu Susannes Haus führte.

Sie war erleichtert, als sie das große Holzhaus sah, dessen Fenster einladend erleuchtet waren.

Charlie wollte gerade klopfen, als die Tür von einem der Zwillinge aufgestoßen wurde. Er trug zu kurze Jogginghosen aus Fleece und einen schmutzigen Pulli, dessen Ärmel zu lang waren.

»Papa ist woandershin gezogen«, sagte er ohne Begrüßung.

»Das habe ich gehört, ja«, erwiderte Charlie und versuchte zu entscheiden, ob sie Tim oder Tom vor sich hatte.

»Mama ist immer noch traurig, auch wenn das schon ganz viele Tage her ist«, sagte er und schob routiniert den kleinen Dackel zurück ins Haus, der sich hinauszudrängen versuchte. »Bleib da, Hibben.«

»Erinnerst du dich an mich?«, fragte Charlie und streckte die Hand aus.

»Klar, du bist Charlie, Mamas beste Freundin.«

»Und du bist Tim, nicht wahr?«, wagte sich Charlie vor.

»Tom«, korrigierte der Junge sie.

»Ihr seid wirklich schwer auseinanderzuhalten.«

»Ich weiß.«

»Wo ist deine Mutter denn?«

»Oben in ihrem Zimmer. Ich traue mich nicht nachzuschauen, ob sie schon aufgewacht ist, weil sie immer so böse wird, wenn man sie weckt.«

»Verstehe«, antwortete Charlie und unterdrückte ein Lächeln. »Wo sind deine Brüder?«

»Nils und Melker sind oben, Tim ist im Wohnzimmer.«

Das Haus war ein einziges Chaos. Im Flur lagen Schuhe verteilt, in der Küche stapelte sich das schmutzige Geschirr, und es roch schwach nach Katzenklo und Essensresten.

Tim saß auf dem Sofa und aß einen Schokoriegel. Dabei schaute er einen Horrorfilm, in dem ein Mann mit einem Messer eine schreiende Frau durch einen Wald jagte. Er war so auf den Bildschirm konzentriert, dass er Charlies Anwesenheit erst gar nicht bemerkte. Charlie begrüßte ihn, erhielt jedoch nur ein Nicken als Antwort. Da nahm sie die Fernbedienung vom Tisch und drückte auf den Aus-Knopf. Nichts passierte. Sie sah sich nach einer anderen Fernbedienung um und erkannte an Tims zufriedener Miene, dass er sie hatte.

»Hallo«, wiederholte sie.

»Hallo«, sagte Tim und wedelte mit der Hand. »Du stehst im Weg, es ist gerade total spannend.«

»Ich glaube nicht, dass dieser Film für Kinder geeignet ist.«

»Den habe ich schon oft gesehen. Mama erlaubt es.«

Charlie gab auf und trat zur Seite. Sie musste sich jetzt um andere Dinge kümmern als eine angemessene Filmauswahl.

»Weck Mama nicht«, sagte Tim noch, als sie zur Treppe ging.

Im Schlafzimmer war es dunkel, und Susanne hatte sich tief unter der Bettdecke vergraben. Eine Szene, die aus Charlies Kindheit hätte stammen können. Sie war das sich leise anschleichende Kind, und Susanne war Betty, die der Welt und ihrer Elternrolle entsagt hatte.

»Nein«, flüsterte Susanne, als Charlie das Deckenlicht einschaltete. »Lass mich noch ein bisschen schlafen.«

Charlie ging zum Nachtkästchen und überprüfte die Rückseiten der Tablettenschachteln, die dort lagen: Propavan, Sobril, Zoloft.

»Susanne.« Sie hob die Bettdecke. »Deine Jungs sind unten.«

»Das weiß ich. Und du musst nichts sagen«, antwortete Susanne. »Ich weiß schon, dass ich total erbärmlich bin. Ich kann einfach nicht.«

Charlie hatte nicht übel Lust, ihr die Bettdecke wegzureißen und ihr zu sagen, dass sie keine Wahl hatte, dass sie sich zusammenreißen musste, aber sie schwieg, weil sie wusste, dass sie es in einer ähnlichen Situation genauso machen würde.

»Ich verurteile dich nicht«, sagte sie daher. »Ich bin nur hier, um dir zu helfen.«

Susanne setzte sich auf.

»Danke, Charlie«, antwortete sie. »Ich bin so froh, dass du da bist.«

Dann brach sie in Tränen aus.

Francesca

Als Mama endlich gegangen war, ging ich in den Flur im Obergeschoss und wählte die Nummer von Majoren, einem der Mädchenwohnheime im Internat. Eines der jüngeren Mädchen antwortete. Es dauerte lange, bis Cécile an den Apparat kam.

»Francesca?«

»Ja.«

»Bist du jetzt in Gudhammar?«

»Ja.«

Schweigen.

»Wolltest du was?«, fragte Cécile schließlich.

»Wie war der Test?«

»Welcher Test?«

»Der nationale Englischtest.«

Cécile antwortete nicht. Im Hintergrund hörte man Gespräche und Gelächter.

»Warum lügst du?«, fragte ich.

»Ich wollte nur nicht, dass du mich wieder beschimpfst.«

»Was ist daran verwunderlich, dass man sich aufregt, wenn die eigene Schwester mit einem Mörder zusammen ist?«

»Ich will nicht mehr darüber sprechen.«

»Cécile«, sagte ich. »Ich bin mir wirklich sicher, dass

sie irgendwas mit Paul angestellt haben, dass Henrik, Erik und …«

»Ich weiß nicht, woher du dir das zusammenreimst«, unterbrach Cécile mich. »Er hat sich umgebracht, Francesca. Er war ein Wrack. Allen außer dir ist das klar.«

Ich legte auf.

Mama bestand darauf, auf der Ausziehcouch in meinem Zimmer zu schlafen. Ich sagte, dass das wirklich nicht nötig sei, dass ich nach einer Woche im Krankenhaus, in der ich ständig von Menschen umgeben gewesen war, allein sein wolle. Doch Mama gab nicht nach. In Anbetracht der Umstände wollte sie keine unnötigen Risiken eingehen. Sie würde auf der Couch schlafen, und wenn es mich störe, solle ich einfach so tun, als wäre sie gar nicht da, sie werde keinen Mucks von sich geben. Ich entgegnete, dass sie andere Menschen vielleicht einfach so ausblenden könne, ich jedoch nicht. Außerdem schliefe ich noch schlechter ein als sonst, wenn jemand im Zimmer sei.

»Wie lange hast du diese Einschlafschwierigkeiten eigentlich schon?«, fragte Mama.

»Seit Adamsberg«, antwortete ich. »Seit ich gezwungen wurde, mit Fremden in einem Raum zu schlafen.«

Das stimmte nicht. Ich hatte schon lange vor Adamsberg nur schwer einschlafen können, aber ich wollte mir die Gelegenheit nicht entgehen lassen, Mama ein schlechtes Gewissen zu machen, weil sie mich dorthin geschickt hatten.

»Deine Hausmutter spricht das auch immer bei den Entwicklungsgesprächen an«, antwortete Mama. »Sie glaubt, dass die Schlafschwierigkeiten Grund für deine Probleme sind.«

»Die Hausmutter ist so blöd«, sagte ich.

»Warum?«, fragte Mama, ohne auf meine Wortwahl einzugehen.

»Weil sie einfach blöd ist.«

Als Mama eingeschlafen war, wickelte ich den Verband an einem Arm ab. Die Schnitte waren wirklich tief. Der Arzt, der im Zimmer war, als ich aufwachte, sagte, ich hätte einen Schutzengel gehabt. Ein paar Minuten später, und es wäre vorbei gewesen. Ich dachte darüber nach, was gewesen wäre, wenn mich die Hausmutter nicht gefunden hätte. Wenn sie wie so oft abends lange mit ihrer Schwester telefoniert und nicht auf die allgemeine Schlafenszeit geachtet hätte. Dann wäre alles anders gekommen. Ich stellte mir mein Begräbnis vor, all die falschen Menschen in Adamsberg, die in ihrer Schuluniform auflaufen würden, die Jungs mit zurückgekämmten Haaren und gesenkten Köpfen, die Mädchen verlogene Tränen unter ihrer wasserfesten Wimperntusche vergießend, wie bei der Gedenkstunde für Paul. Sie würden Mama und Papa die Hand schütteln, sich verbeugen und knicksen und ihr Beileid für den Verlust ausdrücken. Sie würden sagen, ich sei ja so ein toller Mensch gewesen, so fröhlich und ausdrucksstark (Adamsberg wimmelte nur so von Lügnern). Dann würde der Direktor etwas schwafeln von wegen, ich sei ein Mädchen mit Talent und großen Träumen gewesen, und es sei unbegreiflich, dass ein so junger und lebendiger Mensch einfach aus unserer Mitte gerissen worden sei.

Ungefähr das hatte man über Paul gesagt. Der Gedenkgottesdienst war eine Woche nach seinem Tod abgehalten worden, und zu diesem Zeitpunkt hatte ich weder die Kraft noch die geistige Klarheit gehabt, meine Beobachtungen vom Ballabend einordnen zu können. Doch je mehr Zeit verging, desto klarer wurden meine verschwommenen Erinnerungen. Im Krankenhaus versuchte ich mit dem Personal darüber zu sprechen. »Die Hosenbeine«, flüsterte ich einer Schwester zu, die laut aufschrie, weil sie gedacht hatte, ich schliefe. Natürlich war sie zu Tode erschrocken, als eine Selbstmordkandidatin sie mitten in der Nacht am Arm packte und wirres Zeug von sich gab. »Die Hosenbeine waren nass«, rief ich ihr hinterher, als sie aus dem Zimmer eilte. »Tropfnass!«

Am nächsten Morgen wollte ich Cécile anrufen, was mir jedoch verwehrt wurde. Ich durfte überhaupt niemanden anrufen. Man gab als Grund lediglich an, dass ich mich ausruhen müsse. In meinem Zustand bräuchte ich viel Ruhe und so wenig Kontakt zur Umwelt wie möglich.

Ich versuchte es bei einem jungen Assistenzarzt: die Rose, das Wasser, die sichtbare Verstörtheit der Jungen.

Der Arzt sagte, dass er auf keinen Fall meine Erlebnisse kleinmachen wolle, aber er riet mir, das alles erst einmal sacken zu lassen. Man habe mir Medikamente verabreicht, die Halluzinationen verursachten, und das in Kombination mit der großen Alkoholmenge, die ich intus gehabt hatte, könne große Erinnerungslücken hervorrufen. Kurz gesagt: Meinen Erinnerungen sei nicht zu trauen. Mein Gehirn sei vergiftet gewesen. Es habe nicht so funktioniert, wie es sollte.

Ich dachte, dass er vielleicht recht hatte, dass ich besser den allgemeinen Rat befolgte, mich auszuruhen und nicht aufzuregen. Das klappte nur nicht.

Ich drehte mich im Bett um. Mama atmete zu laut.

Nachdem es mir aufgefallen war, konnte ich mich nicht mehr davon ablenken. Warum ließ man mich nicht einfach in Ruhe? Wie sollte ich je wieder normal werden, wenn ich nicht schlafen konnte?

Als ich die Augen schloss, erinnerte ich mich plötzlich an etwas, das Paul zu mir gesagt hatte, bevor wir uns für den Ball fertig machten:

Ich glaube, ich habe jemanden gefunden. Ich glaube, ich bin verliebt, Francesca.

In wen?, schrie ich jetzt stumm. In wen? Aber ich bekam keine Antwort.

Ich setzte mich auf. Wen hatte Paul gefunden? Es musste jemand aus der Schule sein, denn daheim hatte er nur Kontakt zu seinem Vater, seinem Bruder und der Großmutter. Und er war niemand, der heimlich in die nächstgelegene Stadt fuhr, um dort im Stadthotel zu feiern. Ich stand auf und holte ein altes Schülerjahrbuch. In fast jeder Klasse waren hübsche Mädchen, aber soweit ich wusste, konnte sich keines mit Pauls Intelligenz messen. Bei der Liebe kam es aber nicht nur darauf an, wie gut man zusammenpasste. Hatte nicht sogar Paul selbst einmal gesagt, das Seltsame an der Liebe sei ihre Irrationalität, dass sie sich nicht von der Vernunft lenken lasse?

Kapitel neun

Es war sieben Uhr abends und sicher lange her, dass es in diesem Haus ein ordentlich gekochtes Abendessen gegeben hatte, wenn man sich das Chaos in der Küche ansah und wie lange Susanne sich im Bett vergraben hatte.

»Habt ihr Hunger?«, fragte sie die Jungen.

Melker und Nils waren auch nach unten gekommen und hatten Charlie leicht verlegen begrüßt. Am liebsten hätte sie ihnen gesagt, dass sie sich nicht zu schämen brauchten, dass sie der letzte Mensch sei, vor dem sie sich schämen müssten.

Alle vier sagten, sie hätten Hunger.

»Was haltet ihr von Pizza?«, fragte Charlie.

Tim und Tom jubelten und riefen ihre Wünsche.

»Bekommen wir auch Cola?«, fragte Tim. »Hör auf«, wehrte er sich, als Nils ihm den Ellbogen in die Seite stieß.

»Pizza ist super«, sagte Nils.

Die Zwillinge und Nils fuhren mit zur Pizzeria. Melker wollte zu Hause bleiben, falls Susanne Hilfe benötigte.

»Macht es Spaß, Polizistin zu sein?«, fragte Tim im Auto.

»Meistens«, antwortete Charlie.

»Und warum nicht immer?«

»Keine Arbeit macht immer Spaß«, erklärte Charlie.

»Und manchmal muss man auch Sachen machen, die nicht so toll sind.«

»Hast du schon mal jemanden getötet?«, fragte Nils.

Charlie schwieg, sah wieder den See vor sich, Mattias' Hände über der Wasseroberfläche. Die Stille, als das Wasser wieder glatt dalag.

»Hast du?«, drängte Tim. »Hast du schon mal jemanden getötet, Charlie?«

»Nein.«

Sie bogen von der Hauptstraße ab und parkten vor den großen Glasfenstern der Pizzeria Zum fröhlichen Lachs. Tim deutete auf die verbrannte Fläche auf der anderen Straßenseite, wo sich die andere Pizzeria befunden hatte, und sagte, sie sei »abgebrennt«.

»Abgebrannt«, korrigierte ihn Nils seufzend. »Sie brannte ab oder ist abgebrannt.«

»Das habe ich doch gesagt? Sie ist abgebrenntet.«

»›Und dann waren von dem großen Haus nur noch der Herd und der Schornstein übrig.‹«

»Was sagst du da, Charlie?« Tim lachte.

»Das ist aus einem Kinderbuch«, antwortete Charlie.

In der Pizzeria saßen zwei Gäste an den Spielautomaten. Charlie bat die Jungen, sechs Getränke aus dem Kühlschrank zu holen, während sie bezahlte.

»Ist das nicht zu teuer?«, fragte Nils unruhig. »Ich kann auch schnell zu ICA gehen und eine große Flasche kaufen.«

»Nein«, sagte Charlie. »Dazu haben wir viel zu großen Hunger. Aber vielen Dank für das Angebot.«

Geldmangel, dachte sie, die ständige Angst, nie genug zusammenkratzen zu können. Das Gefühl hatte sie manchmal immer noch, obgleich sie gut verdiente. Wer einmal arm gewesen war, wurde das wahrscheinlich nie mehr los.

»Na, wen haben wir denn da, Bettys Tochter ist zurück«, rief einer der Männer an den Spielautomaten.

Charlie erkannte Svenka. Er hielt eine Bierflasche in der Hand.

»Hallo«, erwiderte sie. »Wie geht's?«

»Gut«, antwortete er. »Es ist schön, die ganzen Journalisten und Zugereisten los zu sein, die den Ort im Sommer überrannt haben. Es ist doch hoffentlich nicht wieder was passiert? Ein neuer Mord?«

»Mord?«, wiederholte Charlie. »Hast du nicht gelesen, was die zugereisten Polizisten herausgefunden und die Journalisten geschrieben haben? Es konnte kein Mord nachgewiesen werden.«

»Das muss ja nicht heißen, dass es keiner war.«

»Weißt du etwas, das ich nicht weiß?«

»Nein.«

»Dann verstehe ich nicht, warum du …«

»Ich traue euch einfach nicht, dass ihr euren Job richtig macht«, erklärte Svenka höhnisch grinsend. »Ich habe keine guten Erfahrungen mit der Polizei gemacht.«

»Ich verstehe«, meinte Charlie. »Und, gewinnst du?« Sie nickte Richtung Spielautomat.

»Ja, aber das verspiele ich gleich wieder, und noch mehr, was wohl so gedacht ist.«

Charlie musterte Svenka. Die schlaffe Haut, der Blick, der noch verhangener war als im Sommer.

»Ich hätte da mal eine Frage.«

»Ich bin nicht gefahren!«, antwortete Svenka sofort und hob abwehrend die Hände. »Nicht einen Meter, seit man mir den Führerschein weggenommen hat.«

»Das glaube ich dir. Ich bin nicht beruflich hier.«

»Sondern?«

»Als Freundin.«

»Na dann, schieß los.«

»Weißt du etwas über Gudhammar?«

»Das Gut?«

Charlie nickte, und Svenka trank einen Schluck Bier. »Es ist zum Heulen.«

»Was?«

»Wie man ein so schönes altes Gebäude einfach so verfallen lassen kann. Und man kann auch nichts dagegen tun, weil die Besitzer es weder verkaufen noch renovieren wollen.«

»Wer sind denn die Besitzer?«

»Die Familie Mild, aber sie waren nicht mehr hier, seit die Tochter abgehauen ist.«

»Abgehauen?«

»Ja, das hat man zumindest geglaubt. Das ist schon so lange her.«

»Warum verkaufen sie das Anwesen nicht?«

»Keine Ahnung.« Svenka zuckte mit den Schultern. »Sie können es sich wohl leisten, alles einfach so zu lassen. Vielleicht kommen sie ja eines Tages zurück und setzen es instand.«

»Kanntest du die Familie?«

»Was glaubst du denn?« Svenka lachte laut. »Die haben sich nicht mit uns normalen Sterblichen hier abgegeben.«

»Und die Tochter? Die verschwunden ist? Weißt du mehr über sie?«

Svenka trank noch einen Schluck Bier. »Von ihr hieß es, sie wäre nicht ganz so stinkvornehm wie der Rest der

Familie, mehr weiß ich aber auch nicht. Vielleicht ist sie deshalb abgehauen.«

»Bist du dir sicher, dass sie freiwillig weggegangen ist?«

»Was soll das heißen?«, fragte Svenka.

»Ich will damit sagen, dass man nicht weiß, was passiert ist.«

»Deshalb bist du also hier?« Svenka lächelte, als wäre er einem großen Geheimnis auf die Spur gekommen.

»Ich habe davon gehört und bin neugierig geworden.«

»Du bist mindestens so neugierig wie deine Mutter«, bemerkte Svenka.

Er sah zum Eingang. »Na, wer kommt denn da?«

Es dauerte einen Moment, bis Charlie Sara wiedererkannte, Svenkas Tochter. Sie hatte eine neue Haarfarbe und die Augen mit schwarzem Kajal umrandet. Sie sah viel härter aus als das Mädchen, das im Sommer neben Charlie auf dem Sprungturm am Badeplatz gesessen hatte.

»Hallo, Sara«, sagte Charlie.

»Hallo.« Sara sah sie an. »Was machen Sie denn hier? Ich dachte …« Sie lächelte unsicher.

»Ich besuche eine Freundin«, erklärte Charlie und nickte in Richtung der Jungen, die am Tresen standen.

»Was wolltest du, mein Herz?«, fragte Svenka.

Sara verdrehte die Augen und antwortete, dass er vergessen hatte, den Schlüssel draußen zu hinterlegen. Schon wieder.

»Oh, verdammt.« Svenka betastete seine Jacke aus Hemdstoff. »Aber wo ist er dann? Was ist mit deinem Schlüssel?«

»Den hast du«, sagte Sara müde. »Deinen hast du verloren.«

»Ach so«, erwiderte Svenka. »Willst du jetzt ins Haus?«

»Vergiss es«, sagte Sara. »Ich schlafe bei Jonas.«

Sie drehte sich um und ging.

Ruf sie zurück, wollte Charlie sagen. Hol einen Schlosser. Tu etwas!

Die Pizzen waren fertig. Die Zwillinge und Nils halfen mit den Kartons.

»Er hat gelogen«, sagte Nils beim Einsteigen. »Der Mann, mit dem du gesprochen hast. Er hat gelogen.«

»Inwiefern?«, fragte Charlie.

»Er ist doch hergefahren.« Nils deutete auf einen gelben Volvo 240 auf dem Parkplatz. »Das ist sein Auto.«

»Vielleicht fährt ihn jemand anders«, schlug Charlie vor.

»Das glaube ich nicht«, entgegnete Nils. »Dem Typen glaube ich gar nichts.«

Charlie sah im Rückspiegel zu ihm. »Kennst du ihn genauer?«

»Er hat im Supermarkt mal komische Sachen zu Mama gesagt. Ich mag ihn nicht.«

Als sie mit dem Essen ankamen, war Susanne aufgestanden. Sie hatte geduscht und kam ihnen im Flur mit einem Handtuch um den Kopf entgegen. Charlie erzählte, was Nils über Svenka gesagt hatte, und Susanne verdrehte die Augen und murmelte etwas von Kindern, die immer übertreiben mussten.

»Seht ihr euch öfter?«

»Ich habe ab und zu Alkohol von ihm gekauft.« Susanne senkte die Stimme. »Er ist billig, hier in der Gegend produziert und schafft Arbeitsplätze. Was will man mehr?«

»Legal wäre vielleicht noch eine Option, wenn man pingelig sein möchte«, meinte Charlie trocken.

»Wie gut, dass wir das nicht sind.«

»Über was redet ihr?«, fragte Nils.

»Über nichts«, antwortete Susanne. »Hol bitte Gläser und Besteck.«

Charlie hatte kaum die Kartons auf den Tisch gestellt, als die Jungen schon einen Großteil der Pizzen verschlungen hatten. Es beruhigte sie, dass auch Susanne ordentlich aß, die seit dem Sommer stark abgenommen hatte. Und wer wusste besser als Charlie, dass man, besonders wenn einen das Leben herausforderte, vernünftig essen und schlafen musste. Das klang so einfach, aber wenn es nur noch abwärtsging, gab es nichts Schwierigeres.

Nach dem Essen wollten die Zwillinge mit Charlie spielen. Im Wohnzimmer stand eine Autorennbahn, und die Autos hatten Namen und eigene Persönlichkeiten. Charlie ließ sich mit in die Fantasiewelt hineinziehen.

Susanne saß am Tisch und sah ihnen zu. Nach einer Weile warf sie einen Blick auf die Wanduhr in der Küche und sagte zu Tim und Tom, dass sie zu Bett gehen sollten.

»Du kannst ja richtig gut spielen«, sagte sie, nachdem die Zwillinge nach oben gegangen waren.

»Findest du?«

»Im Vergleich zu mir auf jeden Fall. Ich habe noch nie verstanden, wie Erwachsene mit Kindern spielen können, ohne vor Langeweile zu sterben. Wenn ich mitspielen muss, bin ich das kleine Kind, das ganz still daliegt und noch nicht laufen kann, oder bei Doktorspielen der sterbende Patient, der sich nicht mehr bewegen kann.«

»Es macht sicher etwas aus, wenn man sie die ganze Zeit um sich hat«, meinte Charlie. »Und dass Eltern mit ihren Kindern spielen müssen, ist doch verhältnismäßig neu, oder?«

»Vielleicht, ja. Ich kann mich jedenfalls nicht erinnern, dass Mama oder Papa je mit mir gespielt hätten.«

Charlie dachte an Betty. Sie hatte vielleicht nicht im klassischen Sinn mit ihr gespielt, aber wenn es ihr besser ging, war alles wie ein Spiel gewesen. Das Kaffeetrinken in der Konditorei, das abendliche Baden im See, das Tanzen. *Du bist der Mann, und ich bin die Frau.*

»Manchmal fühle ich mich kein bisschen besser als meine eigenen Eltern«, gestand Susanne.

»Man tut sein Bestes«, erwiderte Charlie.

»Das haben sie sicher auch getan. Aber eins ist gewiss: Es hat nicht gereicht.«

»Nein, das hat es nicht.«

Susanne holte tief Luft. »Letztens habe ich etwas Furchtbares getan«, begann sie. »Ich hatte Streit mit Melker. Er hat mich provoziert, ich war müde, und ich … ich habe ihn gegen die Wand gedrückt und ihn angeschrien.«

Charlie wusste nicht, was sie darauf sagen sollte. Sie erinnerte sich gut, welche Angst sie gehabt hatte, wenn Betty die Kontrolle verlor. *Verdammte Scheiße noch mal.*

»Du siehst es vielleicht ernster, als es war«, sagte sie schließlich.

»Ich war so kurz davor, ihn zu schlagen, ich habe ihn so fest gepackt und …«

»Ich weiß nicht, wie oft Betty mich fest gepackt hat«, unterbrach Charlie sie, »aber sehr oft auf alle Fälle.«

»Aber Betty war anders als die anderen.«

»Ich will damit nur sagen, dass du im Moment nicht zu hart mit dir ins Gericht gehen solltest.«

»Würdest du das auch sagen, wenn ein Mann gestehen würde, dass er seine Frau gegen die Wand gepresst hat?«

»Nein.«

»Ich habe Melker festgehalten, und mein Gesicht war einen Zentimeter von seinem entfernt, als ich ihn angeschrien habe. Das war ein Übergriff, völlig klar. Er hatte schreckliche Angst und war so schockiert, dass er nicht einmal geweint hat. Und es ist egal, wie oft ich mich entschuldige, ich kann nicht ändern, was passiert ist. Ich kann nichts daran ändern, wie er mich seither ansieht.«

»Aber du kannst alles dafür tun, dass es nicht wieder passiert.«

Charlie streckte sich nach der Rolle Küchenpapier, die auf dem Tisch stand, riss ein Stück ab und reichte es Susanne. Sie wollte noch hinzufügen, dass ein schlechtes Gewissen ein gesundes Zeichen sei, vielleicht sogar eine Garantie, dass sie ihr Verhalten nicht wiederholen werde. Aber dann dachte sie an die reuevollen Frauenquäler und dachte, dass ihre Worte nur hohle Phrasen wären.

Räume in der Zeit

Ich wusste gar nicht, dass du Gitarre spielen kannst, sage ich.

Das kann ich eigentlich auch nicht, antwortet Paul. Ich kann nicht einmal Noten lesen.

Wir sind in der Kirche, sitzen ganz vorne unter Jesus am Kreuz. Paul auf dem kleinen Absatz, auf dem Brautpaare knien, und ich ihm gegenüber, mit dem Rücken am Taufbecken. Er hat eine Gitarre gefunden. Seine Finger bewegen sich auf den Saiten.

Was bedeutet es schon, keine Noten lesen zu können, wenn man so spielt wie Paul? Die Melodie ist wehmütig und schön, und ich habe sie noch nie gehört. Ich schließe die Augen. Da beginnt Paul zu singen. Er singt das Lied »Francesca«, von einem Mädchen, das frei ist.

Danach sagt er, dass mein Name genau das bedeutet: frei sein.

Francesca bedeutet frei.

Kapitel zehn

Nachdem Susanne den Jungen eine gute Nacht gewünscht hatte, klingelte ihr Telefon.

»Wo wir gerade von tollen Müttern sprechen«, sagte sie mit einem Blick aufs Display.

Sie stand auf und ging mit dem Handy am Ohr davon. Nach ein paar Minuten war sie wieder da.

»Ich verstehe nicht, warum ich überhaupt rangehe«, sagte sie, »aber irgendwie hoffe ich immer, dass sie nüchtern ist.«

Sie seufzte.

»Aber wer bin ich eigentlich, dass ich ihr das vorwerfe? Ich würde es ja am liebsten genauso machen. Nach dem, was im Sommer passiert ist … Ich habe das Gefühl, als würde ich fallen, haltlos. Verstehst du das?«

»Nur zu gut.«

»Ich meine nicht, dass ich …« Susanne schüttelte den Kopf. »Das würde ich nie tun, Charlie, aber zwischendurch bin ich einfach so sterbensmüde und möchte mich nur noch in einen schallisolierten Raum einsperren. Hier ist es nie ruhig, und selbst wenn die Jungs nicht streiten und nur reden, will ich mir ständig die Ohren zuhalten. Sogar dann, wenn sie von der Schule erzählen, ganz normale Sachen. Ich denke oft, wie schön es wäre … tot zu sein.«

Charlie wollte etwas Aufmunterndes über den Wert des Lebens sagen, aber ihr fiel nichts ein. Sie hatte zu oft schon dasselbe gedacht.

»Ich wünschte, Isak würde sich mehr um die Kinder kümmern und mich nicht mit alldem hier allein lassen. Wenn ich nur in Ruhe schlafen und ein paar Sachen zu Ende denken könnte, dann …«

»Wie lange ist er schon weg?«

Susanne wusste es nicht genau, die Tage verschwommen ineinander, aber sie schätzte, dass es bald zwei Monate waren. Er hatte sich ein paarmal gemeldet, die Kinder aber nicht gesehen. Er musste sich gerade um viel kümmern und hatte mit sich selbst genug zu tun.

»Und du hast das nicht?«

Susanne zuckte mit den Schultern.

»Aber jetzt bin ich ja da«, sagte Charlie. »Jetzt kannst du in Ruhe schlafen und nachdenken.«

»Es ist nicht nur das mit Isak. Schon lange bevor er … warte kurz.«

Susanne ging in die Küche und kam mit einer Packung Prince zurück. Ohne zu fragen, gab sie Charlie eine Zigarette und nahm sich selbst auch eine. Sie zündeten sie mit einem Stabfeuerzeug an.

»Ich hätte ihn schon vor langer Zeit verlassen sollen.« Susanne aschte in eine Untertasse auf dem Kaminsims. »Ich wollte mich schon vor Jahren scheiden lassen. Wie blöd ich doch bin. Wo ist meine Selbstachtung? Zu was für einem Menschen bin ich geworden?« Sie wandte sich an Charlie, als ob sie eine Antwort erwartete.

»Du bist nicht die Erste, die …« Charlie wusste nicht, wie sie den Satz beenden sollte. Die Erste, die an die Liebe geglaubt hatte und enttäuscht wurde?

»Ich habe ihm so viele Jahre vertraut.« Susanne lachte auf. »Ich wollte es partout nicht wahrhaben, dass er mich belog, auch wenn es im Nachhinein völlig klar ist. Er hatte andere. Und es ist egal, wie oft das vorkommt«, sagte sie, als ob Charlie etwas einwenden wollte. »Für die Betrogenen ist es die Hölle. Er hätte besser gehen sollen. Warum hat er mich nicht einfach verlassen?«

Charlie dachte an Hugo und seine schwangere Frau.

»Vielleicht wollte er alles«, sagte sie und hätte beinahe noch Bettys Mantra angebracht, dass alle Männer Schweine waren.

Und ich?, dachte sie. Ich lebe auch nicht direkt monogam, aber ich habe auch niemandem Treue versprochen.

»Das Schlimmste aber ist Annabelle«, fuhr Susanne fort. »Ich muss immerzu an sie denken. Ich sehe ihr Gesicht vor mir. Ich sehe ihren Vater im Supermarkt, wie geschrumpft er wirkt, alt. Und ich ... ich fühle mich so verdammt schuldig.«

»Warum?«, fragte Charlie. »Warum fühlst du dich schuldig?«

»Wegen allem. Weil ich sie an dem Tag beschimpft habe, weil ich wegen meiner eigenen Eifersucht so blind war, dass ich alles am falschen Menschen ausgelassen habe, weil ich der Polizei nichts von ihrem Verhältnis mit Isak gesagt habe. Und ja, ich weiß, dass es nichts bringt, mich so zu quälen, aber sag das mal meinem Kopf.«

»Das geht vorbei«, versuchte Charlie sie zu trösten, verbesserte sich dann aber. »Es wird auf alle Fälle mit der Zeit leichter.«

Sie wusste nicht, ob das stimmte, aber was sollte sie sonst sagen?

»Ich weiß, dass Isak sie nicht umgebracht hat«, sagte

Susanne, »aber ich muss immer daran denken, dass sie vielleicht noch am Leben wäre, wenn er sich ferngehalten oder wenn ich mit ihr gesprochen hätte, statt meine Wut an ihr auszulassen. Jetzt ist ihr Vater ein Gespenst und ihre Mutter im Irrenhaus. So eine verdammte Scheiße.«

Susanne stellte ihr Glas ab und warf die Zigarette ins Kaminfeuer.

»Ich weiß nicht, wie es bei dir aussieht, aber ich brauche was Stärkeres.«

»Ich nehme, was du nimmst«, sagte Charlie.

Sie spürte ein erwartungsvolles Flattern im Bauch. Ich sollte ablehnen, dachte sie. Ich sollte sagen, dass wir nichts trinken sollten. Dass wir die Probleme des Lebens bewältigen können, ohne uns zu betäuben. Aber ich schaffe es nicht.

Susanne kam mit zwei Drinks in Plastikbechern zurück.

»Die Gläser stehen in der Spülmaschine«, erklärte sie und gab Charlie ihr Getränk.

»Was ist das?«

»Eine Mischung aus allem, was ich dahabe. Sicher nicht der weltbeste Drink, aber stark genug, um einen zu wärmen.« Susanne trank einen großen Schluck und sah sich im Raum um. »Ich muss vielleicht das Haus verkaufen und all das zurücklassen. Isak wird sicher bald seinen Anteil haben wollen.«

»Aber das kann er in der derzeitigen Situation doch nicht verlangen, oder?«, fragte Charlie. »So dumm ist er doch sicher nicht?«

»Ich weiß es nicht«, sagte Susanne. »Ich kenne ihn nicht mehr. Ich weiß nicht, wie dumm er ist.«

»Wo wohnt er im Moment?«

Susanne zuckte mit den Schultern. Als sie zuletzt mit ihm gesprochen hatte, war er in Stockholm, aber seinen jetzigen Aufenthaltsort kannte sie nicht. Er würde vielleicht nie zurückkehren.

»Das wird er«, sagte Charlie.

»Woher weißt du das?«

»Das weiß ich nicht. Man sagt das einfach so. Aber ich hoffe es, der Jungs wegen.«

»Ich hoffe, er kommt, bevor es zu spät ist, bevor sie ihn hassen.«

»Kinder ... verzeihen sehr viel.«

»Nicht alle Kinder.«

Schweigend saßen sie beieinander.

Charlie hatte Betty immer verziehen, wenn sie sich auf ihren Feiern danebenbenommen hatte. Die Tage, an denen sie nur im Bett lag und kaum reagierte, all die verpassten Elterngespräche in der Schule, all die Ausflüge, die sie nie gemacht hatten. Sie hatte alles vergeben, weil sie erkannt hatte, dass Betty anders war, dass sie es nicht besser konnte. Doch nach allem, was sie im Sommer erfahren hatte ... gab es Grenzen, was sie verstehen und vergeben wollte.

»Du warst immer so viel netter zu deiner Mutter als ich zu meinen Eltern«, fuhr Susanne fort. »Wie du dich um sie gekümmert hast ... Das war oft herzzerreißend. Ich erinnere mich, dass ich es schon damals seltsam fand, wie verständnisvoll du warst. Ich meine, Betty war ... sie war wie meine Eltern, aber ich hatte nicht so viel Verständnis wie du.«

»Betty war schlimmer.«

»Wie meinst du das?«

»Ich meine damit, dass sie … nicht der Mensch war, für den ich sie gehalten habe.«

Charlie bereute sofort, dass sie etwas gesagt hatte, aber jetzt war es zu spät.

»Mama und Annabelles Mutter waren Freundinnen, als sie Kinder waren«, erzählte sie weiter.

»Nora Roos? Das … hätte ich jetzt nicht erwartet. Aber was ist daran so furchtbar?«

»Sie haben ein kleines Kind getötet.«

Susanne starrte sie an. »Ich verstehe nicht«, sagte sie. »Was soll das heißen, Charlie?«

»Mama und Nora haben als Kinder einen zweijährigen Jungen umgebracht.«

»Was zur Hölle sagst du da? Was ist passiert?«

»Sie haben ihn erstickt. Oder Betty hat ihn erstickt, nach Noras Version der Geschichte.«

Susanne wurde blass und warf einen Blick nach links auf die Wand mit Fotos von ihren Kindern, die als rundliche Babys auf Schaffellen lagen. »Warum?«

»Laut den Zeitungsartikeln ist damals vielleicht ein Spiel aus dem Ruder gelaufen.«

»Himmel, Charlie. Was wurde danach aus ihnen?«

»Kinderheim, Pflegefamilien, neue Identitäten … Nora wurde zu einer Einzelgängerin, die ihre Tochter nicht schützen konnte, obwohl sie das zu ihrer Lebensaufgabe gemacht hatte. Und wie es Betty erging, weißt du.«

Schweigend tranken sie von ihren Drinks.

»Ich weiß nicht, was ich sagen soll«, ergriff Susanne schließlich das Wort. »Ich kann kaum glauben … wie grausam …«

Sie schüttelte den Kopf. Charlie sah ihre gerunzelte Stirn, hinter der sie vermutlich versuchte, das ihr bekannte Bild von Betty mit einer kaltblütigen Kindsmörderin zusammenzubringen.

»Ich kann es auch nicht verstehen«, sagte sie.

»Aber warum?«, fragte Susanne erneut. »Warum hat sie es getan?«

»Das werden wir nie erfahren. Die Gene, eine schreckliche Kindheit?«

»Ach, wer hat denn keine schreckliche Kindheit«, meinte Susanne. »Das ist doch keine Entschuldigung.«

Sie leerten ihre Becher.

»Das soll keine Entschuldigung sein«, sagte Charlie. »Ich versuche nur, es zu erklären und zu verstehen. Aber das gelingt mir irgendwie auch nicht.«

»Wie wird man mit so was fertig?«, fragte Susanne. »Wie kommt man damit klar, dass die eigene Mutter… Ich meine, Lola ist auch nicht gerade der perfekte Mensch, aber sie könnte niemandem so wehtun. Völlig unvorstellbar.«

»Man versucht wohl, damit zurechtzukommen, wie es die Menschen schon immer getan haben«, antwortete Charlie.

»Und wie haben sie das getan?«

»Sie haben es ausgehalten. Eine Sekunde nach der anderen in Angriff genommen, dann eine Minute, eine Stunde, einen Tag. Haben ganz einfach die Zeit verstreichen lassen.«

»Und – klappt das bei dir?«

»Manchmal.«

»Das Einzige, was meine Ängste in Schach hält, ohne destruktiv zu sein, ist das Malen«, sagte Susanne.

Charlie nickte in Richtung von Susannes Gemälden an der Wand.

»Du musst wieder damit anfangen.«

»Wer sagt denn, dass ich aufgehört habe?«

»Ich dachte nur …«

»Komm mit«, forderte Susanne Charlie auf.

Sie gingen in den Flur, wo Susanne in ein Paar Holzschuhe schlüpfte und Charlie ein zweites Paar reichte.

»Das sind Isaks und wahrscheinlich etwas zu groß, aber wir gehen nicht weit.«

»Wohin denn eigentlich?«

»Das siehst du gleich.«

»Was ist, wenn die Kinder aufwachen?«

»Die wissen, wo ich bin.«

Sie gingen quer durch den Garten in den hinteren Teil zu dem alten Kuhstall.

Susanne drückte auf den Lichtschalter. Nichts sah so aus wie früher. Die Pferdeboxen waren verschwunden, die Lammpferche und Futtertröge. Der Stall bestand aus einem riesigen Raum, und an den weißen Holzwänden hingen und lehnten Susannes Bilder.

»Wahnsinn«, sagte Charlie. »Einfach Wahnsinn, Susanne.«

Langsam wanderte sie umher. Susanne setzte sich auf einen farbfleckigen Sprossenstuhl mitten im Raum.

Charlie blieb vor einem Gemälde stehen, das eine Steinmauer zeigte, auf der zwei Mädchen mit dem Rücken zum Betrachter saßen. Sie hielten sich an den Händen. Charlie kam es vor, als könne sie die Musik aus Lyckebo hören. Bettys schrille Stimme, die »It's My Party« ein bisschen zu hoch sang.

Charlie kniff die Augen zusammen und zwang ihr Abbild, sich umzudrehen, zu den Feiernden zu schauen, die im Kirschbaumwald tanzten. Betty in dem roten Kleid wird von einem Mann – nicht Mattias – gejagt. Betty bricht einen Zweig mit halb verwelkten, braun-weißen Blüten von einem Baum ab und schiebt ihn sich ins Haar.

»Erkennst du sie?«, fragte Susanne.

Charlie nickte und trat einen Schritt näher.

»Habe ich Mamas Nachthemd an?«

»Ja, das, das du dir immer von Betty geliehen hast.«

»Es sieht fast wie ein Foto aus«, sagte Charlie. »Ich kann mir nicht vorstellen, wie du das machst.«

»Ich habe es einfach aus der Erinnerung gemalt«, erklärte Susanne, als könnte sie sich wiederum nicht vorstellen, dass nur die wenigsten Menschen ihre Erinnerungen so exakt wiedergeben konnten. »Erinnerst du dich an die Nacht?«

Charlie versuchte sich daran zu erinnern, wie sie im Nachthemd auf einer Mauer gesessen hatten, aber es gelang ihr nicht.

»Es sieht gar nicht aus wie Nacht«, meinte sie. »Es ist doch hell?«

»Mittsommer«, erklärte Susanne. »Kurz vor der Dämmerung. Man sieht es am Tau.«

Charlie trat noch näher und erkannte die winzigen Wassertropfen im Gras.

»In der Nacht ist Mattias verschwunden. Das war das allerletzte Fest in Lyckebo.«

Charlie betrachtete die Leinwand. Mittsommernacht. Das letzte Fest in Lyckebo.

»Mama und Mattias haben sich nach dem Fest gestritten«, erinnerte sie sich.

»Ich glaube, sie haben schon gestritten, bevor wir gingen«, sagte Susanne. »Diese Suffstreite sind wirklich schlimm für

Kinder, wenn die Eltern herumschreien und aufeinander einschlagen, sich mit Scheidung, Selbstmord und was weiß ich drohen. Und am nächsten Tag ist es, als wäre nie etwas gewesen.«

»Für Betty und Mattias war es der letzte gemeinsame Tag.«

»Ich weiß. Es muss schrecklich für Betty gewesen sein, für euch beide.«

Charlie strich mit den Fingerspitzen über das Mädchen auf dem Bild. Streichelte sich selbst.

»Mama wurde danach nie wieder sie selbst.«

»Sie war auch davor schon nicht gerade der gesündeste Mensch«, sagte Susanne. »Das ist wahrscheinlich kein Trost, aber …«

Doch, das ist es, dachte Charlie. Es ist ein Trost, dass nicht alle Schuld auf mir lastet. Einen Moment gestattete sie sich, an Mattias zu denken, seine verzweifelt winkenden Hände über dem Wasser, während sie wie gelähmt am Ufer saß und alles geschehen ließ.

»Arbeitest du gerade an etwas?«, fragte Charlie und ging zu der zugedeckten Staffelei.

»Ja. Aber ich weiß nicht, ob ich es schon zeigen will.«

»Entschuldige«, sagte Charlie, die in der Sekunde das Tuch wegzog. Als sie das Motiv sah, schnappte sie nach Luft.

»Es ist völlig unpassend«, sagte Susanne, »das weiß ich, aber das Bild kam einfach zu mir. Es war nicht geplant, dass es jemand anders zu Gesicht bekommt.«

Sie wollte das Bild wieder zudecken.

»Warte«, hielt Charlie sie auf. »Jetzt habe ich es ja schon gesehen, da kann ich es mir auch in Ruhe anschauen.«

»Klar«, sagte Susanne. »Aber wehe, du erzählst es jemandem im Ort. Die würden mich alle für völlig verrückt halten.«

Charlie nickte und betrachtete das Gemälde. Da war die Brücke bei Valls, dem alten Dorfladen, die sonnengebleichten grünen Dammschleusen, das schäumende schwarze Wasser. Doch nicht die Umgebung zog den Blick magisch an, sondern das Mädchen in dem hellblauen Kleid auf der falschen Seite des Brückengeländers. Der Wind, der sich in ihren roten Locken verfing, das halb abgewandte Gesicht, die linke Hand erhoben, als ob sie winkte.

Annabelle.

Francesca

Ich wachte um drei Uhr nachts auf und wusste sofort, dass ich nicht wieder einschlafen würde. Draußen schien es zu stürmen. Die Zweige der Eiche schlugen gegen das Fenster. Mama schlief tief und fest auf meiner Schlafcouch. Sie atmete schwer.

Ich schlich aus dem Zimmer und nach unten in die Bibliothek. Die schweren Eichentüren standen offen, im Kamin flackerte ein Feuer. Papa saß in seinem Lieblingssessel mit einem Glas Whisky in der einen und einer glühenden Zigarre in der anderen Hand.

»Bist du wach?«, fragte er, als er mich sah.

»Offensichtlich.«

»Ist dir nicht kalt?«, fuhr er fort und blickte auf Céciles dünnes Nachthemd.

»Ich friere nie.«

»Setz dich doch zu mir«, sagte Papa und deutete auf den Sessel neben sich.

Ich gehorchte und legte die Füße auf den Fußhocker.

»Was machst du hier unten?«, fragte er und löschte die Zigarre. »Ich meine … wie geht es dir?«

»Es sieht schlimmer aus, als es ist.«

Papa sah wieder auf meine Arme und sagte, dass er es schlimm genug finde.

»Die Sache mit Henrik Stiernberg und seinen Freunden«, wechselte ich das Thema. »In der Nacht, hinter der Kirche. Ich war da. Ich habe die gelbe Rose gefunden, die an Pauls Jackett steckte, und …«

»Du musst das endlich loslassen«, unterbrach mich Papa. »Es ist nicht gut für dich, Energie dafür aufzuwenden, was du glaubst in der Nacht gesehen zu haben.«

»Was soll das heißen, was ich glaube gesehen zu haben? Ich habe es doch gesehen.«

»Du hast geglaubt, es gesehen zu haben«, verbesserte mich Papa. »Wir haben mit den Ärzten gesprochen, und in Anbetracht dessen, wie betrunken du warst und was du sonst noch genommen hattest …«

»Aber ich weiß, dass ich das alles gesehen habe.«

»Ich habe zwei Töchter, die völlig gegensätzliche Sachen erzählen, und ich weiß nur mit Sicherheit, dass eine von ihnen lügt oder sich falsch erinnert. Ich will dir auf keinen Fall misstrauen, Francesca, aber Cécile hat mich noch nie angelogen.«

»Du hast sie nur noch nie beim Lügen erwischt.«

»Aber das habe ich doch gesagt?«

»Nein, du hast gesagt, dass sie dich noch nie angelogen hat, und das ist ein sehr großer Unterschied.«

»Erinnerst du dich an die Sache mit Aron Vendt?«, fragte Papa.

»Wie sollte ich das vergessen können?«

»Ich meine nur, dass unser Vertrauen in dich etwas …«

»Euer Vertrauen in mich! Was glaubt ihr denn, wie sehr ich euch nach alldem noch vertraue?«

Papa stand auf und ging zur Tür.

»Haust du jetzt einfach ab?«

»Ich hole nur ein wenig Eis.«

Ich legte mich vor das Feuer und dachte an den Tag, als Aron Vendt und seine Familie uns hier in Gudhammar besuchten. In den Sommerferien nach der siebten Klasse. Papa hatte erfolgreich ein Geschäft mit Arons Vater abgeschlossen, und das sollte groß gefeiert werden. Arons Bruder Erik war in einem Segelcamp. Aron hatte in dem Jahr das Abitur gemacht und war laut den älteren Mädchen in meinem Wohnheim ein echter Herzensbrecher.

Vor dem Abendessen ermahnte mich Mama, dass ich den Tisch nicht vorzeitig verlassen, nicht das Messer ablecken, mich nicht zu hastig bewegen und nichts verschütten sollte. Ich sollte zuhören, wenn jemand sprach, ernsthaft antworten und angemessen nachfragen.

Am Anfang hielt ich mich ganz gut. Ich saß Aron gegenüber an dem großen Holztisch im Salon und tat so, als würden mich sein Studium und seine Pläne, eine großartige Karriere zu machen, interessieren.

Mama wirkte wirklich zufrieden, rümpfte jedoch missbilligend die Nase, als ich mich wiederholt entschuldigte und vom Tisch entfernte. Ich musste einfach in die Küche gehen und ein paar Schlucke aus den offenen Rotweinflaschen trinken, die auf der Arbeitsfläche atmeten.

Aron würde ein Jahr im Ausland studieren. Wenn ich Interesse an einem Studium im Ausland hätte, sollte ich mich gern bei ihm melden.

Ich antwortete, dass das ganz fantastisch klinge, dass er natürlich der Erste sei, bei dem ich nachfragen würde, wenn ich mehr über das Studieren im Ausland wissen wollte. Der Abend nahm kein Ende, und ich war so erleichtert, als die Tafel endlich aufgehoben wurde und die Männer sich in die Bibliothek zu Zigarren und Whisky zurückzogen, dass ich am liebsten die Treppe hochgestürmt wäre. Aron wollte eigentlich den Männern folgen, doch dann schlug ihm sein Vater mit einem langen Blick vor, mit der jungen Dame doch eine kleine Ausfahrt mit dem Auto zu unternehmen. Nein, es sei kein Problem, nach ein, zwei Gläsern noch zu fahren. Hier auf dem Land gab es keine Polizei.

»Fahrt nur auf Nebenstraßen, und nicht zu schnell«, rief er uns nach, als wir zur Haustür gingen.

Wir fuhren die Allee entlang. Aron sah zu mir, während er beschleunigte und mir von den PS des Wagens erzählte.

»Schau auf die Straße«, sagte ich und bemühte mich gar nicht, mein Gähnen zu unterdrücken.

Die Rolle des wohlerzogenen netten Mädchens war wirklich ermüdend.

»Was für Musik gefällt dir?«, fragte Aron, als er auf die etwas größere, kurvige Straße einbog, die zum Ort führte.

»Alles in Moll«, antwortete ich.

»Ich dachte mehr an Genres.«

Ich überlegte eine Weile, doch mir viel kein bestimmtes Genre ein.

»Ich mag Alice Cooper«, sagte ich schließlich.

Aron lachte. Alice Cooper, damit habe er nicht gerechnet.

Ich fragte, womit er denn gerechnet habe, und er zuckte mit den Achseln und sagte »Irgendetwas anderes«, dann schaltete er die Autoanlage ein.

Alphavilles »Forever Young« ertönte aus den Lautsprechern. Ich fand das Lied ziemlich albern, aber auf der schmalen Straße, mitten im dunklen Wald, stimmte mich der Text seltsam wehmütig.

»Der Text ist ganz schön dämlich«, sagte ich trotzdem.

Aron fragte, wie ich das meinte, und ich erklärte, dass man nicht so viele Möglichkeiten habe. Man könne nicht ewig leben, und dann sterbe man eben jung.

Aron lachte und sagte, dass er das so noch nie gesehen habe. Normalerweise analysiere er Texte nicht auf diese Weise.

Ich erwiderte, dass das doch keine Analyse sei, sondern genau das, was die Band sang.

»Es ist doch nur ein Lied«, sagte Aron. Dann bat er mich, das Handschuhfach zu öffnen und Zigaretten für uns anzuzünden.

Ich dachte, dass ich mich nie, niemals in einen Jungen wie Aron verlieben könnte. Er hatte einen komischen Zug um den Mund, bediente viel zu selbstsicher den Schaltknüppel und lächelte dümmlich und selbstzufrieden. Trotzdem musste ich die ganze Zeit darüber nachdenken, wie ein gemeinsames Leben mit ihm wohl wäre. Eine schicke Wohnung in irgendeiner Großstadt. Dinnerpartys, Kleider mit Spaghettiträgern, Reisen nach Paris. Aron, der nach Hause kommt und seine Söhne auf den Arm nimmt, bevor er zur nächsten Geschäftsreise aufbricht. Ich sah mich selbst, unglücklich, im Geheimen trinkend, betrogen. Wie ich es auch drehte und wendete – immer schien es so zu enden.

»Was hast du gesagt?«, fragte Aron plötzlich.

»Nichts.«

»Ich dachte, du hättest ›sinnlos‹ gesagt.«

»Ich habe nur ein Lied vor mich hin gesummt.«

Wir fuhren an Feldern vorbei, über denen der Nebel lag, mit leuchtenden Tieraugen wie funkelnde Sterne.

»Sollen wir in die Stadt fahren?«, fragte ich.

»Welche Stadt?«

»Den kleinen Ort hier in der Nähe? Den kennst du doch.«

Aron antwortete nicht, aber offensichtlich wollte er nicht in den Ort, denn er fuhr an dem Schild vorbei, das den Weg ins Zentrum von Gullspång wies. Langsam wurde mir unheimlich.

»Hast du einen Freund?«, fragte Aron.

»Ja«, erwiderte ich. Natürlich war das eine Lüge, aber mein Instinkt riet mir dazu. Damit Aron mich in Ruhe ließ.

»Und was machst du mit deinem Freund?«, fragte er weiter.

»Wir spielen Schach«, erzählte ich. »Analysieren Liedtexte und …«

»So was meine ich doch nicht!«, unterbrach mich Aron und lachte.

Ich tat so, als wüsste ich nicht, worauf er hinauswollte, auch wenn ich ihn sofort verstanden hatte. Ich wollte ihm zeigen, dass ich kein sexuelles Wesen war. Ich wollte heim in mein Mädchenzimmer in Gudhammar.

Doch meine Taktik hatte keinen Erfolg, denn plötzlich lag Arons Hand auf meinem Oberschenkel.

Ich versteifte mich und starrte ihn an. War das ein schlechter Scherz? Doch das war es nicht. Die Hand lag auf meinem Schenkel, als hätte sie alles Recht der Welt, da zu liegen.

»Was tust du da?«, fragte ich. Meine Stimme zitterte vor Wut und Angst.

»Was?« Aron gab sich unschuldig und ließ seine Hand noch ein wenig weiter hinaufgleiten.

Ich nahm sie weg.

Aron lächelte, als hätte ich etwas Lustiges getan.

»Hast du was dagegen?«, fragte er.

»Ich finde es seltsam«, sagte ich, »so etwas zu tun, ohne vorher zu fragen.«

Aron lachte und schüttelte den Kopf. »Ich sag dir mal was, Fran.«

»Ich heiße Francesca.«

»Ich sag dir mal was, *Francesca*. Man kann auf unterschiedliche Art um Erlaubnis bitten, und ich will ja nicht angeben, aber viele Mädchen haben überhaupt nichts dagegen, meine Hände überall auf sich zu spüren.«

»Können wir bitte umkehren?«, bat ich. »Mir wird langsam schlecht vom Fahren.«

»Und du bist betrunken. Man merkt es dir an. Du musst zwischendrin heimlich irgendwo gesoffen haben.«

»Ich möchte nach Hause«, beharrte ich.

»Bald«, antwortete Aron.

Er bog in einen Waldweg ein und hielt an.

»Ich will dich nur ein wenig spüren«, flüsterte er und schnallte sich ab. »Du musst doch nicht so böse sein.«

Ich war inzwischen nicht mehr wütend, sondern hatte panische Angst. Ich zog am Türgriff, doch es war abgeschlossen.

»Ich will nicht«, sagte ich leise. »Bitte, hör auf.«

Doch Aron war schon über mir, drückte seine Zunge in meinen Mund, sodass ich keine Luft mehr bekam. Ich war wie gelähmt, konnte mich nicht rühren. Dann waren seine Hände unter meinem Pullover, packten meine Brüste.

»Das ist doch schön, nicht wahr?«, keuchte er zwischen den Küssen, die er mir aufzwang. »Das willst du doch, nicht wahr, Fran?«

Das Frühstück mit Aron und seiner Familie am nächsten Tag war schrecklich. Ich saß schweigend da und reagierte nicht, wenn man mich ansprach. Auch Mamas Tritte gegen mein Schienbein unter dem Tisch konnten das nicht ändern. Ich starrte nur auf die Menschen, die ihre Brote butterten, sich Saft und Kaffee eingossen. Nach einer Weile gab Mama auf und sagte, ich solle aufstehen. Ich blieb sitzen. Ich wollte keine Szene machen, ich war nur auf einmal so unendlich müde. Erst als Papa mich mit seinem Blick durchbohrte, sagte ich, dass ich keine sonderliche Lust hätte, mich zu unterhalten, dass ich immer noch unter Schock stünde nach dem, was gestern Abend passiert sei. Dann erzählte ich von der Autofahrt, wie Aron sich mir aufgezwungen hatte. Ich erzählte es genau so, wie es gewesen war.

»Was sagst du da?«, empörte sich Arons Vater.

Erst nach einem Moment erkannte ich, dass er nicht aufgebracht war wegen der Taten seines Sohnes, sondern dass ich ihn dessen beschuldigte.

»Ich weiß nicht, wovon du sprichst«, behauptete Aron und lehnte sich zurück.

»Ich glaube, du hast zu wenig geschlafen, Fran«, sagte Papa.

»Ja, das habe ich«, entgegnete ich. »Weil ich nicht einschlafen konnte nach allem, was er mir angetan hat.« Ich nickte in Arons Richtung.

»Worum geht es denn überhaupt?«, fragte er. »Entschuldigung, aber ich verstehe gar nichts mehr.«

»Ganz ruhig, Aron«, sagte sein Vater und wedelte mit der Serviette in Richtung seines Sohnes. »Wir klären das.«

»Da gibt es nichts zu klären«, betonte Aron. Sein Blick

war genauso finster wie im Auto. »Du musst das alles geträumt haben.«

»Zeig deinen Arm her«, forderte ich.

»Was redest du da?«

»Wenn es nicht passiert ist, wenn alles nur ein Traum war, dann war es doch sicher auch nur ein Traum, dass ich dich in den Arm gebissen habe?«

»Sie ist verrückt«, sagte Aron und sah zu seinem Vater.

»Zeig deinen Arm, Aron«, befahl seine bleiche Mutter. »Zeig ihn, damit wir das Ganze beenden können.«

Doch statt der Aufforderung nachzukommen, stand Aron so abrupt von seinem Stuhl auf, dass dieser umkippte, und verließ den Raum.

Später hieß es, die Anschuldigungen hätten ihn sehr gekränkt, und seine Eltern könnten beide bezeugen, dass er keinerlei Bisswunden am Körper habe.

Nachdem Aron und seine Familie abgefahren waren, führten meine Eltern ein ernsthaftes Gespräch mit mir. War ich mir ganz sicher, was da passiert war? Was hatte er getan? Hatte er mich angefasst oder … noch andere Dinge getan? Ich sollte alles genau erzählen.

Ich versuchte, ihnen die gestrige Autofahrt zu schildern, mit allen Details, wie ich sie in Erinnerung hatte.

Als ich fertig war, sahen sich Mama und Papa lange an, und dann fragte Papa: »War das alles?«

Verwirrt entgegnete ich, ob das denn nicht reiche?

»Natürlich«, sagte Papa. Er schüttelte den Kopf, dann begann er, unterstützt von Mama, zu erklären, dass Jungen manche Signale von Mädchen missverstanden und dann aufdringlich wurden, vor allem bei so hübschen jungen Mädchen wie mir. Das sei natürlich nicht in Ordnung, überhaupt nicht, und selbstverständlich werde er ein ernstes Wort mit Ola Vendt und seinem Sohn sprechen.

»Ein ernstes Wort?«, fragte ich.

Papa nickte, er wolle nachdrücklich mit ihnen reden.

»Und dann?«, wollte ich wissen. »Geht dann alles einfach so weiter wie bisher? Du wirst weiter mit ihm zusammenarbeiten?«

Papas Blick sagte alles.

Schweigend saß ich da. Nach einer Weile sah ich Mama und Papa in die Augen und sagte das, was die lukrative Zusammenarbeit mit Ola Vendt für immer beenden würde. Ich sagte, dass Aron Wendt mich festgehalten und gegen meinen Willen in mich eingedrungen sei. Ich sagte, es habe wehgetan und dass ich mich… total beschädigt fühlte.

Ich musste eingeschlafen sein, denn ich wachte davon auf, dass Papa mich am Oberarm berührte und leise sagte, dass wir jetzt wirklich ins Bett gehen sollten. Ich kam langsam auf die Beine. Als ich die Treppe hinaufging, war ich wieder munter. Es wäre schön, etwas zu nehmen, wovon ich tief schlafen könnte. Ich wusste, dass Mama irgendwo Imovane hatte, aber unter den gegenwärtigen Umständen waren die Tabletten zusammen mit den Familienjuwelen sicher im Safe eingeschlossen.

In Papas Büro stand ein Barschrank in Form eines Globusses. Ich zog an dem kleinen Handgriff über dem Äquator und sah enttäuscht, dass der Schrank nur Whiskyflaschen enthielt. Bei Alkohol war ich wahrlich nicht wählerisch, aber Whisky hasste ich. Ich öffnete die Flaschen und trank einige Schlucke aus der, die am wenigsten widerlich roch, dann ging ich zurück in mein Zimmer.

Ich hatte gehofft, der Alkohol würde meine quälenden Gedanken beruhigen, doch ich dachte schon wieder an Paul. *Hör auf, denk nicht mehr daran.* Doch mein Gehirn holte ein Bild von Paul nach dem anderen hervor. Paul im Naturwissenschaftsraum, mit dem Skalpell in der Hand vor dem Schweineherz. *Siehst du, wie ähnlich es einem Menschenherzen ist?* Paul auf dem Steg unten am Wasser, das Schwanenpaar mit den flaumigen Jungtieren. *Sie bleiben nicht das ganze Leben zusammen.* Und dann die Bilder, von denen alle sagen, mein krankes Hirn hätte sie erfunden: Henrik und seine Freunde, ihre nassen Kleider, die gelbe Rose auf dem Boden.

Kapitel elf

Am Morgen ließ Charlie Susanne schlafen und fuhr die Zwillinge in die Schule. Tim und Tom wollten nicht, dass sie mit hineinging, sie seien ja schließlich keine Kleinkinder mehr. Nachdem die Jungen die schweren Eingangstüren aufgedrückt hatten und im Gebäude verschwunden waren, stieg Charlie aus. Sie holte tief Luft und roch den vertrauten Duft der Hagebutten, die an der Längsseite des Unterstufengebäudes wuchsen. In den Büschen waren Gänge angelegt, durch die sie früher gekrochen waren und in denen sie Krieg gespielt hatten. Sie hatten sich die Haut an den Dornen aufgerissen. Charlie dachte an ihre erste Lehrerin, die warme Stimme und wie sie Sterne in Charlies Buch geklebt hatte und nicht erfreut war, dass Betty zu keinem der vierteljährlichen Gespräche kam. *Was soll ich da?*, sagte Betty, als Charlie sie daran erinnerte. *Ich weiß doch schon, dass meine Kleine die Beste in der Klasse ist, was gibt es denn da noch mehr zu sagen?*

Charlie zündete sich eine Zigarette an und lehnte sich an das Auto. Sie wollte nach Gudhammar fahren. Das hatte sie in der Nacht beschlossen, als sie wach lag und ihre Gedanken zwischen Annabelle und Francesca hin- und hergewandert waren.

Der schmale Weg zu dem Gut verlief in unberechenbaren Kurven. Je näher sie Gudhammar kam, desto größer wurden die Abstände zwischen den alten Holzhäusern mit den schönen Verzierungen. Die Landschaft änderte sich zu braunen, von Wald eingerahmten Äckern. Die gelben, orangen und grünen Farbtöne ließen die Umgebung wie ein Gemälde erscheinen. Charlie bremste auf dem letzten geraden Wegstück ab. Vor ihr erstreckte sich die breite Eichenallee. Sie stellte den Wagen ab und ging langsam auf das große Gebäude zu. Als sie das gelbe Haus in der Herbstsonne blinzelnd betrachtete, sah sie die Familie Mild vor sich auf der Treppe stehen wie auf dem Foto in Johans Artikel. Mutter und Vater Mild auf der oberen Treppenstufe, vor ihnen die Töchter, eine blond mit gezwungenem Lächeln, die andere dunkel und ernst: Francesca.

Als sie die großen Marmorlöwen vor dem Eingang sah, erinnerte sie sich wieder an den Traum. Sie und Betty auf dem Kies, die Umgebung in sommernächtlichem Nebel versunken, über ihnen die Eichenzweige.

Wohin gehen wir, Mama?

Zu einem Bekannten.

Was für ein Bekannter?

Schweigen.

Mama?

Ich war schon mal hier, dachte Charlie. Hierher hat mich Betty gebracht. Warum? Was war der Grund?

Sie holte ein paarmal tief Luft und ging die breite Treppe hinauf. Ihre Hand zitterte, als sie den großen, runden Türknauf der Doppeltür zu drehen versuchte. Abgesperrt. Was hatte sie anderes erwartet? Sie sah nach oben zum Türklopfer, sah vor sich, wie Betty ihre zitternde Hand danach ausstreckte. Erst klopfte sie zögernd, dann entschlossener. Schritte auf der anderen Seite. Die Tür, die sich ein Stück öffnet, eine dunkle Stimme, die sagt, sie sollen gehen. *Los, geht, sage ich!*

Betty, die versucht, einen Fuß in den Türspalt zu schieben.

Ich will nur … wir müssen …

Verschwinde, bevor ich die Polizei rufe.

Wir müssen reden, flüstert Betty gegen die geschlossene Tür. *Bitte …*

Charlie war schlecht. Sie stolperte die Treppe hinunter, wie in ihrem Traum, lief zurück zum Auto und ließ Gudhammar ohne einen Blick in den Rückspiegel hinter sich.

Kapitel zwölf

Charlies Beine zitterten immer noch, als sie in die Ortsmitte fuhr. Sie stellte das Auto hinter dem ICA ab und ging zum Polizeirevier.

Nichts hatte sich seit dem Sommer verändert. Der Empfangstresen, die Tapeten aus den Siebzigerjahren, die Regale mit den Aktenordnern. Charlie warf einen Blick in die unordentliche Küche und ging an dem Büro vorbei, in dem sie und Anders im Sommer einquartiert worden waren. Das alles kam ihr auf einmal so lange her vor. Wäre ich nicht hergekommen, hätte ich niemals die Wahrheit über Betty erfahren, dachte sie. Ich müsste nicht in Therapie gehen und eine Auszeit nehmen, ich hätte die Freundschaft mit Susanne nicht wiederaufgenommen. Sie ging an der geschlossenen Tür von Olof Janssons Büro vorbei und sah durch die leicht aufgestellten Jalousienlamellen, dass das Zimmer leer war.

Micke Andersson saß an seinem Schreibtisch und zuckte zusammen, als Charlie an die halb geöffnete Tür klopfte.

»Lager?«, sagte er. »Was machst du denn hier?«

»Ich wollte kurz mit Olof sprechen«, antwortete Charlie, »aber er scheint nicht da zu sein.«

»Er hat heute frei. Er ist mit seiner Frau im Krankenhaus. Kann ich dir weiterhelfen?«

Nein, hätte Charlie am liebsten gesagt. Sie traute Micke nicht, nicht nach dem Sommer. Doch ihre Ungeduld war stärker.

»Ich suche nach Informationen über die Familie Mild, die auf dem Gut Gudhammar gewohnt hat.«

»Warum?«, fragte Micke. Sein gereiztes Lächeln ließ Charlie ihre Bitte sofort bereuen.

»Egal«, wiegelte sie ab. »Ich rufe Olof an oder warte bis morgen.«

»Habe ich etwas falsch gemacht?«, fragte Micke. »Ich kapiere wirklich nicht, was du für ein Problem mit mir hast, Lager. Weil ich ein Mann bin?«

Charlie lachte.

»Was denn?« Mickes selbstsichere Miene war diesem leicht gekränkten Ausdruck gewichen, an den sie sich aus dem Sommer so gut erinnern konnte.

»Deine Bemerkung«, antwortete Charlie. »Warum sollte ich dich nicht mögen, weil du ein Mann bist?«

»Was weiß denn ich? Aber du scheinst der Typ Frau zu sein, der mit Männern generell Schwierigkeiten hat.«

»Das stimmt nicht.«

Sie hätte gerne hinzugefügt, dass sein Geschlecht ihr geringstes Problem war, dafür umso mehr seine herrische, arrogante Art. Außerdem war er ein schlechter Polizist. Aber sie war nicht hier, um sich mit einem unreifen Kindmann zu streiten. Sie drehte sich um und wollte gehen, hoffte aber insgeheim, dass er ihr trotzdem noch etwas lieferte.

»Was willst du denn wissen?«, fragte Micke. »Die Familie war seit Jahren nicht mehr in der Gegend. Seit die Tochter verschwunden ist, denke ich.«

»Ich würde gern die Fallakte lesen.«

»Da gibt es nicht viel, die Ermittlungen wurden schnell eingestellt. Man ging wohl davon aus, dass sie freiwillig abgehauen ist.«

»Und woher weißt du das?«, erkundigte sich Charlie.

Micke schüttelte den Kopf. »Jetzt passt es dir auch nicht, dass ich dir auf deine Fragen antworte.«

»Ich finde es nur etwas seltsam, dass du das weißt«, erklärte Charlie, »in Anbetracht der Tatsache, wie viele Jahre seitdem vergangen sind. Warst du da überhaupt schon auf der Welt?«

»Meine Familie lebt seit Generationen hier, ich weiß so gut wie alles, was hier passiert ist, seit meine Urgroßmutter klein war.«

»Im Sommer wurde darüber aber nicht gesprochen.«

»Doch«, entgegnete Micke. »Einige Leute haben sich daran erinnert und darüber geredet.«

»Und warum habe ich dann nichts davon erfahren?«

»Weil sie vielleicht nicht mit dir reden wollten. Und aus Polizeisicht schien es für die Suche nach Annabelle nicht relevant zu sein. Und das war es ja auch nicht, wie sich gezeigt hat.«

»Aber es handelt sich um ein weiteres verschwundenes Mädchen.«

»Annabelles Tod war aller Wahrscheinlichkeit nach ein Unfall«, sagte Micke. »Und das verschwundene …«

»Francesca«, unterbrach ihn Charlie. »Francesca Mild.«

»Ja, genau, so hieß sie. Man sagt, sie sei schwer depressiv gewesen, was dafür spricht, dass sie sich irgendwo das Leben genommen hat.«

»Und warum hat man sie dann nicht gefunden?«

»Ich weiß nicht alle Einzelheiten«, antwortete Micke.

»Aber ich glaube, nicht einmal die Familie ging von ihrem Tod aus, sondern dass sie einfach abgehauen war. Die Milds sind vermögend, vielleicht hatte sie genügend Geld, um irgendwo anders neu anzufangen.«

»Glaubst du das?«

»Ich habe ehrlich gesagt nicht so viel darüber nachgedacht. Warum siehst du dir die Ermittlungen nicht selbst an?«

»Weil sie eingestellt sind.« Charlie seufzte.

»Dann hol die Erlaubnis ein, ins Archiv zu gehen und den Fall wieder aufzurollen. Wenn er denn so wichtig ist für dich.«

»Ich habe Urlaub«, antwortete Charlie.

»Jetzt?«

»Ja, warum?«

»Nun, weil gerade keine Urlaubszeit ist. Hast du wieder über die Stränge geschlagen?« Micke grinste überheblich.

»Was willst du damit sagen?«, fragte Charlie, auch wenn sie es sehr genau wusste.

Dass sie mit Johan geschlafen hatte, hatte sich natürlich auch bis zu ihm herumgesprochen.

»Ganz ruhig«, sagte Micke und hob die Hände. »Ich verurteile niemanden. Auch wenn ich finde, dass du dir jemand anderen hättest aussuchen können als ausgerechnet einen Journalisten. In der Bar waren doch genügend andere Kerle, die sicher nicht Nein gesagt hätten …«

»Halt die Klappe«, unterbrach ihn Charlie. »Solange es keine Auswirkungen auf meine Arbeit hat, gehe ich ins Bett, mit wem ich will.«

»Ja, das hat man gemerkt.« Seine Augen funkelten. »Was hast du dir eigentlich dabei gedacht?«, fuhr er fort.

»Wie konntest du nur gegenüber einem Journalisten Informationen ausplaudern?«

»Ich war das nicht«, verteidigte sich Charlie. »Jemand anders hat getratscht.«

»Und woher willst du das wissen?«

»Weil ich dem Journalisten vertraue.«

Micke lachte. Dann entschuldigte er sich und sagte, dass es nur wirklich komisch sei, das Wort »Vertrauen« in Zusammenhang mit der Berufsgruppe Journalist zu hören.

Charlie musste sich anstrengen, ruhig zu bleiben.

»Warum ist dieser alte Fall so wichtig für dich?« Micke lehnte sich zurück und verschränkte die Hände im Nacken.

»Solche ungelösten Fälle interessieren mich einfach«, antwortete Charlie. »Aber ich verstehe, wenn du mir nicht helfen kannst. Bitte entschuldige die Störung.«

Sie holte tief Luft und zwang sich, wenigstens zu versuchen, ihn ein wenig milder zu stimmen.

»Ich weiß, dass ich im Sommer dir gegenüber etwas schroff war, aber …«

»Schroff? Du warst überheblich, unfreundlich und …«

»Es tut mir leid«, sagte Charlie. »Ich bin wohl einfach so. Aber ich wollte dir sagen, dass mich dein Einsatz bei der Suche nach Annabelle wirklich beeindruckt hat.«

Micke lächelte wieder, diesmal freundlicher. War er wirklich so leicht um den Finger zu wickeln?

»Für mich war es leichter«, sagte Micke. »Ich kenne die Gegend und die Leute.«

»Ja, hier kennst du dich wirklich aus«, bestätigte Charlie. »Deshalb frage ich ja dich.«

Verdammt, dachte sie. Ich habe doch gesagt, dass ich

mit Olof reden will. Aber Micke schien sich daran nicht zu erinnern, weshalb sie fortfuhr: »Ich verstehe, wenn du mir nicht helfen kannst, aber den Versuch war es wert.«

»Ich schaue mal, was ich tun kann. Gib mir ein bisschen Zeit, um darüber nachzudenken.«

Räume in der Zeit

Paul sitzt mit angezogenen Knien und einem Buch unter der Trauerweide. Ich frage ihn, was er lese. Einen französischen Philosophen, der für seine positive Philosophie bekannt sei, sagt er. Ich sage, dass ich mehr hören wolle, weil, wenn ich etwas liebe, dann das Positive.

Paul lacht, macht ein Eselsohr in das Buch, klappt es zu und erzählt. Ich höre unkonzentriert zu, als er die Sicht des Philosophen auf den freien Willen beschreibt, dass ein Mensch seine eigene Zukunft erschaffen kann. Für mich klingt das nicht besonders positiv. Ich hätte weniger Angst vor der Zukunft, wenn sie vorherbestimmt wäre und die Verantwortung nicht nur bei mir läge. Doch dann spricht Paul über die Sicht des Philosophen auf die Zeit. Die Zeit ist keine Gerade oder Aneinanderreihung von Punkten, sondern wie ein Strom, der unterschiedliche Teilströme in sich vereint.

Rede weiter, sage ich, als Paul verstummt. Erzähl mehr.

Ist das denn interessant?

Ich nicke.

Wie siehst du das?, fragt Paul. Die Zeit, meine ich. Ist deine Zeit linear oder eher wie ein Kreis?

Sie besteht aus vielen Kreisen, antworte ich und schließe die Augen. Alles dreht sich.

Paul sagt, dass es für ihn auch so sei.

Wie mit dem Weltraum, sage ich. Es wird einem schwindelig.

Der Weltraum macht mir Angst, sagt Paul.

Warum?

Weil man darüber verrückt werden kann, daran zu denken. Dass er keinen Anfang und kein Ende hat. Das ist erschreckend.

Oder sicher, antworte ich. Dass man nur ein kleiner Punkt im riesigen Universum ist und nichts eine Rolle spielt.

Kapitel dreizehn

Charlie ließ sich hinter dem Steuer nieder. Sie holte tief Luft, nahm das Handy aus der Tasche und rief Johan an. Er antwortete nach dem ersten Klingelton.

Nach ein wenig steifem Hin und Her bat Johan um Entschuldigung, dass er letztens so überstürzt gegangen sei.

»Kein Problem«, sagte Charlie. »Ich rufe an wegen …«

»Ist etwas passiert?«

»Nicht direkt, aber ich bin bei einer Freundin in Gullspång.«

»Susanne?«

»Ja, sie hat es gerade nicht so leicht, weshalb ich etwas späten Urlaub genommen habe, um ihr zu helfen. Isak, ihr Mann, hat sie verlassen.«

»Das tut mir leid«, sagte Johan. »Aber vielleicht auch ganz gut, ihn los zu sein.«

»Das auf jeden Fall«, stimmte Charlie zu, »allerdings hat er seine vier Kinder auch verlassen.«

»Verdammt. Kommen sie klar?«

»Ich hoffe es.«

Johan räusperte sich.

»Und sonst?«, wechselte er rasch das Thema. »Hat sich was verändert?«

»Nein, alles beim Alten, im Guten wie im Schlechten.« Charlie sah durch die Windschutzscheibe zum ICA-Supermarkt und der Säuferbank davor, die gerade leer war. »Ich bin heute nach Gudhammar gefahren.«

»Warum?«

»Weil ich neugierig war. Ich wollte mich umschauen.«

»Und wie war es?«

»Das Haus ist riesig. Und ziemlich heruntergekommen. Und …« Charlie schloss die Augen und holte tief Luft.

»Was, Charlie?«

»Ich war schon einmal dort. Mit Betty. Eines Nachts ist sie mit mir nach Gudhammar gegangen. Betty hat geklopft, aber wir wurden nicht hereingelassen. Ich weiß nicht, was sie dort wollte.«

Sie schwiegen.

»Du, Charlie«, sagte Johan, ohne auf ihre Erinnerung einzugehen. »Ich komme auch nach Gullspång. Ich hatte darüber nachgedacht, bevor du … Ich meine, ich will noch ein paar Sachen recherchieren. Ich bin noch nicht fertig mit dem Ort.«

Das glaubte ich auch bis vor Kurzem, dachte Charlie, aber jetzt bin ich mir da nicht mehr so sicher. Sie wusste nicht, ob es eine gute Idee war, dass Johan herkam. Ihr Leben war so schon kompliziert genug.

»Glaubst du, dass das Motel freie Zimmer hat?«, fuhr Johan fort.

»Das glaube ich ganz sicher. Jetzt ist ja keine Hauptsaison, und deine Kollegen haben alles über Annabelle geschrieben. Am Wochenende ist Erntedankfest.«

»Erntedankfest? Was passiert da?«

»Wie der Name schon sagt, man feiert die Ernte.«

»Und – gibt es was zu feiern? War die Ernte gut?«

»Das kommt wohl darauf an, wie geschickt man ausgesät hat.«

Johan lachte.

»Ich rufe besser erst an und frage nach einem Zimmer, bevor ich losfahre«, sagte er.

»Wann wolltest du kommen?«

»Sofort.«

»Sofort?«

»Ja.«

Sie legten auf. Charlie spürte die vertraute Rastlosigkeit, wie immer, wenn sie mitten in einem Fall steckte. Doch es war nicht nur das. Sie schloss die Augen und beschwor die Bilder aus dem Traum herauf, Bettys Hand am Türklopfer, wie sie wie Tiere weggescheucht wurden. Warum waren sie und Betty in Gudhammar gewesen? Ihr kam ein unangenehmer Gedanke. Betty Lager. Doch nein, sie würde sich jetzt nicht von ihren Gefühlen mitreißen lassen. Sie wollte nur herausfinden, was mit Francesca Mild passiert war.

Am Eingang zum Motelrestaurant hing ein buntes Plakat mit der Aufschrift *Erntedankfest, Freitag und Samstag*. Charlie war vor ihrem Wegzug aus Gullspång nur auf einem Erntedankfest gewesen. Da war sie dreizehn gewesen. Susanne und sie hatten sich durch den Kücheneingang hineingeschlichen. Susanne hatte sie beide geschminkt, sie trugen kurze Kleider und Schuhe mit Absätzen, in denen sie kaum laufen konnten. Betty hatte gelacht, als sie sie in der Bar gesehen hatte, und als der Besitzer sie rauswerfen wollte, sagte Betty, dass er das nicht könne, weil beide Mädchen in Begleitung von Erziehungsberechtigten seien. Natürlich sollten sie auch dabei sein und die Ernte feiern dürfen.

Drei Männer in Arbeitskleidung saßen an einem der größeren Tische. Charlie spürte ihre Blicke im Rücken, als sie zur Bar ging, um etwas zu bestellen. Jonas Landell, einer von Annabelles Freunden, kam aus der Küche.

»Sie sind also wieder da?«, sagte er, und Charlie glaubte eine leichte Unruhe in seinem Gesicht zu sehen.

»Ich besuche nur eine Freundin«, sagte sie.

»Susanne?«

Charlie nickte und sah auf die Uhr. Es war Viertel nach elf. Susanne hatte sich nicht gemeldet. Vielleicht holte sie den nötigen Schlaf nach.

»Ich habe gehört, dass sie ihn rausgeschmissen hat«, erzählte Jonas. »Keinen Tag zu früh, wenn Sie mich fragen.«

Charlie machte sich nicht die Mühe, darauf zu antworten, sondern setzte sich an einen Fenstertisch und bestellte einen Kaffee.

»Wir haben Selbstbedienung«, erklärte Jonas und deutete zu einem kleinen Tisch mit Thermoskannen am Bartresen. »Aber bleiben Sie sitzen. Ich bin ja jetzt sowieso hier und kann Ihnen eine Tasse bringen.«

»Danke.«

»Kommen Sie zum Erntedankfest?«, fragte Jonas, als er ihr den Kaffee brachte.

»Ich weiß es noch nicht«, antwortete Charlie. »Kommen denn viele Leute?«

»Beim Erntedankfest ist es immer voll.«

Jonas nickte zu einer Gruppe von Männern und Frauen in Arbeitskleidung, die gerade hereinkam.

»Natürlich kommst du zum Fest«, sagte einer der Männer an dem großen Tisch. »Nur dann und am Wasserfalltag passiert hier mal was.«

Charlie drehte sich zu dem Mann um, der gesprochen hatte. Sie war es nicht gewohnt, so kameradschaftlich von Leuten angesprochen zu werden, die sie nicht kannte.

»Adam weiß, wovon er spricht«, sagte der andere Mann. »Er hat kein einziges Erntedankfest verpasst, seit man in den Fünfzigerjahren damit angefangen hat.«

»Halt die Klappe, David«, sagte Adam. »So alt bin ich nun wirklich nicht. Aber zufällig mag ich Musik, und nur dann kommen vernünftige Bands her. Wenn du kommst, verspreche ich dir einen Tanz.« Er zwinkerte Charlie lächelnd zu.

»Leider bin ich überhaupt keine Tänzerin«, erwiderte sie.

»Ich kann gut führen«, ließ sich Adam nicht beirren, »du musst also nur folgen.«

»Und genau damit habe ich ein Problem«, sagte Charlie und dachte, dass dieser Mann es offensichtlich gewohnt war, mit seinen lächerlichen Annäherungsversuchen Erfolg zu haben.

»Was machst du eigentlich hier?«, fragte David. »Ich meine, du bist doch von auswärts, oder?«

»Ich besuche eine Freundin«, erklärte Charlie, »und ich schreibe über ungelöste Fälle.«

Sofort bereute sie ihre Worte.

»Was soll das heißen, ›ungelöste Fälle‹?«, fragte David. »Los, setz dich zu uns und erzähl mal.« Er klopfte auf den leeren Stuhl neben sich.

»Wir wollen mehr hören.«

Charlie nahm ihre Tasse und setzte sich zu den Männern an den Tisch.

»Vielleicht könnt ihr mir helfen«, sagte sie. »Wisst ihr etwas über das Gut Gudhammar?«

Adam beugte sich zu ihr, die Ellenbogen auf den Tisch gestützt.

»Hast du einen neuen Job?«, fragte er.

»Was meinst du?« Charlie wurde warm im Gesicht.

»Bei deinem letzten Besuch warst du noch Polizistin.«

Verdammt noch mal, wie blöd kann man sein, dachte Charlie. Sie hatte gedacht, dass die Männer sie nicht kannten. Es würde nicht leicht werden, sich als Privatperson mit Francescas Fall zu beschäftigen.

»Ich habe frei«, erklärte sie und sah Adam an, »und da schreibe ich oft über ungelöste Fälle.«

»Wenn ich freihabe, trinke ich Bier«, bemerkte David und grinste.

Adam lachte.

»Aber wer weiß«, fuhr David fort, offensichtlich angefeuert von der Zustimmung seines Kollegen, »vielleicht forsche ich ja im nächsten Urlaub.«

»Also«, nahm Charlie ihre Frage wieder auf. »Wisst ihr etwas über Gudhammar?«

»Da wohnt schon lange keiner mehr«, erzählte David. »Keiner kümmert sich um das Anwesen. Früher hat es einer reichen Familie gehört, oder nein, sie sind immer noch die Besitzer, aber sie sind nie da.«

»Wisst ihr mehr über die Familie?«

David zuckte mit den Schultern. »Da weiß wohl keiner so viel. Sie waren nur in den Ferien hier, reiche Leute, aber unglücklich, zumindest hat man das über die eine Tochter gesagt.«

»Und was hat man noch so gesagt?«

»Dass sie verrückt war, also, das Mädchen. Schlimm für so eine reiche Familie, wenn eines der Kinder sich als krank im Kopf herausstellt.«

»Was meinst du damit?«, fragte Charlie nach.

»Ich erzähle nur, was man damals geredet hat. Und wo Rauch ist, ist auch Feuer, so sagt man doch. Ich selbst habe sie nur einmal gesehen, als ich von der Nachtschicht nach Hause gefahren bin. Sie rannte mitten auf der Straße, nur in einem dünnen Nachthemd, obwohl es eiskalt war. Und sie war ein gutes Stück von ihrem Haus entfernt. Erst war ich felsenfest überzeugt, dass es ein Geist ist, aber das war sie, die kleine Mild. Einen ganz wilden Blick hatte sie, und sie wollte auch nicht nach Hause gefahren werden. Vielleicht war ich ihr nicht fein genug.« Er lächelte.

»Wann war das?«, fragte Charlie. »War das in der Nacht, in der sie verschwand?«

»Nein«, antwortete David. »Das war davor, weil ich sie danach noch mal gesehen habe.«

»Hast du das der Polizei erzählt?«

»Nein, warum sollte ich?«

Adam sah auf die Uhr und verkündete, er müsse jetzt gehen, die Mittagspause sei schon lange vorbei. Die Männer standen auf und verließen das Restaurant.

Charlie ging zu ihrem Tisch zurück, konnte sich aber nicht mit ihrem Kaffee entspannen, da sie von den übrigen Gästen angestarrt wurde. Oder bildete sie sich das nur ein? Das Gefühl begleitete sie seit ihrer Kindheit, weil Betty immer zu laut gesprochen und gelacht hatte. Betty selbst war blind und taub für die Blicke und das Flüstern ihrer Umgebung gewesen, doch Charlie hatte alles gesehen und gehört. Jetzt hatte sie dasselbe unangenehme Gefühl wie damals zusammen mit Betty: dass alle sie anstarrten und sie sich nirgends verstecken konnte.

Francesca

»Was machst du da?«, schrie Papa am Morgen nach unserem Gespräch.

Im Morgenmantel stürzte er nach draußen auf die Terrasse.

»Was machst du da, Francesca?«

»Ich reiße den Rhododendron raus«, schrie ich zurück.

Papa hastete zu mir.

»Mama wollte ihn doch weghaben«, sagte ich.

»Und ich wollte ihn behalten«, entgegnete Papa. »Jetzt hör um Himmels willen damit auf und komm wieder rein.«

Ich legte den Spaten hin und dachte, wie unmöglich es war, Mama und Papa zufriedenzustellen. Egal, was man anstellte, irgendwer war immer böse oder enttäuscht. Kein Wunder, dass ich mich manchmal zerrissen fühlte.

Ich wollte nicht aufhören zu graben, und ich wollte auch nicht ins Haus zurück. Die frische Herbstluft und die Bewegung entspannten mich auf eine Weise, wie ich es schon seit Ewigkeiten nicht mehr erlebt hatte. Ich sagte zu Papa, dass ich woanders weitergraben und den Rhododendron in Ruhe lassen würde.

»Warum?«, fragte Papa.

»Weil ich gerne grabe, deshalb. Warum musst du immer alles infrage stellen?«

»Das ist eine äußerst adäquate Frage«, entgegnete Papa.

»Ja, und jetzt habe ich dir eine Antwort darauf gegeben.«

Ich nahm den Spaten mit zum Tierfriedhof, der Richtung See lag. Dort ruhten unsere kleinen armen Nager, die das Zeitliche gesegnet hatten, unter handgeschnitzten, schiefen Kreuzen. Ich ging um den Baum herum und blickte eine Weile auf den kleinen Busch, den ich neben dem Grab, das mir am wichtigsten war, gepflanzt hatte. Dort, unter den herzförmigen kleinen Blättern, lag meine Lieblingskatze Serafina. Sie war auf dem Nachbargut geboren worden, am selben Tag wie ich. Ihre Mutter hatte den Wurf im Stich gelassen, und nur ein Junges hatte überlebt. Die Nachbarin war vorbeigekommen und hatte uns von dem kleinen Wunder erzählt, und als sie von meiner Geburt hörte, sah sie darin ein Zeichen, dass die kleine Kämpferin uns gehören sollte. Serafina war scheu und unberechenbar und mochte nur mich. Sobald jemand anders sie zu streicheln versuchte, kratzte sie.

Ich war sieben, als sie eines Sommers überfahren und in einem Dickicht ein paar Hundert Meter von Gudhammar entfernt gefunden wurde. Ein paar Tage nachdem wir sie auf dem Tierfriedhof beigesetzt hatten, grub ich sie wieder aus. Weil ich ihr Gesicht vergessen hatte, erklärte ich Mama und Papa, ich hatte vergessen, wie sie aussah. Das hätte ich allerdings nicht tun sollen, denn danach konnte ich nicht vergessen, was der Tod mit Serafina angestellt hatte.

Jetzt las ich die Worte, die ich vor zehn Jahren in das Kreuz geritzt hatte. *Serafina. Die Trauer währt ewig!* Ich erinnere mich, dass ich diese Worte wählte, weil Mama fand, dass ich überreagierte, dass es auf den Nachbarhöfen vor kleinen Katzen nur so wimmelte und ich jederzeit eine neue bekommen könnte. Wir würden sicher sogar eine finden, die genauso aussah. Mama hatte nie verstanden, wie einzigartig Tiere waren, dass man sie nicht einfach ersetzen konnte, dass es nicht ums Aussehen oder die Fellfarbe ging. Ich erinnerte mich, was einer der älteren Ärzte im Krankenhaus zu mir gesagt hatte: Die Trauer folge einem bestimmten Muster, das im Großen und Ganzen auf alle Betroffenen zutreffe. Dann zählte er einige zeitlich begrenzte Phasen auf, an deren Bezeichnungen ich mich nicht mehr erinnern konnte, und dass es für die meisten Menschen ähnlich ablaufe. Nach etwa einem Jahr sei das Schlimmste überstanden, und man könne so weiterleben wie vorher.

Die Trauer war wie ein Hund, fuhr er fort, als ich die Einfachheit seiner Theorie infrage stellte, ein Hund, der anfangs ganz nah neben seinem Herrchen herlief, mit der Zeit aber müde wurde und zurückblieb. So würde es für mich wohl auch sein. Nach einer gewissen Zeit würde ich die Trauer nicht mehr sehen, sie kaum mehr wahrnehmen.

Das war natürlich nur dummes Geschwätz, aber ich hatte keine Kraft zu widersprechen. Und jetzt, als ich merkte, dass ich immer noch um Serafina trauerte, dass ich immer noch ihren kleinen warmen Körper in meinem Bett vermisste, erkannte ich, dass Pauls Tod mich wie ein kläffender Trauerhund mein ganzes Leben lang begleiten würde. Er würde nie verschwinden.

In großzügigem Abstand zu den kleinen Kreuzen rammte ich den Spaten in die Erde und begann zu graben. Die Erde war weicher, als ich gedacht hatte. Es verschaffte mir große Befriedigung, wie schnell es voranging. Die immer gleichen monotonen Bewegungen waren schön.

»Was tust du da?«, rief hinter mir eine Stimme.

Ich drehte mich um und erblickte Ivan. Er sah mich auf diese Art und Weise an, bei der sich mir immer der Magen umdrehte, als ob ich ein Tier wäre, an das er sich im Wald angepirscht hatte.

»Und du?«, fragte ich zurück. »Hast du nichts Besseres zu tun, als herumzulaufen und die Leute zu erschrecken?«

»Es regnet«, sagte Ivan und sah zum Himmel hinauf.

Das hatte ich gar nicht bemerkt, so vertieft war ich in meine Arbeit gewesen.

»Danke«, knurrte ich. »Dann weiß ich das auch.«

Schweigend grub ich weiter. Es war seltsam, dass Vilhelm, einer meiner liebsten Menschen auf der Welt, jemanden erschaffen hatte, der mir allein durch seine Existenz solches Unbehagen verursachte. Hatte Ivan mir je etwas getan?, überlegte ich, als ich die Erde nur ein paar Zentimeter von seinen schwarzen Stiefeln entfernt aufhäufte.

Ivan hatte seinem Vater mit der Arbeit auf dem Anwesen geholfen, als Vilhelm zu alt und schwach wurde. Einmal hatten er und Vater sich wegen der Vereinbarung gestritten, die Großvater mit Vilhelm getroffen hatte und die besagte, dass Vilhelm auch dann mietfrei im Torhaus wohnen konnte, wenn er nicht mehr arbeitete. Aufgrund dieser Vereinbarung fand Papa, dass er Ivan weniger Lohn bezahlen könnte, da sein Vater ja gratis bei uns wohnen durfte. Doch das ließ sich Ivan nicht gefallen und wehrte sich dagegen. Danach war er bei uns nicht mehr willkommen. Trotzdem tauchte er in regelmäßigen Abständen auf dem Grundstück auf. Irgendein Winkel musste immer geholt werden, eine Säge, die seinem Vater gehörte. »Wie ein Geist«, seufzte Papa manchmal, »wie ein verdammter Geist.«

»Wozu gräbst du das Loch?«, fragte Ivan. »Ihr habt doch keine Tiere mehr, die ihr begraben könntet.«

»Ich will nur sehen, wie tief ich komme«, erwiderte ich. »Der Weg ist das Ziel.«

»Deiner Mutter wird das gar nicht gefallen.«

»Meiner Mutter hat noch nie gefallen, was ich tue.«

Abends im Bett schmerzten meine Handflächen. Ich hätte Handschuhe anziehen sollen. Trotzdem war es schön, mich auf einen körperlichen Schmerz konzentrieren zu können, einen Schmerz, der gesellschaftlich akzeptabler war als die Schnitte an meinen Handgelenken. Ich hatte körperliche Arbeit, ein Tagwerk verrichtet. Vor ein paar Stunden war die Erde unten beim Tierfriedhof noch eben gewesen. Jetzt war sie das nicht mehr. Ich war ein Mensch, der etwas bewegt hatte. Aber ich konnte trotzdem nicht schlafen. Die Handflächen pochten. Aus unerfindlichem Grund musste ich an Aron Vendt denken. Das war dieses Haus für mich geworden – ein Ort, an dem ich mich an schreckliche Dinge erinnerte. Aron Vendt, schon bei dem Namen schauderte ich. Aron mit seinen Schlüsseln in der Hand, dem albernen Lächeln, seinem Stolz über die PS seines Wagens, das Geschwafel von den spezialangefertigten Felgen und der Sonderausstattung. Das Gefühl, nur Mitfahrerin zu sein, nicht bestimmen zu können, wohin wir fuhren, ob wir anhielten, ob wir jemals zurückfahren würden.

Arons Atem roch nach Menthol, als er sich über mich beugte und flüsterte, ich solle mich entspannen. Mit geschickten Händen hatte er den Sitz zurückgeklappt, an meinem Ohr geknabbert und geflüstert, dass ich ganz ruhig sein sollte, dass es nur wehtun würde, wenn ich mich anspannte.

Ich wollte ihn nicht über mir haben, aber mein Körper schien betäubt zu sein, gehorchte meinen Befehlen, sich zu bewegen, nicht, sosehr ich es auch versuchte. Ich war schlaff wie eine Puppe.

Erst als er mir meine Unterhose herunterzog, gelang es mir, ihn in den Arm zu beißen. Ich biss so fest zu, dass ich Blut schmeckte. Er schrie auf und zuckte auf seinem Sitz zurück. Dann schaltete er das Innenlicht ein und musterte seinen verletzten Arm.

»Sieh dir an, was du getan hast!«, sagte er aufgebracht und deutete auf die Wunde. »Wie sieht das denn aus?«

Er hielt mir den Arm vors Gesicht und zwang mich, hinzuschauen.

»Entschuldigung«, brachte ich hervor.

»Entschuldigung? Ich brauche vielleicht eine Spritze gegen Tollwut oder so etwas.«

»Ich habe keine Tollwut«, versicherte ich ihm mit blitzenden Augen.

»Weiß der Teufel. Das sollte ich dir heimzahlen«, sagte er, als ob er vergessen hatte, warum ich ihn überhaupt gebissen hatte. »Ich sollte dir genauso wehtun, bis du blutest.«

Ich blickte hinaus in die Dunkelheit und wusste, dass ich im nächsten Moment zu weinen anfangen würde.

»Du hast Glück«, fuhr Aron wütend fort und ließ den

Motor an. »Du hast verdammtes Glück, dass ich ein Gentleman bin.«

Er fuhr rückwärts, die Hand hinter meiner Kopfstütze. Dann raste er zurück nach Gudhammar.

Kapitel vierzehn

Susanne kam aus dem Stall, als Charlie in die Auffahrt einbog.

»Wo warst du?«, fragte sie, als Charlie ausstieg.

»Ich bin ein wenig herumgefahren und habe dann einen Kaffee im Motel getrunken. Ist alles in Ordnung?«

»Ich habe geschlafen«, berichtete Susanne. »Wie eine Tote.«

»Das ist gut«, sagte Charlie und fragte nicht, ob ihre Freundin mit Medikamenten nachgeholfen hatte. Sie war nicht hier, um sich als moralische Instanz gegenüber einem Menschen aufzuspielen, der genauso kaputt war wie sie selbst.

»Isak hat angerufen. Er holt morgen die Jungs. Offensichtlich wohnt er bei einem früheren Kollegen in der Stadt. Er will sie mindestens eine Woche zu sich holen.«

»Ist das gut oder schlecht?«

»Gut, glaube ich. Auch wenn das total krank ist, ich werde sie vermissen. Ich war bisher nie länger als eine Nacht am Stück von ihnen getrennt, wenn überhaupt.«

»Das wird dir guttun«, sagte Charlie. »Du brauchst wirklich Zeit für dich selbst.«

»Ich denke ans Erntedankfest. Da gehe ich normalerweise total gern hin und treffe Leute. Dieses Jahr war mir nicht so danach. Aber wenn die Kinder außer Haus sind und du hier, werde ich verdammt noch mal hingehen. Ich werde mich nicht mehr schämen.«

»Warum solltest du dich schämen?«

»Wegen allem, was passiert ist. Es ist nicht schön, in den Ort zu gehen, all die Leute, die einen anstarren, ohne etwas zu sagen. Ich hasse das. Auf dem Fest werden sie nicht so tun, als wäre nie etwas gewesen, der Alkohol wird ihre Zungen lockern, aber ich komme besser mit ehrlichem Suffgebrabbel zurecht als mit den stummen, verurteilenden Blicken. Vor allem, wenn ich selbst nicht mehr nüchtern bin.«

»Verstehe«, sagte Charlie. »Aber du darfst das nicht an dich ranlassen. Du trägst überhaupt keine Schuld an dem Ganzen.«

»Kein Mensch ist völlig unschuldig.«

Susanne sah zum Himmel und schlug vor, an so einem verflixt schönen Herbsttag einen Spaziergang zu machen.

»Wohin?«, fragte Charlie.

»Braucht man ein Ziel? Kann man nicht einfach nur draufloslaufen?«

Sie entschieden sich für den Schotterweg hinter dem Haus. Der Wind kam heute aus der richtigen Richtung, sodass man die Papierfabrik nicht roch. Seltsam, dachte Charlie, dass so ein simpler Waldweg so viele Erinnerungen wachrief. Hier waren sie mit dem alten Mofa von Susannes Vater rumgekurvt, hier waren sie mit dem Fahrrad gestürzt, als Charlie Susanne auf dem Gepäckträger mitgenommen hatte. Auf der Party im alten Dorfladen waren sie mit aufgeschrammten Knien und kleinen Steinchen in den Handflächen aufgetaucht.

Sie kamen an dem Stein vorbei, an dem sie zum ersten

Mal heimlich geraucht hatten, lachten darüber, wie schlecht ihnen geworden war. Doch sie hatten weitergemacht, bis sie auch Lungenzüge ohne zu husten meisterten.

»Kennst du das Gut Gudhammar?«, fragte Charlie.

»Ja. Warum?«

Charlie erzählte ihr von dem Artikel über die verschwundene Francesca Mild, die dort gelebt hatte. Wusste Susanne davon?

»Man wusste, dass das Mädchen verschwunden war. Die Jugendlichen in ihrem Alter haben darüber gesprochen. Hast du nichts davon gehört?«

»Nein«, antwortete Charlie. »Nicht, soweit ich mich erinnere. Aber ich finde es komisch, dass es bei unseren Ermittlungen im Sommer nicht zur Sprache kam, dass schon mal ein Mädchen hier aus der Gegend verschwunden ist.«

»Das Mädchen war nicht aus der Gegend.«

»Aber Francesca Mild ist hier in Gudhammar verschwunden.«

»Ja.« Susanne blieb stehen und sah Charlie an. »Warum beschäftigt dich das so?«

»Ich habe von Betty geträumt. Wir laufen eine Allee entlang, haben es eilig. Betty klopft an eine große Tür, und der Mann, der uns öffnet, scheucht uns weg. Das war nicht nur ein Traum, sondern es ist wirklich passiert. Und das Haus, an dessen Tür Betty geklopft hat … ist Gudhammar. Ich weiß nicht, was wir dort wollten.«

Die Bilder kamen zurück. Bettys flehende Stimme. *Wir müssen reden. Bitte.*

»Vielleicht ging es um eine ungeklärte Alkohollieferung«, schlug Susanne vor. »Du weißt doch, wie Betty war. Manchmal hat sie vergessen, dass sie schon bezahlt worden war, und dann … ja, dann gab es Streit.«

Bettys Weingeschäfte. Sie hatte den Kirschwein verkauft, der zum Haus gehörte, als sie Lyckebo erwarb, und später ihren eigenen Wein angesetzt, für den Verkauf und den eigenen Verzehr. Wenn Betty gut bei Kasse war, durften die Käufer anschreiben, aber wenn sie mal wieder kein Geld hatte, ging sie herum und trieb die Schulden ein. Auf diese Touren hatte sie Charlie oft mitgenommen. War es schlicht und ergreifend darum gegangen bei ihrem Besuch in Gudhammar? Aber warum waren sie nachts dort gewesen? Und warum sollte eine reiche Familie überhaupt Geschäfte mit so jemandem wie Betty machen?

Die letzte Überlegung sprach sie laut aus.

»Keine Ahnung«, meinte Susanne.

»Das würden sie nicht.«

»Nein«, gab Susanne ihr recht. »Das würden sie nicht.«

»Ich verstehe nicht, warum wir dort waren.«

»Ich kann Mama anrufen und fragen, ob sie etwas weiß«, bot Susanne an.

Sie holte ihr Handy aus der Tasche und wählte eine Nummer, doch Lola antwortete nicht. Susanne sprach ihr auf die Mailbox, dass sie zurückrufen könne, wenn sie wach sei.

»Heute Abend kommt übrigens ein Bekannter aus Stockholm«, erzählte Charlie.

»Wer?«

»Er heißt Johan Ro und hat hier unten zu tun. Er wird im Motel wohnen.«

»Ist das nicht der, der dir im Sommer alles verdorben hat?«

»Das war ich schon selbst.«

»Aber das ist der Journalist, nicht wahr?«

»Ja.«

»Ein Freund also?« Susanne lächelte.

Das war ihr erstes richtiges Lächeln, seit Charlie nach Gullspång gekommen war.

»Ja, man kann auch männliche Freunde haben.«

»Wirklich?«

»Ja.«

»Ich verstehe nur den Sinn von männlichen Freunden nicht.« Susanne zuckte mit den Schultern. »Männer sind einfach so… emotional verkümmert, so einsam in ihrer kleinen Welt. Sogar bei Isak mit seiner Literatur und dem ganzen Blödsinn merkte man schnell, dass da unter der Oberfläche nicht viel war. Ist dir das noch nie aufgefallen? Dass Männer so oft nur über das sprechen, was man anfassen kann?«

»Ich rede normalerweise nicht so viel mit Männern.«

Susanne lachte. »Hast du nicht gerade gesagt, ihr wärt Freunde?«

»Johan ist vielleicht die Ausnahme, die die Regel bestätigt.« Charlie dachte wieder an Bettys Worte über seinen Vater: *Mattias ist der einzige Mensch, der alles über mich weiß und mich trotzdem mag. Mattias ist die Ausnahme, die die Regel bestätigt.*

Plötzlich blieb Susanne stehen.

»Gottverdammter Mist«, fluchte sie »Welche Woche haben wir gerade?«

»Keine Ahnung.«

Susanne sah hektisch auf ihrem Handy nach. »Verdammt.«

»Was ist los?

»Die Schule! Die Jungs! Sie hatten vor zehn Minuten aus!«

»Aber es ist doch erst zehn nach eins.«

»Jede zweite Woche haben sie nur den halben Tag Unterricht, und in den ungeraden Wochen ist um eins Schluss. Gottverdammte Scheiße!«

Kapitel fünfzehn

Tim und Tom standen mit ihren Ranzen auf der Schultreppe, als Susanne auf den Parkplatz raste, das Auto abstellte und hastig ausstieg.

Sie rief »Entschuldigung!«, umarmte beide Jungen gleichzeitig und sagte mit entschuldigenden Gesten etwas zu dem Lehrer, der ins Freie kam.

Charlie fielen die Auseinandersetzungen ein, die Betty bei ihren wenigen Besuchen in der Schule mit den Lehrern gehabt hatte. *Ich lasse mir doch von diesen überheblichen Menschen nichts sagen, Charline. Hörst du? Ich lasse mir von denen nichts sagen.*

»Himmel«, sagte Susanne, als alle im Auto saßen. »Dafür werde ich bestimmt beim Jugendamt gemeldet.«

»Die haben sicher genug zu tun«, beruhigte sie Charlie, »und soweit ich weiß, arbeiten die nicht besonders effektiv. Da ist schon Schlimmeres, als seine Kinder zu spät von der Schule abzuholen, nicht geahndet worden.«

»Mach dir keine Gedanken, Mama«, sagte Tim. »Das Warten war überhaupt kein Problem, wir haben Süßigkeiten bekommen. He, hör auf, mich zu schlagen, Tom.«

»Vom wem habt ihr Süßigkeiten bekommen?«, fragte Susanne alarmiert und sah in den Rückspiegel.

»Die habe ich in meinem Rucksack gefunden«, erzählte Tom.

Susanne bremste so stark ab, dass Charlie sich beinahe den Kopf am Handschuhfach angeschlagen hätte.

»Was machst du denn da?«, rief Tom.

»Wir bleiben hier stehen, bis du die Wahrheit sagst.«

»Aber ich ...«

»Sei still, Tom, auch wenn du nicht die Wahrheit sagen willst, unterbrichst du deinen Bruder bitte nicht, wenn er sie mir erzählen will.«

»Wir haben sie von einer Frau bekommen«, gab Tim zu.

»Von was für einer Frau?«

»Keine Ahnung. Eine Frau eben.«

Susanne sah zu Charlie, die sich umdrehte und freundlich fragte, wie die Frau denn ausgesehen habe, aber keiner der beiden konnte sie ausreichend beschreiben. Sie wussten auch nicht, ob sie sie schon einmal gesehen hatten. Sie hatte einfach nur Hallo gesagt und ihnen Süßigkeiten gegeben. Und weil sie hungrig waren, hatten sie sie genommen. Und das war ja nur eine alte Frau gewesen.

»Aber ich habe euch doch schon so oft gesagt, dass ihr nicht mit Fremden sprechen sollt«, ermahnte sie Susanne. »Weder mit Frauen noch mit fremden Männern.«

»Entschuldigung, Mama«, sagte Tom. »Es war keine Absicht.«

»Hat sie uns vergiftet?«, schrie Tim.

Als Susanne sagte, dass sich das mit der Zeit zeigen würde, brüllten beide Jungen hysterisch.

Tim und Tom weinten immer noch, als sie daheim ankamen. Susanne schickte sie nach oben in ihre Zimmer.

»Du solltest sie vielleicht ein wenig beruhigen«, meinte Charlie. »Also, dass sie nicht vergiftet sind.«

»Gleich«, erwiderte Susanne. »Ich will erst sicher sein, dass sie so verängstigt sind, dass sie so was nie wieder machen.«

»Das sind sie jetzt schon mehr als genug. Wer, glaubst du, war die Frau?«

»Keine Ahnung. Vielleicht eine Alte aus dem Heim?«

»Seltsam, dass die Jungen sie nicht erkannt haben.«

»Für Kinder sehen alte Frauen doch alle gleich aus«, sagte Susanne. »Aber ich rufe in der Schule an und gebe es weiter.«

Charlie ging nach oben zu den Zwillingen. Auf der Treppe hörte sie, wie Susanne deutliche Worte fand, dass die Schule ja wohl dafür verantwortlich sei, dass keine fremden Menschen einfach auf das Gelände kamen und den Schülern Süßigkeiten anboten, selbst wenn die Eltern sich mal verspäteten.

Tim und Tom lagen eng umschlungen in Susannes Bett. Charlie dachte, dass sie so vielleicht auch in der Gebärmutter gelegen hatten, eng aneinandergeschmiegt wie ein einziger Leib.

Sie setzte sich zu ihnen aufs Bett.

»Keine Angst«, sagte sie. »Man hat euch nicht vergiftet.«

»Woher weißt du das?« Tim sah sie mit großen Augen an.

»Weil ihr das mittlerweile spüren würdet. Man merkt sehr schnell, wenn man Gift im Körper hat.«

»Dann müssen wir nicht sterben.«

»Nein, ihr werdet nicht sterben.«

»Niemals?« Tim sah sie gleichermaßen verängstigt und hoffnungsvoll an.

Charlie wollte gerade antworten, doch Tom kam ihr zuvor.

»Jeder muss sterben«, sagte er, und als Tim sich die Ohren zuhielt, wiederholte er den Satz immer lauter: »Jeder muss sterben, jeder muss sterben, jeder muss sterben.«

»Schluss jetzt«, schaltete sich Charlie ein.

»Aber es stimmt doch!«

»Das ist egal, du kannst es meinetwegen denken, aber nicht mehr aussprechen.«

Als Melker und Nils auch aus der Schule zurück und alle in der Küche versammelt waren, erzählte Susanne, dass Isak angerufen hatte. Er würde am nächsten Tag kommen und sie abholen. Die Zwillinge jubelten, Nils schwieg und Melker sagte, dass er nirgendwohin fahren würde.

»Nicht vor deinen Brüdern, bitte«, tadelte ihn Susanne.

»Er kann uns nicht einfach holen, wann es ihm gerade passt«, fuhr Melker unbeirrt fort.

»Ich glaube, es ist gut, wenn ihr euch aussprechen könnt«, sagte Susanne, »und deine Brüder werden traurig sein, wenn du nicht mitkommst.«

»Ich kann mit ihm hierbleiben«, meldete sich Nils zu Wort. »Aber eigentlich weiß ich es nicht genau.«

Melker stöhnte und murmelte etwas, das Charlie nicht verstand.

»Warum müssen wir uns überhaupt mit ihm treffen?«, fragte er. »Sagst du nicht immer, dass alles, was man tut, Konsequenzen hat, Mama?«

»Euch hat er ja nichts getan«, erwiderte Susanne.

»Er ist abgehauen«, widersprach Melker, »und wer weiß, was er sonst noch gemacht hat.«

»Was meinst du?«

»Ich bin nicht taub, Mama. Ich höre doch das Gerede in der Schule und … sonst überall.«

»Darauf hören wir nicht. Habe ich nicht gesagt, dass wir in dieser Familie Klatsch und Tratsch gar nicht beachten?«

»Ja, aber du hast auch gesagt, dass man für seine Taten geradestehen muss.«

Sie wurden unterbrochen, als Tim sein Kakaoglas über den ganzen Tisch verschüttete.

»Verdammt!«, rief Susanne, entschuldigte sich jedoch in der nächsten Sekunde.

Melker stand rasch auf, holte das Spültuch und wischte die Bescherung weg.

»Wann kommt Papa?«, fragte Tom.

»Morgen nach der Schule«, sagte Susanne.

»Ich vermisse Papa«, verkündete Tim. »Ich will ihm mein Raumschiff zeigen und erzählen, dass ich mit dem ABC-Buch fertig bin und …«

»Ich habe das ABC-Buch auch durch«, schrie Tom. »Ich war vor dir fertig, als Erster in der Klasse, als Erster von allen!«

»Hört bitte auf zu schreien«, bat Susanne.

Sie stand auf und fragte, ob sie in den Stall gehen dürfe. Sie würde gern eine Weile malen, bevor sie das Abendessen kochte. Charlie sagte, sie könnten ja alle später im Motel etwas essen.

Das wollte Susanne nicht. Sie fühlte sich nicht stark genug, auf alle Fragen wegen Isak zu antworten, oder für die bösen oder mitleidigen Blicke, zumindest nicht ohne Alkohol. Aber Charlie könne natürlich mit den Jungs hinfahren, wenn sie das wolle.

Charlie sah auf die Uhr. Johan würde bald im Motel ankommen. Sie fragte sich, ob sie sich nur deswegen nach ihm sehnte, weil sie mit ihm über Francesca Mild sprechen wollte.

»Du fährst genauso schnell wie Mama«, sagte Melker, der auf dem Beifahrersitz saß. »Papa hat immer gesagt, dass sie irgendwann im Straßengraben endet, wenn sie sich nicht zusammenreißt.«

Charlie fiel die Vergangenheitsform auf. *Papa hat immer gesagt.*

Einer der Zwillinge schrie auf dem Rücksitz.

»Was ist los?«, fragte Charlie.

»Tom zwickt mich, damit ich schaue«, beschwerte sich Tim.

»Es ist doch total bescheuert, dass er die ganze Zeit die Augen zumacht«, sagte Tom.

»Er hat Angst, kapierst du das nicht, du Idiot?«, fauchte Nils.

Charlie verlangsamte die Fahrt und sah in den Rückspiegel.

»Wovor hast du Angst, Tim?«

»Er sieht tote Menschen«, erklärte Nils.

»Tom«, sagte Charlie streng. »Dein Bruder darf so viel die Augen zumachen, wie er möchte, und wenn du ihn noch einmal zwickst oder ihm sonst irgendwie wehtust, dann fahre ich zurück und lasse dich daheim. Verstanden?«

»Pass bloß auf, sonst buchtet sie dich ein«, sagte Nils.

»Ich glaube nicht, dass es ein Toter war«, meldete sich Tim nach einer Weile zu Wort. »Er sah nicht aus wie ein Zombie. Zombies bewegen sich viel komischer.«

»Wovon redest du?«, fragte Melker genervt.

»Ich habe jemanden im Garten gesehen«, erzählte Tim. »An der Schaukel.«

Charlie sah seinen ernsten Blick im Rückspiegel.

»Warum hast du mir oder eurer Mutter nichts davon erzählt?«

»Ich habe eine lebhafte Fantasie«, antwortete Tim. »Ich dachte, dass ich es mir vielleicht nur eingebildet habe.«

»Wenn du noch einmal jemanden im Garten zu sehen glaubst, sagst du es uns bitte.«

»Ich wollte einfach die Augen zumachen, damit ich nichts mehr sehen muss. Ich habe Angst …«

»Wovor hast du Angst?«

»Angst zu haben. Ich habe Angst davor, Angst zu haben.«

Nils seufzte und meinte, da sei es aber schon komisch, dass er ständig Horrorfilme schaue. Wenn er doch so viel Angst davor habe, Angst zu haben.

Endlich klingelte das Handy.

»Pass auf, wo du hinfährst!«, schrie Nils, als sie in der Handtasche nach dem Telefon wühlte. »Chaaarlie!«

Charlie blickte auf. In letzter Sekunde konnte sie dem Graben ausweichen. Ihr wurde abwechselnd heiß und kalt.

»Johan«, sagte Charlie, als sie das Auto wieder unter Kontrolle hatte und den Anruf annehmen konnte. »Alles in Ordnung?«

»Ja, nur ein paar Probleme mit dem Handy, es entlädt sich manchmal und will dann nicht mehr aufladen. Wo bist du?«

»Mit Susannes Söhnen auf dem Weg zum Motel. Wo bist du?«

»Ich bin gerade angekommen.«

»Wir wollten etwas essen«, sagte Charlie. »Du darfst uns gern Gesellschaft leisten.«

»Ich komme dann runter«, antwortete Johan. »Ich will nur erst noch duschen.«

Francesca

Papa und ich fuhren zu Doktor Molan. Doktor Molan kam eigentlich aus Stockholm, aber praktischerweise besaß er ein Sommerhaus ein paar Kilometer von Gudhammar entfernt, gleich am See Skagern. Seit er in Rente gegangen war, war das große Haus am Wasser immer mehr zu seinem Hauptaufenthaltsort geworden. Doktor Molan war ein Freund der Familie, und mein ganzes Leben lang war ich immer wieder zu ihm gegangen. Er war ein hochnäsiger, mürrischer Mann, dem ich nicht traute. Wie konnte man jemandem Geheimnisse anvertrauen, der jederzeit in Gudhammar auftauchen und im Salon Whisky mit meinem Vater trinken konnte? Das schienen weder meine Eltern noch Doktor Molan zu verstehen. Mit sieben Jahren war ich zum ersten Mal bei ihm, einen Tag nachdem ich Céciles Kopf unter Wasser gedrückt hatte. Doktor Molan hatte mit mir wie mit einem Kleinkind gesprochen. *Warum hast du deiner Schwester wehgetan? Verstehst du, was mit einem Menschen passiert, der keine Luft mehr bekommt?*

Das letzte Mal war ich ein paar Wochen nach der Autofahrt mit Aron Vendt bei Doktor Molan gewesen. Er hatte mir einen langen Vortrag darüber gehalten, wie wichtig die Wahrheit sei. Und das sollte ich mir unbedingt merken: Wer einmal lügt, dem glaubt man nicht, und wenn er auch die Wahrheit spricht.

»Das ist rausgeschmissenes Geld«, sagte ich zu Papa. »Mit mir zu Doktor Molan zu fahren.«

»Es geht doch nicht ums Geld«, erwiderte Papa. »Außerdem ist nichts rausgeworfen, wenn es dir dadurch besser geht.«

»Dadurch geht es mir aber nicht besser.«

»Entweder du gehst zu Doktor Molan, oder wir weisen dich ein.«

»Warum ausgerechnet er?«, fragte ich. »Warum jemand, den ich nicht leiden kann?«

Papa ignorierte meinen Einwand und erklärte mir, was für eine Koryphäe Doktor Molan in seinem Beruf sei.

»Hast du es etwa vergessen?«, fragte ich.

»Was vergessen?«

»Dass er mir letztes Mal nicht geglaubt hat.«

»Wenn ich du wäre, wäre ich jetzt ganz vorsichtig.«

»Ich habe euch nicht vergeben, falls ihr das glaubt«, fuhr ich fort. »Ich habe weder dir noch Mama noch Doktor Molan vergeben. Und werde es niemals tun.«

»Das weiß ich, aber zu der ganzen Sache gibt es geteilte Meinungen.«

»Glaubt mir deshalb jetzt keiner? Wegen dem, was passiert ist?«

»Francesca«, sagte Papa und sah von der Straße zu mir. »Dein Freund hat sich umgebracht. Nichts wird dadurch besser, dass du die Schuld jemand anderem gibst. Alle wissen, dass er sich umgebracht hat.«

»Nur weil ihr ihn alle nicht kanntet. Keiner kannte ihn so wie ich.«

»Es hat sich nichts verändert«, sagte ich, als wir auf den Hof von Doktor Molans moosgrünem Jahrhundertwendehaus einbogen. Es lag hübsch auf einem Hügel mit Blick auf das Ufer und den See. Mit Papas Motorboot brauchte man von Gudhammar nur zehn Minuten. Bei gutem Wetter wie jetzt und wenn die Bäume ihre Blätter abgeworfen hatten, konnte man sogar unser Haus am anderen Ufer sehen. Mein Magen verkrampfte sich, weil ich wieder hier war. Ich dachte an all die angespannten Stunden in seinem Sprechzimmer wegen meiner kleinen Eigenheiten. Warum leckte ich mir dauernd die Lippen? Warum biss ich im Beisein von Gästen in ein Kristallglas? Warum antwortete ich so oft nicht auf ganz alltägliche Fragen?

Nachdem Papa mich abgesetzt hatte und sein Wagen hinter einer Kurve verschwunden war, war mein erster Gedanke, geradewegs in den Wald zu rennen, aber das würde alles nur noch schlimmer machen, weshalb ich widerwillig zum Eingang ging. Ich klingelte und dachte, wie unpassend die fröhliche Melodie in diesem Haus für psychisch instabile Patienten war.

Greta öffnete die Tür. Sie war Doktor Molans … Putzfrau? Haushälterin?

»Francesca«, begrüßte sie mich lächelnd. Sie hatte freundliche braune Augen, ihre Haare wurden allmählich weiß. »Schön, dich zu sehen. Du kannst vor seinem Büro warten.«

Nach einer gefühlten Ewigkeit öffnete Dr. Molan die Tür seines Sprechzimmers im oberen Stock. Er trug eine senfgelbe Strickjacke und nicht ganz saubere braune Hosen. Die Haare standen an einer Kopfseite ab, als hätte er geschlafen.

»Gut, dass du da bist«, sagte er, als er mich hereinbat. »Deine Eltern machen sich große Sorgen um dich, Francesca.«

»Ihnen auch einen guten Tag«, antwortete ich.

In seinem Büro roch es stark nach Tabak. Ich machte es mir auf dem Diwan mit dem grünen Samtbezug bequem. Doktor Molan saß hinter seinem Schreibtisch. Wahrscheinlich, weil er sich immer Notizen machte, aber vielleicht auch, um einen gewissen Abstand zu halten.

»Ich habe gehört, dass es dir nicht so gut geht«, begann Doktor Molan. »Dass es diesmal richtig ernst ist.«

»Ich habe um Hilfe gerufen«, erklärte ich und blickte auf meine Arme.

»Ja, so sagt man das wohl.« Doktor Molan zündete seine Pfeife an.

Ich wünschte, er würde ein Fenster öffnen. Was war er für ein Mensch, der im Haus rauchte, vor seinen Patienten?

»Bitte sag mir, Francesca«, forderte er mich auf und schlug die Beine übereinander, »warum du sterben willst.«

Warum wollte ich sterben?

Ich war froh, dass Doktor Molan seine Behandlungsmethode nicht geändert hatte und mir keine Zeit für eine Antwort ließ. Ich brachte gerade mal einen Seufzer und ein Schulterzucken zustande, als er schon mit seinem endlosen Fragenkatalog weitermachte. Ob ich das Leben sinnlos fand? Ob ich meinen Glauben an die Zukunft verloren hatte? Ob ich schlecht schlief?

»Ich glaube, du bist deprimiert«, sagte Doktor Molan ernst, als es mir gelang, knapp auf einige seiner Fragen zu antworten.

»Wirklich?«, fragte ich.

Doktor Molan hörte meinen ironischen Unterton nicht, denn er nickte nur und sagte, dass er sich nach dem, was ich ihm erzählt hätte, ziemlich sicher war. In Kombination mit dem Selbstmordversuch sei das deutlich. Ich sei schwer depressiv.

»Das war nur ein Hilferuf.«

»Ja, wenn du darauf bestehst, es so zu nennen. Aber wir haben dich gehört, Francesca. Wir haben deinen Hilferuf gehört.«

»Wie schön«, meinte ich. »Wie schön, dass ihr alle so hellhörig seid.«

»Hast du schon mal daran gedacht …«, Doktor Molan zog an seiner Pfeife, »deinen Talenten den Vorzug vor deiner destruktiven Seite zu geben? Denn du bist wirklich begabt, Francesca, ist dir das eigentlich klar?«

»Ich weiß nicht. Ich fühle mich eigentlich weder besonders destruktiv noch begabt.«

Das stimmte. Mein ganzes Leben schon hatten immer alle von den versteckten Begabungen hinter meinen ganzen kleinen Eigenheiten gesprochen. Das hat mich immer verunsichert, weil ich insgeheim fürchtete, dümmer als die meisten anderen zu sein. Ich konnte vielleicht Schlussfolgerungen ziehen und die Absichten und Stimmungen von Menschen ausloten (auch wenn Papa immer sagte, dass ich diese Fähigkeit nicht überschätzen solle), aber bei so was wie Erdkunde, alten Philosophen, Königen und anderem Wissen war ich hoffnungslos. Ich konnte diese Dinge für Tests pauken und die volle Punktzahl erreichen (zumindest früher konnte ich das), aber danach verschwand alles in einem Nebel. Ich konnte mir nicht merken, wo Mexiko lag, in Europa oder wo sonst, und ob Lissabon die Hauptstadt von Österreich war oder nicht. Doch das

Schlimmste an diesem ganzen Gerede von meiner Begabung war der Stress, dem sie mich damit aussetzten. Weil sowieso alles Verschwendung war. Alles Talent war völlig verschwendet an einen Menschen, der nichts Vernünftiges damit anzufangen wusste.

»Ich bin offensichtlich nicht begabt genug, um das Beste aus meiner Situation zu machen«, sagte ich, »denn sonst hätte ich das ja schon längst.«

»Es ist nicht zu spät«, erklärte Doktor Molan und legte die Fingerspitzen aneinander. »Du hast noch viel Zeit.«

Das klang wie eine Drohung.

»Wie siehst du die Zukunft?«

»Im Moment habe ich weder die Kraft, darüber zu sprechen, noch darüber nachzudenken«, antwortete ich wahrheitsgemäß.

Ich war die Zukunft so unendlich leid.

»Aber bevor es dir schlecht ging – was hattest du da für Zukunftsträume?«

Mein Leben. Wie auch immer es sich entwickeln würde, es würde eine Katastrophe werden. Ich dachte an mein Lieblingsbuch, Sylvia Plaths *Glasglocke*. Paul hatte es mir geschenkt, weil er glaubte, es würde mir gefallen, und er hatte richtig vermutet. Ich erinnerte mich an eine meiner Lieblingsstellen, in der Esther Greenwood es sinnlos findet, irgendwohin zu reisen, weil sie ja doch immer in sich selbst bliebe.

Wir kamen auf meine Eltern zu sprechen, meine Wut, dass ich ihnen nicht verzeihen konnte. Doktor Molan sagte, ich müsse es versuchen, um meiner selbst willen.

Ich betrachtete die Wand hinter Doktor Molan, die Diplome, die er überall aufgehängt hatte, und dachte, wie sinnlos solche Auszeichnungen doch waren, wenn man nicht einmal so etwas Einfaches verstand. Dass manche Dinge unverzeihlich waren.

Doktor Molan bat mich, vom tragischen Tod meines Freundes zu erzählen. Meine Eltern hätten ihn nur kurz über das Geschehene ins Bild gesetzt.

Ich antwortete, dass man ihn falsch informiert habe, weil ich noch nie einen festen Freund gehabt hätte.

»Dein Bekannter also«, sagte Doktor Molan.

»Ich glaube, dass er ermordet wurde und dass der Freund meiner Schwester und seine Kumpel ihn getötet haben.«

»Das ist eine sehr ernste Anschuldigung, Francesca.«

»Das ist ja auch ein sehr ernstes Verbrechen.«

»Wieso verdächtigst du die Jungen?«

Ich erzählte ihm von meinen Erinnerungsbildern, der gelben Rose und den nassen Hosenbeinen. Den Blicken, die mir auswichen.

Als ich fertig war, sah Doktor Molan aus dem Fenster, räusperte sich und begann dann über die menschliche Erinnerung zu dozieren. Man könne ihr nicht trauen, sie verändere sich. Erinnerungen könnten verschwinden, manipuliert werden und falsch sein, und wenn man noch Beruhigungsmittel, Alkohol und Drogen dazurechne, würden sie natürlich noch unzuverlässiger.

Ich hörte irgendwann nicht mehr zu, ließ meine Gedanken an einen anderen Ort wandern, an dem man mir glaubte, an dem Paul und ich rehabilitiert wurden, an dem die Schuldigen bestraft würden.

»Ich würde gern über das reden, was mit Aron Vendt passiert ist«, sagte ich, als Doktor Molan mit seinem Vortrag über Erinnerungen fertig war.

»Hilf mir kurz auf die Sprünge.« Er beugte sich vor.

»Aron Wendt hat mich vergewaltigt. Haben Sie das vergessen?«

»Nein, daran erinnere ich mich. Aber wir haben über deinen Freund gesprochen.«

»Und jetzt will ich über Aron Vendt sprechen.«

»Was gibt es denn über ihn zu sagen?« Doktor Molan klang ergeben und streckte sich wieder nach seiner Pfeife.

»Könnten Sie bitte das Rauchen lassen?«

»Natürlich.« Mit enttäuschtem Blick legte er die Pfeife wieder hin.

»Aber eigentlich geht es gar nicht um Aron Vendt«, fuhr ich fort. »Es geht um Mama und Papa, um den Verrat.«

Doktor Molan räusperte sich und sagte, dass er die Ereignisse ein wenig anders sehe als ich. Für ihn sei es kein Verrat.

»Was war es dann?«, fragte ich.

»Deine Eltern haben getan, was man von ihnen in dieser Situation erwartete. Ich meine, sie brauchten doch stichhaltige Beweise.«

Ich dachte an den furchtbaren Gynäkologenbesuch, zu dem mich Mama und Papa gezwungen hatten. Der Gynäkologe war nicht einmal eine Frau, sondern ein Mann mittleren Alters mit haarigen Fingerknöcheln gewesen. Ich solle ganz ruhig atmen, dann sei es bald vorbei, sagte er, bevor er mich aufforderte, weiter nach unten zu rutschen, näher zu ihm, noch näher.

Nach der Untersuchung sprach er mit Mama und Papa, während ich draußen wartete.

Auf der Fahrt nach Hause führte Papa ein ernstes Gespräch mit mir. Ich solle aufhören zu lügen, sagte er, sonst werde es noch böse für mich enden.

Ich schrie, dass ich nicht gelogen hätte. Warum glaubten sie mir nicht? Warum glaubten sie ihrer eigenen Tochter nicht?

Papa sagte, dass er keine Lust habe, auf die Einzelheiten einzugehen, dass sich der Gynäkologe seiner Sache aber sehr sicher sei, dass das, was ich von Aron erzählt hatte, nie passiert sei.

Kapitel sechzehn

Im Restaurant des Motels war nur noch ein Tisch frei. Charlie bat die Jungen, sich schon mal hinzusetzen, während sie noch einen Stuhl holte. Der Geräuschpegel war hoch. Sie sah sich um und hatte das merkwürdige Gefühl, als säßen immer noch dieselben Menschen hier wie im Sommer. Da drüben die lärmende Gruppe älterer Männer, zu der auch Svenka gehörte, und an der Bar einige Frauen im mittleren Alter, die sie kannte. Nach der sommerlichen Invasion an Polizisten, Journalisten und Missing-People-Helfern hatten die Stammgäste das Lokal zurückerobert.

»Na, wen haben wir denn da.« Jemand stellte sich viel zu dicht neben Charlie. »Du traust dich also doch hierher.«

»Was willst du, Micke?«, sagte Charlie und klang dabei nicht halb so enthusiastisch wie er.

Sie hatte keine Lust, mit ihm zu reden, solange er ihr nicht bei dem alten Fall helfen wollte. Aber jetzt stand er viel zu dicht neben ihr, wie es Menschen, die für soziale Zwischentöne taub waren, oft taten.

»Ich wollte nur Hallo sagen.« Er roch nach Alkohol.

»Hallo.«

»Sind das nicht Susannes Jungs?« Er nickte zum Tisch.

»Ja.«

»Und wo ist Susanne?«

»Zu Hause.« Micke beugte sich zu Charlie.

»Glaubst du, dass Isak zurückkommt?«

»Ich weiß es nicht. Und selbst wenn ich es wüsste, würde ich nicht mit dir darüber sprechen.«

»Ich hoffe um seiner selbst willen, dass er sich fernhält. Ja, ich weiß, dass man ihm nichts nachweisen konnte, aber das ist den Menschen hier egal. Was er getan hat, reicht völlig. So etwas verzeihen wir hier nicht.«

»Gab es denn noch was anderes?«, fragte Charlie.

»Ja.« Micke sprach leiser. »Nachdem du weg warst, habe ich ein wenig im Archiv gestöbert und möglicherweise etwas gefunden, das dich interessieren könnte. Ich habe es sogar mit nach Hause genommen.«

Charlie war überrascht. Sie hatte nicht mit seiner Unterstützung gerechnet.

»Wo ist der Haken?«, fragte sie.

»Was meinst du?«

Charlie wollte das nicht genauer ausführen, um ihn nicht zu kränken und zu riskieren, dass er die gefundenen Unterlagen nicht herausrückte.

»Vergiss es«, sagte sie stattdessen.

»Ich lasse dich vielleicht einen Blick darauf werfen, wenn du mir sagst, wonach du suchst. Ich meine, man will ja nicht seinen Job riskieren und so…«

»Wir können morgen darüber reden, wenn du nüchtern bist.«

»Ich habe nur ein paar Bier getrunken und gehe jetzt heim.«

»Morgen.«

»Warum hast du übrigens nichts gesagt?«, fuhr Micke fort.

»Worüber?«

»Dass du von hier bist, dass Betty deine Mutter war.«

»Weil es nicht wichtig ist.«

Er drehte sich um. »Mein Vater kannte Betty«, bemerkte er. »Mein Vater kannte sie ziemlich gut, würde ich sagen. Und wenn Bettys Tochter etwas von mir will, bin ich der Letzte...«

»Nicht hier«, unterbrach ihn Charlie. »Oder willst du deinen Job verlieren?«

»Willst du mich verpfeifen?« Micke lachte. Ihm schien nicht klar zu sein, wie laut er sprach.

Charlie ging zurück zum Tisch, während Mickes Worte über Betty in ihrem Kopf widerhallten. *Mein Vater kannte sie ziemlich gut.*

»Was wollte er?«, fragte Melker.

»Nichts Besonderes.«

»Er ist auch Polizist«, meldete sich Nils zu Wort.

»Glaubst du, das weiß sie nicht?« Melker verdrehte die Augen. »Sie hat doch mit ihm zusammengearbeitet.«

»Daran habe ich nicht gedacht«, sagte Nils.

Und dann stand Johan im Eingang. Als sich ihre Blicke trafen, machte sich ein Gefühl in Charlies Bauch breit, von dem sie nicht mehr wusste, wann sie es zuletzt gespürt hatte. Sei nicht albern, schalt sie sich. Er ist nur... ja, was war er eigentlich?

Johan kam zu ihrem Tisch. Er umarmte Charlie kurz, bevor er den Jungen nacheinander die Hand schüttelte und sich vorstellte. Jonas brachte einen zusätzlichen Stuhl.

»Wie geht es dir?«, fragte Johan, als er sich setzte.

»Gut«, erwiderte sie. »Und dir?«

»Ganz okay, mir macht nur das Wetter etwas zu schaffen.« Er nickte zum Fenster, an dem die Regentropfen hinunterliefen. »Ich hasse die Dunkelheit.«

»Ich nicht«, sagte Charlie. »Ich finde sie befreiend.«

»Befreiend?« Johan runzelte die Stirn.

»Warum findest du die Dunkelheit befreiend, Charlie?« Nils beobachtete sie ernst.

Charlie hatte nicht daran gedacht, dass die Kinder zuhörten, weil Nils und Melker vollauf mit ihren Handys beschäftigt waren und die Zwillinge Flugzeuge aus ihren Servietten falteten.

»Ich weiß nicht«, sagte sie schließlich. »Dunkle Tage beruhigen mich irgendwie.«

»Du bist komisch«, stellte Nils fest.

Charlie und Johan sahen sich an. Er lächelte, und das Gefühl im Bauch war wieder da.

Das Essen kam, und Johan unterhielt sich mit den Jungs. Charlie beobachtete ihn, während er aufmerksam Toms quälend langem Bericht von einem neuen Spiel lauschte, in dem er richtig gut war, ebenso wie Tim, der fast dasselbe erzählte.

Melker war neugierig. »Was arbeitest du?«

»Ich bin Journalist«, antwortete Johan und wedelte mit einem unsichtbaren Stift in der linken Hand, als ob er seinen Beruf näher erklären müsste.

»Ihr wart ganz schön anstrengend im Sommer«, sagte Melker ehrlich. »Du vielleicht nicht unbedingt, aber die anderen Journalisten. Sie haben so viele Fragen gestellt und Papa verfolgt.«

»Das verstehe ich«, sagte Johan. »Ich verstehe, dass das nicht schön für euch war.«

»Er ist selbst schuld«, bemerkte Melker.

»Wieso?«, sagte Tom. »Wieso ist er selbst schuld?«

Charlie bereute mittlerweile, dass sie die Jungen mitgenommen hatte.

Die Hintergrundmusik wurde lauter, und Tim und Tom hielten sich demonstrativ die Ohren zu.

»In dem Zimmer hinter dem Restaurant gibt es doch Videospiele, oder?«, fragte Charlie.

»Ja!«, bestätigte Nils.

»Wollt ihr spielen?«

»Wir haben kein Geld.«

Charlie holte ihren Geldbeutel hervor und nahm einen Hundert-Kronen-Schein heraus.

»Wechselt das hier an der Bar«, sagte sie und gab Melker das Geld.

»Dürfen wir alles verspielen?«, fragte er.

»Wenn ihr wollt.«

Die Jungen eilten davon, und Charlie und Johan sahen sich lange an.

»Also, wie ist es, wieder hier zu sein?«, fragte er schließlich.

»Ganz okay.«

»Es hat sich nichts verändert.«

»Verschieben wir den Small Talk auf später. Die Kinder werden das Geld in null Komma nichts verspielt haben.«

Sie beugte sich über den Tisch und erzählte, was Micke ihr über den alten Fall mitgeteilt hatte.

»Er hat die Akte also mit nach Hause genommen?«, fasste Johan zusammen.

»Ja.«

»Wie heißt Micke mit Nachnamen?«

»Andersson.«

»Und du fährst später zu ihm und holst sie?«

»Das hatte ich vor.«

Charlie nahm ihr Handy aus der Tasche und tippte »Mikael Andersson Gullspång« in eine Suchmaschine, die persönliche Daten und Adressen anzeigte. In seinem Alter gab es nur einen Mikael Andersson in Gullspång, sodass sie seine Adresse schnell herausgefunden hatte.

»Soll ich mitkommen?«, fragte Johan.

»Nein, ich fahre besser allein. Die Informationen sind ja geheim.«

»Schon klar. Melde dich, wenn du die Akte hast.«

Als die Jungen zurückkamen, stritten die Zwillinge.

»Er hat alles verspielt«, sagte Tim und deutete auf seinen Bruder. »Er ist ein blöder Idiot.«

Charlie unterdrückte ein Lächeln, sah Tim ernst an und meinte, dass man so etwas nicht zu seinem Bruder sage, überhaupt zu niemandem.

»Ich glaube, wir sollten jetzt heimfahren«, fuhr sie fort. »Jungs, sagt euren Brüdern, dass wir aufbrechen.«

Die Zwillinge gehorchten, verpassten einander jedoch immer wieder Ellbogenhiebe.

»Also, wir gehen dann mal...« Charlie sah zum Ausgang.

»Ich gehe auch«, sagte Johan. »In mein Zimmer.«

»Wir ... hören uns.«

Sie hätte ihn gern umarmt, blieb jedoch stehen.

Räume in der Zeit

Paul und ich sitzen an unserem üblichen Platz in der Kirche und versuchen, bei einem Sommerpsalm mitzusingen, der viel zu hoch für uns ist. Paul schielt zu mir, und ich täusche ein Husten vor, um mein Lachen zu verdecken.

Als der Pfarrer wieder spricht, schiebt Paul mir einen Zettel zu.

Pfarrer – dieser in lange Kleider gehüllte Inbegriff des Unsinns!

Ich flüstere, dass mir das gefalle, und Paul erwidert, das sei von Kierkegaard, nicht von ihm selbst.

Paul! Francesca!, hält uns der Direktor nach dem Gottesdienst auf. Kommt bitte in mein Büro. Sofort.

Wir folgen ihm in sein Büro mit den dunklen Holzmöbeln und den staubigen Büchern. Wir stehen da und hören uns seinen langen Vortrag an, wie wichtig die Schulregeln seien und dass man sie befolgen müsse. Wir würden ja die Konsequenzen kennen, wenn wir gegen die Regeln verstoßen: Anrufe bei den Eltern, Verwarnungen und dann … Ja, wir wüssten ja, was bei der dritten Verwarnung passiere. Und wenn man der Schule verwiesen würde – das sagt er direkt zu Paul –, bekomme man die bereits gezahlten Semestergebühren nicht zurück. Ob uns das klar sei?

Wir passen nicht hierher, sage ich, als uns der Direktor endlich gehen lässt.

Aber wir passen zusammen, erwidert Paul. Wir sind Paolo und Francesca. Er lacht und sagt, dass ihm das mit unseren Namen erst jetzt auffalle.

Wer sind Paolo und Francesca?

Hast du Dante nicht gelesen?

Ich habe von ihm gehört. Er hat doch über die Hölle geschrieben?

Paul nickt, genau, und Paolo und Francesca sind zwei Charaktere, die in den ewigen Höllenwinden gefangen sind.

Warum?

Lust. Untreue.

Dafür landet man in der Hölle? Ich sehe Papa vor mir, wie er in einem Tornado davongerissen wird.

Es gibt keine Hölle, sagt Paul.

Das gefällt mir trotzdem.

Die Hölle?

Dass Paolo und Francesca in den ewigen Winden vereint sind.

Es ist ein Albtraum, sagt Paul. Ich kann nicht einmal Karussell fahren, ohne dass mir schlecht wird.

Ich will sagen, dass nicht die Winde mich locken. Sondern dass ich, sollte ich in einem immerwährenden Sturm mitgerissen werden, mir keine bessere Gesellschaft als Paul Bergman wünschen könnte.

Kapitel siebzehn

Im Auto unterhielten sich Melker und Nils leise über ihren Gewinn aus einem Spiel, für das man eigentlich achtzehn sein musste.

»Du hast doch gesagt, dass du keinen Mann hast«, meinte Tim, der auf dem Beifahrersitz saß.

»Habe ich auch nicht«, bestätigte Charlie.

»Und was ist mit Johan?«

»Er ist ein Freund. Man kann auch Männer als Freunde haben, wisst ihr.«

»Papa sagt, dass das unmöglich ist«, erwiderte Melker. »Er sagt, dass zwischen den Geschlechtern immer eine gewisse Anziehung besteht.«

Charlie sah im Rückspiegel seinen ernsten Blick.

Dein Vater hat unrecht, hätte sie am liebsten gesagt. Dein Vater beurteilt andere nach der eigenen Einstellung. Dein Vater ist ein verdammter egoistischer Scheißkerl.

»Warum war der Onkel so gemein?«, fragte Tim.

»Welcher Onkel?«, fragte Charlie.

»Als wir gespielt haben, ist einer von den Alkis zu uns gekommen«, erklärte Melker.

»Warum hat er so gemeine Sachen über Papa gesagt?«, fragte Tim.

»Wer war das? Und was hat er gesagt?«

»Ich weiß nicht, wie er heißt«, antwortete Tim. »Aber er hat gesagt…«

Melker unterbrach seinen kleinen Bruder. »Kümmer dich nicht um die Alkis, Tim. Die reden nur Mist.«

»Aber…«

»Die reden nur Mist«, wiederholte Melker bestimmt. »Ich weiß nicht, wie er hieß«, sagte er an Charlie gewandt, »aber ich glaube, du weißt, worum es ging.«

Charlie nickte und erwiderte, dass sie ihr das sofort hätten sagen sollen.

»Das hätte es nur noch schlimmer gemacht«, meinte Melker. »Am besten tut man so, als ob nichts wäre.«

»Manchmal muss man sich aber wehren«, erklärte Charlie.

Melker zuckte mit den Schultern.

»Du fährst falsch«, meldete sich Nils zu Wort.

»Ich will nur schnell etwas bei einem Bekannten abholen«, erklärte Charlie.

Micke wohnte in einem hellblauen Reihenhaus in einer Siedlung, die nach Charlies Wegzug aus Gullspång gebaut worden war. Micke musste sie gesehen haben, denn er öffnete die Tür, bevor sie klingeln konnte.

»Dachte ich es mir doch«, sagte er zur Begrüßung. »Ich wusste, dass du dir das nicht entgehen lässt. Komm rein.« Er hielt die Tür auf.

»Magst du was trinken?«

»Die Jungen sitzen im Auto«, erklärte Charlie. »Hast du etwas für mich?«

»Ja.«

Micke verschwand im Haus, und Charlie wunderte sich, dass er an einem Montag allein daheim Alkohol trank. Ihr war im Sommer nicht aufgefallen, dass er Alkoholprobleme zu haben schien. Aber vielleicht war in der Zwischenzeit etwas passiert, und er brauchte die Ablenkung. Im Hintergrund hörte sie, wie ein Computer Karten mischte und austeilte. Da kam Micke mit einer grünen Akte zurück. Als Charlie die Hand danach ausstreckte, zog er die Mappe zurück. Charlie musste sich den Kommentar verbeißen, wie typisch das für ihn sei.

»Darf ich wenigstens wissen, was du damit anfangen willst?«, fragte er. »Und was bekomme ich als Gegenleistung für meine Hilfe?«

Charlie schnappte ihm kurzerhand die Akte aus den Händen, bevor er noch mehr sagen konnte.

»Keine Sorge«, antwortete sie. »Ich werde nicht weitererzählen, dass du gegen die Vorschriften verstoßen und eine Akte ohne die dafür erforderliche Erlaubnis entwendet hast. Niemand wird es erfahren.«

»Verdammt, ich habe die Unterlagen selbst noch nicht einmal gelesen.«

Charlie wandte sich zum Gehen, und er schickte ihr einen Schwall Flüche hinterher.

»Das habe ich jetzt nicht gehört«, rief Charlie über die Schulter. »Vielen Dank für die Hilfe!«

Seltsam, dachte sie, als sie wieder im Auto saß, und ziemlich verrückt von Micke, die Akte einfach mit nach Hause zu nehmen. Er hatte mit der Aktion nichts zu gewinnen, im Gegenteil, und keinen Grund, nett zu ihr zu sein. Es war kein Geheimnis, dass sie nicht gut miteinander auskamen. Aber jetzt lag die Ermittlungsakte zum Fall der verschwundenen Francesca Mild in ihrer Tasche. Am liebsten hätte sie sie sofort gelesen. Doch das musste noch warten, bis sie allein war.

Kapitel achtzehn

Charlie lag in der Ritze von Susannes Ehebett, neben sich je einen Jungen mit zerzaustem Haar. Die Wärme, die die kleinen Körper in ihren Schlafanzügen ausstrahlten, ließ sie ruhig und schläfrig werden. Sie lasen das Buch *Der kleine Prinz*. Es war ganz schön lang, aber die Zwillinge hatten mit großen Augen erzählt, wie ihr Vater es ihnen immer vorgelesen hatte, bis sie eingeschlafen waren. Charlie wurde klar, dass das lange dauern würde, da die beiden sie ständig mit Fragen unterbrachen und selbst weitererzählten. Bald kam sie zu der Stelle, die ihr als Kind selbst am besten gefallen hatte: die Liebe des kleinen Prinzen zu Sonnenuntergängen, und wie er an einem Tag dreiundvierzig Mal die Sonne untergehen sehen hatte.

»Das geht doch gar nicht!«, protestierte Tim.

»Das geht wohl«, entgegnete Tom. »Das ist ein anderer Planet, du Idiot, da ist es nicht wie hier.«

»Nenn mich nicht Idiot, du Arschgesicht«, wehrte sich Tim und setzte sich auf.

»Wenn ihr streitet, höre ich sofort auf«, sagte Charlie.

Beide verstummten, und sie las weiter.

»Ich wünsche mir«, sagte Tom plötzlich, »dass Mama bald wieder froh ist.« Er rieb sich das Auge mit der Faust. »Wir wollen brav sein«, versprach er, und sein Bruder nickte ernst. »Wir räumen auf, schreien nicht mehr rum und jagen uns durchs Haus.«

Charlie bekam einen Kloß im Hals. Diese Schuldgefühle kannte sie nur zu gut. Sie erinnerte sich an eine Frau vom Jugendamt, die sich einmal vor sie hingekniet und ihr tief in die Augen gesehen hatte. *Schau mich an, Charlie, heb den Kopf. Hör mir zu. Es ist nicht deine Schuld, dass deine Mutter traurig ist. Nicht. Deine. Schuld.*

Das versuchte sie jetzt auch Susannes Zwillingen zu vermitteln.

»Aber wessen Schuld ist es dann?«, fragte Tom.

»Niemandes«, sagte Charlie.

»Aber wenn es nicht unsere Schuld ist«, fragte Tom weiter, »warum ist sie dann auf uns böse?«

»Manchmal werden traurige Menschen böse, aber damit meint sie nicht euch. Sie liebt euch.«

»Woher weißt du das?«, sagte Tim.

»Weil ich Susannes beste Freundin bin, und da weiß man so was.«

»Wann kommt Papa morgen?«, fragte Tim.

»Ich weiß nicht, um wie viel Uhr«, erwiderte Charlie.

»Aber er kommt doch?«

»Das denke ich schon, ja.«

»Warum ist er ausgezogen?«, wollte Tom wissen. »Nur weil Mama gesagt hat, dass er ein verdammtes Aas ist?«

Charlie schüttelte den Kopf.

»Aber warum ist er dann nicht mehr hier?«

Tom drehte sich um und sah Charlie an. Am liebsten hätte sie geweint.

»Das ist alles echt schwer zu verstehen.«

»Wenn man ein Kind ist?«

»Auch als Erwachsener.«

»Lies weiter«, drängte Tim.

Charlie las, wie der kleine Prinz auf einen Planeten kam, auf dem ein Mann lebte, der zu viel trank.

»Warum trinkt er?«, fragte Tom.

»Hier steht, dass er trinkt, um zu vergessen«, erklärte Charlie.

»Um was zu vergessen?«

»Dass er sich schämt.«

»Und warum schämt er sich?«

»Weil er trinkt.«

»Ich muss Pipi«, sagte Tim.

»Sonst pinkelt er ins Bett«, flüsterte Tom, als Tim ins Bad verschwand.

»Tom«, sagte Charlie. »Weißt du, was loyal bedeutet?«

»Nein.«

Tims hohe Schreie unterbrachen sie.

Charlie eilte in den Flur, Susanne rannte aus dem Erdgeschoss nach oben. Tim saß unter dem Flurfenster auf dem Boden, umklammerte seine angezogenen Knie und schrie laut.

»Ganz ruhig, Liebling«, sagte Susanne und nahm ihren Sohn in den Arm. »Schon gut. Hier ist doch nichts Gefährliches.«

»Doch«, schluchzte Tim. »Ich habe draußen jemanden gesehen.«

»Vielleicht war es ein Reh.« Susanne blickte zu Charlie auf. »Du brauchst keine Angst haben. Soll ich dich wieder ins Bett tragen?«

Tim nickte.

Charlie sah aus dem Fenster, konnte jedoch außer dem Licht der Außenbeleuchtung nichts erkennen.

»Soll ich euch weiter vorlesen?«, fragte Charlie, nachdem sie es sich wieder im Bett bequem gemacht hatten und Tim sich beruhigt hatte.

Die Jungen schoben sich dichter an sie heran. Sie rochen nach Haaren, Gras, Sand und etwas, das Charlie nicht benennen konnte, das sie aber merkwürdig wehmütig stimmte.

»Geht es dir gut, Tim?«, fragte sie.

»Ja, aber ich will nicht mehr alleine raus.«

»Das musst du auch nicht.«

Eine Viertelstunde später schliefen die Jungen. Charlie klappte das Buch zu und lauschte auf die gleichmäßigen Atemzüge. Sie überlegte, wie es wohl wäre, wenn das ihre Kinder wären. Wie es war, in Susannes derzeitiger Situation Mutter zu sein, mit wenig Geld, ohne Arbeit und mit einem zerbrechlichen Sicherheitsnetz.

Als Charlie aus dem Bett stieg, wachte Tom auf und setzte sich aufrecht hin.

»Charlie«, flüsterte er. »Ich glaube, das da draußen war kein Reh. Ich habe auch etwas hinter der Schaukel gesehen. Es sah eher aus wie ein Mensch.«

»Vielleicht ist jemand mit seinem Hund Gassi gegangen«, sagte Charlie. »Denk jetzt nicht mehr darüber nach.«

In der Tür drehte sie sich noch einmal zu den Jungen um. Was hatten sie wirklich gesehen?

Francesca

Als ich von Doktor Molan zurück war, zog ich mir Handschuhe an und ging hinunter zu meiner Grube. Dann grub ich, bis Mama mich zum Mittagessen rief. Bei jedem Spatenstich sah ich Paul vor mir. Ich dachte an seine Familie, seinen Vater, den Bruder und die Großmutter, die ich nie kennengelernt hatte. Ich dachte an das Begräbnis, an dem ich nicht hatte teilnehmen können, weil ich mit bandagierten Armen im Krankenhaus lag. Und ich dachte an den Ballabend und die Königsclique. Die nassen Hosenbeine. Die gelbe Rose.

»Was machst du eigentlich da draußen, Francesca?«, fragte Mama, als ich völlig verschwitzt zurück ins Haus kam. »Warum gräbst du wie eine Wahnsinnige?«

Ich fragte, ob sie etwas dagegen habe.

»Ich verstehe nur den Sinn nicht«, antwortete Mama und sah zu Papa. »Und du?« Papa war auch ratlos.

»Muss denn alles einen Sinn haben?«, entgegnete ich. »Davon werde ich einfach ruhig.«

»Zuerst dachte ich, du wolltest die Katze noch einmal ausgraben«, sagte Papa. »Ich vergesse nie, wie du das arme Tier wieder aus der Erde geholt hast.«

»Manche Sachen vergisst man nie«, sagte ich.

»Auf jeden Fall sieht das nicht schön aus«, beschwerte sich Mama. »Gar nicht schön.«

Später fragte sie, ob ich mit ihr in den Ort fahren und in die Konditorei gehen wolle. Sie schien all die missglückten Versuche vergessen zu haben, mit mir in ein Lokal zu gehen. Als ich jünger war, hatte sie mich regelmäßig zu den Kaffeetreffen mit ihren Freundinnen und deren Kindern mitgenommen, aber weil ich nur selten antwortete, wenn man mich ansprach, und mir ständig die Lippen leckte (warum benutzte ich keinen Pflegestift wie Cécile?), gab sie es schließlich auf und nahm meistens nur noch meine Schwester mit. Es war nicht weiter verwunderlich, dass Mama bei solchen Gelegenheiten Céciles Gesellschaft vorzog. Cécile stellte sinnvolle Fragen und lachte an den richtigen Stellen. Cécile ließ andere ausreden und kleckerte nie auf weiße Tischtücher. Doch jetzt wollte Mama offensichtlich einen neuen Versuch unternehmen.

Sie parkte vor dem Supermarkt. Als wir den zentralen Platz überquerten, rief der Mann mit den Losen hinter uns her. Er saß auf seinem üblichen Platz vor dem ICA und schrie allen Vorbeigehenden nach: »Kommt und kauft Loooose!«

Ich sagte zu Mama, dass wir welche kaufen sollten, doch sie schüttelte nur den Kopf und flüsterte, dass er bestimmt unberechenbar sei und sie so einem nicht zu nahe kommen wolle.

Eine alte Glocke läutete über der Tür, als wir die Konditorei betraten. Bei jedem Besuch sprach Mama abwertend über die Einrichtung und dass sich hier seit den Fünfzigerjahren nichts verändert habe. Das stimmte sicherlich, doch im Gegensatz zu ihr gefielen mir die braunen Holzmöbel und die alte Jukebox, und die Gardinen mit den kleinen Blumen fand ich stimmungsvoll. Außerdem war das Gebäck köstlich. Mama sagte, das liege an der Butter, hier backe man mit viel Butter, denn auf dem Land sei den Leuten der Geschmack wichtiger als einige Extrakilo.

Mama nahm eine einfache Tasse Kaffee, ich einen Puddingplunder, eine Punschrolle und eine Limo. An einem Tisch saßen ein paar Männer in blauer Arbeitskleidung und waren von Kopf bis Fuß mit rotem Staub bedeckt.

»Warum sind sie so rot?«, fragte ich und nickte in Richtung der Männer.

»Nicht so laut, Fran«, murmelte Mama zwischen zusammengebissenen Zähnen. »Das Schmelzwerk.«

»Und warum sind sie dann rot?«, fragte ich noch lauter.

»Eisen«, erklärte einer der Männer mit rasselnder Stimme. »Oxidiertes Eisenerz. Wenn es oxidiert, wird es rot, und man hat die Scheiße überall.«

Ich bedankte mich höflich für die Auskunft.

Mama schloss lange die Augen. Dann fasste sie sich und fragte, ob es mir mittlerweile etwas besser gehe.

Ich biss herzhaft in meinen Puddingplunder und wischte mir nicht den Puderzucker von den Lippen, auch wenn Mama mir bedeutete, ich solle es tun.

»Es geht mir ausgezeichnet.«

»Du musst nicht gleich übertreiben«, sagte Mama und reichte mir eine Serviette. »Sei ehrlich, Francesca.«

»Na gut. Paul ist tot, keiner glaubt mir, wenn ich sage, dass an der ganzen Sache etwas nicht stimmt, ich wurde von der Schule geworfen, und ihr bewacht mich, als wäre ich verrückt.«

Mama warf mir einen Blick zu, als wäre ich genau das.

»Ich verstehe, dass es nicht leicht ist«, antwortete sie schließlich, »aber das geht vorbei.«

»Woher weißt du das?«

»Aus Erfahrung. Alles geht vorbei, alles hat ein Ende.«

»Oder es gibt weder ein Ende noch einen Anfang«, sagte ich. »Vielleicht ist alles ein ewiger Kreislauf.«

»Hoffen wir, dass irgendwo ein Ende ist«, erwiderte Mama.

»Ich glaube, dass die Trauer mich ankläffen wird wie ein Hund, bis ich tot umfalle. Erst wenn man tot ist, ist es vorbei.«

»Bitte rede nicht so«, sagte Mama. »Wie war es bei Doktor Molan?«

»Bei ihm ist es immer gleich, und das bedeutet schlecht. Du verstehst sicher, dass ich ihm nach der Sache mit Aron Vendt nie wieder vertrauen kann.«

Mama massierte sich die Stirn. »Ich dachte, das hätten wir hinter uns gelassen.«

»Ihr vielleicht. Aber Doktor Molan und ich sind noch einmal darauf zurückgekommen.«

»Warum? Das ist doch nicht dein aktuelles Problem?«

»Man weiß nicht, wo es anfängt und wo es aufhört. Das versuchen wir herauszufinden.«

»Wie schön«, sagte Mama ausdruckslos.

Schämte sie sich? Ich hoffte es. So jedenfalls würde es mir gehen, wenn ich meine eigene Tochter derart im Stich gelassen hätte.

Mama entschuldigte sich und ging zur Toilette.

Kurz darauf läutete die Glocke über der Tür, und eine junge hübsche Frau kam mit einem kleinen Mädchen an der Hand herein. Die Frau sah wild aus mit ihren langen, ungebürsteten Haaren und der zerknitterten Kleidung.

»Hallo, Melinda«, sagte sie zu der Frau hinter dem Tresen. »Wie läuft es mit den Hühnern?«

»Der verdammte Fuchs hat sie geholt«, beklagte sich

Melinda. »Ich verstehe nicht, wie er in den Stall gekommen ist.«

»Aber der hat doch ein Dach?«

»Trotzdem.«

»Wenn du willst, helfe ich dir, einen neuen Hühnerstall zu bauen, der sicherer ist.«

Die Frau imponierte mir, der ihre Haare egal waren und die Hühnerställe bauen konnte.

»Wir nehmen zwei Sunkist und zwei Zimtschnecken«, fuhr die Frau fort. »Oder willst du etwas anderes?« Sie beugte sich zu dem kleinen Mädchen, das wohl ihre Tochter war. »Ich kann dich nicht hören, Herzchen. Du musst lauter sprechen.«

Das kleine Mädchen sah zu Boden und sagte, es wolle nur einen Keks.

Melinda tauschte eine Zimtschnecke gegen einen Keks aus und reichte das Tablett über den Tresen, ohne dafür Geld zu nehmen.

Ich beobachtete, wie die Frau durch den Raum ging. Als sie an dem Tisch mit den Männern vorbeikam, schlug sich einer der jüngeren aufs Knie und sagte, dass sie sich gern dorthin setzen könne.

»Halt verdammt noch mal die Klappe, Svenka«, antwortete die Frau. »Du machst meiner Tochter Angst.«

Zwei Tische hinter mir stellte sie das Tablett ab. Dann ging sie mit dem Mädchen zur Jukebox, die mitten im Raum stand, hob die Kleine hoch und sagte, sie solle ein Lied auswählen.

»Ich gehe nur schnell aufs Klo, Liebling«, sagte sie, nachdem sich das Mädchen für Judy Garlands »Over The Rainbow« entschieden hatte und die Melodie erklang. »Ich bin gleich zurück. Setz dich schon mal.«

Das Mädchen setzte sich an den Tisch hinter mir. Ihr Haar war genauso verfilzt wie das ihrer Mutter, und ihr Gesicht war schmutzig. Vielleicht lag es an ihrem traurigen Blick und der traurigen Musik, dass ich beinahe geweint hätte.

Als das Lied zu Ende war, wunderte ich mich, wo Mama eigentlich blieb. Sie war schon seit einer Ewigkeit auf der Toilette. Als sie endlich zurückkam, war sie bleich und sah aus, als würde sie jeden Moment in Ohnmacht fallen.

»Hast du einen Geist gesehen?«, fragte ich.

»Vielleicht«, antwortete Mama. Dann sagte sie, wir sollten heimfahren, sie fühle sich nicht gut.

Kapitel neunzehn

Susanne hatte Feuer in dem Kamin im Wohnzimmer gemacht. Sie saß auf einem Schaffell auf dem Boden, hielt ein großes Glas mit einer rosa Flüssigkeit in der Hand und blickte in die Flammen.

»Schlafen sie?«, fragte sie, ohne aufzusehen.

»Ja.«

»Tim ist wirklich nicht er selbst. Er war schon immer ängstlich, aber seit Isak weg ist, ist es viel schlimmer geworden.«

»Vorhin im Auto war etwas«, erzählte Charlie. »Er hatte Angst, und Nils sagte, dass er tote Menschen sieht.«

»Nils und seine Filmzitate«, meinte Susanne seufzend. »Um Tim mache ich mir allerdings richtig Sorgen. Erinnerst du dich an meine Tante Karla, die Schmetterlinge auf schwarzen Wänden sah und mit Leuten sprach, die gar nicht da waren?«

»Ich erinnere mich, dass du davon erzählt hast, aber ich habe sie, glaube ich, nie kennengelernt.«

»Das konntest du auch nicht, weil sie quasi ihr gesamtes Leben in der geschlossenen Anstalt verbracht hat. Meine Großmutter sagte manchmal, dass ich aufpassen solle, damit ich nicht wie sie würde, so eine Nervenschwäche sei vererbbar.«

»Und wie soll man da aufpassen?«

»Was weiß ich. Deshalb habe ich wahrscheinlich so panisch reagiert. Was ist, wenn Tim Karlas Verrücktheit geerbt hat?«

Charlie sah durch das Fenster in das Herbstdunkel, das sich über den Garten gesenkt hatte. Nur das schwache Licht der Lampe unten am Tor war zu sehen.

»Tom hat auch jemanden gesehen«, sagte sie schließlich.

»Was soll das heißen?« Susanne starrte sie an.

»Tom hat gesagt, dass er jemanden im Garten gesehen hat, bei der Schaukel. Bildet er sich auch oft Sachen ein?«

Charlie spürte leichtes Unbehagen in der Brust, als Susanne den Kopf schüttelte. Sie hatte gehofft, Susanne damit zu beruhigen, dass Tom auch Sachen sah, die gar nicht da waren.

»Tom ist völlig anders als Tim«, erklärte Susanne ernst. »Er bildet sich nichts ein, erfindet nichts. Das macht mir wirklich Angst, Charlie. Richtig Angst.«

»Hat jemand etwas dagegen, dass du hier bist?«, fragte Charlie.

»Im Moment habe ich das Gefühl, dass mich der ganze Ort hasst.«

»Das verstehe ich nicht. Wenn sie auf jemanden wütend sein sollten, dann doch wohl auf Isak.«

»Aber Isak ist nicht hier«, sagte Susanne. »Und du weißt doch sicher, was Erbsünde ist?«

Charlie nickte. Sie war Betty Lagers Tochter. Sie wusste alles über die Erbsünde.

»Aber du bist nicht mit Isak verwandt.«

»Ich bin seine Frau. Näher geht es nicht, meinen viele.«

»Aber du hast doch nichts getan.«

»Sag das mal den ganzen Schwätzern und Klatschmäulern.«

»Und wer ist das?«, fragte Charlie. »Wer verurteilt dich und redet dummes Zeug?«

»So einfach ist das nicht, Charlie. Du hast doch sicher nicht vergessen, wie es hier sein kann.«

Charlie trank einen großen Schluck aus dem Glas und schloss die Augen. Sie und Betty im Supermarkt, Betty, die willkürlich Lebensmittel in den Einkaufswagen wirft, Hundefutter statt Katzenfutter, Konservenbüchsen, Servietten und Plastikbesteck. Die Leute drehen sich nach ihr um, flüstern, lachen. Betty merkt nichts davon, Charlie schon. Sie sieht und hört alles.

»Ich habe es nicht vergessen.«

Sie dachte an die Blicke im Rücken, vorhin im Restaurant. Sie hatte kein bisschen vergessen.

»Vielleicht bist auch du das Ziel«, sagte Susanne nachdenklich. »Vielleicht ist dir ein Irrer aus Stockholm gefolgt.«

»Wie kommst du darauf?«

»Na, in Stockholm gibt es doch auch Irre.«

Charlie ging rasch die Männer durch, die sie in letzter Zeit kennengelernt hatte. Anders witzelte oft, dass es nur eine Frage der Zeit sei, bis sie einen Wahnsinnigen aufgabelte, und dass sie ihre Männer mal durch die Verbrecherkartei jagen solle, um die schlimmsten faulen Eier auszuschließen.

»Oder es ist jemand von hier«, fuhr Susanne fort. »Jemand, der wissen will, was zur Hölle du hier tust und warum du überall Fragen zu Gudhammar und Francesca Mild stellst.«

Charlie schüttelte den Kopf. »Vielleicht machen wir

das Ganze größer, als es ist«, sagte sie. »Vielleicht war einfach ein Nachbar mit seinem Hund unterwegs.«

»Bei unserer Schaukel? Außerdem haben wir keine Nachbarn.«

Kapitel zwanzig

Endlich ging Susanne ins Bett. Charlie schrieb eine SMS an Johan, dass sie die Fallakte bekommen hatte, gefolgt von der Frage: *Wollen wir sie zusammen lesen?*

Seine Antwort kam sofort: *Gern. Komm her.*

Hibben schlief auf dem Sofa und wachte natürlich auf, als Charlie an ihm vorbeiging. Er winselte leise, beruhigte sich jedoch schnell, als sie seinen Rücken streichelte.

Draußen war es stockfinster. Charlie sah zur Schaukel. Nichts regte sich.

So war es auch in der Ortsmitte von Gullspång. Kein Mensch war zu sehen. Der einsame, dunkle Platz erinnerte Charlie an die Angst, die sie als Kind oft gehabt hatte. Dass sie der einzige lebende Mensch auf der Welt war. Wie oft war sie nachts zu Betty gegangen, nur um zu sehen, ob sie noch in ihrem Bett lag und atmete. *Schleich dich nicht immer wie ein Geist an, Liebling. Ich bin doch da.*

Die Tür zum Motel war verschlossen, weshalb Charlie Johan anrufen und ihn bitten musste, sie reinzulassen.

»Schon witzig«, sagte er und deutete auf die Bar, »dass alles offen dasteht und man sich einfach bedienen könnte.«

Charlie fand das eher großartig als witzig. Sie hätte sich jetzt gern einen richtig starken Drink gemischt.

»Ist alles in Ordnung?«, fragte Johan. »Wie geht es Susanne?«

»Sie hat es gerade wirklich nicht leicht. Aber sie kommt klar.«

Es bereitete Charlie leichtes Unbehagen, dass Johan ausgerechnet in ihrem Zimmer vom Sommer untergebracht war, in das sie ihn im Rausch mitgenommen und damit ihren Ausschluss aus den Ermittlungen provoziert hatte. Diese Dummheit konnte sie sich kaum verzeihen.

Was du auch tust oder nicht tust, verzeih dir selbst.

Johan zog den Schreibtischstuhl vor und setzte sich auf den Bettrand. Charlie schlug die Akte auf.

»Warum ist der Name des Polizisten geschwärzt?«, fragte Johan.

Charlie sah auf die schwarze Stelle, wo der Name des Vernehmungsleiters stehen sollte. »Vielleicht hat jemand einen Fehler gemacht?«

»Warum dann nicht ein neues Formular nehmen?«

»Gute Frage, vielleicht hat jemand zwei Fehler gemacht. Wir müssen herausfinden, wer Ende der Achtzigerjahre bei der örtlichen Polizei war.«

Auf den ersten Seiten standen knappe Informationen zum Tathergang, das meiste wussten sie bereits.

Francesca Mild war irgendwann in der Nacht vom 7. auf den 8. Oktober 1989 verschwunden. Ihr Pass fehlte sowie etwas Bargeld. Ein paar Wochen vor ihrem Verschwinden war Francesca nach einem Selbstmordversuch aus dem Internat Adamsberg ausgeschieden.

»Selbstmordversuch?«, sagte Johan. »Wusstest du das?«

»Nein, aber Micke hat erwähnt, dass sie schwer depressiv war. Und heute habe ich im Restaurant mit einem

Mann gesprochen, der sie als geisteskrank bezeichnet hat.«

»Dann hat sie sich vielleicht tatsächlich umgebracht.«

»Aber dann hätte man sie doch finden müssen, oder?«

Die Eltern hatten die psychischen Probleme der Tochter bestätigt. Francesca habe schon immer eine destruktive Seite gehabt.

Wollten sie damit sagen, Francesca könnte sich das Leben genommen haben?, fragte der unbekannte Verhörleiter.

Nein, das glaubten die Eltern nicht.

Aber hatte sie nicht gerade nach einem Selbstmordversuch im Krankenhaus gelegen?

Fredrika Mild sagte, es handele sich da um ein Missverständnis, es sei kein Selbstmordversuch, sondern ein Hilferuf gewesen.

Johans Telefon klingelte.

»Das muss ich annehmen«, sagte er nach einem raschen Blick aufs Display.

Er ging mit dem Handy auf den Flur, während Charlie weiter das Befragungsprotokoll las.

An einer Stelle wurden die Eltern gefragt, ob die Familie Feinde habe. Laut Rikard Mild hatten sie keine, doch seine Frau gab an, dass zwischendurch suspekte Besucher zu ihnen nach Gudhammar gekommen seien. Sie konnte sich allerdings weder an Namen noch Gesichter erinnern.

Charlie las die Stelle noch einmal. *Suspekte Besucher.* Sie schloss die Augen. Bettys Hand am Türklopfer, die andere hält ihre kleine Hand so fest umklammert, dass es wehtut. Der Spalt in der Tür, das Flehen.

Ich will nur … wir müssen …

Verschwindet, bevor ich die Polizei rufe.

Wir müssen reden. Bitte.

Sie wollte nicht an Betty denken, aber die Gedanken ließen sich nicht länger verdrängen. Hatte ihre Mutter noch mehr Geheimnisse? Das, was sie und Nora mit dreizehn Jahren getan hatten, der kleine Junge, dem sie nie etwas antun wollten und den man erwürgt gefunden hatte … War das doch geplant gewesen? War der Junge das erste Opfer einer Mörderin? Die nach vielen Jahren in der Obhut sozialer Einrichtungen wieder zugeschlagen hatte? Charlie versuchte sich damit zu beruhigen, dass es die Tat zweier Außenseitermädchen gewesen war, ein Spiel, das bitterer Ernst wurde, ein einmaliges Ereignis, ein Unglück. Betty war nicht böse. Betty war impulsiv, verrückt und … Sie schloss die Augen. Bettys Hände in ihrem Haar. Die Sommerabende, an denen sie Walzer im Kirschbaumhain tanzten. *Schau nicht nach unten! Entspann dich. Das ist nur ein Spiel, Liebling, kein tödlicher Ernst.* Betty Lager – Tänzerin, Partyveranstalterin, Alkoholikerin. *Macht die Musik lauter und feiert, liebe Leute! Aber warum geht man denn auf ein Fest, wenn man nicht tanzt?* Und dann die andere Seite. Betty Lager – Sorgenmutter, lichtscheu und geräuschempfindlich, die Decken vor dem Fenster, das Starren an die Wand. Und dann die dritte Seite: Betty, die Beschützerin. *Ruf mir nichts nach, wenn ich die Kleine dabeihabe!*

Wer meiner Tochter auch nur ein Härchen krümmt …

Sie ist viel zu schlau für euch. Sie ist für euch alle zu schlau. Ich habe der Welt älteste Tochter.

Niemand kannte Betty Lager. So viele Freunde waren in Lyckebo ein und aus gegangen, doch keiner kannte sie richtig. Ich auch nicht, dachte Charlie. Ich kannte meine eigene Mutter nicht. Ich weiß nur sicher, dass sie Geheimnisse hatte, dass sie nicht die war, für die ich sie gehalten habe.

Sie ging zum Fenster. Irgendwo da draußen waren der Fluss, der Wald, die Wiesen, doch in der Herbstdunkelheit sah sie nur bis zu dem aufgegebenen Schmelzwerk, dessen Eingang von einigen Straßenlaternen beleuchtet wurde. Wie oft war Betty durch die Tore an den Ort gegangen, *der den normalsten Menschen wahnsinnig werden lassen konnte?* Zu oft, dachte Charlie. Denn Betty war nicht direkt gesünder im Kopf geworden, nachdem sie angefangen hatte, im *Höllenfeuer* zu arbeiten.

Johan kam ins Zimmer zurück.

»Alles in Ordnung?«, fragte er.

Charlie wollte das bejahen, doch dann sagte sie, wie es war. Nein, nichts sei in Ordnung. Sie deutete auf das Verhörprotokoll und erzählte von den »suspekten Besuchern«, von ihren eigenen Erinnerungen.

»Ich drehe durch, wenn Betty da mit drinsteckt«, sagte Charlie. »Das wäre einfach zu viel.«

»Nur weil sie in Gudhammar war, muss das ja nicht heißen, dass sie … Ich meine, das ist wie mit dem fehlenden Pass«, fuhr Johan fort. »Nur weil er nicht da war, heißt das nicht automatisch, dass Francesca verreist sein muss.«

»Nein, aber das *kann* es heißen«, antwortete Charlie. »Und dass meine Mutter mit ihrer kriminellen Vergangenheit einer dieser ›suspekten Besucher‹ war … das belastet mich.«

Johan nahm die Akte von ihrem Schoß und überflog die Seite, die ihm wegen des Telefonats entgangen war.

»Das muss nichts heißen …«, versuchte er es noch einmal.

»Wir müssen es herausfinden«, unterbrach ihn Charlie. »Wir müssen herausfinden, was es bedeutet. Jetzt lesen wir erst einmal den Rest.«

Francesca

Ich lag wach und sah an die Zimmerdecke. Es war vielleicht zwei Uhr morgens. Die Dämmerung war noch weit weg, und meine Gedanken kreisten in ihrer üblichen Endlosschleife. Ich erinnerte mich, was Paul einmal über die Vorteile gesagt hatte, Worte auf Papier zu bannen, dass die Dinge dadurch klarer wurden und sich Muster und Zusammenhänge abzeichneten.

Ich fand nur ein kariertes Matheheft, aber das musste reichen.

Die restliche Nacht schrieb ich wie eine Besessene. Ich kümmerte mich nicht um eine Chronologie oder irgendein System. Ich schrieb die Erinnerungsfetzen in der Reihenfolge auf, wie sie mir einfielen, knappe, traumartige Sequenzen.

Doktor Molan sagt, dass das Erinnerungsvermögen des Menschen unzuverlässig ist und sich verändert, schrieb ich, dann kaute ich eine Weile an dem Stift und fuhr fort: *Erinnerungen können verschwinden, manipuliert werden und falsch sein. Wenn dazu noch Beruhigungsmittel, Alkohol und Drogen kommen, werden sie natürlich noch unzuverlässiger. Fazit: Meine Erinnerungen aus der Ballnacht können falsch sein. Die gelbe Rose, die nassen Hosenaufschläge der Königsclique … Das alles könnte die Folge eines Rausches sein, eines Traums, einer Halluzina-*

tion. Und egal, wie sehr ich es will, sagt Doktor Molan, ich werde die Ereignisse nicht aus dem Vergessen hervorlocken. Ich werde die Lücken nicht füllen können. Das ist ein komplexer Prozess, der sich nicht bewusst steuern lässt. Statt mich daher zu quälen, weil ich mich unbedingt erinnern will, soll ich an etwas anderes denken, sagt Doktor Molan. Ich soll einfach alles vergessen.

Ich würde ihm gerne sagen, dass das Vergessen ein komplexer Prozess ist, der nicht bewusst gesteuert werden kann.

Ich las noch einmal alles durch, was ich geschrieben hatte, und spürte ein ungewohntes Gefühl des Wohlbehagens. Ab jetzt würde ich jeden Stein umdrehen, alles aufschreiben, woran ich mich erinnerte, was ich träumte, glaubte und vermutete. Vielleicht würde das meiner Erinnerung auf die Sprünge helfen. Auf jeden Fall verpasste ich so meinen Gedanken eine gewisse Struktur.

Am nächsten Tag erzählte Mama, dass wir Besuch bekommen würden. Ich fragte nach dem Grund, und Mama sah mich verständnislos an und antwortete, weil das schön sei. Es handelte sich um ein erfolgreiches junges Paar, das zufällig in der Gegend war. Vielleicht würde mir ein wenig gastliche Atmosphäre im Haus ja guttun und mich eine Weile auf andere Gedanken bringen.

Vor dem Eintreffen der Gäste musste das Haus geputzt werden, und die Panik war natürlich groß, als Mama sah, dass der Zettel mit den Namen und Telefonnummern unserer Angestellten nicht mehr an der Pinnwand hing.

»Wo ist die Liste?«, fragte sie mich. »Wo ist die Liste mit den Nummern?«

Ich erwiderte, dass ich keine Ahnung hätte.

»Was machen wir jetzt, Rikard?« Mama wandte sich an Papa.

»Schaut doch einfach ins Telefonbuch«, sagte ich. »Da stehen doch alle Nummern.«

»Natürlich«, erwiderte Mama, »das könnten wir tun. Das Problem ist nur, dass … ich mich nicht an den Namen der Putzfrau erinnere. Rikard, kannst du mir helfen?«

Papa schüttelte den Kopf.

»Carola«, half ich ihr auf die Sprünge. »Sie heißt Carola.«

Die beiden sahen mich an. Diese Menschen schafften es nicht, ihr Haus selbst zu putzen, und ihre Tochter erinnerte sich an den Namen der Frau, die das für sie erledigte.

Carola kam am Freitag, am nächsten Tag wurde das erfolgreiche Paar zum Abendessen erwartet. Sie war noch nicht lange bei uns, ich hatte sie im Sommer nur ein paarmal getroffen. Ich wusste quasi nichts über sie. Etwas sagte mir, dass sie gern ein Gläschen trank oder auch zwei. Ich weiß nicht, warum ich das dachte, es war nur ein Gefühl. Ein paarmal hatte sie ihre Tochter mitgebracht, ein stupsnasiges kleines Mädchen, das nicht antwortete, wenn man es ansprach.

Ich schlich zu Carola hoch, als sie den Flur im Obergeschoss saugte. Sie arbeitete rasend schnell, und ich störte ganz offensichtlich ihren Rhythmus, als ich den Stecker aus der Steckdose zog.

»Was soll das?«, fragte sie. Ihr Gesicht war rot vor Anstrengung.

Ich hatte mich eigentlich ein bisschen mit ihr unterhalten wollen, doch jetzt fiel mir nichts mehr ein außer meinem eigentlichen Anliegen.

»Könnten Sie mir eine Flasche Wein kaufen?«

»Warum sollte ich …« Carola runzelte die Stirn. »Ich meine … bist du nicht zu jung dafür?«

»Richtig«, antwortete ich. »Deshalb frage ich ja Sie.«

»Wie alt bist du denn?«

»Siebzehn.«

»Du siehst jünger aus. Du bist ganz schön … dünn.«

»Weil ich depressiv bin.«

Carola streckte die Hand nach dem Stecker aus.

»Eine Flasche Lambrusco Donelli«, fuhr ich fort. »Im Systembolaget kostet sie fünfzig Kronen. Ich gebe Ihnen hundert. Zweihundert, wenn Sie zwei kaufen.«

Etwas blitzte in Carolas Augen auf.

»Aber wenn etwas passiert …«, sagte sie.

»Was soll schon passieren? Ich bitte Sie ja nicht, Drogen zu kaufen. An ein bisschen Wein ist wohl noch niemand gestorben.«

Carola lachte. »Du bist lustig.«

Ich war vor allen Dingen durstig.

»Aber du irrst dich«, fuhr sie fort.

»Inwiefern?«, sagte ich und dachte, ihre Antwort bezöge sich darauf, dass noch niemand an Wein gestorben war.

»Die Flasche Donelli kostet nur achtunddreißig Kronen.«

Als sie mir am nächsten Tag zuflüsterte, dass sie die Flaschen in dem großen Loch unten bei den Birken deponiert habe, wie ich sie gebeten hatte, gab ich ihr hundert Kronen extra, weil sie so ehrlich gewesen war.

Das junge erfolgreiche Paar auf der Durchreise sollte am Samstag um fünf Uhr kommen. Mama bat mich um ein Uhr, ihr mit den Vorbereitungen zu helfen. Ich sagte, ich hätte keine Zeit.

Was ich denn so Wichtiges zu tun hätte, fragte sie mich. Ich sagte nicht, dass ich vollauf mit Schreiben beschäftigt war, um ihren Nachfragen zu entgehen. Das Schreiben nahm immer mehr Zeit in Anspruch, und ich schrieb nicht mehr nur über jenen Abend und Paul. Ich schrieb über die Zukunft, die vielleicht nicht meine war, wie es war, eine Fremde in der Welt und in seiner eigenen Familie zu sein. Ich schrieb, wie der Tag gewesen war, von alltäglichen Dingen, was ich gegessen hatte und wie weit ich mit der Grube gekommen war. Vorher war mir oft schon die Lust vergangen, bevor ich überhaupt mit etwas angefangen hatte, aber jetzt war ich so motiviert wie nie zuvor.

Ich schlüpfte in einen Morgenmantel und ging in den großen Stall, der einmal zweihundert Milchkühe, Schafe, Schweine und Pferde beherbergt hatte. Es war schade, dass es keine Tiere mehr auf dem Gutshof gab. Papa hatte alle verkauft, nachdem er Gudhammar übernommen hatte, weil Tiere zu viele Arbeitskräfte erforderten und keinen Gewinn abwarfen, und außerdem wohnten er und Mama schließlich einen Großteil des Jahres in der Schweiz.

Die Gänge im Stall waren sauber, aber auf dem Heuboden lagen einige Heuballen. Ich kletterte die wackelige Leiter hinauf, das Schreibheft unter dem Arm. Auf halbem Weg wurde hinter mir die Stalltür aufgerissen, und da stand Ivan.

»Was tust du da?«, fragte er, als er mich auf der Leiter sah.

»Ich will auf den Heuboden«, sagte ich.

Es störte mich, Ivan Rechenschaft ablegen zu müssen. Es war unheimlich, wenn er lautlos und ohne Vorankündigung auf dem Grundstück auftauchte.

»Und was willst du da oben?«

»Allein sein.«

»Die Leiter ist sehr alt.«

»Und?«

»Sie bricht vielleicht zusammen. Der Heuboden ist ganz schön hoch oben.« Er deutete in die Richtung.

»Ich glaube, sie hält«, sagte ich. »Was machst du überhaupt hier?«

Plötzlich musste ich daran denken, wie Ivan einmal einen Wurf Katzenjunge ertränkt hatte. Er hatte einen Sack mit Steinen gefüllt, die Jungen hineingestopft, ihn verknotet und von der Brücke im Ort in den Fluss geworfen. Das erzählte er ohne die geringste Gefühlsregung.

»Ich will nur ein paar Sachen holen, eine Stichsäge und eine Heckenschere, die mir gehören.«

»Na dann. Hoffentlich findest du deine Sachen.«

Bildete ich es mir ein, oder schaute Ivan unter meinen Morgenmantel? Und warum stand er einfach nur da, wenn er doch etwas holen wollte?

»Also, bis zum nächsten Mal«, sagte ich abschließend, weil ich nicht länger mit Ivan sprechen wollte.

»Nein«, erwiderte er. »Es gibt kein nächstes Mal, heute bin ich zum letzten Mal da.«

»Okay.« Ich zog den Morgenmantel enger um mich. »Tschüss.«

Ich baute mir eine kleine Höhle aus staubigen Heuballen. Dann schlug ich mein Schreibheft auf und schrieb. Mit der Zeit wurde ich immer poetischer. Selbst Fräulein Wilhelmsson hätten meine Metaphern gefallen.

Ich bin ein seltsamer Vogel. Das fünfte Rad, die dreizehnte Fee, der immer ungeladene Gast. Ich bin eine Fremde in dieser Welt. Ich las den letzten Satz noch einmal. *Ich bin eine Fremde in dieser Welt.* Das kam mir bekannt vor. Ich war mir sicher, dass ich das schon mal irgendwo gelesen hatte. Doch was spielte das für eine Rolle? Ich wollte weder originell noch schön schreiben. Ich wollte versuchen, mich zu erinnern, die Ereignisse zu sortieren und Paul Gerechtigkeit zu verschaffen.

Als Mama meinen Namen rief, war beinahe eine Stunde vergangen.

»Du kannst nicht einfach verschwinden«, sagte sie, als ich zum Haus kam. Sie stand auf der Außentreppe. »Du erschreckst mich damit zu Tode.«

»Ich war nur im Stall, kein Grund also, sich aufzuregen.«

»Und woher soll ich das wissen?«, erwiderte Mama. »Du sollst Bescheid geben, wenn du irgendwohin gehst. Es scheint dir Spaß zu machen, mich aufzuregen.«

»Ich war doch nur im Stall«, wiederholte ich. »Ich wollte eine Weile allein sein.«

Mama schüttelte den Kopf und ging zurück ins Haus.

»Was kochen wir?«, fragte ich, als ich in die Küche kam.

»Einen Braten.«

Erst jetzt merkte ich, wie traurig sie aussah.

»Ist alles in Ordnung, Mama?«

Sie sah mich überrascht an. Mir wurde klar, wie selten ich freundlich mit ihr sprach.

»Es geht mir gut«, antwortete sie. »Ich bin nur … etwas müde.«

»Mama, bist du glücklich?«

»Glücklich?« Sie wiederholte das Wort, als wäre es ihr völlig fremd. »Warum fragst du?«

»Es interessiert mich. Ich wollte dich nicht aufregen.«

»Das hast du nicht.« Mama fluchte, als ihr ein Löffel in den Topf fiel.

»Du bist also nicht aufgewühlt und auch nicht glücklich?«

»Es geht mir gut. Ich habe alles, was ich mir wünschen könnte. Wenn das Glück ist, dann bin ich wohl glücklich. Oder was ist Glück für dich?«

»Ich weiß so gut wie gar nichts übers Glück.«

»Du kannst den Salat machen«, sagte Mama und reichte mir ein scharfes Messer.

»Ist das nicht ein bisschen früh?«

»Nein, wir decken ihn ab und stellen ihn dann in den Kühlschrank.«

Ich schnitt Tomaten, Gurken und Salat klein.

»Pass auf, dass du dich nicht schneidest«, sagte Mama. »Das Messer ist sehr scharf.«

Sie hielt in ihrer Arbeit inne und sah mich an.

»Hast du es eilig, Francesca?«, fragte sie.

»Nein, ich wollte nur …«

»Sag nicht, dass du noch mehr graben willst.«

»Was passt dir denn daran nicht, dass ich grabe?«

»Das ist ein sehr eigentümliches Verhalten. Ist dir das klar?«

»Es ist harmlos«, entgegnete ich und hackte noch schneller. »Es ist harmlos, und es macht mir Spaß, wo ist also das Problem?«

»Das Problem ist, dass wir keine großen Löcher im Garten haben können. Ja, das ist nicht zum Lachen, Fran, solche tiefen Gruben können gefährlich werden.«

»*Eine* Grube.« Ich hielt einen Finger hoch. »Und sie ist mehrere Hundert Meter vom Haus entfernt.«

»Auf jeden Fall wird Adam sie jetzt zuschütten«, sagte Mama. »Francesca, bleib hier«, rief sie mir nach, als ich das Messer hinwarf und nach draußen rannte. »Adam soll sich einfach darum kümmern.«

Adam hatte gerade angefangen, die Erde zurück in die Grube zu schaufeln, als ich auf ihn zurannte. Er hielt inne und sah mich fast furchtsam an.

»Hör auf«, befahl ich. »Hör sofort auf.«

»Geht es dir gut, Francesca?« Adam rammte die Schaufel in die Erde. »Ist etwas passiert?«

»Ich will nicht, dass du die Grube wieder zuschüttest.«

»Aber Fredrika hat gesagt…«

»Ich weiß, was sie gesagt hat, aber das ist meine Grube.«

»Ich verstehe«, erwiderte Adam.

Er wirkte verloren neben dem großen Loch im Boden, mit dem Spaten in der Hand. Der Arme wusste wohl nicht, welcher der gegensätzlichen Anweisungen er folgen sollte.

»Du kannst jetzt aufhören«, sagte ich.

Adam legte den Spaten beiseite und gehorchte.

»Darf ich etwas fragen?«, wagte er sich vor.

»Natürlich.«

»Warum ist diese Grube so wichtig für dich? Warum gräbst du so viel?«

»Ich will einfach nur sehen, wie tief ich komme.«

Kapitel einundzwanzig

Rikard Mild schien sich wegen der suspekten Besucher weniger Sorgen zu machen als seine Frau. Laut ihm handelte es sich dabei nur um Taugenichtse aus dem Ort, die Arbeit suchten, Geld leihen wollten oder betrunken waren und einfach nur reden wollten. So war es schon seit seiner Kindheit. Und an einem Ort wie Gullspång war das vielleicht auch nicht verwunderlich. Geldmangel ließ Menschen oft ihren Stolz vergessen. Charlie wäre am liebsten in der Zeit zurückgereist, um den Platz des unbekannten Verhörleiters einzunehmen. Sie wollte mit den Handflächen vor Rikard Mild auf die Tischplatte schlagen und fragen, wer diese Menschen waren. Er musste es gewusst haben.

Das nächste Dokument enthielt eine Aussage von Francescas Psychiater, einem Doktor Sixten Molan. Seiner Einschätzung nach war Francesca schwer depressiv und litt an Wahnvorstellungen. Wenige Wochen vor ihrem Verschwinden hatte er die Eltern vor einem weiterhin akuten Selbstmordrisiko gewarnt.

Charlie fiel auf, wie distanziert Doktor Molan über seine junge Patientin sprach; vielleicht lag das an den ausführlich verwendeten psychiatrischen Fachbegriffen. Es wirkte jedenfalls sehr nüchtern, als wäre das Mädchen nur eine Ansammlung von Begrifflichkeiten, ein Problem in sich, für das es keine Abhilfe gab.

»Hast du mit dem Psychiater gesprochen, als du für den Artikel recherchiert hast?«

»Nein«, sagte Johan, »den Namen sehe ich zum ersten Mal. Er scheint auf jeden Fall eine klare Vorstellung davon zu haben, was mit Francesca passiert ist.«

Aber wenn sie sich das Leben genommen hat, dachte Charlie, hätte man sie doch finden müssen. Oder? Sie sah wieder vor sich, wie Mattias die Wasseroberfläche teilte, die Wellenkreise, die sich um ihn herum ausbreiteten, und wie der See kurz darauf wieder spiegelblank dalag. Mattias war nie gefunden worden. Der Skagern war tief und dunkel. Eine Leiche konnte von den Strömungen mitgerissen werden, sich irgendwo verhaken und niemals mehr auftauchen. Doch die meisten Leichen tauchten irgendwann wieder auf, das wusste sie sehr wohl.

Sie legten die Fallakte beiseite und suchten im Internet nach Sixten Molan.

»Wenn er noch lebt, müssen wir ihn finden und mit ihm sprechen«, sagte Charlie. »Wenn Francesca seine Patientin war, hatte er Zugang zu Informationen, die sonst niemand kennt.«

»Wenn er noch lebt, finden wir ihn«, sagte Johan.

»Er war ganz schön produktiv.« Charlie scrollte durch die lange Liste von Doktor Molans Publikationen zu seelischen Erkrankungen.

Sie landete auf einer Seite, auf die jemand einen Artikel aus dem Jahr 1987 aus der Gullspånger Tageszeitung gestellt hatte. Ein älterer Mann saß auf einer weißen Holzschaukel, die an der Verandaüberdachung eines grünen Jahrhundertwendehauses befestigt war. Er hatte eine glühende Zigarre zwischen den Lippen und lächelte breit in die Kamera. *Professor Molan setzt sich in seinem Som-*

merhaus zur Ruhe, lautete die Überschrift, und im dazugehörigen Artikel las Charlie, wie Doktor Molan nach einem langen, erfüllten Arbeitsleben in der Hauptstadt nun dauerhaft nach Gullspång gezogen war. Es folgte viel unwichtiges Geschwätz über seinen grünen Daumen und die Praxisräume in dem Haus, in denen er neben der Gartenarbeit vereinzelt Patienten behandelte.

Johan und Charlie widmeten sich wieder der Fallakte. Sie fanden Gesprächsprotokolle mit Mitschülern aus Adamsberg, die alle knapp gehalten waren. Francesca wurde als einsam, unmotiviert und depressiv geschildert. Sie hatte nur einen Freund in der Schule gehabt, Paul Bergman, nach dessen Tod sie sich in ihre eigene Welt zurückgezogen hatte.

»Paul Bergman«, sagte Charlie. »Ich recherchiere mal.«

Sie nahm ihr Handy und gab den Namen ein.

»Zu viele Treffer«, meinte sie seufzend.

Sie fügte »Adamsberg« zu ihrer Suche hinzu und klickte den ersten Link an. Dieser trug die Überschrift »Herbstball« und führte zu Bildern von festlich gekleideten Schülern seit … 1970. Johan beugte sich über ihre Schulter und las mit. *Jedes Jahr am ersten September feiern die Schüler des Internats Adamsberg den Beginn eines neuen Schuljahres voller Wissen, Weiterentwicklung und Gemeinschaft.* Es folgten Fotos der Schüler ab 1970.

Charlie scrollte bis zum Jahr 1988. Hier sollte sie eigentlich Francesca und Paul finden. Doch als sie die Namen unter dem Gruppenfoto überflog, fehlten sie. Erst im Jahr 1989 hatte sie Glück. Laut der Bildunterschrift stand Paul Bergman in der mittleren Reihe ganz links. Charlie vergrößerte das Bild. Ernster Blick aus dunklen Augen unter einem langen Pony hervor, viel zu großer Frack mit einer gelben Rose in der Brusttasche. Doch nicht der schlecht sitzende Frack unterschied Paul von seinen Klassenkameraden. Auf dem Bild standen alle paarweise, die Fliegen der Jungen passten zu den Kleidern der Mädchen. Doch neben Paul stand niemand. Hätte hier Francesca Mild stehen sollen? Warum war er allein?

Sie widmeten sich wieder der Akte und lasen die Gespräche mit den Angestellten von Gudhammar. Wenn man bedachte, dass es sich um den Sommersitz der Familie Mild handelte, arbeiteten dort beeindruckend viele Leute. Ein Schreiner, Putzfrauen, Gärtner, Kindermädchen und Hausmeister. Auch ihnen wurde die Frage gestellt, ob jemand der Familie Mild etwas Böses wollte, doch alle waren sich einig: Ihnen waren keine Feinde der Familie bekannt. Charlie stieß auf einen vertrauten Namen. Carola Johnsson, »Putzfrau«. Sie sah sich die Personennummer an.

»Ich kenne sie«, sagte sie und deutete auf den Namen. »Das ist Susannes Mutter.«

»Ach ja? Wohnt sie noch hier?«

»Ja, aber ich weiß nicht, ob sie ansprechbar ist.«

»Warum nicht?«

»Alkohol. Sie war eine Weile trocken, aber jetzt hat sie wieder angefangen.«

»Tragisch«, antwortete Johan. »Warum haben so viele Leute hier Alkoholprobleme?«

Charlie schwieg. Sie könnte ihm einen langen Vortrag darüber halten, wie Arbeitslosigkeit und gesellschaftliches Abgehängtsein ein Gefühl der Sinnlosigkeit hervorrufen konnten, Angst, Krankheiten. Doch jetzt wollte sie sich auf Francesca Mild konzentrieren.

»Wusstest du, dass Susannes Mutter dort gearbeitet hat?«, fragte Johan.

»Nein«, sagte Charlie. »Ich glaube, nicht einmal Susanne weiß das. Sie hat zumindest nichts gesagt, als wir über Gudhammar gesprochen haben.«

Carola Johnsson erzählte dem Verhörleiter, dass Francesca depressiv war. Das hatte das Mädchen ihr selbst anvertraut, als sie Carola bat, ihr Wein zu kaufen.

Die Frage, ob Carola ihr den Alkohol besorgt hatte, verneinte sie vehement. Das Mädchen war ja schließlich noch minderjährig.

Als Letzter wurde Adam Rehn vernommen. Er hatte einige Jahre auf Gudhammar gearbeitet, war aber kurz vor Francescas Verschwinden gekündigt worden. Er wusste, dass es ihr nicht gut ging und sie von der Schule beurlaubt war, doch sonst konnte er nichts über die Familie Mild berichten. Er hatte sich nur um den Garten gekümmert.

Warum arbeitete Adam Rehn nicht länger auf Gudhammar?, wollte der Verhörleiter wissen.

Er wusste es nicht.

Und er hatte nicht gefragt?

Nein.

Warum?

Er hatte einfach nicht nachgefragt.

Adam, dachte Charlie. Gab es den Namen in Gullspång öfter? Sie gab den Namen in eine Suchmaschine ein und fand einen neunundvierzigjährigen Mann in Gullspång mit dem Namen, der einen Betrieb leitete. *Grab- und Gartenpflege Gullspång*. Bei der Bildersuche bestätigte sich ihr Verdacht; es war der Mann aus dem Restaurant.

»Er wohnt noch in Gullspång«, sagte sie. »Er hat einen Betrieb, *Grab- und Gartenpflege Gullspång*. Ich habe heute zufällig mit ihm und seinen Kollegen gesprochen.«

»Und hast du etwas erfahren?«

»Die Fallakte habe ich erst danach bekommen. Aber ich habe trotzdem ein paar Fragen zu Francesca gestellt. Sie haben erzählt, dass sie psychisch krank war. Adam hat allerdings nichts davon gesagt, dass er für die Familie gearbeitet hat.«

»Die Menschen hier sind verschlossen wie Muscheln«, sagte Johan, »vor allem gegenüber Auswärtigen.«

»Das weiß ich.«

»Sind das nicht langsam ein paar Zufälle zu viel?«

»So ist das eben an einem kleinen Ort«, sagte Charlie und wusste, dass er recht hatte.

Ihre und Susannes Mütter, ein Anwesen, das sie und Betty nachts besucht hatten. Irgendwie hing das alles zusammen, und sie wusste, dass sie nach der Verbindung suchen musste. Sie konnte jetzt nicht kneifen.

»Hast du mit jemandem gesprochen, als du den Artikel geschrieben hast?«, fragte sie.

»Ich habe mir nur alte Zeitungsberichte von damals angesehen. Mehr gab es nicht. Ich habe die Familie Mild gesucht, aber nicht gefunden. Dann habe ich ein paar alte Klassenkameraden angeschrieben sowie ihre Schwester, aber niemand wollte mit mir sprechen. Zum Schluss habe ich Olof Jansson angerufen.«

»Und was hat er gesagt?«

»Er hat damals nicht in Gullspång gearbeitet, wusste aber ein wenig über den Fall. Er meinte, das Mädchen sei höchstwahrscheinlich abgehauen oder habe sich umgebracht.«

»Wie schwer kann es sein, einen Teenager zu finden, der freiwillig weggegangen ist, wenn die Familie genug Geld hat?«

»Francesca hatte auch Geld«, erwiderte Johan.

»Aber wenn sie sich umgebracht hat«, fuhr Charlie fort, ohne auf seinen Einwand einzugehen, »wo ist dann die Leiche?«

»Manche Leichen werden nie gefunden.«

»Geht es darum?«, fragte Charlie. »Um deinen Vater? Er ist ertrunken, Johan. Ich habe es selbst gesehen. Der Skagern ist tief und …«

»Ich weiß, aber wie wahrscheinlich ist es, dass zwei Menschen spurlos von hier verschwinden? Und die allermeisten Ertrunkenen kommen irgendwann wieder an die Oberfläche, egal wie tief das Wasser ist.«

»Glaubst du, dass Francesca Milds Verschwinden irgendwie mit dem Tod deines Vaters in Verbindung steht?«

»Vermutlich nicht. Und was ist mit dir?«

»Was meinst du?«

»Dir scheint es auch sehr wichtig zu sein, den alten Fall wieder aufzurollen. Ich würde vermuten, dass es nicht nur um einen Cold Case geht, sondern auch um deine Träume, Gudhammar und Betty …«

»Im Gegenteil«, sagte Charlie. »Ich hoffe, dass nicht noch mehr Schreckliches über Betty ans Licht kommt.«

»Also geht es doch um Betty.«

Charlie zuckte mit den Schultern. Sie hatte Betty so satt. War es leid, dass sich immer noch so viel um sie drehte. Sie dachte an die Worte der Psychologin: *Aber solange Sie versuchen, nicht so wie Ihre Mutter zu werden, bleibt sie Ihre Referenz. Erst wenn Sie unabhängiger von ihr agieren können, werden Sie sich freier fühlen.*

»Egal, worum es geht«, sagte Charlie, »ich will wissen, was passiert ist.«

»Ich auch«, stimmte ihr Johan zu. »Aber was tun wir, wenn die Leute fragen, warum wir in der Vergangenheit graben?«

»Wir sagen, dass du eine Artikelreihe über verschwundene Menschen schreibst. Das ist vielleicht am unverdächtigsten.«

»Aber alle wissen, dass du Polizistin bist.«

»Dann musst du eben das Reden übernehmen. Ich mache hier nur Urlaub, und wir kennen uns. Nichts weiter. Aber heute Nacht kommen wir wohl nicht weiter.«

»Dann hören wir morgen voneinander«, sagte Johan und gähnte laut.

Charlie legte ihm eine Hand auf die Schulter und wollte sich gerade verabschieden, als er sie umarmte.

»Was tust du da?«

»Entschuldige.« Johan gab sie frei. »Ich dachte …«

»Entschuldige dich nicht.«

Sie beugte sich zu ihm.

»Bist du sicher?«, fragte Johan, als er ihr den Pulli über den Kopf zog.

Sie nickte.

Erst später, als sie benommen aufstand und sich anzog, wurde ihr klar, warum es sich zuerst so seltsam angefühlt hatte. Sie hatte ohne einen Tropfen Alkohol im Blut Sex gehabt.

»Sehen wir uns morgen?«, fragte Johan, als sie zur Tür ging.

»Ja. Wir müssen doch den alten Fall wieder aufrollen.«

»Charlie.«

»Ja?«

»Fahr vorsichtig.«

Kapitel zweiundzwanzig

Sommernacht. Die Allee nach Gudhammar. Charlie und Betty. Charlie blickt zum Himmel hinauf und zu den Bäumen, doch statt der Bäume sieht sie Schattenwesen mit ausgestreckten Armen und Gesichtern, die ihr bekannt vorkommen, die sie aber nicht einordnen kann. Mädchen in Ballkleidern und Jungen im Frack. Am Ende der Allee flattert Absperrband. Betty ist weg.

Charlie wachte davon auf, dass etwas an ihren Füßen kitzelte. Sie zog die Beine an und stellte mit Verzögerung fest, dass es der Hund war. Charlie schob ihn fort und versuchte, einen klaren Gedanken zu fassen. Ihr Gehirn war müde und arbeitete in Zeitlupe. Wie spät war es? Sie streckte sich nach dem Handy auf dem Nachttisch. Viertel vor neun.

Susanne war nirgends zu sehen, doch in der Küche stand frisch aufgebrühter Kaffee. Charlie schenkte sich eine Tasse ein, setzte sich an den Küchentisch und sah hinaus in den Garten. Sie dachte an die Ermittlungen zu Francesca Milds Verschwinden. Warum hatte man sie so schnell eingestellt, und warum war der Name des Verhörleiters geschwärzt? Sie machte eine Liste von den Dingen, die sie als Nächstes nachforschen wollte: Wer hatte 1989 auf dem Polizeirevier gearbeitet? Lebte Doktor Sixten Molan noch? Wenn ja, musste sie mit ihm reden.

Sie musste jemanden finden, der mehr über Paul Bergman wusste und welche Auswirkungen sein Selbstmord auf Francesca gehabt hatte. Sie musste Adam Rehn fragen, warum er auf Gudhammar aufgehört hatte. Und herausfinden, wo sich der Rest der Familie Mild aufhielt.

Sie holte ihren Laptop. Nach kaum zehn Minuten musste sie einsehen, dass sie dort nichts Genaueres über die Familie herausfinden würde.

Sie schlüpfte in Isaks Holzschuhe, zog sich eine Jacke über, ging ins Freie und rief Anders an.

Er antwortete nach dem ersten Klingeln.

»Hast du kurz Zeit?«, fragte sie.

»Und dir geht's auch gut?«

Charlie seufzte. Anders versäumte nie, ihr unter die Nase zu reiben, wie wenig sie Small Talk beherrschte.

»Wie geht es dir?«, fragte sie gehorsam.

»Beschissen, danke der Nachfrage.«

Charlie dachte, dass sie sich früher hätte melden sollen. Nach dem, was er über seine Ehe erzählt hatte, hätte sie mehr für ihn da sein müssen, aber sie hatte das Ganze nicht so ernst genommen. Doch jetzt hörte sie, wie ernst es wirklich war.

»Maria ist mit Sam zu ihren Eltern gezogen. Sie braucht Zeit, um nachzudenken.«

»Das tut mir furchtbar leid, Anders.«

»Mir auch.« Er hustete, um ein Schluchzen zu überspielen.

»Kannst du arbeiten?«

»Das ist das Einzige, was ich schaffe. Ich halte es in der leeren Wohnung nicht aus.«

Charlie wusste nicht, was sie sagen sollte. Sie war der Meinung, dass eine Scheidung Anders wahrscheinlich guttäte, doch für diese Wahrheit war er jetzt vermutlich noch nicht empfänglich.

»Das wird schon werden«, sagte sie stattdessen nur.

»Womit kann ich dir helfen?«, wechselte Anders das Thema.

Charlie erklärte, wobei sie Hilfe brauchte.

»Ich schaue mal nach und melde mich«, versprach Anders.

»Du, wie läuft es mit dem Fall? Habt ihr was Neues herausgefunden?«

»Nein, leider nicht. Ich lasse es dich wissen, wenn sich etwas tut.«

»Danke. Dann bis bald.«

Susanne kam über die Wiese auf das Haus zu. Auf ihrem Malerkittel leuchteten hellblaue Farbkleckse.

»Alles in Ordnung?«, fragte sie. »Du wirkst niedergeschlagen.«

»Ich habe nur schlecht geschlafen.«

»Ich auch«, sagte Susanne. »Ich habe wach gelegen und auf ungewöhnliche Geräusche gelauscht und gedacht, dass jemand auf dem Grundstück herumschleicht.«

»Ich war am Abend noch im Motel, um mit Johan zu sprechen«, erzählte Charlie. »Ich habe gestern die Fallakte zum Verschwinden von Francesca Mild bekommen.«

»Warum wolltest du mit ihm darüber sprechen?«

Charlie erklärte ihr die Hintergründe.

»Und was stand in der Akte?«

»Wenig Neues.«

»Gab es eine Verbindung zu Betty?«

»Nein, aber wusstest du, dass deine Mutter bei den Milds draußen in Gudhammar geputzt hat?«

»Ach wirklich?«

»Ja, sie wurde damals auch vernommen.«

»Was soll das heißen?«, fragte Susanne. »Meinst du, dass meine Mutter auch …«

Sie verstummte, als ihr klar wurde, wie unangemessen die Frage war.

»Ich meine gar nichts«, antwortete Charlie. »Ich sage nur, was ich in der Akte gelesen habe.«

Sie berichtete kurz, was sie über Carola erfahren hatte.

»Man kann ihr wohl nur die Alkoholbeschaffung vorwerfen.« Susanne wirkte erleichtert.

»Sie hat Francesca keinen Wein besorgt«, korrigierte Charlie. »Zumindest sagt sie das im Verhör.«

»Natürlich hat sie es getan«, erwiderte Susanne. »So gut kenne ich meine Mutter. Aber das gegenüber der Polizei zuzugeben, ist noch mal was anderes.«

»Kann sie noch andere Lügen erzählt haben?«, wollte Charlie wissen. »Oder etwas verschwiegen haben?«

»Das weiß ich nicht. Da müssen wir sie wohl direkt fragen.«

Sie holte das Handy aus der Hosentasche und rief ihre Mutter an. Charlie hörte die Klingeltöne und wie sich die Mailbox einschaltete.

Susanne sah auf die Uhr und meinte, dass Lola sicher noch schlief. Sie würde es später noch mal versuchen.

»Ich hoffe nur, dass sie nicht irgendwelche Scheiße angestellt hat«, sagte sie. »Ich würde es nicht ertragen, wenn noch mehr Mist über meine Verwandtschaft ans Licht kommt. Davon hatte ich in letzter Zeit genug.«

Das geht mir auch so, dachte Charlie. Wir hatten beide genug in letzter Zeit.

Charlie saß allein in der Küche. Susanne war wieder in ihrem Atelier. Sie rief Johan an.

»Habe ich dich geweckt?«, fragte sie, als er mit rauer Stimme antwortete.

»Nein. Oder doch, das hast du.«

»Tut mir leid.«

»Kein Problem. Es ist ja schon… Himmel, es ist kurz vor zehn.«

»Bist du bereit, dich mit ein paar Menschen zu unterhalten?«

Räume in der Zeit

Paul und ich unter der Trauerweide am Adamsbergsee.

Paul liest mir aus Sylvia Plaths *Glasglocke* vor. Er glaubt, dass mir das Buch gefallen könnte, und er hat recht. Ich bin wie die destruktive Esther Greenwood, leider jedoch ohne ihre Leidenschaft. Ich amüsiere mich über ihre glasklaren Analysen der Sinnlosigkeit des Daseins und den Unwillen, in einer Ehe mit einem verrückten Mann zu leben.

Wer zum Teufel will schon einen verrückten Mann heiraten?, frage ich und lege den Kopf an Pauls Schulter.

Du bestimmt nicht, sagt Paul. Wenn du heiratest, dann jemanden, der dir ebenbürtig ist. Mit dem du reden kannst.

Ich bin keines dieser Mädchen, die von einer Hochzeit träumen, sage ich. Ich bin nicht normal. Außerdem kann ich mit niemandem außer dir reden.

Paul hebt den Blick von den Buchseiten, sieht mich an und sagt, dass er auch nicht normal sei, aber dass ich die Einzige sei, die er heiraten würde, wenn er es wäre.

Kapitel dreiundzwanzig

Johan war nicht im Restaurant. Linda, die frostige Ehefrau des Motelbetreibers Erik, stand hinter der Bar, und auf Charlies Frage, ob sie Frühstück bestellen könne, antwortete sie, dafür sei es zu spät, das Büfett sei vor einer Stunde abgeräumt worden.

»Frag sie, was sie will«, rief Erik aus der Küche, und kurz darauf kam er durch die Schwingtür hinter der Bar.

»Was wollen Sie? Wir können Ihnen so gut wie alles schnell machen.«

»Einen Kaffee und ein belegtes Brötchen. Oder besser zwei Kaffee und zwei Brötchen«, verbesserte sie sich. »Ich warte auf jemanden.«

»Geht klar.« Erik warf seiner Frau einen aufgebrachten Blick zu und verschwand wieder in der Küche.

»Was haben Regeln und Vorschriften für einen Sinn für ein Unternehmen, wenn man sie dauernd bricht?«, rief Linda ihm nach.

Johan duftete nach Rasierwasser, Duschgel und … sauber.

»Das Büfett war leider schon abgeräumt«, sagte Charlie. »Ich hoffe, Kaffee und Brötchen reichen.«

»Wunderbar«, erwiderte Johan. »Ich esse sowieso nie viel zum Frühstück.«

Er hielt sich die Hand vor den Mund, als er gähnen musste.

»Himmel, bin ich müde«, sagte er. »Nachdem du gefahren warst, konnte ich nicht einschlafen. Das war alles ganz schön viel.«

Sie unterhielten sich leise über die Personen, die sie am dringendsten aufsuchen wollten. Dabei wurden sie mehrmals von Linda unterbrochen, die herumging und die Tische abwischte.

»Ich habe es gerade bei Adam Rehn versucht«, erzählte Charlie, »aber niemanden erreicht, weder auf dem Handy noch auf dem Festnetz.«

»Wer hat denn heutzutage noch Festnetz?«, sagte Johan. »Und lebt dieser Molan noch?«

»Ich habe nichts Aktuelles über ihn herausgefunden, aber auch keine Todesanzeige gesehen.«

Erik kam aus der Küche und fragte, ob sie noch etwas brauchten.

»Ich hätte eine Frage«, sagte Charlie.

»Schießen Sie los.«

»Sie leben doch bestimmt schon lange hier, oder?«

»Mein ganzes Leben.«

»Kennen Sie einen Doktor Molan?«

Erik schüttelte den Kopf. Nein, den kannte er nicht.

»Aber Sie wissen vielleicht, wer Ende der Achtzigerjahre hier auf dem Polizeirevier gearbeitet hat.«

»Ja, das weiß ich tatsächlich. In der Zeit hatte ich öfter mit der Polizei zu tun. Sie wissen schon, frisierte Mopeds und Selbstgebrannter …« Er lächelte, als ob das ganz normale Teenagerbeschäftigungen wären. »Lars-Göran Edwardsson und ein gewisser Christer Mörk, der hat sich aber umgebracht.«

»Warum?«, fragte Johan.

Erik zuckte mit den Schultern. »Das Übliche, er konnte wahrscheinlich nicht mehr.«

»Es waren die Nerven«, ertönte eine Stimme hinter der Bar.

Sie wandten den Kopf. Eriks Mutter Margareta war aus der Küche gekommen.

»Hör auf zu lauschen, Mama.« Erik sah zu Charlie und Johan und verdrehte die Augen. »Das macht sie immer, versteckt sich, lauscht und mischt sich ein.«

»Das stimmt doch gar nicht«, protestierte Margareta. »Aber der Mann hatte es mit den Nerven, das wissen alle. Ich habe es nur gesagt, weil Sie gefragt haben. Er hat sich im Stall auf seinem Hof erhängt. Die älteste Tochter hat ihn gefunden. Danach war sie nicht mehr sie selbst, das kann ich Ihnen sagen …«

»Ich glaube, so detailliert wollen sie es gar nicht wissen, Margareta«, sagte Linda. »Sie haben nur gefragt, wer damals bei der Polizei gearbeitet hat.«

»Warum wollen Sie das wissen?«, fragte Margareta.

»Da bin ich schuld«, antwortete Johan. »Ich schreibe über ungelöste Vermisstenfälle und …«

»Sie meinen Francesca Mild«, unterbrach ihn Margareta.

»Ja. Wissen Sie, wer das ist?«

»Ja, dieses reiche Mädchen, das von daheim weggelaufen ist.«

»Vielleicht war es aber auch anders«, meinte Johan.

»Und was soll da sonst passiert sein?« Margareta sah ihn betrübt an. Hatte sie etwa wichtige Informationen verpasst?

»Sie wurde nie gefunden.«

»Und da glauben Sie …?«

»Wir wissen es nicht«, sagte Johan. »Aber ich versuche, so viel wie möglich herauszufinden.«

»Geben Sie Bescheid, wenn ich helfen kann«, erwiderte Margareta. »Ich will ja nicht angeben, aber über die Leute hier in der Gegend weiß ich fast alles.«

»Kennen Sie einen Doktor Sixten Molan?«, fragte Charlie.

»Den Stockholmer?« Margareta schien nicht viel von ihm zu halten. »Ja, den kenne ich. Dieser aufgeblasene Doktor.«

»Wissen Sie, wo er wohnt?«

»Im Heim«, antwortete Margareta, ohne nachzudenken. »Im Altenheim«, erklärte sie dann. »Amnegården.«

»Wissen Sie, ob er ansprechbar ist?«, fragte Johan.

»Keine Ahnung. Manche von denen sind völlig gaga, andere leben dort nur, weil sie uralt sind und nicht mehr allein zurechtkommen.«

Kapitel vierundzwanzig

Es war windig geworden. Buntes Herbstlaub wirbelte ihnen um die Füße, als sie zum Auto gingen. Charlie sah zu dem Goldregenbaum vor dem Restaurant. Die gelben Fruchtstände waren verblüht und braun. Die Zeit verging so schnell. Sie wusste nicht, ob es sie unter Druck setzte oder erleichterte.

»Und? Was machen wir jetzt?«, fragte Johan. »Fahren wir nach Amnegården?«

»Das machen wir später. Ich würde gern noch einmal nach Gudhammar fahren«, sagte Charlie. »Mich dort ein wenig umsehen, die Stimmung aufnehmen.«

Charlie parkte vor dem kleinen Haus am Ende der Allee.

Johan sah zu dem großen gelben Gutshaus, das vor ihnen aufragte.

»Was für ein Haus«, sagte er und dann, als sie näher kamen und die heruntergekommene Fassade sichtbar wurde, die fehlenden Dachziegel, das Unkraut, das die Einfahrt überwucherte: »Wie kann man ein Gebäude so verfallen lassen? Warum verkauft man es nicht, wenn man sich nicht darum kümmern kann?«

Charlie dachte an Lyckebo. Sie verstand es sehr gut.

»Wir gehen hinein«, entschied sie.

»Aber es ist doch sicher verschlossen.«

Johan stand an der Haustür und zog am Türgriff.

»Wir gehen trotzdem rein«, sagte Charlie.

»Meinst du, wir sollen einbrechen?«

Charlie nickte und deutete auf ein Fenster im Erdgeschoss, in dem eine Glasscheibe fehlte.

»Nein«, protestierte Johan. »Das können wir nicht machen.«

»Wer soll uns erwischen?«, entgegnete Charlie. »Hier ist doch niemand. Hilf mir jetzt.«

»Aber warum?«

»Los, mach eine Räuberleiter«, befahl Charlie. »Ich will einfach wissen, wie es da drin aussieht.«

Johan gehorchte. Charlie ertastete den Fensterhaken auf der anderen Seite der Glasscheibe, stieß ihn nach oben und schob den Fensterflügel auf. Sie kletterte durch das offene Fenster, schätzte die Entfernung zum Boden falsch ein und stürzte, als sie hinuntersprang. In dem Raum stand ein riesiger Tisch mit bestimmt zwanzig Stühlen. An den Wänden hingen große Gemälde mit ernst aussehenden Männern. Als sie in den Flur ging, um Johan die Haustür zu öffnen, hörte sie Challes Stimme im Kopf: *Das ist unbefugtes Betreten, Charlie. Was zum Teufel denkst du dir eigentlich dabei?*

»Komm doch rein«, sagte sie, als es ihr endlich gelungen war, die Haustür zu öffnen.

Johan warf einen Blick über die Schulter und trat in den Flur.

»Was zum Teufel machen wir hier eigentlich?«, flüsterte er.

»Ich glaube, du musst nicht flüstern. Hier kann man wahrscheinlich laut schreien, ohne dass es jemand hört.«

Hinter dem großen Salon, in den Charlie eingestiegen war, befand sich die Bibliothek mit Einbauregalen aus dunklem Holz, die bis unter die Decke reichten.

»Was für hohe Räume«, sagte sie. »Da wird einem ja fast schwindelig.«

»Können wir uns ein wenig beeilen?«, drängte Johan. »Haben wir noch nicht genug gesehen?«

»Wir schauen uns erst oben noch um.«

»Ich bleibe hier«, sagte Johan.

»Warum?«

»Falls jemand kommt.«

»Ich glaube, da musst du dir keine Sorgen machen.«

Johan schüttelte den Kopf. »Ich warte hier.«

Charlie ging die lange Treppe nach oben ins Obergeschoss. Es war ein ähnliches Gefühl wie im Sommer, als sie zurück nach Lyckebo gekommen war. Derselbe Geruch nach Holz, Staub und Verlassenheit, dasselbe Gefühl, dass das Haus überstürzt verlassen worden war. Mottenzerfressene Kleider über Stuhllehnen, Weingläser auf dem Tisch in der Küche, Schuhe im Flur, in die man bloß hineinschlüpfen musste. Nur die Bewohner fehlten.

Sie kam in einen Raum, der einer der Mild-Schwestern gehört haben musste. Ein Schreibtisch mit mehreren Schubladen, ein breites Bücherregal vor der Längswand, ein großer Spiegel mit Goldrahmen. Sie leuchtete zum Bett und sah ein Kissen mit einem altmodisch gestickten F. Das hier war also Francescas Zimmer. Charlie stand lange in der Tür und versuchte, sich Francesca in diesem Raum vorzustellen. Vielleicht im Schneidersitz auf dem Bett sitzend, hinter ihr die blonde Schwester. Beide trugen Nachthemden. Die Schwester bürstete Francescas Haare. Nein, das passte nicht. Francesca war nicht der

Typ, der seine Abende mit Haarpflege und albernen Gesprächen verbrachte. Charlie dachte an die Beschreibung des Mädchens in der Fallakte. Francesca war depressiv, einsam und trauerte um ihren einzigen Freund. Sie war ein Mädchen, das von der Dunkelheit angezogen wurde, eine junge Frau, die versucht hatte, sich das Leben zu nehmen. Charlie trat in den Raum hinein und sah Francesca allein auf dem Bett liegen und an die Zimmerdecke starren. Charlie legte ihr dasselbe Gewicht auf die Brust, das sie selbst oft in den Nachtstunden quälte. Dann ließ sie das Mädchen aufstehen, den Pass aus der Schublade nehmen, ein paar Kleider packen und gehen. War es so gewesen? Hatte jemand da draußen auf sie gewartet? Und was war so schwerwiegend, dass ein sechzehnjähriges Mädchen für immer verschwand?

Charlie schloss die Augen. Als sie sie wieder öffnete, war Francesca zurück. Sie saß an ihrem Schreibtisch und hatte das Gesicht in den Händen vergraben. Weinte sie? Hatte sie Angst? Charlie wollte zu ihr gehen, sie in den Arm nehmen und fragen, was passiert war. Was ist dir zugestoßen, Francesca? Wohin bist du gegangen?

Francesca

Um viertel nach fünf kamen unsere Essensgäste. Das junge Paar war lächerlich schön und elegant gekleidet. Die beiden freuten sich überschwänglich, hier sein und sehen zu dürfen, wie Mama und Papa auf dem Land lebten.

»Wie hoch die Decken sind«, sagte die Frau und sah sich um. »Was für eine unglaubliche Deckenhöhe, Rikard.«

Lass dich davon nicht blenden, dachte ich.

»Und das muss die Tochter des Hauses sein.« Die Frau lächelte übertrieben, nahm meine Hand und stellte sich als Mikaela vor.

Ich nannte ihr meinen Namen.

»Und du hast eine Schwester, nicht wahr?«, sagte der Mann, der passenderweise Mikael hieß.

Sein Lächeln war genauso blendend weiß wie das seiner Frau.

»Sie ist dieses Wochenende im Internat«, antwortete ich.

»Wie schade«, sagte Mikaela. »Wir haben so viel über euch beide gehört.«

Ich verzog unwillkürlich das Gesicht, und sie fügte eilig hinzu, dass das natürlich nur Gutes war.

Ich sparte mir den Hausrundgang, hörte jedoch Mikaelas entzückte Ausrufe, als Mama sie durch die Zimmer führte. Das würde ein langer Abend werden, und ich dankte Carola im Stillen, die ihr Versprechen gehalten und mir den Wein mitgebracht hatte. Ich hatte schon zwei Gläser in meinem Zimmer getrunken, und vielleicht würde ich noch eines schaffen, so ausführlich, wie Mama das Haus vorführte.

Mama hatte ein einfaches Abendessen angekündigt, doch natürlich wurde ein großes Mahl daraus. Mikael und Mikaela schienen meine Vorgeschichte nicht zu kennen, denn sie sprachen ganz ungezwungen mit mir und stellten Fragen, als wäre ich ein normaler Teenager.

Dann wechselten sie das Thema, und Mikael erzählte von sich. Es klang, als hätte er es auswendig gelernt. Ich gab mir alle Mühe, ungezwungen und interessiert zu wirken. Was auch immer aus mir wird, dachte ich, während ich Mikaels übertriebene Gesten beim Erzählen beobachtete und nicht mehr zuhörte, was er sagte. Was auch immer aus mir wird, ich werde hoffentlich nie ein Mensch, der selbstverliebt seinen Lebenslauf herunterrattert. Mikaela redete genauso viel wie ihr Mann. Sie sei mit Leib und Seele Juristin, sagte sie. Aber sie habe immer mehr gewollt als das enge Korsett des Gesetzbuches, habe den vorgegebenen Rahmen sprengen wollen. Sie erzählte von dem Geschäftsmodell, das sie und Mikael zusammen entwickelt hatten. Dann hatten sie Papa getroffen, und er hatte wirklich verstanden, was sie vorhatten, und einen großen Teil ihres letzten Projektes finanziert.

Ich hörte schon längst nicht mehr zu, weil ich Papas Investitionen und Teilhaberschaften so satthatte. Diese ganzen Erfolgsgeschichten deprimierten mich.

Ich dachte an meine Zukunft. Wie würde mein Lebenslauf aussehen? Wer würde ich sein?

Egal in welche Richtung ich dachte, es endete immer

schlecht. Ich sah mich selbst mit drei wohlgeratenen kleinen Kindern und einem Mann im Anzug, Abendessen mit der Familie, klirrende Kristallgläser, glitzernde Augen im Kerzenlicht. Die nächste Einstellung: abgebrannte Kerzen, Stille, die unglückliche Mutter von drei Kindern sucht in den Küchenschränken nach einer Flasche, die sie direkt an die Lippen setzt.

Neues Bild: ich in einer heruntergekommenen Dachwohnung in irgendeiner Großstadt, Künstlerin, Mahlzeiten auf dem Boden, tiefgründige freie Seelen als Freunde. Doch dann dreht sich das Bild und zeigt die Schattenseite: Männer, die nur leere Hüllen sind, Kater, Abgase und Einsamkeit.

Ich dachte sehnsüchtig an den Wein oben in meinem Zimmer. Wann würde ich den Tisch verlassen können, ohne unhöflich zu sein?

Irgendetwas stimmte nicht mit Mama. Ihre Hand zitterte, als sie das Glas hob. Sie sagte nie viel beim Abendessen, aber heute war sie noch stiller als sonst. Sie tat mir ein bisschen leid. Papa, der oft behauptete, so stolz auf seine Frau zu sein, bezog sie wie immer nicht in das Gespräch mit ein. Er lachte und sprach mit dem jungen Paar über Geschäftliches, als ob sich außer ihnen dreien niemand sonst im Raum befände.

»Francesca?«

Ich blickte auf. Mama warf mir einen strengen Blick zu.

»Entschuldigung«, sagte ich, ohne zu wissen, was ich getan hatte.

»Antworte bitte«, forderte mich Mama auf.

»Worauf?«

»Ich habe nur gefragt, was du für Pläne nach dem Abitur hast«, wiederholte Mikaela und schob wie eine Essgestörte ihr Essen auf dem Teller herum.

In Adamsberg hatte ich genug solche Klassenkameraden gehabt, um die Anzeichen deuten zu können.

Ich antwortete, dass ich mich noch nicht richtig entscheiden könne, Ärztin oder Juristin aber in der engeren Auswahl seien. Außerdem brannte ich für so viele verschiedene Dinge, dass ich fast das Gefühl hätte, zu verbrennen. Mikaela lachte und sagte, nein, verbrennen dürfe ich auf keinen Fall, denn die Welt brauchte dringend fähige Ärzte und Juristen.

Papa warf mir einen angespannten Blick zu. Er wusste genau, dass ich nur herumalberte und das hübsche Bild, das ich gezeichnet hatte, jederzeit zum Einsturz bringen konnte.

»Wenn du dich für Jura entscheidest«, fragte Mikaela, »willst du dann Anwältin werden?«

Ich meinte, ja, so sei der Plan.

»Und wenn du Ärztin wirst«, sagte Mikael, »interessiert dich da ein besonderes Fachgebiet?«

»Ich wäre sehr gern Kardiologin«, antwortete ich (wie kam ich nur auf all dieses Zeug?). »Ich habe mich schon immer für das menschliche Herz interessiert. Wussten Sie übrigens, dass ein Menschenherz einem Schweineherz sehr ähnelt?«

Papa lachte und sagte, das habe er schon mal gehört.

Mikaela erzählte etwas von einer missglückten Herztransplantation, der sich eine Freundin unterzogen hatte. Am Anfang hatte alles so gut ausgesehen, doch dann... Sie schwieg besonders lange, bevor sie von dem tragischen Ende berichtete.

Als alle mit dem Essen fertig waren, hielt ich es nicht

länger aus, eine normale junge Frau zu spielen. Ich entschuldigte mich und sagte, ich müsste mich um ein paar Dinge kümmern.

»Lass nur«, sagte Mama, als ich meinen Teller mitnehmen wollte.

Zuerst wollte ich nach oben in mein Zimmer gehen, doch dann holte ich die Weinflasche und schlich nach draußen. Ich war nicht müde, musste also auch nicht schlafen, nur die Gesellschaft hatte mich erschöpft.

Auf der Auffahrt vor dem Haus hörte ich etwas. Ich blieb stehen und sah in die Dunkelheit vor mir.

»Hallo!«, rief ich. »Ist da jemand?«

»Ich bin's«, ertönte Adams Stimme.

»Was machst du hier?«, fragte ich.

»Nur einen Spaziergang.«

Erst da hörte ich, dass er verwaschen sprach. Unsicher kam er auf mich zu und trat in den Schein der Außenbeleuchtung.

»Bist du betrunken?«, fragte ich, auch wenn es nicht zu übersehen war.

Adam nickte. Er war sehr betrunken. »Und du?«

»Ein bisschen«, gab ich zu.

»Ich war im Motel«, sagte er und deutete in die falsche Richtung. »Ich habe versucht, meinen Kummer zu ertränken.«

»Welchen Kummer?« Ich hatte irgendwie immer gedacht, er hätte keine Sorgen.

»Ich muss hier weg. Ich darf nicht länger hier arbeiten.«

»Warum nicht?«

»Keine Ahnung. Rikard hat nur gesagt, dass ich gehen muss.«

»Das tut mir leid«, antwortete ich und hielt ihm die

Weinflasche hin. Adam nickte, nahm sie und trank große Schlucke, als wäre es Wasser. Ich musste ihm die Flasche schließlich wegnehmen, damit er sie nicht ganz leerte.

»Danke«, sagte er und wischte sich den Mund ab. »Was ist da drinnen los?«

Er nickte zum Haus. Im Wohnzimmerfenster flackerte das Licht der Kerzenleuchter.

»Abendessen.«

»Wie schön.«

Adam holte ungeschickt eine Packung Prince aus seiner Jacke, nahm zwei Zigaretten heraus und gab mir eine. Schweigend nahm ich sie und schirmte sie mit den Händen gegen den Wind ab, als Adam sie anzündete. Er werde jetzt heimgehen, sagte er. Er wisse nicht, warum er überhaupt hergekommen sei.

»Alles Gute«, verabschiedete er sich, als er Richtung Allee schwankte. »Ich hoffe, wir sehen uns mal wieder, Francesca. Wenn du noch schöner geworden bist als deine Mutter.«

»Danke!«, rief ich ihm hinterher, auch wenn ich nicht richtig verstand, was er meinte.

Ich rauchte die Zigarette und trank noch ein paar große Schlucke Wein, bevor ich zurück ins Haus ging.

An dem Abend kam Mama in mein Zimmer und setzte sich auf die Bettkante. Sie fragte, ob ich wirklich überlegte, Juristin zu werden. Denn das wäre ja … das wäre ja großartig. Ich hörte schon, wie sie ihren Freundinnen vorschwärmte: *Meine jüngste Tochter will in meine Fußstapfen treten, stellt euch vor. Vielleicht liegt das Interesse für Gerechtigkeit ja in den Genen?*

Mama sprach weiter davon, wie perfekt meine Berufswahl sei. Und wie praktisch, denn sie habe ja noch ihre alten Lehrbücher von der Uni. Manche seien sicher nicht mehr aktuell, aber das sei kein Problem, dann kaufe man eben neue.

Kapitel fünfundzwanzig

»Was ist das?«, fragte Johan und deutete auf die Eisenbahnschienen, als sie nach Amnegården fuhren.

»Die Draisinen?« Charlie sah zu Johan. »Willst du damit sagen, dass du keine Draisinen kennst?«

»Ich vermute mal, das ist eine Art Fahrrad, mit dem man auf den Schienen fährt?«

»Du bist gar nicht dumm.«

»Aber warum?«

»Weil es Spaß macht, nehme ich an.«

»Hast du es mal ausprobiert?« Johan wandte sich zu ihr.

»Klar.«

Charlie war tatsächlich nur einmal mit einer Draisine gefahren. An einem dieser Tage, an denen Betty aufdrehte und Sachen unternehmen wollte. Sie hatte daheim Proviant und ihre Badeanzüge eingepackt. Es war egal, dass es nieselte, denn es würde bestimmt bald aufklaren, glaubte sie. Zuerst hatte Charlie treten müssen. Es ging ein wenig bergauf und war anstrengend. Betty saß im Schneidersitz neben ihr und sang ein Lied, wie immer, wenn sie guter Laune war. Charlie war erleichtert gewesen, als der Ort hinter ihnen lag und nur noch Wald und Wasser um sie herum waren.

So kommt man bis nach China, Liebling.

Erzähl doch keinen Unsinn, Mama.

Das mache ich nicht. Die Schienen führen bis nach China. Wir könnten dorthin fahren. Was hält uns davon ab?

Ein paar Meere.

Dass man mit dir aber auch keinen Spaß haben kann, Charline. Wieso habe ich nur so eine ernste Tochter? Du bist der älteste Mensch auf der Welt. Ich habe die altklügste Tochter auf der ganzen weiten Welt.

Der Regen ließ nicht nach, doch Betty fand, dass sie anhalten und trotzdem baden sollten. *Sei nicht so wasserscheu, Liebling. Spring einfach rein. Zuerst ist es kalt, aber man gewöhnt sich daran. Man gewöhnt sich schnell an die Kälte.*

Auf dem Heimweg wollte Betty treten. Sie rollten schnell durch den Wald. Charlie kauerte sich zusammen, weil ihr kalt war, und sah den Schlagbaum nicht, den man öffnen musste. Er traf Betty auf Brusthöhe und Charlie am Kopf. Sie war ohnmächtig geworden, und als sie aufwachte, saß Betty weinend neben ihr. *Ich dachte, du wärst tot, Liebling. Ich dachte, das wär's gewesen.*

Charlie war schon mal in Amnegården gewesen. Mit der Schule hatten sie dort einen Lucia-Umzug aufgeführt. Sie erinnerte sich, wie traurig sie die ganzen verwelkten Gesichter der Zuschauer gemacht hatten. Als sie Betty davon erzählt hatte, hatte diese gesagt, dass sie nie, niemals an so einem Ort landen würde. Sie wollte nicht irgendwo krank und verwirrt sitzen und auf die Hilfe anderer angewiesen sein. *Wenn ich krank und verwirrt werde, Liebling, dann musst du mir helfen.* Und Charlie hatte genickt und so getan, als verstünde sie nicht, was Betty mit »Hilfe« meinte.

Nichts hatte sich verändert, stellte Charlie fest. Lange Flure mit gestreiften gelbbraunen Linoleumböden, und in den Erkern standen Sofas, Tische und Spinnräder aus der Jahrhundertwende. Die alten Möbel sahen seltsam fehlplatziert aus in dem Gebäude aus den Siebzigerjahren. An den Wänden hingen Schwarz-Weiß-Fotos mit Motiven aus Gullspång. Charlie blieb vor einem Bild stehen, auf dem Kinder gespannt zusahen, wie Männer Gruben aushoben. *Die Klasse 5a der Gullstenschule bei einer archäologischen Ausgrabung an vorgeschichtlicher Grabstätte, 1975* stand auf einem Zettel unter dem Foto.

»Erkennst du jemanden?«, fragte Johan.

»Nein, dafür bin ich zu jung.«

Die Flure waren seltsam leer, doch bald trafen sie auf einen Mann, der den Boden mit einem Mopp wischte.

Charlie entschuldigte sich und fragte, ob er wisse, wo das Zimmer von Doktor Molan sei.

»Geradeaus und dann rechts«, sagte der Mann. »Und klingeln Sie besser nicht«, warnte er sie. »Der Herr mag keine lauten Geräusche.«

Charlie klopfte leise an die Tür mit dem Schild *Sixten Molan*. Eine heisere Stimme antwortete: »Kommen Sie rein!«

Sie gehorchten. Ein weißhaariger Mann saß mit dem Rücken zu ihnen am Fenster.

»Doktor Sixten Molan?«, fragte Charlie.

Der Mann wandte sich langsam um. »Ich wusste gar nicht, dass ich Besuch erwarte«, sagte er.

Johan erklärte kurz den Grund ihres Kommens, dass sie über vermisste Personen schrieben, und als er Francesca Mild erwähnte, huschte so etwas wie ein nervöser Schatten über das Gesicht des Mannes.

»Ich bin Psychiater«, erwiderte Doktor Molan. »Ich darf nicht über meine Patienten sprechen.«

Er ist jedenfalls noch klar im Kopf, dachte Charlie, und hat die Vorschriften seines Berufes nicht vergessen.

»Vielleicht hören Sie sich ja trotzdem unsere Fragen an«, bat Johan, »und entscheiden dann, ob Sie darauf antworten können.«

»Ich werde Ihnen leider nicht helfen können. Ich stehe unter ärztlicher Schweigepflicht.« Doktor Molan legte den Zeigefinger an die Lippen, als ob seine Worte nicht genug wären.

Seine Art zu sprechen verstärkte noch den Eindruck, den Charlie aus der Fallakte von ihm gewonnen hatte. Er sprach mit diesem Oberklassedialekt, den sie kaum ertrug.

»Die Schweigepflicht gilt nicht, wenn ein Mordverdacht besteht«, schaltete sie sich ein.

»Mord?« Doktor Molan hob seine buschigen weißen Augenbrauen. »Das Mädchen ist doch weggelaufen? Oder hat sich etwas angetan? Man hat doch nie etwas anderes beweisen können?«

»In dem Fall hat sich etwas Neues ergeben«, sagte Charlie, ohne sich darum zu kümmern, dass sie sich auf dünnem Eis bewegte.

»Was denn?«

»Darüber kann ich nicht sprechen«, erwiderte sie und widerstand dem Impuls, ebenfalls einen Finger an die Lippen zu legen. »Wissen Sie, wo die Familie Mild mittlerweile lebt?

»Im Ausland«, sagte Doktor Molan. »In der Schweiz.«

»Ach so.« Deshalb hatten sie also keine Kontaktinformationen in Schweden gefunden. »Haben Sie noch Kontakt zur Familie?«

»Nein, das habe ich nicht.«

»Gibt es dafür einen bestimmten Grund?«

»Wie gesagt, sie leben nicht in Schweden«, wiederholte Doktor Molan, als wäre das Grund genug. »Ich habe seit Jahrzehnten nichts von ihnen gehört.«

»Zwischen Ihnen ist also alles geklärt?«, erkundigte sich Johan.

»Worauf wollen Sie hinaus?«

»Ich frage nur.«

Sie schwiegen.

»Kaffee?«, fragte Doktor Molan unvermittelt. »Darf ich Ihnen eine Tasse anbieten?«

Er drückte auf den roten Knopf an dem Armband, das er um das linke Armgelenk trug. Nach kurzer Zeit kam eine blau gekleidete Pflegerin ins Zimmer.

»Was ist denn schon wieder, Doktor Molan?«, fragte sie.

»Ob das nette Fräulein uns wohl etwas Kaffee bringen könnte? Meiner ist aus, und vom Nachmittagskaffee ist doch bestimmt noch etwas übrig.«

»Doktor Molan«, sagte die Pflegerin streng. »Sie sollen den Alarmknopf doch nur drücken, wenn Sie stürzen oder keine Luft mehr bekommen. Bei einem Notfall. Nicht für Kaffeebestellungen, wie oft soll ich es Ihnen noch sagen? Was wäre, wenn mich gerade wirklich jemand braucht? Was wäre, wenn ich wegen nichts hierherrenne, und ein anderer Bewohner stirbt unterdessen? Verstehen Sie nicht, wie wichtig das ist?«

»Es tut mir furchtbar leid, Annelie«, sagte Doktor Molan und klang überhaupt nicht so. »Es wird nicht wieder vorkommen. Aber wenn Sie schon mal da sind, könnten wir da etwas Kaffee haben?«

Annelie seufzte und sagte, sie habe keine Zeit, ständig hin und her zu laufen.

»Ich komme mit und hole den Kaffee«, bot Charlie an.

Sie folgte Annelie auf den Flur, die mit leise quietschenden Gummisohlen davoneilte.

»Sind Sie Verwandte von Doktor Molan?«, fragte sie.

»Nein, wir wollen mit ihm über eine frühere Patientin sprechen. Mein Freund Johan schreibt eine Artikelreihe über unaufgeklärte Vermisstenfälle.«

»Ein Fall, den man …« Annelie unterbrach sich. »Nimm ihm die Karten weg«, sagte sie zu einer jungen Pflegehelferin, die neben einem Mann in einer Sitzgruppe aus alten Möbeln am Fenster saß. Dann, an Charlie gewandt: »Er zerreißt sie nur. Ich weiß nicht, wie viel Konfetti er schon produziert hat, und wir haben kein Geld, um ständig neue Karten zu kaufen.«

»Ist das hier das Motel?«, fragte Charlie, ohne auf den Geldmangel des Heimes einzugehen.

Sie blieb stehen und deutete auf eines der Fotos an der Wand.

Annelie warf einen raschen Blick darauf und bestätigte Charlies Vermutung.

»Die Bilder sind alle hier aus der Gegend. Die Alten mögen sie, sie erkennen Verwandte, Freunde und Gebäude darauf wieder, die schon lange abgerissen sind. Eigentlich sollten sie chronologisch sortiert an den Wänden hängen und zeigen, wie sich der Ort verändert hat – neue Gebäude, wichtige Ereignisse, Bilder aus dem Alltag. Aber sie hängen völlig durcheinander. Im Grunde genommen ist das auch egal, es wird ja kaum was Neues gebaut, das wäre nur deprimierend.«

Sie kamen in die Küche. Eine alte Frau im Rollstuhl mit

Lockenwicklern im Haar und einem eingegipsten Bein saß allein am Tisch und murmelte etwas vor sich hin.

»Haben Sie was gesagt, Asta?«, fragte Annelie.

»Ich habe gefragt, ob das alles ist«, antwortete Asta. »Bekommen wir nicht mehr?«

»Die Schnecken sind aus«, erklärte die Pflegerin.

Asta seufzte, und Charlie hatte das Gefühl, dass sie nicht nach Gebäck gefragt hatte.

»Hier«, sagte Annelie und gab Charlie eine Thermoskanne, die sie mit Kaffee gefüllt hatte. »Er ist noch warm. Tassen hat er bei sich. Es wäre schön, wenn er sie auch selbst abspült, auch wenn er sagt, dass er das nicht kann.«

Charlie nahm die Kanne, bedankte sich und ging langsam zurück zu Doktor Molans Zimmer. Dabei betrachtete sie die Fotos an den Wänden. Vor dem Bild vom Motel blieb sie stehen. Trat näher heran und las den Bildtext. *Vorbereitungen zum Erntedankfest, 1986.* Ein Mann (Eriks Vater?) hängte ein Spruchband über der Tür auf, und am Bildrand sah man, wie einige Männer und Frauen Verstärker und Mikrofonständer heranschleppten.

»Mussten Sie neuen Kaffee kochen?«, fragte Doktor Molan, als sie zurück in sein Zimmer kam.

»Nein«, antwortete Charlie. »Ich habe mir nur die Bilder an den Wänden angeschaut. Es ist interessant zu sehen, wie es hier früher war.«

»Finden Sie? Ich bin nicht von hier, weshalb mir das nicht so wichtig ist. Ich hatte nur mein Sommerhaus hier, doch dann bin ich hier geblieben und … ja, dann war es eben so. Eigentlich sollte ich mir einen Platz in einem netteren Seniorenheim in Stockholm suchen, aber ich habe nicht die Kraft dafür.«

Er seufzte.

»Wir setzen uns ins Wohnzimmer«, fuhr er fort. »Die Farben hier in der Küche deprimieren mich.«

Während sie Kaffee tranken, sprach Doktor Molan recht eingebildet über sich selbst, seine Jahre in Stockholm, seine Ausbildung, seine Forschung. Er hätte sicher noch ewig weitergeredet, wenn Johan ihn nicht irgendwann unterbrochen und an den Grund ihres Besuches erinnert hätte.

»Ich habe irgendwie das Gefühl, dass ich nicht interviewt, sondern verhört werde«, sagte Doktor Molan.

»Wir wollten Sie nur fragen, ob Ihnen seit dem Gespräch mit der Polizei noch etwas eingefallen ist«, erwiderte Charlie.

»Ich kann mich kaum erinnern, was ich damals gesagt habe«, erklärte Doktor Molan. »Das ist fast dreißig Jahre her. Und wenn das hier kein offizielles Verhör ist, werde ich nicht über meine Patienten sprechen.«

»In dem Fall machen Sie sich der Behinderung von Ermittlungen schuldig«, sagte Charlie.

»Meinen Sie das ernst, Mädchen?« Doktor Molan stellte seine Kaffeetasse abrupt ab.

»Ich bin eine erwachsene Frau«, erwiderte Charlie bestimmt, »kein kleines Mädchen.«

Der Psychiater zuckte mit den Schultern, als sähe er da keinen Unterschied.

»Ich heiße Charlie Lager und bin Kriminalkommissarin«, fuhr sie fort. »Und wie ich vorhin schon erwähnt habe, gilt die Schweigepflicht bei Mordfällen nicht.«

»Warum haben Sie das nicht gleich gesagt?«, entgegnete Doktor Molan. »Dass Sie von der Polizei sind. Und woher wissen wir, dass es sich um Mord handelt? Das Mädchen war sein eigener größter Feind, das war ganz offensichtlich. Und nach dem, was ihrem Freund zugestoßen ist, da… war es vielleicht nicht so verwunderlich, dass sie letztendlich beschlossen hat, allem ein Ende zu machen.«

»Meinen Sie Paul Bergman?«

»Ja, so hieß er. Er hat sich umgebracht, aber Francesca wollte das nicht akzeptieren.«

»Dass er tot war?«, fragte Johan

»Dass er sich umgebracht hat. Sie hat sich eingebildet, dass er ermordet wurde. Sie war regelrecht besessen davon.«

»Aber vielleicht war es die Wahrheit«, bemerkte Charlie.

»Nein.« Doktor Molan schüttelte den Kopf.

»Wie können Sie da so sicher sein?«

»Weil die kleine Mild nicht zwischen Einbildung und Wirklichkeit unterscheiden konnte. Sie hat vielleicht nicht immer bewusst gelogen und ihre Geschichten hin und wieder wohl selbst geglaubt, aber das heißt nicht, dass sie wahr waren.«

»Und das heißt, dass man keiner ihrer Aussagen glauben darf?«, fragte Charlie.

»Nein, aber man darf ihr nicht unbesehen alles glauben.«

»Wissen Sie, ob je untersucht wurde, ob Paul Bergmans Selbstmord auch etwas anderes gewesen sein könnte?«

»Das weiß ich nicht. Ich bin kein Kriminalkommissar.« Doktor Molan lächelte überheblich.

»Hat sie gesagt, wer ihn ihrer Meinung nach ermordet hat?«, fragte Charlie.

»Ich kann mich an keinen Namen erinnern. Aber wie gesagt, das hat keiner in ihrer Umgebung ernst genommen.«

Charlie stand auf.

»Wenn Ihnen noch etwas einfällt, melden Sie sich bitte.« Sie gab ihm ihre Visitenkarte. »Und es wäre gut, wenn Sie niemandem erzählen, dass wir hier waren.«

»Mit wem sollte ich denn reden? Ich habe hier keine Freunde.«

Ach wirklich?, hätte Charlie beinahe gesagt.

»Wenn Sie Annelie oder jemand anderen auf dem Flur sehen, sagen Sie ihr doch bitte, dass ich Hilfe mit dem Abwasch brauche«, sagte Doktor Molan.

»Annelie meinte, das können Sie selbst«, erwiderte Charlie ungerührt.

»Ich dachte, du wolltest nicht sagen, dass du Polizistin bist, und mir das Reden überlassen«, sagte Johan, als sie zum Auto gingen.

»Er akzeptiert nur Ansehen und Autoritäten, deshalb konnte ich nicht anders.«

»Was hältst du von diesem Selbstmord? Könnte an Francescas Verdacht, dass es Mord war, was dran sein?«

»Ich denke, dass wir dem nachgehen sollten. Ich traue Doktor Molans Urteil nicht, und wenn es stimmt, haben wir vielleicht ein Motiv für Francescas Verschwinden. Möglicherweise hatte jemand Grund, sie zu beseitigen.«

Francesca

»Fran?« Mama stand vor meiner Tür. »Darf ich reinkommen?«

Ich legte das Schreibheft zur Seite. »Ist es wichtig?«

»Ich habe etwas für dich.«

»Dann komm rein.«

Mama kam ins Zimmer und reichte mir eine schwarze Schachtel mit Goldschrift.

»Was ist das?«, fragte ich.

»Mach es auf.«

Ich klappte die Schachtel auf und schüttelte das Schmuckstück heraus, das darin lag. Es war eine Kette mit einer goldenen Waage als Anhänger.

»Die habe ich von meinem Vater bekommen, als ich angefangen habe, Jura zu studieren«, erzählte Mama. »Auf der Rückseite sind meine früheren Initialen eingraviert. Es sind dieselben wie deine Anfangsbuchstaben, das passt also wunderbar.«

Ich drehte die Waage um und sah das große F auf der einen Waagschale und das R auf der anderen.

»Sollen wir schauen, ob sie passt?«, sagte Mama. »Heb mal die Haare hoch.«

Ich spürte das Gewicht um den Hals, als sie die Kette einhakte. Es gefiel mir.

»Sie steht dir hervorragend«, sagte Mama.

»Was ist mit Cécile?«

»Sie will Wirtschaft studieren. Da dachte ich, die Kette ist bei dir besser aufgehoben.«

Ich stellte mich vor meinen großen Spiegel. Mama stand hinter mir.

»Sie ist schön«, sagte ich. »Warum trägst du sie nicht selbst?«

»Ich weiß es nicht«, sagte Mama. »Oder vielleicht, weil sie mich traurig macht.«

»Warum?«

»Weil ich das Studium abgebrochen habe, und die Kette erinnert mich daran.«

Mamas Stimme brach ein wenig, und dabei zerbrach auch etwas in mir. Ich sah sie an, vielleicht schätzte ich sie falsch ein. Sie hatte etwas anderes vom Leben gewollt, mehr. Ich hatte sie auf eine Jasagerin reduziert, einen Menschen ohne eigene Träume und Ziele, ohne Tiefgang. Aber sie war mehr als das. Sie war schon immer mehr als das. Sie ist nicht glücklich, dachte ich. Sie ist genauso unglücklich wie ich.

»Mit einer Ausbildung kannst du ganz anders leben als ich«, fuhr Mama fort. »Viel … freier.«

»Danke«, sagte ich.

Nachdem Mama gegangen war, nahm ich die Kette ab, drehte sie in meiner Hand und betrachtete die Initialen, *FR*. Ich zog eine Schreibtischschublade auf und fand nach kurzer Suche das kleine Taschenmesser, mit dem ich als Kind immer geschnitzt habe. Hinter den beiden Buchstaben ritzte ich ein großes E und ein I ein. *FREI*. Dann legte ich die Kette wieder um.

Kapitel sechsundzwanzig

Sie ließen das Seniorenheim Amnegården hinter sich.

»Vielleicht sollte ich noch zu weiteren Klassenkameraden aus Adamsberg Kontakt aufnehmen«, sagte Johan. »Ich habe noch die Schülerverzeichnisse von damals.«

»Gut«, erwiderte Charlie. »Sollen wir mit Adam Rehn sprechen, wenn wir schon in der Gegend unterwegs sind? Seine Firma ist in Nunnestad.«

»Und wo ist Nunnestad?«

»Ein paar Kilometer außerhalb von Gullspång.«

Die *Grab- und Gartenpflege Gullspång* befand sich in einem schuppenartigen Gebäude neben einem größeren Wohnhaus in der Nähe der Kirche.

»Man sieht nicht direkt, dass er Gärtner ist«, bemerkte Johan und nickte Richtung Garten, der ungepflegt war.

Sie klopften an die Tür des Wohnhauses. Nach einer Weile waren drinnen schlurfende Schritte zu hören. Eine ältere Frau im Morgenmantel und mit altmodischen Lockenwicklern auf dem Kopf öffnete die Tür einen Spalt und musterte sie misstrauisch.

Charlie stellte sich vor und fragte, ob Adam zu Hause war.

»Ist Alexander etwas passiert?«, fragte die alte Dame. »Hat er schon wieder was angestellt? Ich habe ihm gesagt, dass er in seinem Zimmer bleiben soll, wenn er nicht in die Schule geht, aber was soll ich machen, wenn er einfach wegläuft?«

»Wohnt Adam denn nicht hier?«, fragte Johan.

»Ja, aber er ist doch in der Schule?« Die Frau wirkte beunruhigt. »Hat er jetzt auch was angestellt?«

Charlie und Johan wechselten einen raschen Blick.

Die Frau suchte nach etwas in den Taschen ihres Morgenmantels und holte eine Packung Zigaretten hervor. Sie stecke sich eine Zigarette zwischen die Lippen und seufzte, als sie kein Feuerzeug fand.

»Hier«, sagte Charlie.

Sie zog eine Schachtel Zündhölzer aus ihrer Tasche und reichte sie der Frau.

»Danke.«

Ein Auto bog in die Auffahrt. Adam.

»Mama«, sagte er, als er ausgestiegen war. »Ist alles in Ordnung?«

»Ja, ja«, antwortete seine Mutter. »Ich habe netten Besuch bekommen. Die zwei sind von der Schule, sie sind wegen deines Bruders da.«

»Geh rein, Mama«, sagte Adam. »Und mach bitte die Zigarette aus.«

Die Frau seufzte und warf die halb gerauchte Zigarette auf die Treppe, ohne sie auszutreten. Dann drehte sie sich um und ging zurück ins Haus.

Adam sah die beiden Besucher an, ohne das Funkeln im Blick, das Charlie bei ihrem Zusammentreffen im Restaurant gesehen hatte.

»Was macht ihr hier?«, fragte er.

»Wir wollen mit Ihnen reden«, sagte Johan. »Ich schreibe einen Artikel über …«

»Eure Artikel sind mir scheißegal«, unterbrach ihn Adam. »Ihr könnt nicht einfach hier aufkreuzen und eine alte, verwirrte Frau stören.«

»Wir dachten, dass du hier wohnst«, sagte Charlie.

»Ich wohne hier zusammen mit meiner Mutter. Und wie ihr vielleicht gemerkt habt, ist sie nicht ganz richtig im Kopf. Fremde Menschen machen sie nervös.«

»Es tut uns furchtbar leid«, entschuldigte sich Charlie. »Ich habe angerufen, aber niemanden erreicht.«

»Ich habe gearbeitet, und Mama geht nur ans Telefon bei Nummern, die sie kennt.«

Charlie sah zu der geschlossenen Tür. Versuchte sich das einsame Leben der Frau dahinter vorzustellen. Konnte es nicht.

»Hättest du kurz Zeit für uns?«

»Ich habe zu tun«, sagte Adam. »Und keine Zeit für Plauderstündchen. Ich bin nur hier, um nach meiner Mutter zu sehen.«

»Wann haben Sie Feierabend?«, fragte Johan.

»Keine Ahnung. Aber das ist auch nicht wichtig, ich habe sowieso nichts zu sagen.«

»Verstehe«, antwortete Johan. »Aber es würde uns wirklich helfen. Sie haben doch für die Familie Mild gearbeitet?«

»Wie gesagt, ich will darüber nicht reden, das Kapitel ist abgeschlossen. Und jetzt entschuldigt mich.«

Er ging an ihnen vorbei ins Haus.

»Wir wollen doch nur wissen, warum du in Gudhammar aufgehört hast«, rief Charlie ihm hinterher.

Adam warf die Tür hinter sich ins Schloss.

»Na, das läuft doch super«, sagte Johan, als sie wieder im Wagen saßen.

»Dass er nicht mit uns sprechen will, deutet darauf hin, dass er etwas zu verbergen hat.«

»Aber wie kommen wir weiter?«

»Du musst ein wenig Geduld haben«, sagte Charlie.

»Geduld ist nicht gerade meine stärkste Seite.«

»Meine auch nicht.«

Der Restaurantbereich war beinahe voll besetzt. Die meisten Gäste trugen Arbeitskleidung, neongelbe Jacken oder Hosen mit Reflektorstreifen oder die traditionellen Blaumänner, vermutlich Arbeiter aus der Sperrholzfabrik.

Margareta räumte Geschirr von einem Tisch. Charlie bemerkte ihre schweißglänzende Stirn. Sie sah müde aus. Wie alt war sie eigentlich? Fünfundsechzig? Älter?

»Bezahlen Sie an der Bar«, sagte sie, »und nehmen Sie sich dann Salat und Brot. Das Essen bringen wir.«

Bildete Charlie es sich ein, oder starrte man sie und Johan an, als sie zur Bar gingen?

Als sie zurückkamen, brachte Margareta schon das Essen.

»Kommen Sie morgen auch zum Erntedankfest?«, fragte sie. »Daran werden wir uns sicher noch lange erinnern.«

Ein knappes Lachen von einem der Männer an dem Tisch hinter ihr unterbrach sie.

»Was ist denn so lustig, Ralf?«, fragte sie.

»Nichts.«

»Und warum lachst du dann?«

»Wegen dem Wort.«

»Welchem Wort?«

»Erinnern. Ich fand es nur lustig, weil die meisten ganz sicher hinterher kaum mehr etwas vom Erntedankfest wissen. Ja, das ist ja wohl kein Geheimnis, oder?«, fuhr er fort, als ihn Margareta böse anstarrte.

»Ich glaube, es gibt auch viele, die sich erinnern«, sagte sie.

»Susanne und ich kommen«, warf Charlie rasch ein, um das Gespräch möglichst schnell zu beenden, damit sie in Ruhe mit Johan reden konnte.

»Susanne Johnsson?«, fragte Margareta.

»Ja.«

»Die war schon lange nicht mehr hier.«

»Aber diesmal kommt sie.«

Nach einer Viertelstunde war das Restaurant wie leer gefegt.

»Meine Güte«, sagte Johan. »Wie schnell essen die Leute denn?«

»So schnell sie können«, antwortete Charlie. »Sie arbeiten in der Sperrholzfabrik.«

»Aber die haben doch bestimmt Mittagspause wie alle anderen?«

Charlie zuckte mit den Schultern und dachte daran, wie Betty sich über die widerlichen Gruppenleiter beschwert hatte, die jede Pause protokolliert hatten. Es sei zum Kotzen, fand sie, dass man fast schon zwischen Essen und Klo wählen musste. Wenn sie je selbst einmal Chef sein sollte, dann würde sie ihren Angestellten genug Zeit für beides geben.

Margareta räumte die Teller von den benachbarten Tischen ab.

»Dürfte ich etwas fragen?«, sagte Charlie.

»Klar, nur zu.«

»Kennen Sie Adam Rehn?«

»Natürlich. Er ist Stammgast.«

»Wie ist er?«

»Wie er ist?« Margareta schien die Frage nicht zu verstehen.

»Ja, als Mensch.«

»So gut kenne ich ihn nicht.«

Charlie wartete. Sie sah an Margaretas Blick, dass sie noch etwas hinzufügen würde.

»Aber er ist wohl das, was man als Frauenheld bezeichnet«, sagte sie schließlich.

»Erzählen Sie mehr«, bat Johan.

»So viel gibt es da nicht zu erzählen, außer dass er Frauen mag.«

»Und die Frauen?«, fragte Charlie. »Mögen die ihn auch?«

»Ja«, antwortete Margareta lächelnd. »Es scheint zumindest so.« Sie sah sich um. »Er hat ganz schön viele Ehen in der Gegend zerstört, würde ich sagen. Einmal hat er es sogar bei meiner Schwiegertochter versucht, aber da hat Erik gleich durchgegriffen. Ich glaube, danach war er ein halbes Jahr nicht mehr hier.«

»Aber er selbst ist nicht verheiratet?«, fragte Charlie, auch wenn sie die Antwort kannte.

»Nein, er wohnt mit seiner kranken Mutter zusammen.«

»Wir haben sie vorhin getroffen.«

»Die arme Frau.« Margareta schüttelte den Kopf. »Es ist ein Wunder, dass Adam es schafft, sich zu Hause um sie zu kümmern, so dement, wie sie ist. Sie lebt in einer anderen Zeit, glaubt, dass ihre Söhne immer noch klein sind und… Na ja, vielleicht ist es so am besten für sie, dann wird sie nicht ständig dran erinnert, was mit ihrem Ältesten passiert ist.«

Johan legte das Besteck beiseite. »Was ist mit dem Ältesten passiert?«

»Der Junge, wie hieß er noch gleich … Alexander. Er hat es wild getrieben, hat gezündelt, gestohlen und war gewalttätig. Mit vierzehn hat er betrunken das Auto seiner Mutter genommen und ist geradewegs in einen Lastwagen gerast. Tragisch.«

Lautes Telefonklingeln von der Bar unterbrach Margareta, die davoneilte.

»Ganz schön hohe Sterblichkeitsrate hier«, bemerkte Johan.

»Auch nicht höher als anderswo«, sagte Charlie.

»Vielleicht nicht, aber es kommt einem zumindest so vor. Zu viele junge Menschen sterben, zu viele Unglücksfälle, echt tragisch.«

Charlie stimmte ihm zu, ja, es war tragisch.

Sie kam auf Adam Rehn zurück, den Frauenhelden und Ehezerstörer, ein Mann, der als Gärtner für eine Familie gearbeitet hatte, deren Tochter verschwunden war. Weshalb hatte er die Stelle in Gudhammar aufgeben müssen?

Margareta kam an ihren Tisch zurück.

»Warum interessieren Sie sich für Adam Rehn?«, sagte sie. »Er wird doch wohl nicht wegen irgendwas verdächtigt? Also, wegen der Sachen, über die Sie schreiben. Das arme reiche Mädchen, das so gar nicht glücklich wirkte, obwohl es so … reich war.«

Charlie sah zu Margareta.

»Was ist Ihrer Meinung nach mit ihr passiert?«

»Sie ist verschwunden.«

Das wissen wir auch, dachte Charlie.

»Wir glauben, dass es vielleicht ein wenig anders war«, sagte Johan. »Dass sie nicht freiwillig verschwunden ist.«

»Sie glauben, sie wurde umgebracht?«, fragte Margareta.

Ihre Augen wurden groß, und Charlie hörte geradezu, wie sie diesen Verdacht mit den anderen Gästen teilte: *Jemand hat das arme Mädchen umgebracht.*

»Wir wissen es nicht«, sagte Charlie. »Der Fall wurde nie aufgeklärt.«

»Wie bei Annabelle«, meinte Margareta. »Es ist unwichtig, dass man kein Verbrechen nachweisen konnte oder was da alles in der Zeitung stand. Das muss nicht heißen, dass es nicht passiert ist.«

»Genau«, stimmte Charlie zu.

Ihr war nicht klar, ob Margareta dumm oder klug war, weil ihre Schlüsse ... nicht so recht zusammenpassten.

»Wir haben keinen Anlass zu glauben, dass die Fälle zusammenhängen«, sagte Johan. »Wir wissen nicht einmal, ob eines der Mädchen einem Verbrechen zum Opfer gefallen ist.«

Charlie dachte, dass er jetzt wie ein Polizeipressesprecher klang.

»Wie gesagt, ich schreibe eine Artikelreihe über ungelöste Fälle«, fuhr er fort.

Charlie wusste nicht, ob sie es beeindruckend oder erschreckend finden sollte, wie überzeugend er klang.

»Der Annabelle-Fall gilt für euch also als aufgeklärt«, bemerkte Margareta. »Die Leute hier in der Gegend sind sich da nicht so sicher, würde ich sagen.«

»Wer zum Beispiel?«, sagte Charlie.

Margareta wandte sich zu ihr und sagte, dass das die allgemeine Einstellung sei und sie hier jetzt nicht einzelne

Namen aufzählen werde. Aber sie fänden es doch sicher auch seltsam, dass ein Mädchen einfach mitten in der Nacht von einer hohen Brücke ins Wasser *stolperte*.

»Wenn Sie etwas wissen, womit man den Fall noch einmal aufrollen könnte, müssen Sie es unbedingt erzählen«, sagte Charlie eindringlich.

»Ich sage nur, dass es seltsam ist«, antwortete Margareta und wedelte mit der Hand. »Mehr weiß ich nicht. Außer dass es merkwürdig ist.«

Charlie fand das ebenso, aber andererseits war es auch völlig plausibel. Betrunkene Jugendliche hatten oft Unfälle.

»Wissen Sie mehr über die Familie in Gudhammar?«, fragte Johan. »Egal, was.«

»Ich glaube, keiner hier weiß viel über sie. Der Torwärter noch am meisten.«

»Wer ist der Torwärter?«, fragte Charlie.

»Er hat im Torhaus von Gudhammar gewohnt.«

»Und wo ist der Mann jetzt?«, fragte Johan weiter.

»Er ist leider tot.«

Johan seufzte.

»Aber er hat einen Sohn«, fuhr Margareta fort. »Ivan. Ivan Hedlund.«

»Und der lebt noch?«

»Zumindest letzte Woche noch, als er hier war und zu Mittag gegessen hat.«

»Wo wohnt er?«, erkundigte sich Charlie.

»Ålön.«

»Und wo genau?«, fragte Johan nach.

Margareta sagte, sie hätte keine Ahnung, ein großes rotes Haus am Ende der Straße.

»Fahren Sie einfach aufs Wasser zu.«

Räume in der Zeit

Ich liege auf meinem Bett im Wohnheim. Die Hausmutter steht neben mir in ihrem vergilbten Nachthemd und einer Haube, die aussieht, als wäre sie aus dem neunzehnten Jahrhundert.

Was sollte das, Francesca?, flüstert sie. Was um alles in der Welt hast du mitten in der Nacht da draußen gemacht? Noch dazu im Nachthemd?

Ich sage, dass ich nicht still liegen konnte. Wegen der Luft hier drin. Ich kann kaum atmen.

Die Hausmutter sagt, dass das Unsinn ist, dass sich noch nie ein Mädchen in Högsäter über die Luft beklagt hat.

Es kommt von innen, flüstere ich. Eigentlich hat es nichts mit der Luft zu tun.

Warum gehst du dann hinaus?, fragt die Hausmutter. Wenn das Problem in dir ist, ist es doch egal, wo du bist.

Ich will schon antworten, dass ich mich draußen besser fühle, wo ich mich frei bewegen kann, aber das hat keinen Sinn. Die Hausmutter und ich sind so verschieden. Wir verstehen einander nicht.

Also, wohin bist du gegangen?, fragt sie. Du hast doch hoffentlich nichts angestellt?

Ich schüttele den Kopf und sage, dass ich nur ein wenig herumspaziert bin, dass ich tief durchatmen wollte. Doch das stimmt nicht. Ich bin zu Pauls Wohnheim gegangen, in der Hoffnung, dass er etwas Beruhigendes für mich hat. Aber als ich in den Raum hineinspähte, den er mit einem seltsamen, stillen Jungen teilte, war sein Bett leer. Wo war Paul mitten in der Nacht. Vor allem – ohne mich?

Kapitel siebenundzwanzig

Die Gegend war dünn besiedelt. Charlie war als Kind ein paarmal hier gewesen, ein Schulausflug, ein Besuch bei einem alten Mann mit Lämmchen, zusammen mit Betty. Aber damals hatte sie nicht auf die hübsch gealterten Häuser und Höfe geachtet. Sie fuhren an einem alten Schulhaus vorbei, das jetzt ein Wohnhaus zu sein schien, und an einem alten verfallenen Herrenhaus, das früher sicher einmal viel hergemacht hatte. Die Regenrinnen hingen von der Fassade, und Efeu, der sich bereits gelb färbte, bedeckte die Fenster. Der Verfall war schön und wehmütig zugleich.

»Er ist im Kuhstall!«, schrie ein Mann in einer grünen Helly-Hansen-Jacke, als Charlie und Johan auf den Eingang des letzten Hauses an der Straße zusteuerten. Charlie zuckte zusammen, weil sie ihn nicht hatte kommen sehen.

»Danke«, sagte sie.

»Ich komme mit«, meinte der Mann. »Ich muss ihm sowieso mit den Ferkeln helfen.«

Charlie atmete den vertrauten Duft nach Heu, Dünger und Tieren ein, als sie in den Stall traten.

»Die beiden habe ich in deinem Garten aufgesammelt, Ivan«, sagte der Mann, der sich noch nicht vorgestellt hatte. »Ich habe sie mal mitgebracht.«

»Was wollen Sie?«, fragte Ivan.

Er stand über eine große blaue Plastikwanne auf Rädern gebeugt. Seine Hände waren blutig.

»Bleib!«, befahl er einem wolfsähnlichen Hund, der sich ihnen näherte. Das Tier gehorchte.

Sie stellten sich vor, und Johan erzählte seine Geschichte von wegen, dass er über ungelöste Vermisstenfälle schrieb.

»Muss das jetzt sein?«, fragte Ivan. »Ich habe noch eine Reihe Ferkel zu kastrieren.«

Er nickte in Richtung der Plastikwanne.

Charlie trat einen Schritt näher und sah erst jetzt, dass die Wanne voll mit schlafenden Schweinchen war.

»Ich muss mich beeilen, bevor die Betäubung nachlässt«, sagte Ivan. »Wenn Sie also mit mir reden wollen, dann während ich mich um die Eier kümmere. Oder Sie warten.«

»Wir können ja ...« Johan wand sich.

»Wir würden gerne mit Ihnen über Ihren Vater sprechen«, sagte Charlie.

»Der ist aber nicht verschwunden«, erwiderte Ivan stirnrunzelnd. »Mein Vater liegt oben auf dem Friedhof. Gib mir eins, Helmer.«

Der Mann packte ein Ferkel an den Beinen und reichte es Ivan. Brutal, dachte Charlie, als sie das Tier in eine Art Stahlgewinde spannten. Ivan fluchte, weil sich ein Teil nicht festziehen ließ.

»Es geht nicht um Ihren Vater«, sagte Johan, »sondern um die Tochter einer Familie, für die er gearbeitet hat.«

»Die Milds?«

»Ja.«

»Ich weiß darüber nicht viel. Ich war nur manchmal

am Wochenende bei ihm. Ich bin ein Bastard«, erklärte Ivan und spuckte in die Mistrinne.

Wer ist das nicht?, dachte Charlie.

»Darf man fragen, warum Sie …« Johan deutete auf die Schweine. »Warum kastrieren Sie sie?«

»Weil das Fleisch sonst nach Eber schmeckt und ungenießbar ist«, antwortete Ivan.

»Sind sie gut betäubt?«

»Ja, natürlich, ich bin doch kein Tierquäler.«

Helmer gab Ivan ein Messer, und Ivan packte den kleinen Hodensack fest, setzte zwei rasche Schnitte und drückte zwei kirschgroße Hoden hinaus, die er auf den Stallboden warf. Der Hund stürzte sich darauf und verschlang sie.

»Wo gehst du hin?«, fragte Charlie, als Johan sich wortlos entfernte.

»Eine rauchen.«

Die beiden Männer arbeiteten schweigend und schienen Charlies Anwesenheit vergessen zu haben. Sie waren ein eingespieltes Team. Sie spannten die Ferkel fest, Helmer reichte Ivan das Messer, der Hund kümmerte sich um den Abfall.

Charlie ging nach draußen, um nach Johan zu sehen. Er stand an der Schmalseite des Stalls und rauchte.

»Hast du noch eine?«

Johan nickte und gab ihr eine Zigarette sowie sein Feuerzeug.

Charlie blickte über die Wiesen und Felder. Weit hinten, zwischen Bäumen, die ihr Laub schon abgeworfen hatten, konnte sie den See erkennen.

»Alles okay?«

»Ja, aber sie sind so grob, behandeln sie wie …«

»Tiere?«

Johan lächelte.

»Ich denke, diese Tiere haben es besser als viele andere«, sagte Charlie. »Schau dir nur an, wie viel Platz hier ist.«

Sie deutete auf eine Weide hinter dem Misthaufen.

»Trotzdem«, sagte Johan. »Ich finde es schrecklich.«

»Dann bist du ein Heuchler.«

»Weil ich es furchtbar finde, wie sie die Ferkel an den Beinen packen, ihnen die Hoden rausschneiden und dem Hund zum Fraß vorwerfen.«

»Aber du isst doch Fleisch?«

Johan seufzte. »Ja, und? Du doch auch.«

»Aber mir ist bewusst, was mit den Tieren passiert.«

»Lässt dich das da drinnen völlig kalt?«

»Nein.«

»Und was hast du empfunden?«

»Dass ich vielleicht Vegetarier werden sollte.«

Der Hund kam mit blutverschmierter Schnauze nach draußen.

»Ich möchte den nicht in meiner Nähe haben«, sagte Johan.

»Da spricht der große Tierfreund«, meinte Charlie. »Magst du keine Hunde?«

»Nicht, wenn sie noch Ferkelhodenreste im Bart haben.«

»Sie sind aus der Stadt, was?«, bemerkte Ivan, als sie wieder in den Stall gingen.

»Stockholm«, antwortete Johan.

»Merkt man«, meinte Helmer.

»Wie gesagt, wir würden gern mit Ihnen über die

Familie Mild sprechen«, versuchte Johan es noch mal und sah dabei Ivan an.

»Ich kann Ihnen da vermutlich nicht weiterhelfen, weil ich bei meiner Mutter aufgewachsen bin. An manchen Wochenenden war ich in Gudhammar, aber das war noch zu Zeiten des alten Mild senior, Rikards Vater.«

»Und später waren Sie nicht mehr dort? Sie haben Rikard oder seine Familie nie getroffen?«

»Natürlich war ich dort, aber da war ich schon erwachsen. Mein Vater hatte starke Schmerzen und konnte nicht mehr voll arbeiten, weshalb ich ihm geholfen habe. Er fühlte sich oft als Last für Rikard und wollte das nicht auf sich sitzen lassen.«

»Wieso Last?«, fragte Johan. »Ich dachte, er arbeitete für die Familie.«

»Angestellt hat ihn Rikards Vater, Ingemar Mild. Er hat in seinem Testament festgelegt, dass mein Vater lebenslang mietfrei im Torhaus bleiben konnte, selbst wenn er nicht mehr arbeitsfähig war. Doch als sein Rücken nicht mehr mitmachte, fühlte er sich überflüssig, weshalb ich für ihn eingesprungen bin und manche Aufgaben übernommen habe.«

»Sind Sie da auch Francesca begegnet?«

Charlie sah ihn an. Wieso musste er so lange überlegen?

»Begegnet schon«, sagte er schließlich. »Ab und zu bin ich ihr über den Weg gelaufen. Aber wir waren keine Freunde.«

»Mochten Sie einander nicht?«

»Sie war mir egal. Mit ihrem Vater kam ich nicht klar.«

»Warum?«

»Weil er ein elender Mistkerl war.«

»Können Sie das erklären?«, bat Charlie.

»Er war ein absoluter Teufel, der die Menschen nur ausgenutzt und schlecht behandelt hat. Wie eben meinen Vater. Rikards Vater hatte ihm Sicherheit und Versorgung versprochen, doch das war Rikard völlig egal. Mein Vater hat in seinen letzten Jahren von der Hand in den Mund gelebt.«

»Und Francesca Mild?«, fragte Charlie, um wieder auf ihr eigentliches Anliegen zurückzukommen. »Haben Sie eine Ahnung, was mit ihr passiert ist?«

Ivan wandte sich zur Seite und spuckte auf den blutigen Boden.

»Nein, aber es würde mich nicht wundern, wenn sie das Elend selbst beendet hat. Es schien ihr nicht gut zu gehen.«

»Wie hat sich das gezeigt?«, fragte Johan.

»Das war nicht schwer auszurechnen, als sie mitten im Schuljahr mit aufgeschnittenen Handgelenken nach Hause kam und sich seltsam verhielt.«

»Wissen Sie, ob jemand der Familie etwas Böses wollte?«

Ivan lachte auf »Also, besonders beliebt waren sie nicht«, meinte er. »Sie hielten sich für was Besseres. Ich habe von ein paar Leuten gehört, die bei Empfängen als Bedienung dort gearbeitet haben, dass sie nicht die Toilette der feinen Herrschaften benutzen durften. Die Familie Mild hat das normale arbeitende Volk wie Tiere behandelt.«

Ivan holte ein schlafendes Ferkel aus der Wanne. »Kurz gesagt, man mochte sie hier in der Gegend nicht.«

»Aber fällt Ihnen jemand ein, der in besonderem Maß was gegen die Familie hatte? Jemand, der …«

»Töten könnte?«, vervollständigte Ivan den Satz.

Charlie nickte.

»Nein, das weiß ich nicht.«

»Danke, dass Sie sich die Zeit genommen haben, auf unsere Fragen zu antworten«, sagte Charlie. »Wenn Ihnen noch etwas einfällt, egal was, melden Sie sich bitte.«

Sie gab ihm eine Visitenkarte, auf der nur ihr Name und ihre Telefonnummer standen, nicht aber ihre Berufsbezeichnung.

»Das klingt jetzt aber eher wie eine Polizeiangelegenheit«, bemerkte Helmer.

Charlie hatte ihn fast vergessen, weil er so still dabeistand. Er hatte eine alte Pfeife angezündet und musterte sie misstrauisch.

»Das ist es nicht«, antwortete Johan. »Ich möchte nur so viele Fakten wie möglich recherchieren, bevor ich anfange zu schreiben.«

»Von mir haben Sie alles erfahren, was ich weiß«, sagte Ivan. »Und die können Sie behalten.«

Er wollte Charlie die Visitenkarte zurückgeben, als sie ihm aus der Hand rutschte und in die zähe, blutige Flüssigkeit in der Mistrinne fiel.

»Das tut mir jetzt aber leid«, sagte er.

Als sie im Auto saßen, rief Susanne an und fragte, ob Charlie mitessen wollte. Charlie warf einen Blick auf die Uhr am Armaturenbrett. Es war schon halb fünf.

»Ich komme«, erwiderte sie.

Sie wandte sich an Johan. »Susanne sagt, das Essen ist fertig. Soll ich zurückrufen und fragen, ob du mitkommen kannst?«

»Danke, aber ich glaube, ich esse heute Abend im Motel«, antwortete Johan. »Setz mich doch einfach da ab.«

»Du siehst ein wenig bleich aus. Liegt das an dem vielen Blut?«

»An der ganzen Situation, denke ich.«

»Du bist wirklich ein echter Stockholmer.« Charlie lächelte ihn an.

»Weil ich Gefühle habe?«

»Weil du den Weg deines Essens auf deinen Teller nicht verstehst.«

»Wenn ich hier aufgewachsen wäre, wäre es sicher anders.«

Johan sah aus dem Fenster, als sich ein Schwarm schwarzer Vögel von einem Feld erhob.

»Wenn du hier aufgewachsen wärst, wärst *du* anders gewesen«, sagte Charlie.

Francesca

Ich dachte immer öfter daran, Pauls Familie zu besuchen. Mich hielt eigentlich nur davon ab, dass es mir schwerfiel, mit Menschen zu reden, die ich nicht kannte, und wenn sie trauerten, war es noch schlimmer. Aber ich hatte das Bedürfnis, sie zu besuchen. Ich wollte seine Familie kennenlernen, von meinem Verdacht erzählen, hören, was sie von alldem hielten. Wenn Pauls Vater oder sein Bruder mir sagten, ich solle das alles vergessen, dann würde ich das vielleicht auch tun.

Nachdem ich bei Pauls Familie angerufen und gefragt hatte, ob ich willkommen sei, bat ich Mama, mich hinzufahren.

»Bergman Bestattungen«, las Mama auf dem Schild an der Einfahrt. »Sind das Pauls Eltern?«

»Sein Vater und sein Onkel«, erklärte ich. »Und sein Bruder Jakob hilft aus.«

»Wie alt ist sein Bruder?«

»Neunzehn oder zwanzig, glaube ich.«

»Das ist doch keine Arbeit für einen Jugendlichen«, sagte Mama.

»Es ist eine Arbeit wie jede andere auch. Paul hat auch ab und zu mitgeholfen.«

»Wobei?«

»Die Toten herzurichten.«

Mama schüttelte den Kopf. »Da ist es vielleicht auch nicht verwunderlich, dass es ihm nicht gut ging.«

»Mit den Toten hatte das nichts zu tun. Daran waren die Lebenden Schuld.«

Mama setzte mich ab und sagte, ich solle sie anrufen, wenn sie mich abholen solle.

Ich ging den Weg entlang zu dem Haus, in dem Paul aufgewachsen war und das schon von außen so wirkte, als wohnte hier die Trauer. Die Bäume und Büsche neigten sich zum Boden. In der Auffahrt stand ein rostiger weinroter Citroën, und unter einer großen Plane war das Boot, von dem Paul erzählt hatte, das wegen der vielen Risse im Rumpf nicht seetauglich war. Ich stellte mir Paul in diesem Garten vor. Hier hatte er als kleiner Junge Lagerfeuer im Wald gemacht und seinen Vater bei der Arbeit mit den Toten begleitet. Hier hatte er laufen gelernt, Rad und Traktor fahren. Hier war er von Wespen gestochen worden und fast an einem allergischen Schock gestorben. Das war mit das Gefährlichste daran, wenn man mitten im Nirgendwo wohnte, hatte er gesagt, dass es so verdammt weit zum Krankenhaus war.

Bevor ich an der Haustür klopfen konnte, wurde sie geöffnet.

»Habe ich dich erschreckt?«, fragte Jacob, als ich einen Schritt zurücktrat. »Die Klingel ist kaputt. Komm rein. Lass die Schuhe nur an, wir müssen sowieso bei Gelegenheit putzen.«

Ich folgte Jacob ins Haus. Er war größer als Paul und muskulöser, doch das dunkle Haar und die Augen waren verblüffend ähnlich.

Wir gingen in eine düstere, unmoderne Küche. Es war

so dunkel, dass ich im ersten Moment den Mann und die ältere weißhaarige Frau am Küchentisch nicht bemerkte. Sie standen langsam auf, als sie mich sahen.

»Das ist Pauls beste Freundin«, stellte mich Jacob vor. »Bleib sitzen, Oma«, fuhr er fort, als Pauls Großmutter leicht schwankte und sich an der Tischkante festhalten musste.

Ich ging zu ihnen und begrüßte sie.

»Christer«, stellte sich Pauls Vater vor.

»Ich bin Pauls Großmutter«, sagte die weißhaarige Frau, die Annie hieß.

Sie hatte die gleichen warmen braunen Augen wie ihr Sohn und die Enkel.

»Wie schön, dass du uns besuchst«, sagte Christer.

Er trug Arbeitshosen und ein langärmeliges Funktionsunterhemd. Die Kleidung passte nicht zu den Tränen, die ihm plötzlich über die Wangen in den Bart liefen.

»Möchtest du einen Kaffee?«, fragte er.

»Gern, danke. Wenn es nicht zu viele Umstände macht.«

»Er ist bereits fertig«, sagte Christer und ging zur Arbeitsfläche, wo die Kaffeemaschine stand.

Er ging gebeugt wie ein alter Mann, auch wenn er nicht viel älter als vierzig sein konnte. Wie ein Vater, der sein Kind verloren hatte.

Pauls Abwesenheit schien die Küche bis in den letzten Winkel auszufüllen.

»Setz dich«, sagte Annie und deutete auf einen Stuhl. »Setz dich, Mädchen.«

Ich gehorchte und nahm einen Keks von einem Teller, den Christer vor mir abgestellt hatte.

»Wir waren ja nicht gerade verwöhnt, was Besuche von den feinen Herrschaften aus Adamsberg angeht«, fuhr Annie fort. »Nach der Beerdigung hat sich keiner mehr gemeldet.«

»Davor aber auch schon so gut wie nie«, meinte Christer. »Man hat Blumen geschickt. Das Bukett muss ein halbes Vermögen gekostet haben. Ist das nicht Verschwendung, diese ganzen Blumen?«

Er wandte sich zu mir und deutete ins Hausinnere, wo die Blumen wahrscheinlich aufbewahrt wurden.

»Sie nehmen es mit den Traditionen sehr genau«, antwortete ich, »und wenn man bedenkt, wie hoch die Semestergebühr ist, können sie es sich auch leisten.«

»Bestimmt«, erwiderte Christer.

»Wir hätten ihn nie dorthin schicken sollen«, sagte Annie. »Er hat von Anfang an nicht dorthin gepasst.«

»Wir haben getan, was wir für das Beste hielten.«

»Du hättest nicht dein ganzes Geld aufwenden sollen, um ihn auf eine solche Schule zu schicken. Das hättest du nicht tun sollen.«

»Vergiss nicht, wie es ihm hier ging, Mama. Wie sie ihn in der Gullstenschule behandelt haben.«

Annie schüttelte den Kopf. Sie hatte nichts vergessen. Aber der Junge hätte doch um Himmels willen auf eine andere staatliche Schule gehen können. Sie hätten umziehen können, wohin auch immer.

»Oma«, sagte Jacob und tunkte einen Keks in seinen Kaffee. »Wir werden noch verrückt, wenn wir damit nicht aufhören.«

»Was ist so schlimm daran, verrückt zu sein?«, fragte Annie und nahm sich ebenfalls einen Keks. »In dieser Welt ist es gesünder, verrückt zu sein, als normal. Oder was sagst du dazu, Francesca?«

»Ich glaube, das ist beides nicht einfach«, antwortete

ich. »Aber das Schlimmste ist vermutlich, wenn man sich irgendwo dazwischen befindet und sich seiner Verrücktheit bewusst ist.«

Annie lächelte. »Du bist klug«, sagte sie. »Ich verstehe, warum Paul dich so gernhatte. Ihr zwei hattet euch bestimmt viel zu erzählen.«

»Das hatten wir.« Ich hustete ein paarmal gegen die Tränen an, die mir in die Augen stiegen. »Paul war der schlaueste und lustigste Mensch, den ich je gekannt habe.«

»Willst du sein Zimmer sehen?«, fragte Jacob, als ich meinen Kaffee ausgetrunken und zwei Kekse gegessen hatte.

Ich nickte und folgte ihm in die gute Stube, die mit altmodischen Möbeln aus verschiedenen Holzsorten eingerichtet war, von denen meine Mutter Kopfschmerzen bekäme. An den Wänden hingen gerahmte Familienfotos. Zwei Bilder zeigten zahnlos lächelnde Babys, die sich sehr ähnlich sahen.

»Wir hatten beide sehr große Köpfe«, bemerkte Jacob mit Blick auf die Fotos.

»Ist das nicht bei allen Kindern so? Ich meine, im Verhältnis zum Körper?«

»Ja, aber unsere waren besonders groß.«

»Ist das eure Mutter?«, fragte ich und deutete auf ein Bild an der anderen Wand.

Die Frage war eigentlich unnötig, weil es nur allzu deutlich war, dass die Frau, die einen Jungen an der Hand hielt und den anderen auf dem Schoß, auf deren Schulter die große, beschützende Hand des jungen Christer lag, die Mutter war, von der Paul so ungern gesprochen hatte.

»Ja«, bestätigte Jacob. »Das ist unsere Mutter.«

Wir gingen durch das große und sehr unordentliche

Haus, ein Haus, in dem die Trauer wie eine Decke aus Staub und Schmutz über allem lag.

»Darf ich dann jetzt Pauls Zimmer sehen?«, fragte ich schließlich, denn ich wollte an seinem Kissen riechen, die Sachen sehen, die er angefasst, die Kleider, die er getragen hatte. Ich wollte ihm so nah wie möglich sein.

Das klingelnde Telefon unterbrach uns.

»Jacob!«, rief sein Vater. »Gehst du ran?«

»Mache ich«, rief Jacob zurück und sagte zu mir: »Die Treppe hoch und dann links. Lass dir Zeit.«

Ich ging nach oben und betrat das Zimmer auf der linken Seite. Vorsichtig schloss ich die Tür hinter mir. Im Gegensatz zum Rest des Hauses war das Zimmer sauber und ordentlich. Das Bett war auf die Art gemacht, wie wir es in Adamsberg gelernt hatten – alles war glatt gestrichen und unter der Matratze festgesteckt. Ich ging zum Fenster, von dem man in einen Fichtenwald schaute. Ich stellte mir vor, wie Paul nach draußen sah und von einer besseren Zukunft träumte. Ich setzte mich an den Schreibtisch und zog eine nach der anderen die schweren Schubladen auf. Sie enthielten nur die üblichen Dinge wie Stifte, Radiergummis und Schreibblöcke. Ich stand auf und ging zu der Kommode, die unter der Dachschräge stand. Methodisch begann ich sie zu durchsuchen, auch wenn ich gar nicht wusste, was ich finden wollte. Dann ging ich weiter zum Schrank und musste kurz schlucken, als ich Pauls vertraute Kleider sah. Da hing das Hemd, das er an seinem ersten Tag in Adamsberg getragen hatte, und der braune Strickpulli, der völlig außer Form geraten war, nachdem er ihn zu heiß gewaschen hatte. Ich hob Kleiderstapel an, suchte mit den Händen zwischen Strümpfen und T-Shirts, fand jedoch nichts. Ich schloss den Schrank, seufzte und ließ den Blick durch den Raum schweifen. Dann kniete ich mich auf den Boden und sah unters Bett. Was mache ich hier eigentlich?, dachte ich. Das hier ist keine Geschichte, in der ich über einfache Hinweise und Erklärungen stolpere. Ich setzte mich aufs Bett und betrachtete die Buchrücken im Regal an der Wand gegenüber: *Der Prozess*, *Krieg und Frieden*, *Auf der Suche nach der verlorenen Zeit*, außerdem philosophische Werke von Sartre, Camus und Rousseau. Typische Paul-Bücher, dachte ich, bis mein Blick an einem Titel hängen blieb, den ich nicht in Pauls Bücherregal erwartet hätte. Die Heilige Schrift. Die Bibel.

Kapitel achtundzwanzig

Der Tisch war gedeckt, Susanne hatte Kerzen angezündet.

»Ich bin doch hergekommen, um dir zu helfen, nicht umgekehrt«, sagte Charlie, als sie sich an den Tisch setzte.

»Du hast mir geholfen, siehst du das nicht?«

Susanne lächelte, und Charlie dachte, wie wenig sie der Frau ähnelte, die sie vor erst drei Tagen angetroffen hatte.

»Wie geht es voran?«, fuhr Susanne fort. »Habt ihr noch etwas herausgefunden?«

»Nicht viel. Kennst du Adam Rehn?«

»Ich weiß, wer er ist, aber mehr auch nicht.«

»Weißt du etwas über ihn?«

»Nicht direkt, er ist viel älter als wir. Aber er flirtet gern, habe ich gehört. Glaubst du, er könnte etwas wissen?«

»Keine Ahnung. Aber er hat zumindest in Gudhammar gearbeitet.«

»Dann frag ihn doch.«

»Das habe ich. Aber er hat keine Lust zu reden.«

Isak sollte die Kinder um sechs holen, und die Zwillinge wollten schon ab zwanzig nach fünf am Tor auf ihn warten.

Charlie stand am Küchenfenster und sah ihnen nach. Sie trugen gleiche Fußballtrikots über ihren Fleecepullovern und zogen kleine rote Rollkoffer hinter sich her. Sie gingen bis zur Einfahrt, setzten sich links und rechts auf die Torpfosten und ließen die Straße nicht aus den Augen. Irgendwann dämmerte es. Es wurde sechs, fünf nach, zehn nach.

»Was ist, wenn er nicht kommt?«, fragte Charlie. »Er kommt doch, oder?«

»Das hoffe ich wirklich«, meinte Susanne.

»Ruf ihn an.«

Susanne wählte seine Nummer auf ihrem Handy.

»Ausgeschaltet«, sagte sie kurz darauf.

»Warum kommt er nicht?«, fragte Melker, der sich zu ihnen gesellt hatte. »Wo bleibt er denn?«

»Du wolltest doch gar nicht mitfahren«, erinnerte ihn Susanne.

»Ich habe mich wegen ihnen umentschieden«, erklärte Melker vom Fenster aus, wo er zu seinen kleinen Brüdern sah, die kaum von den Torpfosten zu unterscheiden waren. »Ich verzeihe ihm das nie, wenn er jetzt nicht kommt.«

Doch, das wirst du, dachte Charlie.

Zehn Minuten später öffnete Susanne das Küchenfenster und rief Tim und Tom ins Haus. Nach weiteren zehn Minuten ging sie ins Freie und holte sie persönlich. Sie hatten kalte Hände und Füße, wollten aber keine heiße Schokolade oder warme Socken. Sie wollten nur wissen, warum ihr Vater nicht gekommen sei.

Tim begann zu weinen, als Susanne erklärte, dass Isak vielleicht etwas dazwischengekommen war.

Was sollte ihm denn dazwischenkommen? Wollte er sie nicht sehen?

»Natürlich will er das«, versicherte Susanne. Sie zog

die beiden Jungen an sich und gab ihnen einen Kuss auf den Kopf. »Natürlich will er euch sehen, aber im Moment ist alles so …«

Charlie hörte, wie nahe ihre Freundin den Tränen war.

Nils war auch nach unten gekommen. Er öffnete den gepackten Koffer, den er in den Flur gestellt hatte, und warf die Sachen auf den Boden.

»Ich gehe in den Stall und male«, beschloss Susanne.

Sie schlüpfte in ihre Holzschuhe und verschwand.

Charlie wusste nicht, was sie mit den Jungen machen sollte. Das musste das Schlimmste am Elterndasein sein, dachte sie, dass man seine Kinder nicht vor den Enttäuschungen des Lebens bewahren kann.

»Geh weg, Hibben«, sagte Nils, als der Hund heraneilte, angelockt von dem Durcheinander. »Lass das!«, rief er aufgebracht, als Hibben ihm nervös das Gesicht abschleckte. Er schubste den Hund grob von sich.

»Was tust du da?«, schrie Melker.

Er rannte auf seinen Bruder zu, die Hand zum Schlag erhoben.

»Aufhören!«, ging Charlie dazwischen.

Sie legte Melker die Hand auf den Arm, der sich losriss. Sie packte ihn fester, bis er sich beruhigte. Tim und Tom weinten laut.

»Es ist weg!«, rief Susanne plötzlich aus dem Flur und stürzte mit weit aufgerissenen Augen in die Küche.

»Das Bild ist weg«, wiederholte sie. »Das von Annabelle.«

Kapitel neunundzwanzig

Charlie konnte nicht schlafen. Sobald sie die Augen schloss, schreckte sie beim leisesten Knacken im Haus wieder hoch, und sie lauschte ins Dunkel. Sie dachte an das Porträt von Annabelle, das Kleid, den Wind im Haar, die Brücke, die Schleusen. Francescas Gesicht schob sich über das von Annabelle. Francesca lächelte, die Hand zum Winken erhoben.

Irgendwann schlief sie schließlich ein, wachte jedoch um sechs Uhr morgens schon wieder auf. Vor lauter Unruhe stand sie auf. Sie ging zum Fenster, zog die Gardine beiseite und blickte in den Garten hinaus, über dem noch der Morgennebel lag. Niemand war zu sehen. Leise ging sie nach unten, um Susanne nicht zu wecken, die saß jedoch schon auf dem Sofa.

»Ich konnte nicht schlafen«, sagte sie. »Dann komme ich immer herunter und lege mich hier hin. Ortswechsel soll helfen, habe ich gehört.«

»Sieht aber nicht so aus«, meinte Charlie.

»Ich fühle mich nicht sicher. In meinem eigenen Haus fühle ich mich nicht sicher.«

»Das verstehe ich. Aber es besteht bestimmt keine Gefahr.«

Charlie dachte an das gestohlene Bild, die alte Frau, die den Zwillingen Süßigkeiten gegeben hatte, die Gestalt im

Garten, das Gerede über Isak im Ort. Sie konnte nachvollziehen, warum Susanne sich nicht sicher fühlte.

»Hat Isak sich gemeldet?«, fragte Charlie, nachdem Susanne die Jungen in die Schule gebracht hatte.

»Ja, er hat angerufen und gesagt, dass ich es falsch verstanden haben muss, wir hätten heute vereinbart.«

»Glaubst du ihm?«

»Ich habe wohl keine andere Wahl. Und es klang tatsächlich so, als würde er die Jungs vermissen.«

»Können wir später zu Lola fahren?«, bat Charlie. »Ich muss dringend mit ihr sprechen.«

»Worüber?«

»Ich will wissen, ob sie sich an Francesca und Gudhammar erinnert.«

»Es ist halb neun«, meinte Susanne. »Um die Zeit schläft sie noch tief und fest.«

»Und in einer Stunde?«

»Ja, da können wir es versuchen. Ich muss sowieso mal wieder nach ihr sehen. Schlimm, wenn man die Mutter für seine eigene Mutter spielen muss. Das ist doch beschissen.«

Charlie nickte. Genau das war es.

Lola wohnte in einer Mietwohnung über dem kleinen Imbiss auf der Hauptstraße von Gullspång. Das C am Klingelschild war abgefallen, weshalb da nur noch *arola Johnsson* stand. Die Tür war nicht verschlossen. Susanne öffnete, ohne zu klopfen.

»Mama?«, rief sie, als sie in den Flur traten. »Bist du daheim?«

Keine Antwort.

Die Wohnung roch muffig und nach Alkohol, aber als sie einen Blick in die Küche warfen, waren noch Überreste aus der Zeit zu sehen, als es Lola besser gegangen war. Die Gardinen passten zur Tischdecke, und in den Terrakottatöpfen im Fenster hatten einmal Pelargonien gelebt. Lola war nirgends zu sehen.

»Mama!«, rief Susanne erneut.

Charlie und sie tauschten einen Blick. Dachten sie dasselbe? Ihr wurde übel.

Bitte lass sie nicht irgendwo leblos daliegen, dachte Charlie. Lieber Gott, verschone uns bitte davor.

Sie fanden Lola schließlich in ihrem Bett im Schlafzimmer.

»Was macht ihr denn hier?«, fragte sie verschlafen, als sie ihre Besucher sah. »Ihr könnt doch nicht einfach ohne Vorwarnung in eine fremde Wohnung gehen!«

»Ich bin deine Tochter«, sagte Susanne trocken. »Und du solltest uns dankbar sein.«

Sie deutete auf den Boden.

Erst da sah Charlie den schwelenden Zigarettenstummel, der ein Loch in den Kunststoffteppich gebrannt hatte. Daneben waren noch weitere schwarze Brandlöcher zu sehen. Ganz offensichtlich war Lola nicht zum ersten Mal mit brennender Zigarette eingeschlafen.

»Hör auf, mich wie ein Kind zu behandeln, Susanne«, schimpfte Lola und setzte sich auf.

»Dann hör um Himmels willen auf, dich so zu benehmen.«

»Nicht in diesem Ton«, wehrte sich Lola und deutete mit dem Zeigefinger auf ihre Tochter. »Sprich nicht so mit mir in meinem eigenen Zuhause.«

Sie bemerkte Charlie, und ihr Gesicht wurde weich.

»Charline?«, fragte sie und rieb sich übertrieben die Augen. »Bist du das wirklich?«

»Zieh dir was an, Mama«, sagte Susanne, bevor Charlie antworten konnte. »Wir warten so lange in der Küche.«

Sie setzten sich an den Küchentisch. Susanne warf die Hände in die Luft.

»Unfassbar, oder? Irgendwann zündet sie noch das ganze Haus an.«

»Das habe ich gehört«, rief Lola aus dem Schlafzimmer. »Alles!«

»Gut!«, brüllte Susanne zurück. »Das solltest du auch.«

»Ich bemühe mich, so gut ich kann«, sagte Lola, als sie in die Küche kam.

Sie hatte sich einen geblümten Morgenmantel übergeworfen und das Haar mit einem breiten Haarband zurückgebunden.

»Charline Lager«, sagte sie kopfschüttelnd. »Du bist wirklich das Abbild deiner Mutter.«

Sie ging zum Gasherd, schaltete eine Platte ein und zündete sich eine Zigarette an.

»Dass ihr Mädchen euch wiedergefunden habt …«, fuhr sie fort. »Als Kinder wart ihr wie Schwestern, habt beieinander übernachtet, euch gegenseitig die Haare gekämmt, zusammen in der Badewanne gebadet.«

»Ja«, antwortete Susanne. »Wir haben uns Sicherheit gegeben, weil unsere Umgebung das nicht konnte.«

Lola ignorierte die Kritik, die in den Worten mitschwang. Sie holte ein Röhrchen Treo-Schmerztabletten von dem Regal über dem Herd. Bei dem sprudelnden Geräusch, als die Tablette in dem Wasserglas landete, musste Charlie an Betty denken. Wie viele Morgen hatte ihre Mutter mit einem Glas mit einer sprudelnden Kopfschmerztablette begonnen? Lola trank das Gemisch in wenigen Schlucken aus und suchte dann im Küchenschrank nach etwas, das sie ihren Gästen anbieten konnte.

»Kaffee reicht völlig, Mama«, sagte Susanne.

»Warum seid ihr hier?«, fragte Lola, als sie Kaffee aufsetzte. »Ich dachte, du hättest den Kontakt zu mir abgebrochen, Susanne.« Sie warf ihrer Tochter einen verletzten Blick zu.

»Wir wollen über die Familie Mild sprechen«, erklärte Charlie. »Die Besitzer von Gudhammar. Du hast doch früher dort gearbeitet?«

»Ja, das stimmt«, bestätigte Lola. »Ich habe bei den feinen Herrschaften und ihren seltsamen Töchtern geputzt.«

»Warum hast du mir das nie erzählt?«, fragte Susanne.

»Warum hätte ich das tun sollen?«, entgegnete Lola. »Das ist schon ewig her. Außerdem glaube ich, dass du ein paarmal dabei warst. Aber da warst du noch klein, vier oder fünf. Darf man fragen, warum ihr euch für den alten Kasten interessiert?«

»Betty hat mich ein paarmal dorthin mitgenommen, als ich noch klein war«, erzählte Charlie. »Und ich kann mich an Streitereien erinnern.«

»Das war bei Betty auch nicht schwer.« Lola lächelte. »Ich habe die Frau wirklich geliebt, aber wenn sie ein Tief hatte, war sie …«

»Ich glaube, Charlie weiß, wie sie dann war«, fiel Susanne ihr ins Wort.

»Hat Mama auch dort geputzt?«, fragte Charlie, obwohl sie die Antwort ziemlich genau wusste.

Lola lachte und antwortete, nein, das habe sie nicht.

Betty war ein hoffnungslos unordentlicher Mensch, und in Gudhammar sollte alles makellos sein, auch die Ecken. Und jetzt war alles verfallen. Wie konnte man so ein Haus nur sich selbst überlassen, anstatt es zu verkaufen? Nach allem, was mit der Tochter passiert war …

»Hast du eine Vorstellung, was mit ihr passiert ist?«, fragte Charlie. »Wo ist Francesca Mild?«

»Keine Ahnung«, antwortete Lola. »Das weiß keiner. Entweder ist sie weggelaufen, oder sie hat sich umgebracht, zumindest hat man das damals geglaubt. Seitdem habe ich keinen von der Familie mehr gesehen.«

Ein Telefon klingelte. Lola stand auf und verließ den Raum. Sie hörten, wie sie das Gespräch annahm und sagte, ja, natürlich würde sie kommen, das hatte sie doch schon versprochen.

»Das war eine Freundin«, erklärte sie, als sie zurückkam. »Sie hat wegen des Erntedankfestes heute Abend gefragt. Geht ihr hin?«

»Ja, das hatten wir vor«, erwiderte Susanne.

»Wie nett.« Dann runzelte Lola die Stirn, als wäre ihr etwas Wichtiges eingefallen. »Wo zur Hölle sind eigentlich die Kinder?«

»In der Schule«, sagte Susanne. »Ja, sie gehen in die Schule«, fuhr sie fort, als sie Lolas verwunderte Miene sah.

»Ich dachte, heute wäre Samstag«, antwortete sie. »Aber es ist ja erst Freitag. Und Erntedankfest. Heute ist auch Erntedankfest.«

Susanne seufzte. »Ja, das weiß ich«, entgegnete sie. »Wir schauen, wie gesagt, kurz vorbei.«

»Und die Jungs?«

»Die sind dann bei ihrem Vater.« Als Lola sie nur

stumm anstarrte, fuhr sie fort: »Ja, sie haben auch einen Vater. Er heißt Isak.«

»Ich weiß, wie er heißt. Ich dachte nur, er hätte euch sitzengelassen.«

»Das hat er auch. Aber jetzt scheint er sich immerhin an seine Kinder zu erinnern. Sie sollen eine Woche bei ihm bleiben. Und weil ich ja nicht gerade viele geeignete Verwandte habe, die mir mit den Kindern helfen können, bin ich verdammt froh darüber.«

Charlie fühlte sich unbehaglich. Sie mochte es nicht, wenn Menschen sich in ihrer Gegenwart stritten, als wäre sie gar nicht da.

»Erzähl mir von Francesca Mild«, unterbrach sie die Auseinandersetzung.

»Das habe ich doch schon«, sagte Lola. »Alles, was ich weiß, jedenfalls. Ich habe dort nur geputzt. Ihr Zimmer war unordentlich, soweit ich mich erinnere. Sie wollte mich eigentlich nicht hineinlassen. Sie sagte immer, es sei ihr unangenehm, dass andere hinter ihr herräumten.«

Lola lächelte.

»Sie war depressiv. Ich weiß noch, wie ich dachte: Wie kann man in all diesem Luxus deprimiert sein? Aber das war sie.«

Charlie musste sich die Frage verkneifen, die ihr auf den Lippen lag: Hast du vergessen, dass du Alkohol für sie kaufen solltest? Sie muss näheren Kontakt zu dir gehabt haben, wenn sie dich darum gebeten hat. Doch stattdessen wiederholte sie etwas, das Anders einmal gesagt hatte und worüber sie damals gelacht hatte.

»Geld und Glück korrelieren nicht miteinander.«

Lola sah sie kopfschüttelnd an.

»Du meinst damit, dass Geld und Glück nicht unbedingt zusammengehören? Drückst es aber vornehmer aus? Ich bin ja keine Studierte oder so was, aber eines weiß ich sicher, nämlich dass man ohne Geld verdammt unglücklich werden kann.«

»Da stimme ich dir völlig zu«, sagte Charlie.

Lola goss sich Kaffee nach, ohne zu fragen, ob ihre Gäste auch noch etwas wollten. Sie setzte sich wieder und schüttelte den Kopf.

»Was ist?«, fragte Susanne.

»Ich denke nur an all diese Schweine von Männern.«

»Mama.«

Susanne holte sich den Rest Kaffee, der noch in der Kanne war, und verteilte ihn auf Charlies und ihre Tasse.

»Die sind doch alle gleich«, fuhr Lola fort. »Dein Vater, Isak, alle.«

»Ich kann es nicht mehr hören, Mama.«

»Aber es stimmt doch. Ich sage nur, dass alle Männer Schweine sind. Tief im Inneren sind sie es alle. Man glaubt, dass man eine Ausnahme gefunden hat, aber früher oder später merkt man, wie es wirklich ist und dass es keine Ausnahmen gibt.«

Charlie erinnerte sich, dass Betty fast wortwörtlich das Gleiche gesagt hatte, bevor Mattias aufgetaucht war.

»Mattias nicht«, sagte sie, ohne nachzudenken. »Er war die Ausnahme, die die Regel bestätigte.«

Lola lächelte traurig. »Ja, das hat deine Mutter immer gesagt. Aber dann verstehe ich nicht, warum sie nicht versucht hat, diese Ausnahme zu retten.«

»Was meinst du damit?« Charlie stellte ihre Tasse ab.

»Ich meine damit, dass sie nicht einfach nur hätte zusehen sollen, als er ertrank. Dass sie hätte versuchen sollen, ihn zu retten.«

»Wovon zum Teufel redest du, Mama?«, sagte Susanne.

»Sie hat es mir erzählt«, fuhr Lola fort. »Dass sie und Charline am Seeufer waren und ihn ertrinken ließen.«

»Warte!«, rief Susanne, als Charlie aufsprang und in den Flur lief.

»Was regt sie sich denn so auf?«, hörte Charlie Lola sagen. »Sie war doch dabei. Sie weiß selbst, was passiert ist.«

Räume in der Zeit

Wo hast du die her?, frage ich Paul. Ich halte den braunen Glasbehälter mit den orangefarbenen Tabletten hoch. Wir sind in seinem Zimmer im Haus Talludden. Alle anderen sind unten am See und jubeln der Schulmannschaft beim jährlichen Ruderwettbewerb zu.

Ein geheimer Kontakt, sagt Paul.

Ich denke daran, was Papa immer über Adamsberg sagt. Eine Schule, die einem die Türen zu verschlossenen Welten öffnet, wichtigen Kontakten, die einem das ganze Leben lang nützen. Erst jetzt kann ich das würdigen.

Aber was ist das?, frage ich.

Psychopharmaka. Ich weiß nicht mehr genau, gegen welche Krankheit.

Du musst noch mehr besorgen, sage ich und setze mich in die Fensternische. Was es auch ist, wir brauchen mehr.

Paul sagt, dass die beste Wirkung noch gar nicht eingetreten ist. Er setzt sich mir gegenüber ins Fenster und legt seine Fußsohlen an meine. Dann verwandelt sich die Welt, nimmt andere Formen und Farben an. Sie wird heller, weicher, ein sprudelndes Gefühl steigt in mir auf, und ich lache. Paul lacht auch. Wir lachen über die gelben Blätter der Birken vor dem Fenster, über den Hausmeister, der die Blumenbeete bei Majoren umgräbt. Wir lachen über den Deutschen und den Norweger und Bellman, der in die Suppe gepinkelt hat.

Ich lache, als ob ich noch nie etwas Lustigeres gehört habe.

Wir nehmen mehr Tabletten. Wir wollen nicht sterben oder so was. Wir wollen nur weiterlachen. Aber es wird nicht lustiger. Beim nächsten Mal werde ich mich daran erinnern: Es wird nicht lustiger, je mehr man nimmt.

Kapitel dreißig

Erst draußen auf der Straße merkte Charlie, dass sie ihre Jacke vergessen hat. Susanne brachte sie mit, als sie sie einholte.

»Kümmer dich nicht um die alte Säuferin«, sagte sie und gab Charlie die Jacke.

»Ich muss mir ein wenig die Beine vertreten.«

»Ich kaufe in der Zwischenzeit ein«, sagte Susanne. »Treffen wir uns dann später beim Wagen? Und nimm Mamas Worte nicht zu ernst. Sie weiß nicht, wovon sie redet.«

Charlie lief los. Ihr Herz hämmerte, als wäre sie gerade hundert Meter gesprintet. Sie dachte zurück an den Strand hinter Lyckebo, platzierte Betty neben sich, als sie mit angezogenen Knien dort gesessen und zugesehen hatte, wie Mattias mit dem schwankenden Boot auf den See gefahren war. Warum verdammt noch mal hatte Betty nichts unternommen?

Glaub Männern nicht, die groß daherreden.

Mattias ist die Ausnahme, die die Regel bestätigt.

Es ist zu hell. Kann jemand bitte das Licht wegmachen?

Charlie blieb stehen. Sie war vor der ehemaligen Konditorei angekommen. An der alten Anschlagstafel am Eingang, zwischen unzähligen Reißnägeln und weißen

Papierfetzen, hing ein handgeschriebener Zettel, auf dem Welpen zum Verkauf angeboten wurden, und daneben kündete ein Plakat das Erntedankfest an. *Lasst uns die Ernte feiern!*

Charlie setzte sich auf die Eingangstreppe. Die gleichen Fragen wie schon im Sommer mahlten in ihrem Kopf: *Wer warst du, Betty Lager? Wer warst du, und wozu warst du fähig?*

Es war schrecklich gewesen zu erfahren, dass sie ihrer eigenen Mutter nicht vertrauen konnte, aber jetzt kam noch hinzu, dass sie nicht einmal sich selbst vertrauen konnte. Wie sollte das möglich sein, wenn ihr Gehirn so wichtige Dinge einfach ausradierte?

Wer bin ich? Wer ist Charline Lager?

Die Antwort war weiter weg als je zuvor. Es kam ihr vor, als stünde sie mit je einem Fuß in einer anderen Welt, in zwei verschiedenen Zeiten. Auf der einen Seite war sie das kleine Mädchen, das versuchte, mit Betty Schritt zu halten, auf der anderen die erwachsene Frau, die versuchte, in Bettys Fußstapfen zu treten. Reichte es nicht langsam? Sie fühlte sich so unwirklich, als könnte ein Windstoß sie einfach wegblasen. Was hielt sie noch hier?

Ihr Handy klingelte. Susanne saß im Wagen auf dem Parkplatz hinter dem ICA-Supermarkt.

»Ich komme«, antwortete Charlie.

Sie stand zu schnell auf und musste sich an dem wackligen Geländer festhalten, um nicht zu stürzen.

Als sie am ICA vorbeiging, hörte sie jemanden rufen. Erst nach einem Moment wurde ihr klar, dass ihr jemand hinterherrief.

»Ist sich wohl zu fein, mit uns zu reden!«

Wieder überkam sie dieses unwirkliche Gefühl. Sie war

ein kleines Kind, klammerte sich an Bettys Hand. *Du siehst heute ganz bezaubernd aus, Betty. Und seht euch die Kleine an. Sie wird ihrer Mutter immer ähnlicher.*

Ich bin wie sie, dachte Charlie. Egal, was ich tue. Ich werde immer Bettys Tochter sein.

Sie sah zu den drei Männern mit den wilden Bärten, die für die Jahreszeit zu dünn angezogen waren. Waren es dieselben, die früher schon auf der Bank gesessen hatten? Alt genug sahen sie jedenfalls aus, aber Alkohol ließ Menschen vorzeitig altern.

»Ist sich wohl zu fein, mit uns zu reden!«, ertönte dieselbe Stimme wieder.

»Halt die Klappe!«, rief sie abweisend zurück und ging weiter.

»Hast du Durst?«, fragte ein anderer. »Willst du einen Schluck?«

Sie schüttelte den Kopf, obgleich sie selten dringender Alkohol gebraucht hätte.

»Sicher? Du siehst aus, als wäre dir kalt. Ich habe was, von dem dir warm wird und das dich glücklich macht. Eine Miniflasche, noch ungeöffnet«, fuhr er fort. »Aber wer nicht will, der hat schon. Ich gebe doch niemandem etwas Gutes, der es nicht will.«

Sie drehte sich um, ging zu der Bank und nahm wortlos die kleine Flasche. Sie schraubte den Verschluss ab, der ganz sicher schon mal geöffnet worden war, und trank einen großen Schluck von der brennenden Flüssigkeit. Die Wärme breitete sich wie ein Feuerball in ihrer Brust aus bis hinunter in den Bauch. Rasch trank sie noch einen Schluck, bevor sie dem Mann die Flasche zurückgab, sich bedankte und zum Parkplatz zu ihrer Freundin eilte.

»Das mit Mama tut mir furchtbar leid«, sagte Susanne, nachdem Charlie eingestiegen war. »Ich hoffe, dir ist klar, dass sie nicht immer weiß, wovon sie spricht.«

»Doch, das tut sie«, meinte Charlie. »Woher sollte sie es denn sonst wissen?«

»Ist es wirklich passiert?«, fragte Susanne. »Habt ihr gesehen, wie er ertrunken ist?«

»Ich schon. Aber ich kann mich nicht erinnern, dass meine Mutter dabei war. Ich dachte, ich wäre allein am Strand gewesen. Ich habe einfach nur dagesessen und nichts getan.«

»Du warst ein Kind. Du warst ein Kind, Betty war erwachsen. Es ist ihre Schuld.«

Charlie wollte noch mehr sagen, Betty vielleicht verteidigen, aber sie hatte keine Kraft. Alles war Bettys Schuld, alles begann und endete mit ihr.

Kapitel einunddreißig

Johan rief an. Charlie warf einen Blick aufs Display, nahm den Anruf aber nicht an. Sie wollte einfach nur allein sein.

»Ich fahre noch mal weg«, sagte sie, als sie beim Haus ankamen.

»Ich wollte gleich etwas zum Mittagessen machen«, erwiderte Susanne.

»Ich esse später. Hast du ein paar Zigaretten für mich?«

»Klar.«

Susanne zog eine Packung Marlboro aus der Jackentasche, in der ein Feuerzeug steckte.

Charlie fuhr zur Kirche, parkte an der hohen, moosbewachsenen Mauer und ging durchs Tor. Sie folgte dem schwach beleuchteten Kiesweg zu Bettys Grab. Unter dem Kastanienbaum stand der einfache Grabstein. Er sah noch genauso verlassen aus wie bei ihrem ersten (und einzigen) Besuch. Vielleicht sollte sie irgendetwas Winterfestes pflanzen? Dann dachte sie daran, wie sehr Betty traditionelle Gräber verabscheute. Nicht einmal tot wollte sie still an einem Platz liegen, weshalb ihr Charlie hatte versprechen müssen, ihre Asche über dem Skagern zu verstreuen. Doch dazu war es nicht gekommen. Charlie wusste nicht mehr, ob man mit ihr überhaupt über die Beerdigung gesprochen hatte. Die Zeit nach Bettys Tod war eine einzige große Lücke. Ihr fiel auf, dass die pickende Taube auf dem Grabstein schmutzig war. Mit dem Jackenärmel wischte sie sie so sauber wie möglich.

Zur Hölle mit dir, Betty. Warum hast du nichts getan? Wenn er wirklich der Mann war, der alles über dich wusste und dich trotzdem mochte, wieso hast du ihn dann einfach ertrinken lassen?

Ich war wie gelähmt, Herzchen, hörte sie Bettys Stimme in ihrem Kopf. *Keine Ahnung, warum.*

Charlie ging in die Hocke und zündete sich im Windschatten des Grabsteins eine Zigarette an.

Wieder ertönte Bettys Stimme in ihrem Kopf: *Vielleicht musste er genau deshalb sterben, weil er alles über mich wusste? Ich hielt es nicht aus, wer ich in seinen Augen war.* Die Sätze klangen so echt, dass Charlie sich fragte, ob sie sie schon mal gehört hatte. Oder ich drehe jetzt völlig durch, dachte sie. Vielleicht sehe ich bald Schmetterlinge vor einer leeren Wand.

»Ich verstehe dich nicht, Betty«, flüsterte sie und drückte die Zigarette in der Erde aus.

Als sie sich aufrichtete, waren dunkle Wolken aufgezogen. Sie ging den sauber geharkten Kiesweg entlang. Sie wollte noch andere Gräber besuchen.

Da hörte sie etwas. Schritte? Sie blieb stehen und ließ den Blick über den Friedhof schweifen. Nichts regte sich. Ihre innere Ruhe wich Wachsamkeit. Kurz darauf kam sie in einen Bereich mit neueren Gräbern. Die Steine waren frei von Moos, die Erde noch aufgeworfen. Brennende Grablichter sagten ihr, dass sie am richtigen Ort war. Annabelles letzte Ruhestätte war übersät mit Stofftieren, Bilderrahmen mit Grüßen und Grablichtern. Wie lange brannte so eine Kerze? War kürzlich jemand hier gewesen und hatte sie angezündet? Sie las die Inschrift auf dem glatten, dunklen Stein. *Annabelle Roos, geliebt und vermisst,* gefolgt von Geburts- und Todesjahr. Darunter waren die Namen der Eltern mit ihren Geburtsdaten eingraviert, der Platz für das Todesdatum war noch frei. Charlie hatte so etwas schon öfter gesehen, und es hatte sie immer bedrückt. Als ob das Grab nur darauf wartete, belegt zu werden. Sie setzte sich ins Gras und las die eingerahmten Abschiedsgrüße. Einige waren die üblichen Klischeesprüche wie *Schlaf gut und träum süß*, andere waren persönlicher: *Ohne dich wird es nie wieder so wie früher, liebste Anna.* Daneben stand ein großes schwarzes Semikolon, wie es Annabelle und ihre beste Freundin Rebecca als Tätowierung am Handgelenk trugen. *Es wird weitergehen.* Dann ein lateinisches Zitat. *Alis volat propriis.* Charlie gab den Satz auf ihrem Handy in eine Suchmaschine ein und erhielt als Übersetzung: *Sie fliegt mit ihren eigenen Flügeln.* Charlie dachte an alles, was dieses Mädchen verloren hatte, all die Dinge, die es nicht mehr erleben würde. All ihre Gedanken, Träume, Ziele – in einem Augenblick ausgelöscht. Jetzt wurde ihr Name als abschreckendes Beispiel geflüstert: *Vergiss nicht, was dem Mädchen zugestoßen ist. Vergiss nicht, was aus Annabelle wurde.*

»Ist es nicht kalt auf dem Boden?«, ertönte eine bekannte Stimme hinter ihr.

Charlie zuckte zusammen. Sie drehte sich um und sah Fredrik Roos, Annabelles Vater.

»Fredrik?«, sagte sie. »Ich …«

»Sie brauchen sich nicht zu entschuldigen, Charlie.«

»Das sieht so schön aus.« Charlie deutete auf die Blumen.

»Rebecca und William kommen oft her und kümmern sich um das Grab«, erklärte Fredrik. »Es ist gut, dass sie nicht allein ist. Das klingt jetzt sicher albern, aber ich denke oft, dass sie sich einsam fühlt, ihr kalt ist und die Dunkelheit ihr Angst macht. Deshalb brennen immer Grablichter. Ich tausche sie regelmäßig aus, damit sie es hell und warm hat.«

»Das verstehe ich«, antwortete Charlie.

»Was machen Sie eigentlich hier? Ich meine, in Gullspång.«

»Ich besuche … Freunde«, sagte sie ausweichend, weil Susannes Name sicher nicht gern gehört wurde.

»Haben Sie gelesen, was ich Ihnen über Ihre Mutter gegeben habe?«

Charlie nickte. Darüber wollte sie jetzt wirklich nicht sprechen.

»Kein Wunder, dass es Betty und Nora schlecht ging«, fuhr Fredrik fort.

»Ich habe gehört, dass sie in der Klinik ist«, sagte Charlie.

»Ja, hier spricht sich alles schnell herum. Aber es stimmt, sie ist in Solhem.«

»Es tut mir so leid …«

»Mir auch.« Fredrik räusperte sich. »Manchmal wünsche ich mir, dass alles …«

Er sah zu dem Grabstein und musste nicht weitersprechen.

Francesca

Als ich gerade die Bibel aus dem Regal zog, kam Jacob ins Zimmer.

»Das passt nicht so ganz zu ihm«, sagte ich und zeigte ihm das Buch.

»Nein, überhaupt nicht.« Jacob lächelte. »Ich glaube, er hat vor allem darin gelesen, um Kritik üben zu können. Er hat sich Notizen darin gemacht.«

»Dürfte ich sie mir ausleihen?«, fragte ich. »Ich würde seine Anmerkungen gern lesen.«

»Nimm sie nur mit.«

Er bot mir an, mich heimzufahren. Ich sagte, das sei nicht nötig, meine Mutter könne mich abholen, aber er hatte sowieso etwas im Ort zu erledigen.

Als wir aus der Auffahrt fuhren, begann es zu regnen. Erst ein paar leise Tropfen, dann eine dichte Regenwand.

»Der Herbst war ohnehin zu trocken«, bemerkte ich.

»Mag sein«, antwortete Jacob. »Ich habe nicht so sehr auf das Wetter geachtet.«

»Wir hatten den wärmsten Herbst seit Jahrzehnten«, fuhr ich fort, um etwas zu sagen.

Ich glaubte, das irgendwo gehört zu haben, aber vielleicht war es auch das Jahr zuvor gewesen?

»Ah ja.«

Er legte eine Kassette ein, und Janis Joplins heisere Stimme erklang aus den Lautsprechern.

Wir unterhielten uns über alltägliche Dinge. Jacob erzähle, dass er Wirtschaftswissenschaften in Uppsala studierte. Im Moment habe er das Studium unterbrochen, werde es aber bald wiederaufnehmen.

»Schwer vorstellbar, dass Paul einen Bruder hat, der sich für Wirtschaft interessiert«, sagte ich.

»Das tue ich auch nicht, aber wenn ich die Firma eines Tages übernehme, wird es nützlich sein.«

»Wirst du die Firma denn übernehmen?«

»Ja. Findest du das komisch?«

»Überhaupt nicht.«

Ich sah auf Jacobs große Hände auf dem Lenkrad und stellte mir vor, wie er meinen bleichen, leblosen Körper für die letzte Ruhe vorbereitete.

»Paul war in jemanden verliebt«, sagte ich.

»In wen?« Jacob sah zu mir.

»Das hat er nicht verraten. Er wollte es mir an dem Abend des Balls erzählen, aber dazu kam es nicht mehr. Deshalb wollte ich dich fragen, ob du vielleicht mehr weißt, ob er mit dir über jemanden gesprochen hat.«

»Nein, zu mir hat er nichts davon gesagt, dass er verliebt war.«

Jacob schwieg.

»Ist das … ich meine, spielt das jetzt noch eine Rolle?«

»Vielleicht nicht, aber ich habe irgendwie das Gefühl, dass es wichtig ist.«

»Du warst das einzige Mädchen, von dem er gesprochen hat. Er hat dich sehr gemocht, Francesca.«

Ich schluckte angestrengt und versuchte, an etwas anderes zu denken, um nicht zu weinen. Kreuzstichstickereien,

Blumenwiesen, Bellmanwitze. *Ich habe in die Suppe gepinkelt.* Es funktionierte nicht.

»Glaubst du, dass er sich umgebracht hat?«, fragte ich und sah aus dem Fenster, um meine Tränen zu verbergen.

»Nein«, antwortete Jacob. »Er hat sich nicht umgebracht.«

»Bist du dir sicher?«

»Ja. Paul würde nie freiwillig in einen See gehen. Er hat das Wasser gehasst.«

»Ich weiß, aber wenn es kein Selbstmord war, was war es dann?«

»Er ist ertrunken. Mehr weiß man nicht. Ein Unfall.«

Ich wischte mir rasch die Tränen unter den Augen weg.

»Aber was hat er nachts unten am See gemacht?«, wollte ich wissen. »Wieso war er dort allein während des Balls?«

»Ich weiß es nicht«, antwortete Jacob. »Ich habe keine Ahnung. Weißt du etwas, das ich nicht weiß?«

Ich erzählte ihm von dem Ballabend, von den Pillen, die wir eingeworfen hatten, dass Paul mir erzählen wollte, in wen er verliebt war. Dass wir fröhlich waren. Und dass er dann auf einmal verschwunden war, dass ich ihn nicht mehr finden konnte, obwohl ich alles absuchte.

Jacob fragte, um welche Uhrzeit sein Bruder verschwunden sei, aber das wusste ich nicht. Ich hatte so schon kein gutes Zeitgefühl, und an dem Abend war alles verschwommen. Meinem Eindruck nach hatte ich ewig gesucht, auf dem gesamten Schulgelände. Und schließlich auch in der Kapelle als letztem möglichen Aufenthaltsort.

»Aber dort war er auch nicht?«

»Nein, aber ein paar Mitschüler.« Ich zählte die Namen der Königsclique auf und fasste kurz zusammen, wer sie waren. »Pauls Rose lag auf dem Boden, und ihre Hosenbeine waren tropfnass. Durchweicht.«

»Was willst du damit sagen?«, fragte Jacob.

Er hielt am Straßenrand und sah mich an.

»Ich weiß es nicht. Ich sage nur, was ich gesehen habe.«

»Könnten sie ihm was angetan haben?«

»Das Gefühl hatte ich jedenfalls, aber niemand will auf mich hören. Alle sagen, dass ich betrunken war, was auch stimmt. Ich war betrunken und high, und meine Eltern halten mich nicht mal für glaubwürdig, wenn ich nüchtern bin. Außerdem kann man wahrscheinlich sowieso nichts beweisen.«

»Erzähl mir mehr von diesen Typen«, bat Jacob.

Und das tat ich. Ich erzählte alles von den Remplern, ihren höhnischen Bemerkungen, dem Gelächter.

Jacobs Blick wurde immer finsterer.

Ich wusste nicht, ob ich erleichtert sein sollte, dass ich endlich mit jemandem sprechen konnte, der mich ernst nahm. Ein Teil von mir wollte vielleicht die einfachste Wahrheit akzeptieren, alles abschließen und weitermachen. Aber ich war niemand, der die Umstände einfach akzeptierte und weitermachte. Ich ging den Dingen gern auf den Grund, auch wenn es wehtat.

»Ich werde alles der Polizei erzählen«, sagte Jacob. »Die müssen dann entscheiden, was zu tun ist.«

»Am liebsten würde ich sie alle töten«, sagte ich. »Mir reicht das, was ich weiß, dass ich sie alle umbringen könnte.«

»Ja, das würde man am liebsten.«

Dann begann er zu weinen.

Instinktiv drehte ich mich zu ihm und legte ihm den Arm um den Hals.

»Entschuldige. Ich weiß nicht, was ich da tue.«

Doch bevor ich mich zurückziehen konnte, rückte Jacob näher an mich heran.

»Fahr irgendwohin«, flüsterte ich, und meine Stimme klang ganz fremd. »Irgendwohin, wo man uns nicht sieht.«

Jacob bog auf einen überwucherten Weg ab, der vor einem alten roten Haus endete.

»Es sieht verlassen aus«, sagte er.

Ich nickte, ohne hinzusehen. Dann zogen wir uns ungeschickt aus. Ich war noch nie nackt mit einem Mann zusammen gewesen, und ich hätte vielleicht verlegen und schüchtern sein sollen, aber es war, als hätte jemand anders das Kommando über meinen Körper übernommen. Ich wollte Jacob auf eine Weise, wie ich noch nie jemanden gewollt hatte.

Was dann passierte, war etwas völlig anderes als die erstickenden Zungenküsse und das Gefummel, das ich von den Jungen in Adamsberg über mich hatte ergehen lassen.

»Was ist mit deinen Armen passiert?«, flüsterte Jacob.

»Nur ein Hilferuf.«

»Das sieht aber schlimmer aus.« Jacob stützte sich auf den Ellbogen und sah mich ernst an. »Wenn du das nächste Mal Hilfe brauchst, ruf doch einfach wirklich und mach nicht …«

»Es hat mich keiner gehört«, sagte ich leise.

Sofort bereute ich meine Antwort, denn ich wollte jetzt nicht darüber reden.

»Dann musst du vielleicht jemand anders rufen«, sagte Jacob. »Jemand, der dir zuhört, damit du nicht …«

Ich nickte. Schloss die Augen.

»Du siehst aus wie viele hier in der Gegend.« Jacob strich sanft über die Narben. »Fast alle, die in der Sperrholzfabrik arbeiten, sehen so aus. Tut es weh?«

»Nein. Ich spüre gar nichts.«

»Mach das nicht noch mal, Francesca. Nie wieder.«

»Okay.«

»Versprich es.«

»Ich verspreche es.«

Dann küsste ich ihn. Ich wollte nicht mehr über Narben sprechen, über Hilferufe und Fabrikarbeiter. Ich wollte überhaupt nicht reden.

Sein Atem wurde schwerer.

»Willst du wirklich weitermachen?«, flüsterte Jacob ganz kurz vorm Überschreiten der letzten Grenze.

»Ja«, sagte ich. »Bitte, hör nicht auf.«

»Aber wir haben doch … nichts dabei.«

»Das macht nichts«, flüsterte ich.

Er versuchte ein paarmal vergeblich, in mich einzudringen, und einige Sekunden verdrängte ein stechender Schmerz die Glücksgefühle. Doch dann war er in mir, und als er sich langsam zu bewegen begann, war es schöner als alles, was ich bisher erlebt hatte. Vielleicht hatte ich alles falsch verstanden?, dachte ich. Vielleicht gab es doch etwas, das das Leben lebenswert machte?

Die Scheiben waren beschlagen. Plötzlich hielt Jacob in der Bewegung inne.

»Was ist los?«, fragte ich.

»Jemand hat geklopft. Da draußen ist jemand.«

Er glitt aus mir heraus. Wir lagen still da, als hofften wir, dass wir uns das Klopfen nur eingebildet hatten. Doch da war es wieder. Jacob beugte sich über mich und wischte ein Stück der Scheibe frei. Ich ließ mich auf den Sitz rutschen und schloss die Augen, als könnte ich so alles ausblenden.

»Ein kleines Mädchen«, sagte Jacob.

Trotz meines Protestes kurbelte er das Fenster herunter.

»Hallo«, sagte er.

»Was macht ihr da?«, fragte eine helle Kinderstimme.

»Wir wussten nicht, dass hier jemand wohnt«, erklärte Jacob.

»Ich wohne hier mit meiner Mama.«

Ich kniff die Augen zusammen und hoffte, dass diese Mama ganz weit weg war.

»Und wo ist deine Mama?«, fragte Jacob.

»Sie schläft. Da darf man sie nicht wecken. Sie hat gesagt, dass sie nicht gestört werden will. Ihr dürft nicht reinkommen.«

»Ich verstehe. Wir fahren dann jetzt.«

Jacob kurbelte das Fenster wieder hoch.

»Himmel«, flüsterte er. »Sie ist wirklich aus dem Nichts aufgetaucht.«

»Bist du sicher, dass sie überhaupt real war?«, fragte ich.

Wir zogen uns an. Überall im Wagen lagen Kleider verstreut. Mir war seltsam schwindelig, wie nach einer außerkörperlichen Erfahrung.

Jacob schaltete die Lüftung ein, und die Scheiben wurden wieder frei. Ich sah zu dem Haus. Es wirkte genauso unbewohnt wie zuvor in meinem benebelten Zustand. Die Fenster im Erdgeschoss waren mit Stoffbahnen oder Decken verhangen, nirgends brannte Licht. Als Jacob rückwärts von dem überwucherten Weg auf die große Straße stieß, entdeckte ich ein kleines Schild in der Erde. Ich beugte mich vor und erhaschte im Scheinwerferlicht noch einen Blick auf die Aufschrift: *Lyckebo*.

Kapitel zweiunddreißig

Charlie saß im Auto und dachte an Nora Roos. Soweit sie wusste, war Annabelles Mutter der einzige Mensch, der Betty als Kind gekannt hatte. Gab es noch mehr dunkle Geheimnisse in Bettys Vergangenheit als das, wovon sie in den Briefen gelesen hatte? Wusste Nora vielleicht etwas? Charlie nahm ihr Handy und suchte nach der Telefonnummer der psychiatrischen Klinik Solhem, die ungefähr dreißig Kilometer von Gullspång entfernt war. Vielleicht empfingen sie dort keinen unangemeldeten Besuch, aber es war einen Versuch wert. Sie gab die Adresse in das Navi ein, das ihr eine Fahrtzeit von fünfundzwanzig Minuten vorhersagte.

Solhem war ein braunes Backsteingebäude mit einem großen Garten und Bänken unter hohen Birken. Die langen Wege zwischen gepflegten Büschen erinnerten Charlie an Bilder von alten Nervenheilanstalten, die sie in ihren Psychologie-Lehrbüchern gesehen hatte.

Als sie das Auto abstellte, kam eine SMS von Johan. *Ruf mich an,* schrieb er. *Ich glaube, ich habe etwas gefunden.*

Sie rief sofort zurück, doch er nahm nicht ab.

Sie hinterließ eine Nachricht, wo sie gerade war und dass er sich wieder melden solle.

Es war nicht einfach, einen Besuchstermin bei Nora

Roos zu bekommen. Charlie musste der jungen Frau an der Rezeption dafür ihren Polizeiausweis zeigen.

»Aber regen Sie sie nicht auf«, sagte die Rezeptionistin.

»Ich möchte nur kurz mit ihr sprechen«, erwiderte Charlie und hoffte, dass niemand genauer nachfragen würde.

Nora saß in einem weiß gestrichenen Raum auf dem Bett und wandte ihr den Rücken zu. Charlie klopfte an die halb offene Tür, doch Nora reagierte nicht.

»Nora?«, sagte sie vorsichtig.

Langsam drehte sich die Frau um. Sie war bleich und ausgezehrt, die Haare so dünn, dass man die weiße Kopfhaut sah.

»Du?«, sagte sie und starrte Charlie ausdruckslos an. »Was machst du hier?«

»Ich würde gern mit Ihnen reden.«

»Ich habe zu Betty nichts mehr zu sagen.«

»Ich weiß, was passiert ist. Ich weiß, was ihr dem kleinen Jungen angetan habt.«

»Nicht *wir*«, wehrte sich Nora. Sie klang jetzt wacher. »*Wir* haben gar nichts gemacht. Das war Betty. Alles war Bettys Schuld.«

»Natürlich. Ich verstehe. Ich weiß nicht genau, warum ich hergekommen bin. Meine Mutter hat für mich keine Vergangenheit, ich kenne keinen Menschen außer Ihnen, der sie als Kind gekannt hat, und meine Erinnerungen sind… unzuverlässig.«

»Betty war unzuverlässig.«

»Hatten Sie keinen Kontakt, als Betty nach Gullspång zurückkam?«

»Nein, nie mehr.«

»Sie kannten also ihren Freund nicht? Mattias Andersson?«

»Nein, ich habe nur einmal mit ihm gesprochen.«

»Wann war das?«

»Ist das wichtig?«

»Ich würde es gern wissen.«

Nora schloss die Augen und überlegte lange. Sie hatte sicher starke Beruhigungsmittel bekommen.

»Es war im Sommer«, antwortete sie schließlich. »Kurz bevor er verschwand. Ich bin ihm im Wald begegnet, wo er Birkenreisig für den Mittsommerbaum gesammelt hat. Ich… ging wohl einfach nur spazieren. Wir haben uns unterhalten, und als er sagte, dass er mit Betty zusammenlebt und sein Sohn bald zu ihnen ziehen würde, habe ich ihm alles erzählt. Was Betty damals mit dem kleinen Jungen gemacht hat. Ich fand wohl, dass er wissen sollte, mit wem er zusammen war, um seinen Sohn von ihr fernzuhalten. Ich wollte ihn warnen.«

Bettys Worte über Mattias hallten in Charlies Kopf nach, als sie Nora und Solhem hinter sich ließ.

Mattias ist die Ausnahme, die die Regel bestätigt. Er ist der einzige Mensch, der alles über mich weiß und mich trotzdem mag.

Wen hatte Betty zu täuschen versucht? Mattias war ein Mann, der sie bis zu dem Zeitpunkt liebte, an dem er alles über sie erfuhr. Danach konnte er sie nicht mehr lieben, ihr nicht die Verantwortung für seinen Jungen überlassen. Und Betty hatte ihn sterben lassen. Sie und Betty hatten gemeinsam dort gesessen und Johans Vater auf den Grund des Skagern sinken lassen.

Räume in der Zeit

Wusstest du, dass ein Schweineherz einem Menschenherz ganz ähnlich ist?, sagt Paul.

Es ist Ende August, wir gehen an dem Schweinehof nicht weit von der Schule entfernt vorbei spazieren.

Ich antworte, dass ich fast nichts über Herzen wisse.

Und da erzählt Paul, dass man in der Zukunft möglicherweise Menschen Schweineherzen einsetzen könne. Vielleicht schon zu unseren Lebzeiten.

Könntest du dir das vorstellen?, fragt er. Ein Schweineherz im Körper zu haben?

Warum nicht? Besser als ein Herz aus Stein.

Du hast kein Herz aus Stein, Fran. Im Gegenteil.

Paul bleibt stehen und sieht mich an.

Ich will weitergehen. Wegen des Gestanks nach Schweinegülle und weil ich verlegen bin. Ich denke immer, dass ich gerne nette Dinge über mich hören will, aber wenn jemand dann etwas sagt, will ich einfach nur weglaufen.

Was weißt du schon von meinem Herzen, erwidere ich.

Dass es groß ist.

Es ist so groß wie meine Faust, nicht größer oder kleiner.

Ganz so wörtlich habe ich es nicht gemeint.

Das weiß ich, aber du hast unrecht. Mein Herz ist klein und dunkel.

Als wir zur Schule zurückgehen, denke ich an Céciles Kopf, meine Hände, die ihn unter Wasser halten. Ich wollte ihr doch nur helfen, ihren Rekord zu brechen. Ich wollte …

Ich weiß nicht mehr, was ich eigentlich wollte.

Kapitel dreiunddreißig

Susanne saß im Wohnzimmer, als Charlie zurückkam.

»Hörst du das?«, fragte sie.

»Was?«

»Die Stille. Isak hat die Kinder geholt. Wir sind allein.«

»Wie lief es?«

Charlie setzte sich in den Sessel neben dem Sofa.

»Die Kleinen waren überglücklich, Nils skeptisch, und Melker hat bis zum Schluss überlegt, ob er hierbleiben soll. Er ist eigentlich nur wegen Tim und Tom mitgefahren.«

»Das kann man auch verstehen«, sagte Charlie.

»Das kann man absolut verstehen.« Susanne seufzte. »Trotzdem ist das ein fürchterlicher Tag. Was hältst du davon, auf verschwundene Mädchen, Spanner und Alkoholikermütter zu pfeifen?«

»Viel«, antwortete Charlie und wünschte sich, man könnte wirklich einfach beschließen, auf all diese Dinge zu pfeifen.

»Wir brauchen was zu trinken«, verkündete Susanne. »Wie soll man denn sonst auf andere Gedanken kommen?«

»Das kann man nicht«, erwiderte Charlie, »da hilft vielleicht nicht mal Alkohol.«

»Schlimmer wird's davon aber auch nicht.«

Susanne ging in die Küche.

Charlie rief Johan noch einmal an, doch er nahm wieder nicht ab.

Susanne kam mit zwei bis zum Rand gefüllten Gläsern zurück und reichte eines Charlie.

Nach der ersten Runde Drinks brachte sie noch eine zweiten, dann schaltete sie die Stereoanlage ein.

»An das hier kannst du dich noch erinnern, Lager, oder?«

Susanne tanzte mit ausgestreckter Hand auf sie zu. Charlie nahm sie, stand auf und sang vom »Leben, das ein Fest war«.

Der Alkohol milderte alles ab, die Gedanken, Francescas Gesicht, selbst Betty rückte immer weiter in die Ferne.

»Verdammt, Svenkas Zeug ist diesmal aber ganz schön stark!«, rief Susanne lachend, als sie gegen den Couchtisch tanzten.

Charlie konnte nur nicken.

»Wir fahren doch noch zum Erntedankfest, oder?«, sagte Susanne, als sie sich an den Kamin setzten, um zu rauchen. »Vom Daheimhocken wird schließlich auch nichts besser.«

»Natürlich fahren wir noch hin.«

Als sie sich schminkten, die Drinks in Reichweite auf dem Waschbecken, fühlte Charlie sich plötzlich wieder wie dreizehn, wenn sie sich für eine Party im alten Dorfladen fertig gemacht hatten.

»Wenn man sich schon schminkt«, meinte Susanne, während sie dunklen Lidschatten auftrug, »dann ordentlich. Brauchst du Hilfe?«

Charlie nickte, setzte sich auf den Badewannenrand

und schloss die Augen. Als Teenager hatte immer Susanne sie geschminkt – was selten vorgekommen war. Sie spürte den warmen Atem ihrer Freundin auf dem Gesicht und folgte gehorsam ihren Anweisungen, wann sie die Augen zu öffnen, zu schließen und wieder zu öffnen habe.

»Ah, wie hübsch du bist«, sagte Susanne, als sie zurücktrat und ihr Werk begutachtete.

Charlie sah in den Spiegel und musste zustimmen.

»Soll ich uns eine Fahrgelegenheit rufen?«, fragte Susanne.

»Ich wusste nicht, dass es hier Taxis gibt.«

»Wenn man die richtigen Kontakte hat, schon. Ein Typ von einem Hof ein paar Kilometer weg und ich helfen uns oft gegenseitig. Er ist mein Schwarztaxi. Und wenn er keine Zeit hat, weiß ich noch jemand anderen.«

»Hier.« Susanne reichte Charlie den Flachmann.

Sie saßen beide auf dem Rücksitz des uralten Volvo Amazon. Der Fahrer sah viel zu jung für einen eigenen Hof aus.

»Odd«, fragte Susanne, »machst du die Musik bitte etwas lauter?«

Odd gehorchte.

Charlie versuchte, den Text an der Fensterscheibe zu lesen, der spiegelverkehrt war und für ihr alkoholvernebeltes Gehirn eine gewisse Herausforderung darstellte. *Lach nicht, Svensson, deine Tochter könnte auf dem Rücksitz liegen.*

Sie blickte auf ihr Handy. Immer noch nichts von Johan. Sie schrieb ihm eine SMS und fragte, ob alles in Ordnung sei, dass sie auf dem Weg zum Motel sei und sie sich ja dort vielleicht treffen könnten. Kurz überlegte sie, ob sie auch noch schreiben sollte, dass sie ihn vermisse, doch dann entschied sie sich dagegen.

»Ich muss pinkeln«, meinte Susanne lachend, als sie beim Motel ankamen.

Sie sprang aus dem Wagen und rannte davon, ohne Odd für die Fahrt zu danken.

»Was schulden wir dir?«, fragte Charlie, und Odd sah im Rückspiegel zu ihr.

»Natürlich nichts«, erwiderte er. »Hier auf dem Land helfen wir einander. Tun einander Gefallen.«

Er sah Charlie an, als wüsste sie nicht, was es heißt, einander zu helfen.

»Dann vielen Dank«, sagte sie. »Ich hoffe, ich kann dir auch mal einen Gefallen tun.«

»Ich versuche, mich von der Polizei fernzuhalten«, entgegnete Odd. »Aber trotzdem danke.«

Woher weißt du, dass ich Polizistin bin?, wollte Charlie fragen, doch sie kannte die Antwort: Hier auf dem Land erzählen wir einander Dinge und behalten die Auswärtigen im Auge.

An der Treppe zum Restaurant- und Barbereich des Motels stand ein Mädchen vornübergebeugt, hielt sich am Geländer fest und übergab sich auf den Asphalt.

»Alles okay?«, fragte Charlie und legte dem Mädchen eine Hand auf den Rücken.

»Klar, sieht man doch, oder?«

»Sara?«

»Sie schon wieder?«

Sara wollte noch mehr sagen, musste sich jedoch erneut übergeben.

»Ich sorge dafür, dass du sicher nach Hause kommst«, sagte Charlie.

»Es geht mir gut«, erwiderte Sara. »Ich komme gleich wieder rein.«

»Du solltest überhaupt nicht hier sein. Du bist doch erst dreizehn.«

»Vierzehn.« Sara hielt vier Finger in die Höhe. »Im September bin ich vierzehn geworden.«

»Aber du bist noch nicht achtzehn.«

»Papa ist ja dabei.« Sara nickte in Richtung der Bar. »Mit Erziehungsberechtigten darf man hier sein.«

»Aber du darfst keinen Alkohol trinken.«

»Ich bin nicht mal betrunken.« Sara wischte sich mit dem Pulloverärmel den Mund ab. »Ich vertrage nur den Lakritzgeschmack nicht. Jetzt geht es mir wieder gut.«

»Pass auf dich auf«, sagte Charlie.

»Klar«, antwortete Sara und hielt ihr die Tür auf.

Die Bar war überfüllt, es war laut und warm. Von Rentnern bis zu Teenagern in Saras Alter war alles vertreten. Die meisten Anwesenden trugen T-Shirts und zeigten die vertrauten Schnitte aus der Fabrik an den Unterarmen. Bettys Arme hatten auch so ausgesehen. Sogar schlimmer, weil sie immer an dem Schorf herumgekratzt hatte. *Erst haben sie mir meinen Körper genommen, dann meine Seele.*

Auf der Bühne spielte eine Band, deren Sängerin nicht älter als fünfzehn aussah. Charlie blieb stehen.

»Was für eine Stimme«, sagte sie und wandte sich an Susanne. »Wie heißt sie?«

»Das ist Janis Rainen. Und ja, sie singt wie ein Engel. Das hat sie von ihrer Mutter. Wollen wir hoffen, dass sich das Mädchen besser schlägt als ihre Mama.«

Charlie wollte gar nicht wissen, was mit der Frau passiert war oder was gegen Janis sprach. Sie wollte nicht an Generationen voller Leid und Enttäuschungen denken. Sie wollte nur die Augen schließen und dieser magischen Stimme zuhören.

»Charlie?« Susanne stieß sie an. »Alles okay? Willst du ein Glas Wasser?«

Charlie schüttelte den Kopf. Auf der Bühne packte Janis das Mikro mit beiden Händen und schloss die Augen.

Als das Lied zu Ende war, brach Jubel im Raum aus. Eines der Bandmitglieder bedankte sich bei der jungen Gastsängerin und sagte, dass sie jetzt etwas Tanzmusik spielen würden.

»Denn ihr wollt doch tanzen, oder?« Er ließ den Blick durch den Raum schweifen.

»Jaaa!«

»Sehr gut! Dann kommt jetzt ein alter Klassiker.«

Der Mann in der Lederjacke spielte einen Gitarrenakkord, den alle zu kennen schienen.

Charlie sah dem jungen Mädchen nach, das von der Bühne zur Bar ging, wo Jonas ein Bier über die Theke reichte.

Wo war Johan? Sie sah ihn nirgends. Sie schrieb ihm eine SMS, dass sie jetzt in der Bar sei. Ob er hinunterkomme?

Keine Antwort.

Sollte sie nach oben gehen und bei ihm klopfen? Nein, das konnte noch warten.

Die kleine Tanzfläche vor der Bühne füllte sich. Charlie entdeckte Adam Rehn und eine blonde Frau in einem schwarzen Kleid. Während sie herumwirbelten, rutschte Adams Hand auf ihren Hintern. Die Frau schob sie wieder zurück auf ihren Rücken, doch bei der nächsten Drehung wanderte die Hand wieder nach unten, und die Frau schien sich in ihr Schicksal zu ergeben.

Charlie ging zur Toilette. Als sie sich die Hände wusch, sah sie ein vertrautes Gesicht hinter sich im Spiegel mit hohen Wangenknochen, großen Augen und dunklen Locken.

»Helena?«, fragte sie und drehte sich um.

Das Mädchen lachte und antwortete, ihr Name sei Alva, Helena sei ihre Mutter.

»Ihr seht euch sehr ähnlich«, sagte Charlie.

»Jetzt nicht mehr«, meinte Alva, »aber als junges Mädchen sah Mama wohl ungefähr so aus wie ich. Woher kennen Sie sie?«

»Sie war in der Schule ein paar Klassen über mir.«

Charlie dachte an Helena, die immer per Anhalter in die Stadt fuhr und über einen unerschöpflichen Vorrat an Zigaretten und Alkohol zu verfügen schien. Und jetzt stand sie hier, als junges Mädchen in Gestalt ihrer Tochter.

»Deine Mutter muss sehr jung gewesen sein, als sie dich bekommen hat«, sagte Charlie.

»Siebzehn«, antwortete Alva. »Eine ziemlich beschissene Entscheidung, wenn Sie mich fragen.«

»Was meinst du damit?« Doch Charlie verstand sehr wohl.

»Sie wollte doch etwas werden, aber als sie mich bekommen hat, musste sie uns beide versorgen, weshalb sie in der Sperrholzfabrik gelandet ist, sich den Rücken ruiniert hat und jetzt in Frührente ist.«

Alva drehte sich um, als jemand aus einer Toilettenkabine rief, dass das Papier aus sei. Sie seufzte und riss einen dicken Stapel grauer Papierhandtücher aus dem Spender über dem Waschbecken.

»Ich richte Mama einen Gruß von Ihnen aus«, sagte sie und schob das Papier unter dem Kabinentürspalt hindurch. »Wie heißen Sie?«

»Charlie. Charlie Lager.«

Als Charlie zurück in die Bar kam, zog Susanne sie zu sich heran.

»Schau mal«, sagte sie und nickte zu einem Fenstertisch, an dem nur Männer saßen. »Der am nächsten zum Raum sitzt.«

»Müsste ich den kennen?«

»Er heißt Christoffer«, erklärte Susanne. »Als wir jünger waren, war er im Sommer immer hier, und manchmal kommt er noch zu besonderen Festen zurück. Wir waren mal furchtbar ineinander verliebt. Also, eigentlich war vor allem ich verliebt. Er hat mich mit den ersten Herbstanzeichen vergessen und fuhr zurück in die Großstadt. Ich war nur sein Sommerliebchen.«

»Klingt nicht so toll.«

»Doch, es war toll. Zumindest im Sommer.«

Francesca

»Ist etwas passiert?«, fragte Papa, als ich zurückkam. Er und Mama saßen im Salon und tranken Wein und sahen dabei aus wie ein Paar aus einem Film.

»Weshalb fragst du?«

Ich habe nie daran geglaubt, dass man einem Mädchen ansah, wenn es seine Unschuld verloren hatte, aber bei Mamas Blick geriet ich ins Zweifeln.

»Du siehst aus, als ob du geweint hättest.«

»Es wäre wohl eher komisch, wenn ich das nicht getan hätte.«

»Sollen wir einen Termin bei Doktor Molan vereinbaren?«, fragte Mama.

»Nein, es geht mir gut.«

»Du siehst aber nicht so aus«, erwiderte Papa.

»Es geht mir so gut wie schon sehr lange nicht mehr.«

»Aber du hast doch gerade gesagt, dass du geweint hast.«

»Ja«, erwiderte ich, »aber ich glaube trotzdem, dass ich den Sinn des Lebens gefunden habe.«

Ich ging nach oben in mein Zimmer. Als ich im Bett lag und die hauchdünnen Seiten von Pauls Bibel durchblätterte, war ich enttäuscht. Ich hatte gehofft, hingekritzelte Anmerkungen zu finden, Unterstreichungen, Kritik, doch ich sah nichts dergleichen. Ich blätterte schneller, bis ich schließlich auf einer Seite eine Stelle fand, die mit schwarzem Filzstift ausgestrichen war. Die Worte darunter waren nicht mehr zu erkennen. Als ich weiterblätterte, sah ich, dass einzelne Seiten fehlten. Warum?

Ich ging mit der Bibel hinunter in die Bibliothek, legte sie auf den Tisch vor dem Kamin und suchte in den Regalen nach einem vollständigen Exemplar.

Nach etwa einer Viertelstunde fand ich das Gesuchte und blätterte bis zum dritten Buch Mose, 18:22, den ausgestrichenen Zeilen in Pauls Exemplar.

Du sollst nicht bei einem Mann liegen wie bei einer Frau, es ist ein Gräuel.

Kurz darauf fand ich eine weitere ausgestrichene Passage, und als ich in unserer Bibel die entsprechende Stelle fand, behandelte sie dasselbe Thema: *Oder wisst ihr nicht, dass die Ungerechten das Reich Gottes nicht erben werden? Täuscht euch nicht! Weder Unzüchtige noch Götzendiener noch Ehebrecher noch Lustknaben noch Knabenschänder noch Diebe noch Habgierige noch Trunkenbolde noch Lästerer noch Räuber werden das Reich Gottes erben.*

Ich setzte mich ans Feuer und dachte, wie dumm ich doch gewesen war. Kein Wunder, dass mir kein Mädchen in Adamsberg eingefallen war, in das er verliebt gewesen sein könnte, denn es ging gar nicht um ein Mädchen. Tieftraurig bedauerte ich, dass Paul mir nicht erzählt hatte, in wen er verliebt war. Dass er nicht einmal zu mir das Vertrauen gehabt hatte.

»Wohin willst du denn jetzt schon wieder?«, fragte Papa, als ich zur Haustür ging.

»Nur runter zum See.«

Papa fand, ich solle im Haus bleiben, weil es kalt sei und bald dunkel werden würde.

»Ich will allein sein«, antwortete ich und fügte rasch hinzu, als Papa protestieren wollte: »Ich darf mich doch wohl auf unserem eigenen Grundstück frei bewegen?«

»Natürlich. Aber pass auf, der Steg ist glatt und halb vermodert. Im Frühjahr soll er abgerissen und neu gebaut werden.«

Der Weg hinunter zum Wasser war fast zugewachsen. Der Boden war mit braunem Laub von den Eichen und Ulmen bedeckt. Mein Körper schmerzte auf angenehme Weise. Es war erst ein paar Stunden her, dass ich im Auto mit Jacob geschlafen hatte, schien aber viel, viel länger zurückzuliegen. Ob es wieder passieren würde? Dann schämte ich mich, dass ich überhaupt an etwas so Banales denken konnte, während mein Freund in der Erde verfaulte. Doktor Molan hatte gesagt, dass man nicht automatisch entweder Trauer oder Freude empfand, sondern oft auch beides gleichzeitig. Vielleicht war es das Klügste, was er je gesagt hatte.

Du bist die Einzige, die ich heiraten würde, wenn ich normal wäre.

Wie kann es sein, dachte ich, dass ich es damals nicht verstanden habe? Wusste jemand anders davon? Jacob? Wenn nicht, wie einsam musste Paul gewesen sein.

Aber er hatte ja jemanden gefunden.

Papa hatte recht, der Steg war wirklich verfault. Vorsichtig ging ich bis ans Ende und legte mich auf dem feuchten, kalten Holz auf den Bauch. Ich tauchte die Hände ins Wasser und betrachtete mein bleiches Gesicht auf den sanften Wellen. Es sah alt aus. Ich drehte mich auf den Rücken und schaute in den Himmel hinauf, doch die sonstige innere Ruhe, nur ein unbedeutendes Wesen im großen Universum zu sein, wollte sich nicht einstellen. Ich lag da, auf dem besten Weg zu einer Blasenentzündung, und dachte an das, was Paul über den Weltraum gesagt hatte, dass ihm davon schwindelig wurde. Jetzt ging es mir genauso. Mir wurde schwindelig bei der Vorstellung, dass es keinen Anfang und kein Ende gab.

»Was hast du mit deinen Händen gemacht?«, fragte Papa, als ich wieder zurück war.

»Sie ins Wasser gehalten.«

»Du bist ja ganz rot vor Kälte. Ich mache ein Feuer in der Bibliothek.«

»Mir ist nicht mal kalt«, antwortete ich.

Was stimmte. Ich sollte eigentlich frieren, meine Arme waren von einer Gänsehaut überzogen, aber ich spürte nichts.

Erst im Sessel vor dem Feuer merkte ich, wie kalt mir wirklich war. Papa hatte mir eine Decke übergelegt und mich zu meiner Erleichterung allein gelassen.

Als ich aufwachte, lag ich in meinem Bett und konnte mich nicht erinnern, wie ich dorthin gekommen oder dass ich überhaupt eingeschlafen war. Ein Geräusch hatte mich geweckt. Der Türklopfer. Ich schaltete die Nachttischlampe ein und sah auf die Uhr. Es war Viertel vor drei in der Nacht. Um die Uhrzeit konnte nur jemand gestorben sein.

Ich hörte Mamas leise Schritte vor meiner Tür.

»Rikard«, sagte sie schrill. »Du musst mitkommen. Ich gehe nicht allein hinunter.«

Ich stand auf, schlich auf den Treppenabsatz im Flur und wartete gespannt, wer ins Haus kommen würde. Doch es kam niemand. Stattdessen sprach Papa mit jemandem in dem Ton, den er nur hatte, wenn er sehr wütend war.

»Verschwinde«, sagte er. »Nein, ich will dich nie mehr sehen.«

Ich hörte eine Frau weinen und um etwas bitten, das ich nicht verstand.

»Nein«, sagte Papa und warf die Tür ins Schloss.

Es klopfte beharrlich weiter. Ich schlich ins Gästezimmer und sah durch das Fenster, weil ich wissen wollte, auf wen Papa so wütend war. Ich sah eine Frau von hinten mit einem kleinen Kind an der Hand. Das Kind musste fast schon rennen, um mit den schnellen Schritten der Frau mithalten zu können. Wer waren sie? Was hatten sie getan, dass Papa mit solcher Wut reagierte?

Kapitel vierunddreißig

Susanne hatte sich zu ihrer alten Sommerliebe gesetzt, und die beiden schienen ganz ins Gespräch vertieft. Charlie fühlte sich seltsam fehl am Platz. Außerdem war Micke wieder da, gerade unterhielt er sich mit Adam. Waren sie befreundet? Micke hob den Blick und sah direkt zu ihr. Er lehnte sich wieder zu Adam und sagte etwas, bevor er auf Charlie zukam.

»Wie wär's mit einem Bier?«

»Ich habe schon eins«, lehnte Charlie mit Blick zu ihrem Glas ab. »Aber danke. Hast du dich schon umgehört?«

»Worüber?«

»Über den Fall.«

»Darüber wollte ich mit dir reden. Ich will die Akte zurück.« Er trat viel zu dicht an sie heran. »Ich will, dass du alles vergisst.«

»Warum?«

»Weil es das Beste ist. Ich hätte dir die Akte gar nicht geben dürfen.«

»Und von wem kommt das?«

»Was meinst du damit?« Mickes Gesichtsausdruck machte deutlich, dass er sehr wohl verstand, was sie meinte.

»Ich frage mich nur, warum ich plötzlich alles vergessen soll.«

»Weil ich sicher bin, dass es richtig war, die Ermittlungen einzustellen. Bombensicher.«

»Bei Menschen, die sich so sicher sind, gerate ich immer ins Zweifeln«, sagte Charlie.

Micke lachte. »Was soll das heißen?«

»Ich tue mich nur schwer mit Menschen, die denken, sie hätten die richtige Antwort auf alles, und die nichts infrage stellen.«

Eine Stimme unterbrach sie.

»Da bist du ja!«, sagte ein großer, kräftiger Mann in den Fünfzigern zu Micke.

»Ich wollte dich gerade anrufen«, antwortete der eilig.

Charlie sah, wie sein Blick nervös hin und her zuckte.

»Ach ja? Warum gehst du dann nicht ran, wenn ich anrufe?«

»Können wir morgen darüber sprechen? Ich lade dich auf ein Bier ein, und wir reden in Ruhe.«

»Nein, danke, wir kümmern uns besser nur ums Geschäftliche.« Der Mann stieß Micke den Zeigefinger in die Brust. »Wenn ich morgen anrufe, gehst du ran.«

»Was war das denn?«, fragte Charlie, als der Mann sich entfernte.

»Nichts.«

»Nichts?«

»Ein paar Schulden, wenn du es genau wissen musst.«

»Klingt gefährlich.«

»Ich hatte ein bisschen Pech«, gestand Micke. »Das klärt sich schon.«

»Glücksspiel?« Charlie erinnerte sich an das Computergeräusch der Karten, die ausgegeben wurden, als sie die Akte bei ihm abgeholt hatte.

»Ich will nicht darüber sprechen.«

Treffer, dachte Charlie.

»Die nächste Runde geht auf mich«, sagte sie, als Micke sein Glas austrank. Er schluckte ganz schön was weg.

Micke zuckte mit den Schultern. Charlie beugte sich zu Jonas und bestellte zwei Bier.

»Eine moderne Frau«, bemerkte Micke, als die Getränke serviert wurden.

»Macht dir das Angst?«, konnte sich Charlie nicht verkneifen.

»Keine Frau macht mir Angst.« Micke lächelte.

»Wie schön. Was hast du übrigens damit gemeint, dass wir die Ermittlungen besser einstellen sollen?«

»Ich glaube, so ist es am besten.«

»Aber ich kann den Fall nicht einfach vergessen, nachdem ich die Akte gelesen habe.«

Micke trank einen großen Schluck Bier.

»Wie läuft es mit dem Journalisten?«, wechselte er das Thema. »Ich habe gehört, dass er auch hier ist.«

»Was für eine Überleitung. Ja, er ist hier.«

»Mattias Anderssons Sohn, nicht wahr?«

Charlie stellte ihr Glas ab. »Wovon redest du?«

»Ich weiß, wer du bist, Charline. Ich weiß, wer du bist und woher du kommst.«

Charlie versuchte, rasch und klar zu denken. Die Alarmglocken begannen im selben Moment zu läuten, in dem Micke ihren Taufnamen aussprach.

»Was willst du von mir?«, fragte sie.

»Ich will die Akte zurück. Es war wirklich dumm von mir, sie dir einfach so zu geben. Ich will, dass du das alles vergisst und zurück nach Stockholm fährst. Das ist für alle das Beste. Und was diesen Journalisten betrifft, der dir so am Herzen zu liegen scheint … Wie gut kennst du ihn eigentlich?«

»Was geht dich das überhaupt an?«

»Im Grunde nichts, aber wenn ich du wäre, würde ich mich von ihm fernhalten. Nur ein freundschaftlicher Rat.«

»Worauf zum Teufel willst du hinaus?«

»Prost!«, sagte Micke und hob sein Glas.

Dann ließ er sie stehen und verschwand in der Menschenmenge.

Charlie wandte sich an Jonas hinter der Bar. »Könnte ich bitte ein Glas Wasser haben?«

»Mit Sprudel oder still?«

»Einfach ein Glas Wasser.«

Charlie stürzte das Wasser hinunter und ließ den Blick durch den Raum schweifen. Micke war nirgends zu sehen. Johan auch nicht. Sie sah auf ihr Handy. Keine neuen Nachrichten.

Wie gut kennst du ihn eigentlich? Charlie sah Johans Gesicht vor sich. Gestern Nacht. Dieses neue, unbekannte Gefühl. *Fahr vorsichtig, Charlie.*

Auf der Tanzfläche vor der kleinen Bühne bewegten sich die Menschen nicht ganz im Takt zur Musik. Ihre Gesichter wirkten seltsam vertraut. Langsam veränderten sie sich und wurden zu Menschen von früher. Vor ihr schien sich Betty in ihrem roten Kleid zu drehen.

Kapitel fünfunddreißig

»Charlie?«

Susanne tätschelte ihren Arm. Ihre Wangen glühten, die Augen glänzten vor Alkohol und Freude.

»Er will, dass ich mit zu ihm fahre.« Sie meinte ihre alte Sommerliebe. »Ist das in Ordnung? Ich meine …«

»Natürlich, mach nur«, sagte Charlie.

»Super.« Susanne wühlte in ihrer Handtasche und förderte eine kleine Karte zutage. »Wenn du heimwillst, musst du nur diese Nummer anrufen.«

Charlie betrachtete die zerknitterte Visitenkarte, auf der eine Straße abgebildet war, zusammen mit dem Text: *Jesus ist das Leben, die Wahrheit und der Weg.*

»Jesus fährt mich dann also heim?«, fragte sie trocken.

»Nein, aber ein sehr gläubiger Mann. Ein Zeuge Jehovas, der sich mit seinem Schwarztaxi am Wochenende etwas dazuverdient. Er heißt Josef.«

Susanne und ihr Sommerfreund verschwanden. Charlie ging ins Obergeschoss, denn sie musste unbedingt mit Johan reden.

Sie klopfte an seine Zimmertür.

»Johan!«, rief sie, als er nicht öffnete. »Bist du da?«

Keine Antwort. Sie ging wieder nach unten und drängte sich zur Bar durch.

»Jonas«, sagte sie. »Ich brauche …«

»Warte, bis du dran bist, Kleine!«, unterbrach sie Svenka, der neben ihr stand. »Hier sind wir alle gleich, kapiert? Hier kann man nicht einfach herkommen und sich vordrängeln.«

»Kümmer dich besser um deine Tochter«, entgegnete Charlie.

»Meine Tochter?« Svenka klang, als hätte er völlig vergessen, dass er ein Kind hatte. »Meine Tochter kommt wunderbar allein klar.«

Er deutete zur Tanzfläche, wo Charlie Sara zusammen mit einem Jungen in Jeansjacke entdeckte. Sie tanzte ausgelassen und schien sich von der Übelkeit erholt zu haben.

»Alles okay, Charlie?«, ließ sich Jonas vernehmen.

»Ja, ich muss nur wissen, ob Johan Ro ausgecheckt hat.«

»Warum?«

»Ich will es einfach wissen.«

»Moment, ich schaue nach.«

Jonas verschwand durch die Schwingtüren und kam kurz darauf zurück.

»Nein, er sollte noch da sein. Gibt es ein Problem?«

»Er ist nicht in seinem Zimmer. Hast du ihn heute Abend schon hier unten gesehen?«

Jonas schüttelte den Kopf.

»Kann ich jetzt was zu trinken bestellen oder nicht?«, beschwerte sich Svenka.

Er legte eine Hand auf Charlies Arm.

»Fass mich nicht an«, wies sie ihn zurecht.

»Wie bist du denn drauf? Das hier ist eine Bar, und hier bestellt man Alkohol. Zum Quatschen musst du woandershin gehen.«

Er lachte, hustete jedoch gleich darauf heftig.

»Zwei Tequila«, krächzte er, als er sich erholt hatte, und hielt zwei Finger vor Jonas in die Höhe. »Zwei Tequila, bitte.«

»Vielleicht solltest du es besser etwas langsamer angehen lassen«, meinte Jonas.

»Langsamer?« Svenka schüttelte den Kopf. Das war ihm in den letzten zwei Jahrzehnten nicht eingefallen, und auf dem Fest des Jahres würde er garantiert nicht damit anfangen.

Jonas zuckte mit den Schultern und kümmerte sich um die Bestellung.

»Scheiß auf die Zitronen und das alles«, sagte Svenka. »Gib mir einfach den Schnaps.«

»Wann hast du Johan zuletzt gesehen?«, versuchte Charlie es noch einmal, nachdem Svenka bezahlt hatte.

»Heute Nachmittag hat er Kaffee getrunken«, antwortete Jonas. »Dann ist er weggefahren.«

»Ist er noch mal zurückgekommen?«

»Keine Ahnung.«

Jonas signalisierte einer Frau am anderen Ende der Bar, die mit ihrer Kreditkarte wedelte, dass er sie gesehen hatte.

»Ich habe keinen Überblick, wann Gäste kommen und gehen. Machen Sie sich wegen irgendwas Sorgen?«

»Nein«, sagte Charlie. »Ich frage mich nur, wo er ist.«

»Wenn er auftaucht, sage ich ihm, dass Sie mit ihm sprechen wollen.«

»Danke.«

Charlie drehte sich weg von der Bar. Sie fühlte sich nicht mehr betrunken, ihr war eher schlecht. Und noch etwas anderes. Sie hatte … Angst.

Räume in der Zeit

Ich glaube, ich bin verliebt, Fran. Kann ich später mit dir reden?

Ich bleibe stehen und frage: In wen?

Ich muss erst was trinken, bevor ich dir alles erzähle. Komm in einer Stunde zurück.

Sei nicht albern! Sag schon.

Ich gebe dir einen Rebus mit.

Das ist so gut wie gar keine Information. Du weißt doch, dass ich die Dinger noch nie lösen konnte.

Ja, aber der hier ist ganz leicht.

Okay, dann los.

Der Vorname des Autors von *Zeit und Freiheit* plus K.

Was?

Zeit und Freiheit plus K.

Kapitel sechsunddreißig

Charlie sah, wie Micke zusammen mit einer jungen Frau die Bar verließ. Rasch ging sie ihnen nach.

»Wolltest du was?«, fragte er, als er Charlie sah.

»Ich muss mit dir reden.«

»Wir wollten gerade eine rauchen gehen.« Micke sah zu dem Mädchen, das lachte, als hätte er etwas Lustiges gesagt.

»Unter vier Augen«, präzisierte Charlie.

»Milla«, sagte Micke zu seiner Begleitung, »ich muss kurz mit meiner Kollegin sprechen.«

»Und was ist mit der Kippe?« Milla legte den Kopf schief.

»Hier.« Micke gab ihr eine der zwei Zigaretten, die er in der Hand hielt. »Wir sind gleich wieder da.«

»Und das Feuerzeug?«, rief Milla ihnen nach, doch da eilte ihr schon ein junger Mann zu Hilfe.

»Gehen wir zum See«, schlug Micke vor.

Charlie wollte nicht allein auf einem dunklen Pfad mit Micke sein. Auch wenn er Polizist war, er war unangenehm, und seine Worte von vorhin hatten sie beunruhigt. Trotzdem ging sie mit.

»Zigarette?«

Micke gab ihr die Packung. Sie waren bei der Außentanzfläche angekommen, die an den See grenzte.

Sie nickte, nahm sich eine Zigarette und ließ sich von Micke Feuer geben.

»Also, was willst du, Charline?«, fragte er.

Er inhalierte den Zigarettenrauch. Im Mondschein sah er alt aus, auch wenn er jünger als sie sein musste.

»Ich heiße Charlie.«

»Du wirst Charlie *genannt*«, korrigierte Micke. »Aber du heißt doch wohl Charline?«

»Ich wollte nicht mit dir sprechen, damit wir uns über meinen Namen streiten.«

»Was willst du dann?« Micke lächelte.

»Ich will wissen, wer dich vorhin bedroht hat. Warum du die Akte zurückhaben willst und …«

»Und?«

»Und warum du mich unbedingt an meine Herkunft erinnern musst.«

»Zu deinem eigenen Besten«, erklärte Micke. »Alles ist nur zu deinem Besten. Mehr kann ich dazu nicht sagen.«

»Das reicht nicht«, erwiderte Charlie. »Wenn du die Akte zurückhaben willst, brauche ich mehr.«

»Und was bekomme ich dafür?« Mickes Augen glänzten.

»Die Akte«, sagte Charlie.

Himmel, wie dumm dieser Mann doch war.

»Wohin gehst du?«, fragte Micke, als Charlie sich zurück zum Motel wandte. »Wir sind hier noch nicht fertig. Ich will noch das Versprechen, dass du nicht weiter in dem alten Fall gräbst.«

»Warum?« Charlie blieb stehen und drehte sich um. »Du hast mir doch die Unterlagen gegeben. Warum willst du auf einmal nicht mehr, dass ich nachforsche?«

»Okay, das kommt von Olof. Er hat entdeckt, dass die

Akte im Archiv fehlt. Keine Ahnung, warum. Auf jeden Fall muss ich sie zurückbringen.«

»Warum ist Olof das so wichtig?«

»Was weiß denn ich. Das musst du ihn schon selbst fragen.«

So wenig Charlie ihm sonst traute, jetzt glaubte sie ihm. Hier würde sie jedenfalls nicht weiterkommen, weshalb sie das Thema wechselte.

»Warum hast du gesagt, ich soll mich vor Johan in Acht nehmen?«

»Vergiss es, wir gehen jetzt zurück.« Micke setzte sich in Bewegung.

»Warum soll ich mich vor Johan in Acht nehmen?« Charlie schloss zu ihm auf.

»Ich verspreche dir, mich von dem Fall zurückzuziehen, wenn du es sagst«, log sie.

»Weil ich ein paar Informationen über ihn eingeholt habe.«

»Was für Informationen? Was weißt du über ihn?«

»Sein Vater und deine Mutter lebten zusammen.«

»Das weiß ich«, meinte Charlie trocken. »Ich habe mit ihnen zusammengewohnt.«

»Ich habe gehört, dass sie sich schon früher kannten«, sagte Micke. »Von gewissen Quellen.«

»Was für verfluchte Quellen?«

Charlie wurde heiß, als sie erkannte, worauf Micke hinauswollte.

»Das darf ich nicht sagen, aber ich würde ihn an deiner Stelle nicht vögeln. Wenn du nicht mit deinem eigenen Bruder ins Bett steigen willst.«

Charlie sah Micke verständnislos an. Das konnte einfach nicht wahr sein.

»Er ist nicht mein Bruder«, sagte sie mit brechender Stimme.

»Laut meinen Quellen ist er das. Aber du kannst immer noch hoffen, dass es nicht stimmt. Deine Mutter war ja nicht gerade für ihr monogames Leben bekannt.«

Lass seine Worte nicht an dich heran, dachte sie. Er ist ein Idiot. Niemand, den man ernst nehmen müsste. Sie stolperte über einen Stein und stürzte, knallte mit dem Kopf auf den Boden. In ihren Ohren rauschte es.

Micke eilte zu ihr.

»Ich komme schon klar«, wehrte sie ihn ab, als er ihr aufhelfen wollte.

»Wie du willst.«

Er ging weiter.

»Ich werde nicht aufhören«, sagte sie. »Ich werde herausfinden, um was es hier eigentlich geht.«

»Nein«, erwiderte Micke, ohne sich umzudrehen. »Das wirst du nicht.«

Langsam rappelte sie sich auf und rief Johan an.

»Wo zum Teufel steckst du?«, sagte sie, als sich die Mailbox einschaltete. »Wo um alles in der Welt bist du nur?«

Auf dem Parkplatz des Motels holte Charlie die Visitenkarte des Taxifahrers hervor. Zehn Minuten später bog ein alter weißer Mercedes vor ihr auf den Platz, und ein Mann beugte sich über den Beifahrersitz, um ihr die Tür zu öffnen.

»Ich heiße Josef«, stellte der Mann sich vor, nachdem sie eingestiegen war.

»Aha.«

»Was ist passiert?«

»Nichts«, entgegnete Charlie. »Warum fragst du?«

»Dein Gesicht.«

Charlie schaltete die Selfiekamera ihres Handys ein und verstand nun die Frage des Mannes. Ihre Wangen waren voller Erde.

»Feuchttuch?«, fragte Josef und reichte ihr ein stark parfümiertes Tuch.

Sie wischte sich den Schmutz von den Wangen.

»Und wohin soll es gehen?«

Charlie nannte die Adresse.

»Also zu Susanne«, sagte Josef, während er auf die Straße einbog.

»Genau.«

»Seid ihr miteinander bekannt?«

»Ich bin ihre Schwester«, antwortete Charlie, ohne nachzudenken.

»Ach, ich wusste gar nicht, dass sie eine Schwester hat. Aber es ist gut, dass jemand bei ihr ist, jetzt, wo sie allein ist. Ich habe ihr vorgeschlagen, zu unseren Gottesdiensten zu kommen, aber das hat sie strikt abgelehnt. Susanne ist eben … Sie macht alles auf ihre Art.«

Josefs Worte verblassten zu einem Hintergrundgemurmel, während ihre Gedanken immer lauter in ihrem Kopf schrien: *Er könnte dein Bruder sein! Du schläfst vielleicht mit deinem eigenen Bruder!* Sie wählte wieder Johans Nummer. Keine Antwort.

»Du warst schnell da«, sagte sie, um über etwas Neutrales zu sprechen, das sie von der Panik ablenkte.

»Ich war sowieso gerade unterwegs«, antwortete Josef. »An Abenden wie heute wird man ständig gebraucht. Ich sammele die Leute aus dem Graben auf und fahre schwankende Teenager nach Hause. Nicht nur, wenn im Motel gefeiert wird. Letztens habe ich auch die arme Nora drüben im Smedstorpsvägen gesehen.«

»Nora Roos?«

»Ja, kennt ihr euch? Ach ja, natürlich kennst du sie, als Susannes Schwester.«

»Ich weiß nur, dass sie die Mutter von Annabelle ist«, antwortete Charlie. »Aber ich dachte, sie wäre in Solhem?«

»Sie hat wohl eine Ausgangserlaubnis«, meinte Josef. »Sie ging mitten auf der Straße, einige Kilometer von zu Hause entfernt, und trug nur Bluse und Rock. Fredrik war sehr dankbar, als ich sie zu ihm gebracht habe.«

»Wann war das?«

»Ich glaube, am Donnerstag. Ich mache am Donnerstag immer meinen Wocheneinkauf und …«

»Könntest du mich dorthin fahren?«, unterbrach Charlie ihn.

»Zu den Roos? Jetzt?«

»Ja.«

»Ich weiß nicht … Ich meine, ist das so klug?«

»Ich muss wirklich ganz dringend zu ihnen.«

Francesca

Mitten in der Nacht wachte ich auf, weil ich das Gefühl hatte, dass mich jemand würgte. Jemand saß auf meiner Brust und wollte mich töten. Ich schlug um mich, doch da war niemand.

Ich muss hier raus, dachte ich. Ich muss raus aus diesem Haus, aus diesem Körper. Kurz darauf war ich auf der Allee. Ich trug nur mein Nachthemd, spürte die Kälte aber nicht. Ich rannte, als würde ich vor jemandem davonlaufen. Ich rannte, als könnte ich so vor mir selbst davonlaufen.

Dann blendete mich ein Licht, und ich hielt den Arm vor die Augen. Das Auto hielt an, ein Mann stieg aus.

»Geht es dir gut?«, fragte er.

»Könnten Sie bitte das Licht ausschalten?«

Er blendete ab.

»Wohin willst du denn?«

»Ich weiß es nicht«, antwortete ich. »Ich … renne nur ein wenig herum.«

»Dir ist doch bestimmt kalt.«

»Nein, gar nicht.«

»Wo wohnst du?«

»Gudhammar.« Ich winkte in Richtung des Gutshauses.

»Das ist aber ganz schön weit zu laufen. Soll ich dich nicht heimfahren?«

»Meine Mutter hat gesagt, ich darf nicht zu Fremden ins Auto steigen.«

»Aber bei null Grad im Nachthemd draußen herumlaufen darfst du?«

Ich lachte. Die Wahrscheinlichkeit, mitten im Nirgendwo einen Mann mit ein bisschen Humor zu treffen, war verschwindend gering.

»Sie weiß nichts davon«, erklärte ich und drehte mich um. »Ich laufe dann wohl mal besser zurück.«

»Ja, das ist sicher das Beste.«

»Aber trotzdem vielen Dank für das Angebot.«

Erst auf dem Heimweg begann ich zu frieren.

Am Morgen waren meine Füße immer noch eiskalt und rot und weiß von der Kälte. Das wäre so typisch, dachte ich, wenn ich jetzt auch noch Erfrierungen davontragen würde.

»So kann es nicht weitergehen«, sagte Mama später am Tag, nachdem ich stundenlang im Bett gelegen und an die Zimmerdecke gestarrt hatte.

Ich fragte, ob sie damit etwas Bestimmtes meine, und sie zählte einige Dinge auf. Die Grube im Garten zum Beispiel, die müsse weg. Sie und Papa hätten mich graben lassen, weil es möglicherweise eine gewisse therapeutische Wirkung auf mich habe, aber jetzt reiche es. Die Grube müsse gefüllt werden, bevor noch jemand hineinfiel und sich die Knochen brach.

»Und was noch?«, fragte ich.

»Du hast deine Tasche einfach in den Schrank geworfen, ohne sie auszupacken. Wie lange soll sie noch da liegen?«

Mama drehte mir den Rücken zu, und ich dachte, dass

ich niemals ein Mensch werden wollte, der sich um die Ordnung in den Schränken anderer Gedanken machte.

Als Mama das Zimmer verlassen hatte, holte ich die Tasche hervor. Ganz unten unter den Kleidern lag ein Buch, das nicht mir gehörte. Ich nahm an, dass Paul es in mein Wohnheimzimmer gelegt hatte, wie immer, wenn er fand, ich solle etwas lesen. Ich las den Titel. *Zeit und Freiheit* von Henri Bergson. Ich blätterte darin herum bis zu einer Seite mit einem Eselsohr und erkannte, dass das der Philosoph war, von dem Paul im Frühjahr erzählt hatte. Der mit der positiven Philosophie und der eigenen Zeitauffassung. Die Zeit, las ich, ist nicht linear, sondern Gegenwart und Vergangenheit fließen zusammen.

Ich legte mich auf den Boden, das Buch aufgeschlagen auf meinem Bauch, und suchte das Zeitfenster, das mich zurück zum Herbstball brachte. Dieselbe Erinnerung wie zuvor, Paul und ich am Wasser. Wir trinken, schlucken Pillen, lachen, und dann der plötzliche Ernst: *Kann ich später mit dir reden, Fran? Ich glaube, ich habe jemanden gefunden. Ich glaube, ich bin verliebt, Fran.*

Zeit und der freie Wille. Ich setzte mich auf und atmete schneller.

Ich glaube, ich bin verliebt, Fran. Kann ich später mit dir reden?

Plötzlich wurde mir schwindelig, sodass ich mich wieder hinlegte und die Augen schloss.

Der Name des Autors von Zeit und Freiheit *plus K.*

Der Vorname des Autors dieses Buches lautete Henri. Henri plus K.

Liebe ist nicht immer rational. Henrik.

Paul war in Henrik Stiernberg verliebt.

Kapitel siebenunddreißig

»Bitte warte hier«, sagte Charlie zu Josef, als sie das Haus der Familie Roos erreichten. Sie ging zur Tür und klopfte.

»Es ist mitten in der Nacht!«, erinnerte Josef sie, der trotz ihrer Bitte ausgestiegen und ihr gefolgt war. Sie wollte gerade erwidern, dass sowieso niemand da zu sein schien, als Fredrik im Morgenmantel und mit zerwühltem Haar öffnete.

»Was ist denn los?«, fragte er.

»Bitte entschuldigen Sie«, sagte Charlie, »ich störe Sie nur ungern mitten in der Nacht, aber …«

»Ist etwas passiert?«

Fredrik zog den Morgenmantel enger um sich.

»Ich würde gern mit Ihnen über Nora sprechen.«

»Ist sie …?«

»Nein, nein«, beruhigte ihn Charlie rasch, als sie die Angst in seinen Augen sah. »Ich glaube, sie war bei Susanne Johnsson. Die Kinder haben gesehen, wie jemand ums Haus geschlichen ist, und eine Frau hat den Jungen vor der Schule Süßigkeiten geschenkt. Und nun ist auch noch ein Bild verschwunden, an dem Susanne gerade malt.«

»Und warum glauben Sie, dass Nora das alles getan hat?«, fragte Fredrik. »Nur weil sie psychisch krank ist, heißt das doch nicht …«

»Das Gemälde zeigt Ihre Tochter«, erklärte Charlie.

»Wie bitte? Wer ist hier eigentlich psychisch krank?«

»Entschuldigen Sie. Ich weiß auch nicht, was in mich gefahren ist. Es war nur eine Idee. Ich hätte vorher anrufen sollen.«

»Sie sollten nicht mitten in der Nacht bei Leuten auftauchen und sie des Diebstahls bezichtigen. Haben wir nicht schon genug durchgemacht?«

»Bitte entschuldigen Sie«, wiederholte Charlie. »Es tut mir furchtbar leid.«

Sie wandte sich zum Gehen. Josef hatte sich bereits wieder ins Auto gesetzt.

»Sie hat irgendetwas in der Garage gemacht«, sagte Fredrik plötzlich. »Wir können nachschauen. Aber was es auch ist, ich will nicht, dass Nora angezeigt wird.«

»Niemand wird sie anzeigen.«

Sie sahen das Bild sofort, als sie die Garage betraten. Es war nur halb mit einem Laken verhängt, das Fredrik abzog. Als er das ganze Gemälde sah, schnappte er nach Luft. Dann streckte er die Hand aus und strich sanft über die Wange seiner Tochter.

Kapitel achtunddreißig

Josef setzte Charlie am Tor ab, nachdem er widerwillig dreihundert Kronen für seine Mühe entgegengenommen hatte. Eigentlich wäre das zu viel, meinte er.

Susanne war nicht zu Hause. Charlie setzte sich im Wohnzimmer aufs Sofa und widerstand der Versuchung, die Reste aus den Gläsern auszutrinken, die noch auf dem Tisch standen.

Es pochte in ihren Schläfen. Mit diesen Kopfschmerzen und rotierenden Gedanken würde sie unmöglich einschlafen können. Sie ging in die Küche und füllte ein großes Glas mit Wasser, dann ging sie nach oben in Nils' Zimmer, in dem sie während ihres Aufenthalts schlief, nahm ihren Laptop und setzte sich aufs Bett. Sie tippte Johans Namen bei Google ein und klickte auf Bildersuche. Als Erstes erschien ein Schwarz-Weiß-Foto, auf dem er lächelte. Es musste schon ein paar Jahre alt sein, da noch keine Falte in seinem Gesicht zu sehen war. Sie sah sich die Form der Augen, ihre Farbe, sein Lächeln genauer an. War Mattias ihrer beider Vater? Nein, das konnte nicht sein. Das durfte nicht sein.

Als Johan auf ihren Anruf wieder nicht reagierte, erfasste sie eine Angst, die stärker war als alle Befürchtungen über eine eventuelle Blutsverwandtschaft. War ihm etwas zugestoßen? Sie wählte die Nummer des Motels.

Es war fast zwei Uhr nachts, und sie erwartete nicht, dass jemand abnahm, doch dann hörte sie überrascht Eriks Stimme. Nachdem sie den Grund ihres Anrufs erklärt hatte, sagte Erik, er würde nach oben gehen und nachschauen. Charlie hörte, wie er zu jemandem sagte, die Bar sei geschlossen, und nein, er werde kein Bier mehr ausschenken. Entschiedener fügte er hinzu: »Pack deine Freunde ein und geh endlich, Svenka.«

Eriks Atem wurde schwerer, weshalb er wohl bald bei Johans Zimmer war. Kurz darauf klopfte er.

»Er ist nicht da«, meldete er sich schließlich wieder. »Oder er schläft sehr tief.«

»Können Sie die Tür öffnen?«, fragte Charlie.

»Um diese Uhrzeit mache ich das normalerweise nicht. Ist es wichtig?«

»Ich habe Angst, dass ihm etwas zugestoßen ist«, erläuterte Charlie. »Ich habe ihn den ganzen Abend nicht erreicht, und er hat nicht ausgecheckt. Er wollte aufs Erntedankfest und ...«

»Sie wollen also, dass ich reingehe?«

»Ja, bitte. Es wäre wirklich gut, wenn Sie nachsehen könnten.«

»Da muss ich schnell den Generalschlüssel holen.«

Charlies Herzschlag beschleunigte sich. Eine Ewigkeit schien zu vergehen, bis Erik die Zimmertür öffnete.

»Ist er da?«, fragte sie, als Erik nichts sagte.

»Nein, das Zimmer ist leer.«

»Aber seine Sachen? Sind die noch da?«

Bitte, sag Nein, sag, dass das Zimmer ausgeräumt ist, damit ich hoffen kann, dass er einfach zurück nach Stockholm gefahren ist.

»Ja«, bestätigte Erik. »Alles noch da.«

Charlie wusste nicht, was sie tun sollte. Sie konnte einen erwachsenen Mann, der sich gerade mal einen halben Tag nicht gemeldet hatte, nicht als vermisst melden. Und bei wem vor allem? Sie könnte selbst herumfahren und nach ihm suchen, doch sie hatte getrunken. Sie versuchte sich mit allen möglichen logischen Erklärungen zu beruhigen, doch keine war überzeugend. War er doch nach Stockholm zurückgefahren? Aber wieso waren seine Sachen dann noch hier? Vielleicht hatte er es eilig gehabt. Aber was könnte so eilig gewesen sein? Wieder las sie Johans SMS. *Ruf mich an. Ich glaube, ich habe etwas gefunden.*

Auf was war er gestoßen?

Heute werde ich sicher kein Auge mehr zumachen, dachte sie und sah zur Zimmerdecke. Doch nach einer Weile fiel sie dennoch in unruhigen, verschwitzten Schlaf.

Kapitel neununddreißig

Susanne kam im Morgengrauen nach Hause, mit verwischter Schminke und zerzaustem Haar. »Bist du noch wach?«, fragte sie.

Sie starrte Charlie überrascht an, die mit geöffnetem Laptop am Küchentisch saß.

»Ich kann Johan nicht erreichen.«

»Seit wann?«

»Seit gestern. Er geht nicht ans Handy, hat nicht ausgecheckt und ist nicht in seinem Zimmer. Zumindest war er das gestern nicht.«

»Vielleicht ist er ja inzwischen da?«

»Vielleicht. Ich warte nur noch, bis ich wieder nüchtern bin, dann fahre ich selbst hin und sehe nach. Im Moment geht keiner ans Telefon.«

»Es ist bestimmt alles in Ordnung«, versuchte Susanne sie zu beruhigen. »Das muss nicht bedeuten, dass …«

Sie unterbrach sich. Charlie sah an ihrem Blick, dass ihr genauso bewusst war, dass das alles bedeuten konnte.

»Ich weiß übrigens, wo das Gemälde ist«, sagte sie.

»Was?«

»Es war bei Nora Roos. Sie hat es mitgenommen, und wahrscheinlich ist sie auch hier auf dem Grundstück herumgeschlichen. Zumindest stimmen die Zeitpunkte mit ihrem Ausgang aus der Klinik überein.«

»Wie hast du das herausgefunden?« Susanne sah sie überrascht an.

»Josef hat erzählt, dass er sie am selben Tag, an dem das Bild verschwand, mitgenommen hat. Deshalb bin ich zu den Roos gefahren.«

»Du bist heute Nacht zu Fredrik und Nora gefahren? Bist du verrückt, Charlie?«

»Ich wollte nur überprüfen, ob das Gemälde dort ist, was es auch war. Das wäre also zumindest geklärt.«

»Nichts ist geklärt, verdammt noch mal«, entgegnete Susanne. »Glaubst du, sie denken jetzt besser von mir, nachdem ich ihre Tochter in genau der Umgebung gemalt habe, in der man ihre Leiche gefunden hat?«

Charlie ging zum Auto. Der Wind hatte gedreht, die Papierfabrik war sehr deutlich zu riechen. Das Gedächtnis für Gerüche war das stärkste, hatte sie mal irgendwo gelesen. Es schien zu stimmen, denn bei diesem ganz bestimmten Geruch nach… Scheiße musste sie sofort an ihr Bett in Lyckebo denken. Betty hatte nie gelernt, die Wäsche nicht rauszuhängen, wenn der Wind aus Norden kam.

Sie ärgerte sich, dass sie ihren Alkomat nicht dabeihatte. Obgleich sie ziemlich sicher war, dass er nicht ausschlagen würde. Ihr Körper baute Alkohol rasend schnell ab, wie sie schon oft gemerkt hatte.

Der Morgen war frisch und klar. Die Sonne schien über dem Wald und den lehmigen Feldern. Charlie stellte den örtlichen Radiosender ein; ein Reporter interviewte gerade einen Bauern zum Erntedankfest, das zwei Tage andauerte. Seiner Meinung nach gab es keinen Grund zu feiern, denn es ging nicht länger um die Ernte, die war ja nicht mehr so wie früher. Außerdem war der Sommer hier in der Gegend staubtrocken gewesen, und das bisschen Regen, das heruntergekommen war, war genau nach der Heuernte gefallen. Es gab schlicht und ergreifend nichts zu feiern.

Nachdem Charlie auf die etwas größere Straße eingebogen war, fuhr ein Auto dicht hinter ihr und blendete wiederholt auf.

»Verdammt«, fluchte sie laut, als sie im Rückspiegel einen Streifenwagen erkannte. Sie fuhr an den Straßenrand und hielt an.

Micke und Olof schlenderten heran.

»Hallo, Lager«, sagte Olof. »Habe schon gehört, dass du wieder da bist. Hat dich das Erntedankfest hergelockt?«

Charlie wusste nicht, ob das ein Witz sein sollte.

»Du hast ein bisschen zu viel Gas gegeben«, sagte Micke.

»Ach, hör schon auf!«, erwiderte Charlie.

»Nein, so einfach ist das nicht«, entgegnete Micke. »Du bist neunzig auf einer Straße gefahren, auf der nur siebzig erlaubt ist. Und du weißt ja vielleicht, was das heißt.«

»Ich bin nicht neunzig gefahren«, wehrte sich Charlie. »Auf keinen Fall.«

»Es waren sogar einundneunzig Stundenkilometer«, präzisierte Micke.

»Verflucht noch mal!« Charlie schlug gegen das Lenkrad. »Was wollt ihr eigentlich?«

»Wir wollen nur, dass du dich ans Gesetz hältst«, sagte Micke. »Auch Polizisten müssen sich an Regeln und Vorschriften halten, sogar die Höhergestellten aus Stockholm. Ja, du musst dich gar nicht so aufregen, wir machen nur unsere Arbeit. Wenn dir das nicht passt, kannst du ja nach Stockholm zurückfahren.«

»Nimmst du es mit den Regeln und Vorschriften immer so genau?«, fragte Charlie, als Micke den Strafzettelblock hervorholte.

»Mach mal halblang, Micke«, schaltete sich Olof ein. »Dieses Mal lassen wir es gut sein.«

Es knackte im Polizeifunk. Charlie hörte, dass man im alten Schmelzwerk einen Mann gefunden hatte.

»Wir müssen los«, sagte Micke.

»Was ist passiert?« Charlies Herzschlag beschleunigte sich.

Weder Olof noch Micke gaben ihr eine Antwort, rasten nur mit Blaulicht und Sirene davon. Charlie startete den Wagen und folgte ihnen, bis ein Traktor direkt vor ihr auf die Straße bog. Sie musste scharf bremsen, um nicht mit ihm zu kollidieren. Wütend drückte sie auf die Hupe, doch der Traktorfahrer ließ sich nicht beirren und versperrte ihr weiter den Weg. Erst nach einer gefühlten Ewigkeit konnte sie ihn überholen.

Vor den Toren des Schmelzwerks hatten sich bereits Neugierige versammelt. Charlie parkte den Wagen, stieg hastig aus und rannte auf das Gelände. Der rote Sand wirbelte um ihre Füße. Der Streifenwagen war nirgends zu sehen. Eine bedrohliche Stille lag über der alten Fabrik. Ein Schwarm schwarzer Vögel überquerte die rostigen Stahlfassaden und das Dach. Das Schmelzwerk war riesig, wie eine eigene Kleinstadt aus Eisen, Stahl und Öfen. Die Hölle, wie Betty die Fabrik genannt hatte. *Eine Hölle mit Platz für viele verlorene Seelen.*

Charlie wirbelte herum, als Sirenen laut wurden und ein Krankenwagen dicht neben ihr auf dem Gelände hielt. Und da tauchte Micke auf. Er kam aus einem der großen Schuppen und winkte die Sanitäter zu sich. Charlie lief zu ihm.

»Wer?«, fragte sie panisch. »Wer ist es?«

»Dafür haben wir jetzt keine Zeit«, entgegnete Micke knapp. »Lass uns unsere Arbeit machen.«

Charlie sah über seine Schulter. Ein Mann wurde auf einer Trage herausgebracht.

»Ist es Johan?«, fragte sie, obwohl sie es bereits wusste. Sie erkannte den blauen Pullover, den er bei ihrem letzten Treffen getragen hatte. »Was ist passiert?«

»Er ist verletzt«, antwortete Micke.

»Wo? Wodurch?«

»Am Hinterkopf. Ein Schlag, so wie es aussieht.«

»Und wer war es?«

»Woher soll ich das wissen?«

Charlie fuhr hinter dem Krankenwagen her. Ihre Gedanken rasten. Eine Verletzung durch stumpfe Gewalteinwirkung am Hinterkopf. Wie schlimm war es? So etwas konnte lebensbedrohlich sein. Sie überlegte rasch, welche Hirnfunktionen sich in dem Bereich befanden; der Hinterhauptslappen, der für die Verarbeitung von Sinneseindrücken zuständig war, oder wenn die Verletzung tiefer saß, könnte das Kleinhirn betroffen sein, das Gleichgewichtssinn und Grobmotorik steuerte… Weiter kam sie nicht, alles verschwamm in ihrem Kopf.

Krankenhaus Skaraborg stand auf einem Schild vor dem Haupteingang des großen blaugrauen Betongebäudes.

Charlie lief zu schnell in die automatische Drehtür und brachte sie damit zum Stillstand. Der Druck auf der Brust wurde stärker, das Herz hämmerte immer drängender. Nicht jetzt. Doch die Panikattacke war bereits ausgebrochen. Dann setzte sich die Drehtür langsam wieder in Bewegung. Charlie stürzte in die Eingangshalle und setzte sich auf eine Bank. Sie legte den Kopf in die Hände und atmete so ruhig wie möglich. Ein paar Minuten später konnte sie aufstehen und zum Empfangstresen gehen. Der Mann dahinter war wie ein Pfleger gekleidet und geradezu provozierend entspannt, als sie ihn nach dem Weg zur Notaufnahme fragte. Also, es gebe ja rote und gelbe Flure, und …

»Zeigen Sie es mir einfach«, unterbrach ihn Charlie und rannte in die Richtung, in die der Mann gedeutet hatte.

»Es ist ausgeschildert«, rief er ihr nach.

Francesca

Ich hatte die halbe Nacht wach gelegen und über Pauls Liebe zu Henrik Stiernberg nachgegrübelt. Auf ihn wäre ich nie, niemals gekommen. Wurde die Liebe erwidert?, fragte ich mich jetzt. Hatte sich Henrik deshalb vor den anderen so mies gegenüber Paul verhalten, weil er sich für seine Gefühle schämte? Und die Ballnacht? War vielleicht etwas zwischen den beiden passiert… Ich muss mit Henrik reden, dachte ich, als ich in Céciles Nachthemd im Bett saß und alles aufschrieb, was ich bisher herausgefunden hatte. Dann fügte ich noch eine Überschrift hinzu: *Räume in der Zeit.* Ich betrachtete die Worte und spürte einen gewissen Stolz, dass ich Henri Bergsons Gedanken zur Zeit umgesetzt hatte, dass der Kreis jetzt vielleicht geschlossen war.

Es kribbelte im ganzen Körper. Ich war so wach wie in den Nächten, wenn ich mich aus dem Wohnheim in Adamsberg geschlichen hatte. Lange wälzte ich mich herum, bis ich schließlich aufgab. Ich musste hier raus.

Schon auf der Außentreppe merkte ich, dass etwas anders war. Ein Licht brannte, wo es eigentlich dunkel sein sollte, ein Feuer flackerte hinter den Fenstern des Torhauses. Mein erster Gedanke war, dass der alte Vilhelm zurück war, dass er auf seinem knarzenden Küchenstuhl saß, die Spielkarten mischte und darauf wartete, eine letzte Partie Poker spielen zu dürfen. Aber ich glaubte nicht an Wiedergänger. Jemand anders war im Haus, hatte Licht gemacht. *Geh zurück,* dachte ich, während ich barfuß über die Auffahrt ging. Die Steine waren scharf und kalt unter meinen Füßen, doch das spürte ich kaum, weil ich so auf das Torhaus konzentriert war. Vielleicht war es Ivan? Dem wieder einmal etwas eingefallen war, was er noch holen musste.

Vor der kleinen Veranda blieb ich stehen. Zögerte an der letzten Stufe, bevor ich einen großen Schritt machte und vorsichtig durch das Fenster spähte. Im Haus brannte kein Licht, sondern ein Feuer im Kamin. Doch nicht die Flammen ließen mich zurückzucken und die Stufen hinunterstolpern. Sondern was ich gesehen hatte. Auf einer Decke vor dem Kamin lag meine Mutter. Sie war nackt. Ihre Hände waren in den dunklen Haaren des ebenfalls nackten Mannes vergraben, der ihre Brust küsste. Ich erkannte ihn sofort, auch ohne sein Gesicht zu sehen. Es war Adam. Mama und Adam Rehn.

Als ich am nächsten Tag aufwachte, versuchte ich mir einzureden, dass ich nur geträumt hatte. Doch das war natürlich unmöglich. Was sollte ich tun? Es Papa erzählen? Niemals. Außerdem wusste er es wahrscheinlich, da er Adam ja entlassen hatte. Und warum sollte ich ihm etwas erzählen? Ich hatte schließlich auch nie verraten, wie »freundschaftlich« er mit Frauen auf Einladungen umgegangen war. Es war also nur recht und billig, wenn ich jetzt auch nichts sagte. Ich empfand sogar einen ganz ungewohnten Respekt vor Mama, doch vor allem war ich überrascht. Ich hatte sie immer als das wissende Opfer gesehen, das schweigend litt, doch sie war offensichtlich mehr als nur eine Figur in Papas Spiel. Die Waagschalen waren jetzt fast gleichauf.

Ich dachte an Paul. *Liebe ist nicht rational.* Hatte er bei diesen Worten an Henrik gedacht? Mir fiel beim besten Willen nichts Irrationaleres ein, als in Henrik Stiernberg verliebt zu sein. Ich hätte Paul so gern gefragt, wie er nur Gefühle für ein solches Schwein haben konnte. *Du hast etwas viel Besseres verdient, Paul Bergman.*

Als ich aufstand, hatte ich einen Entschluss gefasst. Ich würde zum Friedhof fahren, zu Pauls Grab. Ich wusste, dass Mama und Papa mich nicht allein fahren lassen würden, und ich wollte nicht, dass sie im Auto warteten. Als sie nach dem Mittagessen auf der Veranda in der Herbstsonne saßen, nahm ich daher einfach Großmutters altes Fahrrad und radelte nach Gullspång. Der Platz im Zentrum war fast menschenleer, nur ein paar Männer saßen auf einer Bank vor dem Supermarkt. Es war ein trauriger Anblick, wie sie da mit ihren Bierdosen herumlungerten und sich laut unterhielten. Nach der Fahrt war ich durstig und beschloss, mir etwas zu trinken zu kaufen.

»Hallo, feines Fräulein«, rief einer der Männer, als ich das Fahrrad im Fahrradständer abstellte. »Woher kommst du denn?«

Mama hatte mir verboten, mit den Säufern auf der Bank zu sprechen. Ich sollte einfach so tun, als wären sie gar nicht da. Ihre Regeln, dass man seinem Gegenüber in die Augen sehen sollte, höflich auf Fragen antworten und entsprechende Gegenfragen stellen sollte, galten offenbar nicht für alle Menschen.

Aber jetzt war ich allein, und da tat ich, was ich wollte.

»Ich bin die Tochter von Rikard und Fredrika Mild«, erzählte ich.

»Gudhammar?«, sagte der Mann neben dem, der sie angesprochen hatte. Er trug nur ein T-Shirt, schien aber nicht zu frieren. »Bist du die Tochter von den feinen Herrschaften in Gudhammar?«

Ich nickte.

»Ich habe mich für deinen Großvater ums Heu gekümmert, als ich jung war«, sagte einer, der bisher geschwiegen hatte, ein zahnloser, ausgezehrter kleiner Mann. »Dein Großvater war ein guter Mann. Hat uns behandelt wie …«

»Menschen«, warf der Mann im T-Shirt ein und holte einen Flachmann hervor, den er mir reichte.

Ich schraubte ihn auf und nahm einen großen Schluck. Es brannte angenehm in der Kehle. Die drei Männer sahen mich anerkennend an.

»Kommst du zum Fest?«, fragte der Mann im T-Shirt, als ich ihm den Flachmann in seinem Lederfutteral zurückgab.

»Was für ein Fest?«

»Das Erntedankfest«, antwortete er, als wäre das Allgemeinwissen.

»Wann ist das?«

»Jetzt am Freitag und Samstag.«

»Was erzählst du wieder für Lügengeschichten?«, ertönte plötzlich eine Stimme hinter mir.

Ich drehte mich um. Eine Frau in einem geblümten Kleid mit einem Strickpulli war hinzugekommen. Es war die Frau aus der Konditorei. Die mit der kleinen Tochter.

»Ich lüge nie«, wehrte sich der Mann. »Ich habe Fräulein Mild nur erzählt, dass hier am Wochenende ordentlich gefeiert wird.«

Die Frau musterte mich von oben bis unten mit einem

Blick, den ich nicht einordnen konnte. Neugierig? Missbilligend? Dann lächelte sie und sagte, dass man sich bei ihr vor dem Erntedankfest treffe, um sich auf die Feier einzustimmen.

»Ihr seid auch eingeladen.« Sie sah zu den Männern, dann zu mir. »Du auch. Wir singen und tanzen und …«

»Trinken unglaublich viel!«, vervollständigte der dürre Mann den Satz. »Betty hat immer so viel Leckeres anzubieten.«

»Mach dich nicht über mich lustig«, sagte die Frau scharf.

»Das mache ich doch gar nicht!«, rief ihr der Mann hinterher. »Es stimmt doch. Das ist die Wahrheit, Betty!«

Betty antwortete nicht, und der dürre Mann schüttelte den Kopf und murmelte, dass die Frau einfach verdammt unberechenbar sei.

Als Kind war ich zu Weihnachtsgottesdiensten in der Kirche von Gullspång gewesen. Da war sie mir ganz normal vorgekommen. Doch im Vergleich zur Kapelle von Adamsberg war sie ansehnlich und einladend. Ich musste nicht lange nach Pauls Grab suchen. Es lag in einer Reihe von Gräbern, die von großen Kastanienbäumen beschattet wurden. Sein Stein war aus einem anderen Material als die umliegenden grauen Grabsteine; vielleicht grüner Marmor. Langsam strich ich mit dem Finger über die Inschrift.

Unser geliebter Paul Bergman. 29.01.1972 – 01.09.1989.

Ich setzte mich ins feuchte Gras. Dann legte ich mich so hin, wie ich mir Paul in seinem Sarg vorstellte, die Hände über der Brust gefaltet. Oder war Paul eingeäschert worden? Und wenn nicht, wanden sich bereits die Würmer aus seinen Augenhöhlen?

Ich blinzelte angestrengt, um das Bild zu vertreiben. Er spürte ja sowieso nichts mehr. Er ist im Niemandsland, tröstete ich mich. Er ist jetzt dort, wo er vor seiner Geburt war, wo er nichts fühlt und nichts sieht, nicht einmal die Dunkelheit.

Ich schloss die Augen und spürte, wie die Feuchtigkeit durch meine Kleider drang. Mir war trotz der Kälte warm. Ich stellte mir vor, wie Paul unter mir lag, und jetzt sah ich keine Würmer mehr in seinen Augen, sondern er war braungebrannt, am Leben und voller Energie.

Wusstest du, dass wenn man einem Kätzchen über einen gewissen Zeitraum die Augen verbindet, es nie zu sehen lernt? Wie ein verschlossenes Fenster, das sich nicht mehr öffnen lässt.

Ich wachte auf, als mich jemand anstupste. Es war dunkel auf dem Friedhof, und ich schrie auf, als ich den Mann mit der Harke neben mir sah. Ich versuchte, mich aufzurappeln, doch ich war ganz steif vor Kälte und zu langsam.

»Ganz ruhig«, sagte eine bekannte Stimme. »Ganz ruhig.«

Ich kniete mittlerweile und konnte sein Gesicht sehen. »Adam?«

»Ja, ich bin's. Was machst du hier, Francesca? Und so dünn angezogen? Willst du dir den Tod holen?«

»Ich bin eingeschlafen.«

»Du hast mich erschreckt.«

»Gleichfalls.« Langsam beruhigte sich mein Puls.

Ich dachte, dass Adam sicher nicht der Typ war, der mich mit seiner Harke erschlagen und in ein offenes Grab werfen würde. Wenn ich an den Abend zurückdachte, an dem ich ihn mit Mama gesehen hatte, schien er vor allem ein … leidenschaftlicher Mensch zu sein.

»Ihr wart befreundet, nicht wahr?« Adam deutete auf das Grab.

»Ja.«

»Furchtbar.« Adam legte die Hand auf den Grabstein. »Es ist einfach furchtbar.«

»Kanntest du ihn?«, fragte ich.

»Nein, aber seinen Vater. Ich habe mir ein paar Jahre lang hier etwas dazuverdient.« Er ließ den Blick über die umliegenden Gräber schweifen. »Und jetzt wird es wohl wieder mehr werden.«

»Wie spät ist es?«, fragte ich.

»Viertel nach sieben.« Adam sah nicht auf seine Armbanduhr.

»Mist.«

»Soll ich dich heimfahren?«

»Ich bin mit dem Fahrrad da.«

»Mein Auto ist groß.« Adam deutete zum Parkplatz. Als ich in seinem Wagen saß, dachte ich, dass ich zwei von Mamas wichtigsten Verboten gebrochen hatte: mir den Unterleib zu verkühlen und zu einem fremden Mann ins Auto zu steigen. Aber Adam war ja kein Fremder, sondern einer unserer Angestellten. Einer unserer früheren Angestellten. Und vielleicht auch mehr.

»Warum arbeitest du eigentlich nicht mehr bei uns?«, fragte ich, weil ich auf seine Antwort gespannt war.

»Dein Vater hat das entschieden.«

»Hast du den falschen Busch gestutzt? Meine Eltern sind da sehr empfindlich.«

»Nein.« Adam lächelte nicht.

Ich wartete auf irgendeine glaubhafte Erklärung, doch er schwieg. Auf der Hälfte der Allee hielt er an und ließ mich aussteigen. Ich wollte gerade die Tür schließen, als er sich zu mir beugte und sagte, ich solle meine Mutter grüßen. »Bitte grüß Fredrika von mir.«

Mama und Papa waren fuchsteufelswild, als ich ins Haus kam. Es war egal, dass ich ihnen detailliert erzählte, wo ich gewesen war, ich hatte ihr Vertrauen enttäuscht. Wie konnte ich einfach verschwinden, ohne Bescheid zu sagen? Nach allem, was passiert war. Wie konnte ich nur?

Ich entschuldigte mich immer wieder. Ich versprach, ab jetzt ein besserer Mensch zu werden, ich würde alles in Ordnung bringen, die Grube wieder füllen, mein Zimmer aufräumen und nicht mehr aus dem Haus schleichen.

»Adam lässt übrigens grüßen«, sagte ich zu Mama, bevor ich in mein Zimmer ging.

Kapitel vierzig

Charlie ging zu der Schwester am Empfang der Notaufnahme und fragte nach dem Befinden von Johan Ro, der gerade eingeliefert worden war.

»Wer sind Sie?«, fragte die Schwester.

»Ich bin …«

Sie wusste nicht, was sie antworten sollte. Ja, wer war sie? Sie entschied sich für ihren Beruf und zeigte rasch ihren Polizeiausweis.

»Man weiß noch nichts«, berichtete die Schwester. »Er ist gerade erst reingekommen, aber Sie können gern hier warten.«

Charlie setzte sich. Ihr gegenüber wartete ein alter Mann mit rot geweinten Augen. Neben ihm saß eine Frau mittleren Alters, scheinbar seine Tochter. Weiter hinten redeten ein Mann und eine Frau aufgebracht in einer fremden Sprache miteinander.

Ein junger Arzt kam herein und ging zum Empfang. Die Schwester hinter der Scheibe nickte in ihre Richtung.

»Wie geht es ihm?«, fragte Charlie, bevor der Arzt etwas sagen konnte.

»Wissen Sie, ob Johan Angehörige hat, die wir kontaktieren können?«, wollte der Arzt wissen, ohne auf ihre Frage einzugehen.

»Ist er am Leben?«

Charlie wartete ungeduldig auf die Antwort, die einfach nicht kommen wollte. *Um Himmels willen, sag einfach, dass er lebt.*

»Ja«, bestätigte der Arzt schließlich. »Aber sein Zustand ist kritisch. Wissen Sie, ob …«

»Seine Eltern sind tot«, unterbrach ihn Charlie. »Er ist nicht verheiratet und hat keine Kinder. Ich bin wahrscheinlich seine nächste Angehörige.«

»Ich dachte, Sie wären Polizistin?« Der Arzt wirkte verwirrt. »Von der Polizei in Gullspång.«

»Das bin ich auch«, erwiderte Charlie. »Ich bin von der Polizei in Gullspång *und* eine Freundin.«

»Ich verstehe«, sagte der Arzt in einem Ton, der seine geringe Wertschätzung für Freundschaften deutlich machte.

»Ich bin seine Partnerin«, präzisierte sie daher.

»Ach so, ja, ich verstehe«, antwortete er, auch wenn er gar nichts zu verstehen schien.

»Was wissen Sie bisher?«

»Sehr wenig. Aber wir werden Sie auf dem Laufenden halten. Er wird gerade operiert. Er hat einen Schlag mit einem stumpfen Gegenstand auf den Hinterkopf bekommen. Ich melde mich, wenn wir mehr wissen.«

Die Zeit stand still. Charlie starrte auf die Zeitschriften auf dem Gestell neben sich, nahm eine und überflog die veralteten Vorschläge, wie man seine Terrasse hübsch bepflanzte. Glückliche Frauen in schwingenden Röcken säten Samen aus und hängten Walderdbeerpflanzen auf.

Er musste überleben.

Was wäre die Alternative?

Nein, er musste einfach überleben.

Eine Schwester kam und brachte sie in ein anderes Wartezimmer.

»Hier ist es ein bisschen ruhiger«, sagte sie.

Charlie sah sich in dem leeren Raum um. Hatte man sie hierhergebracht, um ihr eine Todesnachricht zu überbringen?

»Was passiert mit ihm?«, fragte sie.

»Er wird noch operiert. Sprechen Sie nachher mit den Ärzten.«

Die Schwester ließ sie allein. Charlie ging zum Kaffeeautomaten, nahm einen braunen Plastikbecher, stellte ihn unter die Düse und warf eine Zehn-Kronen-Münze ein. Nichts geschah. Sie setzte sich hin, stand jedoch sofort wieder auf. Ging zum Fenster und blickte auf den düsteren Krankenhausparkplatz hinaus. Nahm ihr Handy und surfte ziellos im Internet.

Bitte mach, dass er überlebt. Sie setzte sich wieder. Starrte mit leerem Blick vor sich hin und konzentrierte sich auf ihren Atem. Nach einer Weile – einer Stunde? Zwei Stunden? – legte sie den Kopf auf die Armlehne und schlief ein.

Fest in Lyckebo, ein großes Feuer brennt im Garten. Gefährlich nahe am Haus.

Was, wenn das Haus Feuer fängt?, sagt Charlie zu Betty.

Betty lacht nur und antwortet, dass sie sich keine Sorgen machen müsse. Es ist Herbst, überall sei es feucht, und falls wider Erwarten ein Funke aufs Haus überspringen sollte, werde er sofort ausgehen. Bei dem durchfeuchteten Holz habe er gar keine Chance.

Die Gäste kommen. *Warum hast du ein Maifeuer angezündet, Betty? Im Oktober?*

Das ist ein Oktoberfeuer, erwidert Betty lachend. Sie ist zu dünn angezogen. Ein weißes Kleid, oder ist es ein Nachthemd?

Frierst du nicht, Mama?

Warum sollte ich?

Es kommen noch mehr Gäste. Ein Mann hält etwas ins Feuer, will es grillen. Ein Schwein? Ein Wildschwein?

Willkommen!, ruft Betty, als ein neues Gesicht auftaucht, ein Mädchen. Sie ist zu jung für ein Fest in Lyckebo, das erkennt sogar Charlie.

Komm und sag Hallo, Liebling, ruft Betty. *Komm schon, Charline, und sag Hallo zu Francesca Mild.*

Kapitel einundvierzig

»Charline?« Jemand legte eine Hand auf ihre Schulter.

Charlie setzte sich auf. »Wie geht es ihm?«

»Wir haben ihn operiert, um den Druck im Kopf zu senken. Jetzt wird er bald ins Karolinska-Krankenhaus in Stockholm gebracht.«

»Wird er überleben?«

»Wir haben alles getan, was wir konnten, und im Karolinska gibt es Spezialisten für Neurochirurgie. Sie übernehmen jetzt.«

»Man weiß es also nicht?«

»Sein Zustand ist kritisch, mehr kann ich nicht sagen. Wir halten Sie auf dem Laufenden.«

»Darf ich mit ins Karolinska fahren?«

»Nicht im Krankenwagen.«

»Darf ich ihn sehen? Bevor er verlegt wird?«

Charlie war auf das Schlimmste gefasst, doch Johans Anblick war trotzdem ein Schock. Sein Gesicht war bis zur Unkenntlichkeit geschwollen, überall waren Schläuche angeschlossen, sein Kopf zum Teil kahl rasiert.

»Wie geht es dir?«, flüsterte sie, ohne sich darum zu kümmern, wie dumm die Frage war. »Wer hat dir das angetan? Mit wem hast du dich getroffen?«

Sie strich ihm sanft über die Wange, beugte sich zu ihm

und flüsterte ihm ins Ohr, dass er überleben werde. Er musste einfach überleben.

Sie blieb im Zimmer stehen, als man ihn in seinem Bett davonrollte. Das Karolinska hatte ihre Kontaktdaten, und man würde sie auf dem Laufenden halten.

Sollte sie gleich mit nach Stockholm fahren? Wo konnte sie am meisten bewirken? Würden Olof und Micke den erwischen, der Johan das angetan hatte? Sie dachte an Susanne und die Kinder. An Francesca. Sie musste in Gullspång bleiben. Zumindest bis auf Weiteres.

Johans Anblick verfolgte sie auf der Fahrt zurück nach Gullspång. Erst als sie versuchte, an etwas anderes zu denken, erinnerte sie sich an den Traum, an das Fest in Lyckebo, das große Feuer direkt vor dem Haus. Dieses Fest hatte wirklich stattgefunden, das wusste sie jetzt. War der Besuch auch real gewesen? *Komm schon, Charline, und sag Hallo zu Francesca Mild.*

Ja, sie hatte es tatsächlich so erlebt.

Warum war Francesca Mild bei dir, Betty? Was machte ein Teenagermädchen auf deinem Fest?

Charlie fuhr direkt zum Polizeirevier und klopfte an Olofs Bürotür.

»Charlie!«, rief er, als er sie sah. »Ich wollte gerade …«

»Wir müssen reden«, unterbrach sie ihn.

»Ein andermal. Wir haben hier alle Hände voll zu tun, wie du dir sicher vorstellen kannst.«

»Es ist wichtig.«

Olof seufzte. »Dann komm rein.«

Sie trat ein, und Olof schloss hinter ihr die Tür.

»Ich will über Francesca Mild sprechen«, sagte sie. »Über die Ermittlungen, die eingestellt wurden.«

»Dafür haben wir jetzt aber keine Zeit, Charlie.«

»Doch, das hast du, denn der Fall hängt wahrscheinlich mit dem zusammen, was Johan passiert ist. Ich will wissen, warum die Akte Francesca so schnell geschlossen wurde. Wie war das damals?«

»Da habe ich noch nicht hier gearbeitet. Lars-Göran war für den Fall zuständig. Lars-Göran Edwardsson hat diese Dienststelle viele Jahre geleitet. Ein verdammt guter Chef. Wir waren auch privat befreundet.«

»Und was macht er jetzt?«

»Er ist leider vor ein paar Jahren gestorben. Er war der beste Polizist, mit dem ich je zusammengearbeitet habe.«

Er deutete auf ein Foto, das zwei Polizisten in Uniform zeigte, die einander die Arme um die Schultern gelegt hatten. Der eine war ein jüngerer Olof, der andere offenbar Lars-Göran Edwardsson.

»Wenn er so toll war, wieso hat er dann Francescas Fall so schnell zu den Akten gelegt? Es gab Unmengen an Spuren, denen man hätte nachgehen müssen, das habe ich selbst gelesen.«

Olof zuckte mit den Schultern.

»Verdammt noch mal, Olof«, fuhr Charlie fort. »Johan liegt im Krankenhaus und schwebt zwischen Leben und Tod. Er wurde niedergeschlagen, nachdem wir die Ermittlungen wieder aufgenommen haben. Vielleicht wurde Francesca Mild ermordet, und jetzt will der Mörder Johan zum Schweigen bringen. Das hier ist ernst, kapierst du das nicht?«

»Lars-Göran wurde unter Druck gesetzt«, gestand Olof widerwillig ein. »Man hat ihm nahegelegt, den Fall abzuschließen. Vielleicht hat er sogar Geld dafür bekommen, das weiß ich aber nicht.«

»Und sein Name ist in der Fallakte ausgestrichen, weil er die Ermittlungen einstellen musste?«

»Das weiß ich nicht, das war vor meiner Zeit. Aber die Person, die ihm nahegelegt hat, nicht weiterzuermitteln, hat Francesca nicht ermordet, das garantiere ich.«

»Wie kannst du dir da so sicher sein?«

»Es war ihr Vater. Rikard Mild. Francescas eigener Vater hat auf Lars-Göran eingewirkt.«

»Warum?«

»Lars-Göran sagte, dass Rikard Mild seine Tochter lieber offiziell vermisst als tot sehen wollte. Er war sich zwar sicher, dass sie tot war, wollte aber seine Familie schonen.«

»Und Lars-Göran hat nicht nachgefragt, wie er sich so sicher sein konnte? Es ist ihm nie eingefallen, dass der Vater etwas damit zu tun gehabt haben könnte?«

Olof runzelte die Stirn. »Er hat wohl nicht geglaubt, dass Rikard seine eigene Tochter umgebracht hat.«

»Warum nicht?«, fragte Charlie. »Wusste er nicht, dass so etwas passiert? Dass Väter manchmal ihre Kinder töten?«

»In dem Fall hätte Lars-Göran die Ermittlungen nie eingestellt. Da bin ich mir sicher.«

»Wir müssen so schnell wie möglich mit Rikard Mild sprechen«, sagte Charlie.

Olof hielt abwehrend eine Hand hoch. »Mach mal halblang. Rikard Mild dürfte über siebzig sein, und angesichts der Wucht, mit der Johan Ro niedergeschlagen wurde …«

»Wir müssen trotzdem mit ihm reden«, unterbrach ihn

Charlie. »So schnell wie möglich. Habt ihr mittlerweile Verdächtige?«

»Bisher nicht.«

»Überprüf mal Adam Rehn. Du erinnerst dich vielleicht, dass er kurz vor Francescas Verschwinden in Gudhammar aufhören musste, und keiner kennt den Grund. Frag ihn danach.«

»Wie gesagt, wir ermitteln hier nicht im Fall Francesca«, erwiderte Olof. »Sondern in einem Fall von Körperverletzung.«

»Was beides zusammenhängt«, beharrte Charlie. »Wer hat Johan gefunden?«

»Ein Mann, der mit seinem Hund unterwegs war. Der hat sich losgerissen und ist aufs Schmelzwerkgelände gelaufen, wo er angefangen hat zu bellen. Es war ein Pointer«, erklärte Olof, als ob die Hunderasse von Bedeutung wäre. »Ein Jagdhund.«

»Hast du Stift und Papier?«

Olof reichte ihr Papier und Kugelschreiber.

Adam Rehn, schrieb Charlie als Erstes. *Hat in Gudhammar gearbeitet, hat dort aber kurz vor Francescas Verschwinden aufgehört. Grund unbekannt. Wollte nicht mit uns reden. Hat den Ruf eines »Frauenhelden«.*

Sixten Molan. Freund der Familie und Francescas Therapeut. Hat angegeben, dass Francesca davon ausging, dass ihr Freund in Adamsberg, Paul Bergman, ermordet wurde. Laut Doktor Molan war Francesca verwirrt und konnte Realität und Fantasie nicht trennen, das muss eventuell überprüft werden.

Ivan Hedlund. Sein Vater hat beinahe sein ganzes Leben in Gudhammar gearbeitet. Johan und ich haben ihn dazu befragt.

Charlie hielt inne und überlegte. Zögernd fügte sie schließlich Carola Johnssons Namen hinzu. Wenn sie alle angeben wollte, mit denen sie wegen des Falls Kontakt gehabt hatte, durfte sie Lola nicht ausschließen, auch wenn sie höchstwahrscheinlich nicht die Täterin war. Aber möglicherweise wusste sie mehr, als sie sagte, oder vielleicht hatte Charlie auch mit den falschen Personen gesprochen.

Bei den Recherchen für seinen Artikel hat Johan auch das Internat Adamsberg kontaktiert sowie Mitschüler von Francesca. Was ist eigentlich damals in der Schule passiert?

Charlie gab Olof die fertige Liste. Er überflog sie und wiederholte, dass sie in erster Linie wegen Körperverletzung ermittelten.

»Die mit größter Wahrscheinlichkeit damit zu tun hat«, betonte Charlie und deutete auf das Blatt Papier.

»Wir tun, was wir können. Dieses Mal werde ich es wirklich richtig angehen.«

Olof schwieg, als erwartete er Lob.

»Sorg dafür, dass du Francescas Familie auftreibst«, sagte Charlie jedoch nur. »Wo hält sie sich auf? Warum wollte der Vater lieber bezahlen, als den Fall zu lösen?«

»Das habe ich doch schon gesagt!«

»Das Problem ist aber, dass das nicht überzeugend ist, Olof. Überhaupt nicht.«

Kapitel zweiundvierzig

Charlie ließ das Handy nicht aus den Augen. Bei der kleinsten Veränderung, ob positiv oder negativ, wollte das Krankenhaus anrufen. Sie haderte mit sich, ob sie nach Stockholm fahren sollte, aber Johan lag im künstlichen Koma. Hier konnte sie mehr ausrichten. Als sie das Polizeirevier verließ, setzte sie sich ins Auto und rief Anders an.

»Wie geht es dir?«, fragte sie.

»Beschissen. Und selbst?«

»Schlecht.«

Sie erzählte ihm kurz, was Johan zugestoßen war.

»Moment mal«, sagte Anders. »Was geht denn da vor bei euch?«

»Ich weiß es nicht.«

»Aber du glaubst, dass es mit dem alten Fall zu tun hat?«

»Es deutet viel darauf hin.«

»Ich werde die Familie suchen«, versprach Anders. »Bitte entschuldige, dass ich mich noch nicht darum gekümmert habe, aber ich … Es ist einiges dazwischengekommen. Wir haben einen Ex-Freund einer der toten Frauen gefunden. Ein Mann mit nicht gerade weißer Weste.«

»Aus Estland?«

»Ja, aber er war zu der Zeit in Schweden, als die Frauen

verschwanden. Jetzt warten wir nur noch auf die Ergebnisse der DNA-Untersuchung.«

»Gut. Hoffentlich habt ihr ihn endlich.«

»Das hoffe ich auch. Ich melde mich bald wegen der Milds.«

»Danke.«

Schon nach wenigen Minuten rief Anders zurück und sagte, er habe sie gefunden.

»Rikard Mild ist in der Schweiz gemeldet, mit einer Adresse, aber ohne Telefonnummer.«

»Und seine Frau?«

»Ex-Frau, sie sind geschieden. Sie heißt Fredrika Reimer und ist auch in der Schweiz gemeldet. Ebenfalls nur mit Adresse und ohne Telefonnummer.«

Charlie seufzte. »Aber in der Schweiz wird es doch irgendeine Kontaktperson für uns geben?«

»Ich überprüfe das«, antwortete Anders. »Aber da ist noch eine Tochter, Cécile Stiernberg. Sie ist unter einer Adresse in Djursholm gemeldet. Schreibst du mit?«

»Ja«, sagte Charlie, auch wenn sie das nicht tat. »Und die Nummer?«, fragte sie weiter, nachdem Anders ihr die Adresse genannt hatte.

Anders diktierte sie ihr.

Charlie beendete das Gespräch und rief sofort Cécile Stiernberg an.

Nach einem Freizeichen schaltete sich die Mailbox ein. *Cécile Stiernberg. Bitte hinterlassen Sie eine Nachricht.*

Charlie legte auf und gab die Adresse in ihr Handy ein. Dann ließ sie den Wagen an und fuhr zu *Grab- und Gartenpflege Gullspång.*

Adams Wagen stand nicht in der Auffahrt. Charlie ging

auf die Haustür zu und sah, dass sich eine Gardine in einem Fenster bewegte. Sie klopfte. Adams Mutter öffnete. Sie sah zutiefst verängstigt aus.

»Ist Adam zu Hause?«, fragte Charlie.

Die alte Frau schüttelte den Kopf.

»Wissen Sie, wo er ist?«

»Nein, das weiß ich nicht.«

»Was wollen Sie?«, erklang eine Stimme aus dem Hausinneren.

Ein Mann näherte sich, den Charlie als einen von Adams Freunden aus dem Motelrestaurant erkannte. David?

»Ich würde gern mit Adam sprechen.«

»Er ist unterwegs. Worum geht's?«

»Ich muss mit ihm sprechen.«

»Auch? Micke von der Polizei war gerade erst hier. Ist etwas passiert?«

»Mein Junge!«, rief die alte Frau plötzlich. »Mein geliebter Junge! Er hat versprochen, dass er nicht das Auto nimmt. Er hat es versprochen.« Sie packte Charlies Arm. »Bringen Sie mich zu ihm. Lassen Sie mich ihn noch mal sehen. Ich möchte ihn noch ein letztes Mal halten.«

Sie begann zu schluchzen. David legte ihr einen Arm um die Schultern und versuchte, sie zu beruhigen, sagte, Adam würde nur etwas erledigen und bald zurück sein.

»Ich glaube, Sie fahren jetzt besser«, sagte David und warf Charlie einen vorwurfsvollen Blick zu.

»Wissen Sie, wo Adam ist?«

»Ich glaube, er wollte zum Friedhof.«

Auf dem Parkplatz der Kirche stand nur der Wagen von *Grab- und Gartenpflege Gullspång*. Eine schwarze Katze mit gelb leuchtenden Augen spazierte auf der Steinmauer entlang. Charlie ging an den großen eingezäunten Familiengräbern vorbei zu den schlichteren Ruhestätten, wo Adams Bruder wahrscheinlich lag. Doch sie fand weder sein Grab noch Adam selbst. Hatte er vielleicht nur hier geparkt und war dann woandershin gegangen? Sie wollte gerade schon wieder gehen, als sie ihn entdeckte. Er stand unter der großen Kastanie am Wasserhahn und zuckte zusammen, als er ihre Schritte hörte.

»Du hast mich erschreckt«, sagte er. »Was willst du?«

»Mit dir reden.«

Adam drehte den Hahn zu. »Ich wollte gerade das Grab meines Bruders gießen.« Dann sah er zum Himmel, der sich verdunkelt hatte. »Aber das scheint nicht mehr nötig zu sein.«

Gab es überhaupt etwas zu gießen?, dachte Charlie.

»Was hast du gestern gemacht?«, fragte sie.

»Ich war im Motel. Genau wie du auch.«

»Aber davor?«

»Da war ich daheim. Warum?«

»Mein Freund wurde gestern niedergeschlagen. Er schwebt in Lebensgefahr.«

»Wirklich?« Adam zog übertrieben die Augenbrauen hoch. »Und was habe ich damit zu tun?«

»Was ist mit deiner Hand passiert?«, fragte Charlie und deutete auf eine Wunde zwischen Daumen und Zeigefinger an Adams rechter Hand.

»Was willst du damit sagen? Glaubst du etwa, ich …?« Adam machte einen Schritt auf Charlie zu.

Er hob die Hand, und kurz fürchtete sie, er würde sie schlagen.

»Das war meine Mutter«, sagte er und hielt ihr die

Hand vors Gesicht. »Manchmal bildet sie sich Sachen ein, und dann beißt und kratzt sie.«

Hinter ihnen rief jemand etwas. Charlie drehte sich um und sah, wie Micke und Olof vom Parkplatz auf sie zukamen.

»Was machst du hier, Charlie?«, fragte Olof.

»Sie verfolgt mich«, sagte Adam aufgebracht. »Sie kommt einfach her und beschuldigt mich, während ich das Grab meines Bruders besuche.«

»Ich wollte dir nur ein paar Fragen stellen«, rechtfertigte sich Charlie.

»Du fährst jetzt besser heim, Charlie«, legte Olof ihr nahe und wandte sich an Adam. »Kannst du kurz mitkommen? Wir müssten mit dir reden.«

»Warum?« Adam lachte. »Jetzt hör schon auf, Olof. Micke?«

»Komm einfach mit, dann können wir uns in Ruhe unterhalten.«

Charlie sah dem Trio nach, als es zum Parkplatz ging. Sie dachte an Adams intimen Tanz am vorigen Abend. Konnte man sich amüsieren, nachdem man einen anderen Menschen niedergeschlagen hatte?

Ja. Manche Menschen konnten das.

Bitte, lass ihn der Täter sein, dachte Charlie. Hoffentlich ist Adam für beides verantwortlich, den Überfall und Francescas Verschwinden, damit das alles hier ein Ende hat. Sie versuchte, das Bild aus ihrem Traum zu verdrängen, der eigentlich eine Erinnerung war: *Komm schon, Charline. Komm und sag Hallo zu Francesca Mild.*

Francesca

Ich war so unruhig wie noch nie zuvor. Ich wollte mich betrinken, mit Menschen reden … normal sein? Ich wollte auf das Fest bei der Frau aus der Konditorei gehen. Die mit den verfilzten Haaren und dem wilden Blick. Irgendetwas sagte mir, dass das genau die Art Vergnügen sein könnte, die ich brauchte.

Aber sie hatte nicht gesagt, wo sie wohnte.

Ich rief Jacob an und fragte ihn. Seit meinem Besuch hatten wir nicht mehr miteinander gesprochen, und eigentlich hätte ich verlegen sein müssen, aber ein Vorteil meines derzeitigen Zustands war, dass mir alles andere egal war. Ich war von den Toten zurückgekehrt und hatte einfach keine Kraft, mir um irgendetwas Gedanken zu machen.

Ich erzählte, dass ich auf ein Fest bei einer Frau namens Betty eingeladen sei, aber nicht wisse, wo sie wohnte.

»Betty Lager?«, fragte Jacob.

»Kennst du sie?«

»Alle kennen Betty.«

Er zögerte.

»Ist was?«

»Nicht direkt. Ihre Feste sind nur ganz schön wild. Zumindest was ich gehört habe.«

Ich wollte sagen, dass ich es gern wild mochte, aber dann fiel mir der sexuelle Beiklang auf.

»Wo wohnt sie?«, fragte ich stattdessen.

»Das weiß ich nicht genau, irgendwo auf der anderen Seite des Ortes. Auf jeden Fall ziemlich weit weg von Gudhammar. Ich kann dich fahren, wenn du willst.«

»Ich glaube, sie wollen danach noch weiter zu einem Erntedankfest. Magst du mitkommen?«

Jacob lehnte ab. Er war kein Partymensch.

Hörte ich da Enttäuschung in seiner Stimme, dass mir so etwas gefiel?

»Wie schade«, sagte ich.

»Aber ich fahre dich gern«, wiederholte Jacob. »Ich muss nur noch rausfinden, wo wir hinmüssen.«

»Danke«, antwortete ich. »Treffen wir uns an der Einfahrt zur Allee? Um sieben?«

»Willst du abhauen?«

»Ich will nur auf ein Fest.«

Als ich um fünf vor sieben am verabredeten Ort auftauchte, war Jacob schon da. Ich war über die Feuerleiter vor meinem Fenster nach draußen geschlichen und hatte einen Umweg über das Feld hinter dem Torhaus genommen. Ich hatte Mama und Papa gesagt, dass ich mich wegen schrecklicher Kopfschmerzen hinlegen und nicht gestört werden wolle. Mit ein bisschen Glück konnte ich später wieder über die Feuerleiter in mein Zimmer klettern, ohne dass irgendwer meine Abwesenheit bemerkte.

Jacob roch frisch geduscht. Als ich mich ins Auto setzte, beugte er sich zu mir, als wolle er mich umarmen, hielt jedoch auf halbem Weg inne.

»Du siehst toll aus«, sagte er.

Ich sah an mir herunter. Ich hatte eines von Céciles teuren Kleidern aus glänzendem Stoff genommen. Es war grün mit moderatem Ausschnitt. Weil ich größer als Cécile war, war es allerdings ziemlich kurz. Zumindest in Mamas Augen, falls sie mich darin gesehen hätte. Ich hatte einen von Céciles Lammwollpullovern mitgenommen, aber ich würde sicher trotzdem frieren, vor allem wenn ich nach Gudhammar zurücklaufen musste. Gab es in Gullspång überhaupt Taxis?

»Hier waren wir doch schon mal«, sagte ich, als Jacob auf den überwucherten Weg einbog.

Ich deutete auf das Schild mit der Aufschrift *Lyckebo*.

»Genau.«

Jacobs Ohren wurden rot.

»Was ist denn da los?«, fragte er und sah zum Haus, vor dem ein großes Lagerfeuer brannte. »Was machen die da?«

»Ganz schön viel Holz verbrennen«, erwiderte ich, als wäre das nicht völlig offensichtlich.

Jacob stellte das Auto ab.

»Bist du dir sicher, dass du dahin willst?«, fragte er.

Ich sah auf den brennenden Holzstoß, die Leute, die sich darum versammelt hatten. Dann entdeckte ich sie. Betty. Sie war zu dünn angezogen, aber vielleicht war es beim Feuer auch warm. Sie stand riskant nahe an den Flammen.

»Francesca«, sagte Jacob, als ich ausstieg. »Pass auf dich auf.«

Ein Lied, das unser französisches Kindermädchen oft gesungen hatte, dröhnte in voller Lautstärke aus dem Haus. Der Inhalt war derselbe wie in der englischen Fassung: Das hier ist meine Party, und ich tue, was ich will. *C'est ma fête, je fais ce qui me plait.*

Etwa zwanzig Gäste waren im Garten, und durch die

Fenster sah man noch einige im Haus. Irgendwo grillte jemand, der Geruch hing schwer in der Luft. Eine Weile stand ich einfach nur da und betrachtete die schwankenden Menschen und dachte, dass ich noch umkehren könnte. Da fiel Bettys Blick auf mich.

Sie kam mit ausgebreiteten Armen auf mich zu, als wären wir alte Freundinnen, die sich nach langer Zeit wiedersehen.

Komm her und begrüß unseren Gast, Liebling, rief sie hinter sich. Ein kleines Mädchen rannte auf uns zu. Sie war barfuß, und als sie ein paar Meter von mir entfernt stehen blieb, sah ich, dass ihre Füße rot vor Kälte waren. *Komm schon, Charline, und sag Hallo zu Francesca Mild.*

»Hallo«, sagte Charline und kam schüchtern einen Schritt näher.

»Na los, mach es ordentlich«, sagte Betty lachend. »Gib ihr die Hand.«

Das Mädchen sah seine Mutter verwirrt an. Dann streckte es die Hand aus. Sie war eiskalt.

»Und stell dich vor.«

Betty verpasste ihrer Tochter einen leichten Klaps auf den Rücken.

»Aber du hast doch schon gesagt, wie ich heiße«, bemerkte das Mädchen.

Betty lachte laut. »Das stimmt. Da hast du völlig recht, Liebling.« Sie zerzauste das verfilzte Haar des Mädchens. »Na, dann komm mal mit, Francesca, damit du was zu trinken bekommst. Wir haben ein Feuer angezündet und grillen ein ganzes verdammtes Schwein. Du bist also hoffentlich hungrig und durstig. Ich habe einen ganzen Keller voll selbst gemachtem Wein.«

Wir standen vor dem Feuer, und das kleine Mädchen

behielt unruhig die Flammen im Auge, die gefährlich nahe am Haus loderten. Betty führte mich herum, damit ich alle begrüßte. Die meisten waren schon sehr betrunken, schienen aber trotzdem schüchtern zu sein, als ob sie an Fremde nicht gewöhnt waren.

»Das hier ist Svenka«, sagte Betty und packte einen Mann an den Schultern, der auf einer Bank vor der Veranda saß und döste. »Svenka. Du verpasst ja das ganze Fest.«

»Ich ruhe mich nur ein wenig aus«, nuschelte Svenka undeutlich.

Er war auch in der Konditorei gewesen.

Dann rief jemand nach Betty, und ohne eine Entschuldigung ließ sie mich stehen.

Ich überlegte, ob ich ins Haus gehen oder im Freien bleiben sollte. Als ich gerade beschlossen hatte hineinzugehen, hustete der Mann auf der Bank und riss die Augen auf.

»Wer bist du?«, fragte er.

»Francesca Mild.«

Der Mann pfiff durch die Zähne, und sein verhangener Blick wanderte über meinen Körper. In dem kurzen Kleid kam ich mir nackt vor.

»Svenka«, sagte der Mann und streckte eine Hand aus.

Seine Unterarme waren von tiefen Schnitten übersät, wahrscheinlich aus der Sperrholzfabrik.

»Also, was macht so ein hübsches Mädchen hier?«, fragte er. Bevor ich antworten konnte, fuhr er schon fort: »Und warum in Gottes Namen hast du noch nichts zu trinken?«

Er stand auf, schwankte und musste sich an meiner Schulter festhalten, bis er das Gleichgewicht wiedergefunden hatte.

»Ich bin gerade erst gekommen«, erwiderte ich. »Aber ich nehme gern ein Glas.«

Ich würde es keine Sekunde länger hier aushalten, wenn ich mich nicht betrank.

»Komm mit.«

Svenka stolperte davon, und eine unsichtbare Kraft schien ihn nach links zu ziehen.

»Wohin gehen wir?«, fragte ich.

»Mehr Wein holen. Jetzt komm schon. Ich beiße nicht.«

Ich folgte Svenka zu einem Erdhügel mit einer braunen Tür. Er drehte einen rostigen Schlüssel im Schloss und bedeutete mir vorauszugehen. Ich dachte, was für ein Idiot ich doch war, dass ich mit einem Fremden in einen dunklen Erdkeller ging. Trotzdem tat ich es. Es war feucht und düster.

»Du musst keine Angst haben«, sagte Svenka hinter mir.

»Ich habe keine Angst«, log ich.

»Ich tue dir nichts«, fuhr Svenka fort. »Außer du willst es.«

Er stand dicht hinter mir, und ich roch den Alkohol und den Kautabak in seinem Atem.

»Ich möchte einfach nur ein Glas Wein«, erwiderte ich so fest wie möglich.

Zu meiner Erleichterung zog sich Svenka zurück und betätigte einen Lichtschalter. Eine Lampe an der Decke leuchtete auf. Ich vergaß meine Angst, als ich die Regale voller Weinflaschen um mich herum sah.

»Das ist Kirschwein«, erklärte Svenka stolz, als ob er sein eigenes Lebenswerk vorstellte. »Willst du?«

Ich nickte. Er nahm ein Glas von einem Regal und holte eine der grünen Flaschen mit Schraubverschluss herunter. Es gluckste herrlich, als er mein Glas bis zum Rand füllte.

»Probier mal«, sagte er, und ich hob das Glas zum Mund.

Ich trank einen großen Schluck und schloss die Augen.

»Fantastisch«, sagte ich.

Ich hatte zwar keine Ahnung von Wein, aber der hier schmeckte großartig. Wir gingen zurück zu den anderen.

»Geht ihr nachher noch aufs Erntedankfest?«, fragte ich.

Svenka lachte und sagte, dass es heute sicher nicht mehr viele dorthin schaffen würden.

Kapitel dreiundvierzig

Charlie ging unruhig in Susannes Küche auf und ab. Sie hatte nichts mehr vom Krankenhaus gehört, und in Sachen Adam konnte sie nur abwarten. Doch eine Spur gab es noch: Betty. Sie musste mit jemandem sprechen, der auf Bettys Fest gewesen war, und herausfinden, was Francesca Mild bei einem Besäufnis in Lyckebo gemacht hatte. Die meisten regelmäßigen Besucher waren mittlerweile tot. Im Sommer hatte sie mit Susanne über die alten Bekannten gesprochen und bemerkt, dass Lola als eine von wenigen noch hier wohnte und am Leben war. Ob Lola etwas wusste? Aber wenn Francesca Mild auf einer Feier in Lyckebo gewesen war, hätte sie es dann nicht erwähnt, als sie über die Familie sprachen? Einen Versuch war es wert. Charlie recherchierte Lolas Telefonnummer und wählte. Nachdem es viermal geklingelt hatte, wollte sie schon auflegen, als sich eine verwaschene Stimme meldete.

»Hallo?«

»Hallo, Lola. Ich bin's, Charlie.«

»Hallo, Charlie.«

»Ich müsste mit dir reden. Hast du Zeit?«

»Ich bin im Motel. Komm doch einfach her.«

Lola saß an der Bar und ließ sich von Jonas nachschenken. Sie war sichtlich betrunken und schien das Telefonat schon wieder vergessen zu haben, denn sie strahlte, als sie Charlie entdeckte.

»Wie schön«, sagte sie und klopfte auf den Barhocker neben sich. »Was willst du trinken?«

»Ich will nur kurz mit dir reden.«

»Das eine schließt das andere ja nicht aus.«

Lola lachte meckernd, sodass ihre Amalgamfüllungen zu sehen waren.

»Es geht um Betty.«

»Betty, Betty, Betty.« Lola seufzte. »Immer noch geht es so oft um Betty.«

»In diesem Fall auch um jemand anderen«, sagte Charlie. »Francesca Mild. Ich erinnere mich, dass sie bei uns in Lyckebo war, auf einem Fest.«

»Aha. Erzähl mehr.«

»Ich habe mich gefragt, ob du mir helfen kannst. Warum war Francesca Mild auf einem Fest in Lyckebo? Sie war doch viel jünger als die anderen Gäste.«

»Richtig.« Lolas Miene hellte sich auf. »Es stimmt, dass sie einmal da war.«

»Erinnerst du dich an etwas Besonderes an diesem Abend?«

Lola überlegte und schüttelte schließlich den Kopf. Nein, nichts Besonderes.

»Weißt du, ob Francesca Mild während oder nach dem Fest verschwunden ist? Es war ja im Oktober und …«

»Ich habe keine Ahnung, wann das war oder in welchem Jahr. Ich erinnere mich nur, dass Francesca Mild einmal da war und dass Betty ein Riesenfeuer gemacht hat. Wie eine Verrückte hat sie überall Grillanzünder verspritzt. Es war pures Glück, dass das Haus kein Feuer gefangen hat. Die kleine Mild war ganz schön betrunken, glaube ich. Irgendwann war sie weg. Ich glaube nicht, dass sie besonders lange auf der Feier war.«

»Erinnerst du dich, ob Betty noch da war, nachdem Francesca gegangen war?«

»Himmel, wie soll ich mich an so etwas erinnern?«

»Mir ist klar, dass du das wahrscheinlich nicht mehr weißt«, sagte Charlie. »Aber ich wollte trotzdem nachfragen.«

»Charline!«, rief Lola hinter ihr her, als sie zum Ausgang ging. »Mir ist doch etwas eingefallen!«

Charlie drehte sich um.

»Francesca ist in einem Auto weggefahren. Sie wurde von einem der Gebrüder Tod abgeholt.«

»Gebrüder Tod?«

»Ja, die beiden Söhne des Bestatters.«

»Wen meinst du?«

»Na, Christer Bergmans Söhne«, antwortete Lola, als müsste Charlie wissen, wer Christer Bergman war. »Der Bestatter. Er hatte doch zwei Söhne. Paul und … an den anderen erinnere ich mich nicht. Aber Paul war damals schon tot.«

»Paul Bergman?«, versicherte sich Charlie. Ihr Herz schlug schneller.

»Weißt du, ob er auf ein Internat ging?«, fragte sie weiter.

»Ja. Er war in Adamsberg. Warum?«

»Er war Francescas bester Freund.«

»Ich weiß nur, dass er in der Schule so beschissen gemobbt wurde, dass sein Vater alles Geld für die Gebühren in Adamsberg zusammenkratzte, damit er dorthin gehen konnte. Und wie das ausging, wissen wir ja.«

Charlie dachte an das Foto vom Herbstball. Paul in dem schlecht sitzenden Frack. Ihr und Johans Gefühl, dass er sich von den anderen Jungen auf dem Bild unterschied, rührte also daher. Paul Bergman war aus Gullspång. Er war der Sohn eines Bestatters. Er war ein Fremder in dem vornehmen Internat.

»Und sein Bruder?«

»Ich denke, er hat den Betrieb übernommen«, sagte Lola. »Jens oder Johannes hieß er, oder so ähnlich. Verdammt, wieso fällt mir jetzt sein Name nicht ein. Margareta!«

Lola läutete die alte Glocke, die auf dem Tresen stand. Margareta eilte durch die Schwingtüren.

»Ist es was Wichtiges, Lola?«, fragte sie.

»Wie heißt der älteste Sohn von Christer Bergman? Der das Bestattungsunternehmen übernommen hat?«

»Jacob.«

»Genau!« Lola wandte sich an Charlie. »Jacob«, wiederholte sie, als hätte Charlie Margaretas Antwort nicht gehört. »Er heißt Jacob Bergman.«

»Danke, Lola«, sagte Charlie.

Sie war schon auf dem Weg zum Ausgang.

»Warum hast du es denn so eilig?«, rief Lola ihr nach.

Charlie legte den Kopf aufs Lenkrad. Paul Bergman war aus Gullspång. Sein Bruder Jacob hatte Francesca von einem Fest in Lyckebo heimgefahren. Sie versuchte sich genauer an den Abend zu erinnern, als Francesca in Lyckebo gewesen war, doch sie sah nur die Bilder aus ihrem Traum vor sich: das Feuer, das Schwein über den Flammen, Betty, die sie zu sich ruft, um Francesca zu begrüßen.

Sie suchte über das Handy nach dem einzigen Bestattungsunternehmen in Gullspång und wählte die Nummer.

»Jacob Bergman«, meldete sich eine Stimme am anderen Ende der Leitung.

Charlie begrüßte ihn und stellte sich vor.

»Lager?«, fragte Jacob Bergman. »Sind Sie Betty Lagers Tochter?«

»Ja.«

Es war ein unangenehmes Gefühl, dass dieser Fremde offenbar wusste, wer sie und Betty waren.

»Womit kann ich Ihnen helfen?«, fragte Jacob.

Charlie erklärte ihr Anliegen. Sie merkte, wie schnell und etwas unzusammenhängend sie redete, aber als sie fertig war, hatte Jacob immerhin noch nicht aufgelegt. Er schlug vor, dass sie sich am besten treffen sollten.

Kapitel vierundvierzig

Zehn Minuten später klingelte Charlie an der Tür eines Wohnhauses auf der anderen Seite des Ortes.

Der Mann, der öffnete, sah sehr gut aus, stellte sie fest, als er ihr die Hand entgegenstreckte. Dunkle Augen, tiefe Stimme. Er winkte sie ins Haus.

»Bitte entschuldigen Sie die Unordnung«, sagte Jacob. »Ich war mitten beim Renovieren, als meiner Frau plötzlich eingefallen ist, dass sie sich scheiden lassen will.«

Charlie ließ den Blick über den halb abgetragenen Boden in der Diele schweifen. Jemand hatte Sperrholzbretter mit dem Namen der Fabrik ausgelegt, damit man ins Haus gelangen konnte.

»Was ist passiert?«, konnte sie sich nicht verkneifen zu fragen.

»Sie hat einen anderen kennengelernt«, erklärte Jacob. »Eine unschöne Geschichte.«

»Ich verstehe«, sagte Charlie. »Wie lange ist das her?«

»Eine Sekunde und eine Ewigkeit.« Jacob lächelte. »Nach dem Tod meines Vaters wollten wir gemeinsam den Betrieb übernehmen, doch daraus wurde nichts. Jetzt leisten mir nur noch die Toten Gesellschaft. Kann ich Ihnen was anbieten? Kaffee? Tee? Ich habe nur Pulverkaffee, aber …«

»Pulverkaffee ist wunderbar, danke.«

Jacob schaltete einen Wasserkocher ein und holte zwei Tassen und Löffel.

Sie setzten sich an den großen Küchentisch. Charlie legte das Handy mit dem Display nach oben neben sich. Durch das Fenster hinter Jacob sah sie in den Garten, der ungepflegt und zugewachsen war, doch unter dem Laub, den müden Bäumen und den unregelmäßig gewachsenen Hecken war noch zu erkennen, dass dieser Garten einmal geliebt und gehegt worden war.

Jacob sah sie erwartungsvoll an, und Charlie erklärte den Grund ihrer Kontaktaufnahme und dass sie mehr über Francesca wissen wollte.

»Wir haben uns schon mal gesehen«, antwortete Jacob. »Also, Sie und ich.«

»Ach ja?«

»Ja. Bei Bettys Beerdigung.«

Charlies Brust zog sich schmerzhaft zusammen.

Wenn ich sterbe, musst du mich im Skagern verstreuen. Ja, ich weiß, dass das nicht erlaubt ist, aber wer soll dich schon daran hindern? Du nimmst einfach mal abends die Urne mit und ruderst hinaus aufs Wasser.

»Aus der Zeit weiß ich nicht mehr viel«, sagte sie. »Aber ich erinnere mich noch, dass meine Mutter kein normales Grab wollte.«

»Das weiß ich auch noch. Sie wollte über dem Meer verstreut werden. Das haben Sie meinem Vater erzählt. Ich weiß nicht, warum das nicht gemacht wurde. Vielleicht weil es von hier so weit zum Meer ist.«

Charlie dachte, dass sie sich damals wohl versprochen hatte, denn sie hatte den Skagern gemeint, den Betty allerdings oft als Meer bezeichnet hatte. Charlie hatte ihre Mutter so oft daran erinnert, dass der Skagern kein Meer war, sondern ein Binnensee, der an den Schleusen endete, doch Betty hatte nie zugehört. *Irgendwann kommt man immer zum Meer. Früher oder später.*

»Ich glaube, ich habe den Skagern gemeint«, sagte sie. »Ich stand etwas unter Schock. Vielleicht weiß ich deshalb nicht mehr viel von der Beerdigung.«

»Das verstehe ich«, antwortete Jacob. »Meine Mutter starb auch, als ich klein war. Man vergisst wahrscheinlich das, was man vergessen muss, um zu überleben.«

Charlie nickte. Ja, da hatte er sicher recht.

»Hatten Sie Kontakt zu Francesca Mild?«

»Wir haben uns ein paarmal nach Pauls Tod getroffen. Sie hat sich sehr darüber aufgeregt, wie damit umgegangen wurde.«

»Wie meinen Sie das?«

»Sie war davon überzeugt, dass er umgebracht wurde, doch keiner hat auf sie gehört. Außer mir.«

»Und?«

»Und auf mich hat auch keiner gehört. Alle haben betont, wie oft er niedergeschlagen war, dass er gemobbt wurde, wie betrunken er war, Drogen hatte er auch genommen und … Ja, Sie verstehen, worauf ich hinauswill. Der Polizei war egal, dass viele Dinge gegen einen Selbstmord sprachen.«

»Zum Beispiel?«

»Dass er im See gefunden wurde. Paul hat Wasser gehasst. Dann hat mir Francesca noch von einer Gruppe Mitschüler erzählt, die ihn schlecht behandelt haben. Sie hat die Jungen in der Nacht gesehen und war sich sicher, dass sie etwas mit seinem Tod zu tun hatten.«

»Aber niemand hat Francesca und Sie ernst genommen?«

»Nein. Man sagte, Francesca könne nicht zwischen Realität und Fantasie unterscheiden. Sie hatte wohl früher schon Beschuldigungen ausgesprochen, die sich als unwahr herausstellten, und schließlich habe ich aufgegeben. Ich musste es tun, um weitermachen zu können.«

»Aber Sie haben ihr geglaubt?«

»Ja.«

»Wissen Sie, wer Ihren Bruder so schlecht behandelt hat?«

Jacob schüttelte den Kopf. Er hatte das alles hinter sich gelassen.

»Und was mit Francesca passiert ist – haben Sie da eine Vermutung?«

»Wenn ich es richtig verstanden habe, weiß das niemand. Aber sie hat ein paar Tage vor ihrem Verschwinden angerufen und nach meiner Adresse gefragt. Ich war nicht daheim, weshalb mein Vater sie ihr gegeben hat. Sie wollte mir etwas schicken, das sie geschrieben hatte, aber es kam nie etwas an, und dann war es zu spät. Ich war mir ziemlich sicher, dass es mit Paul zu tun hatte.«

Charlie nickte und verfluchte die Tatsache, dass der Brief seinen Empfänger nie erreicht hatte. Sehr wahrscheinlich war er nie abgeschickt worden.

»Ich habe gehört, dass Sie sie einmal von einem Fest abgeholt haben«, sagte Charlie. »Einer Feier draußen in Lyckebo. Bei meiner Mutter.«

Jacob sah sie verwundert an. »Das stimmt. Ich habe sie hingefahren und bin nach ein paar Stunden zurückgekehrt, um … nach ihr zu sehen. Diese Feste hatten den Ruf, ziemlich wild zu sein, weshalb …«

Zu einer Party fahren und schauen, wie es einem Mädchen dort geht, dachte Charlie. Das klingt nach mehr als nur reiner Bekanntschaft.

»Ja, da war was zwischen uns«, fuhr Jacob fort, als hätte er ihre Gedanken gelesen. »Aber ich glaube, es ging mehr um gegenseitigen Trost.«

»Sie müssen sich vor mir nicht rechtfertigen«, sagte Charlie. »Ich will nur wissen, was mit Francesca geschehen ist, und ausschließen, dass meine Mutter irgendetwas mit ihrem Verschwinden zu tun hatte.«

»Warum sollte sie das?«, fragte Jacob.

»Das ist eine lange Geschichte. Wissen Sie noch, wann das war? Also, das genaue Datum, wann Sie sie von Lyckebo abgeholt haben?«

»Nein, aber es war ungefähr eine Woche, bevor sie verschwand.«

»Und wohin sind Sie dann gefahren?«

»Ein bisschen in der Gegend herum und dann… Sie verstehen schon.«

Charlie nickte. Ja, sie verstand.

»Halten Sie es für möglich, dass beide ermordet wurden? Ihr Bruder und Francesca?«

»Darüber denke ich oft nach«, sagte Jacob. »Früher allerdings noch mehr. Nach einer Weile habe ich es bewusst verdrängt und versucht zu akzeptieren, dass ich nie eine Antwort darauf bekommen würde. Vielleicht war das nicht richtig, aber…«

»Wenn man glaubt, dass man keine Antwort bekommt, muss man das wohl machen, um nicht kaputtzugehen.«

»Das Problem ist, dass ich nicht völlig überzeugt war. Ich hielt es durchaus für möglich, die Wahrheit zu erfahren, aber ich war wohl zu… keine Ahnung. Die ersten Jahre nach Pauls Tod habe ich mich mehr tot als lebendig gefühlt. Und dann … habe ich mich in der Arbeit vergraben.«

Er lachte, vielleicht wegen seiner Wortwahl.

»Ich verstehe«, antwortete Charlie. Und das tat sie wirklich.

Jacobs Handy vibrierte zwischen ihnen auf dem Tisch und unterbrach das Gespräch.

»Bitte entschuldigen Sie«, sagte er, »aber das muss ich annehmen. Sie können sich gern so lange im Chaos umsehen.«

Er ging in die Diele hinaus. Offensichtlich war es ein geschäftlicher Anruf, Charlie hörte, wie Jacob sein Beileid aussprach und seine Unterstützung zusicherte.

Sie stand auf und ging ins Wohnzimmer, das sich an die Küche anschloss. Dort war noch nicht renoviert worden, Möbel, Tapeten und die übrige Einrichtung sahen aus, als stammten sie aus den Achtzigerjahren. Charlie betrachtete die staubigen Familienfotos, die beiden Jungen, die sich so ähnlich sahen, und doch … Charlie trat näher an ein Bild heran, auf dem die beiden zusammen zu sehen waren; Jacob hatte den Arm beschützend um die Schultern des jüngeren Bruders gelegt. Beide blickten mit großen braunen Augen direkt in die Kamera. Auf einem großen Foto an der anderen Wand war die ganze Familie versammelt. Die junge Mutter mit dem jüngeren Sohn auf dem Schoß, den größeren Jungen neben sich, hinter ihnen stand der Vater mit den gleichen schönen Augen wie seine Söhne.

Charlie ging in den Flur vor dem Wohnzimmer, von dem eine Treppe nach unten in den Keller führte. Jacob telefonierte immer noch. Sie zögerte kurz, ehe sie nach unten ging. Mit jeder Stufe wurde es kälter. Sie kam an eine Tür. Langsam drückte sie die Klinke nach unten. Nicht verschlossen. Dahinter war ein Büro mit Schreibtisch, Computer, einem Aktenschrank sowie einer weiteren Tür auf der anderen Seite. Charlie wollte sich schon zurückziehen, als ihr Blick auf den Schreibtisch fiel, auf dem einige Fotos ausgebreitet waren. Rasch schlüpfte sie in den Raum. Zuerst konnte sie kaum glauben, was sie da sah. Vier beinahe identische Fotos, die ein Mädchen in einem weißen Kleid auf einer Bahre zeigten, die blassen Hände ruhten auf der Brust, das dunkle Haar war offen. Um den Mund hatte sie den vertrauten bestimmten Zug. Francesca. Das Mädchen auf den Fotos war Francesca Mild.

Francesca

Am nächsten Tag wurde ich von der »tollen« Neuigkeit geweckt, dass meine Schwester heimkommen würde. Und es wäre so schön, sagte Mama, wenn wir das Kriegsbeil eine Weile begraben und eine nette Zeit miteinander verbringen könnten.

Ich erwiderte, ich wisse nicht, wovon sie redete. Cécile und ich hätten es doch immer nett miteinander.

Cécile sah im Tageslicht auf der Treppe fast durchsichtig aus. Auf Mamas Anraten hin hatte ich sie draußen am Auto empfangen, als sie und Papa vor dem Haus vorfuhren.

»Schöne Löwen«, sagte Cécile ausdruckslos.

»Sie wiegen über hundert Kilo«, erklärte ich. »Jeder.«

Cécile gab keine Antwort, kam aber zu mir und küsste die Luft neben meinen Wangen, als wäre ich eine oberflächliche Bekannte.

»Wir müssen ein Foto machen«, sagte Papa. »Jetzt, wo wir seit Langem zum ersten Mal wieder alle zusammen sind.«

Er rief Mama ins Freie. Sie wollte zuerst nicht mit auf das Bild, gab jedoch bald nach, und Papa holte seine Kamera mit Stativ und Selbstauslöser. Dann gruppierte er uns zwischen den Löwen und forderte uns auf zu lächeln.

»Ich habe die Augen zugemacht«, sagte ich.

»Das glaube ich nicht«, erwiderte Papa. »Normalerweise macht man die Augen nach dem Blitz zu. Das wird ein gutes Foto.«

Beim Essen war alles so ordentlich angerichtet, dass ich nicht übel Lust hatte, auf das Tischtuch zu kleckern oder in mein Glas zu beißen, wie ich es als kleines Kind oft getan hatte. Ich hatte es so satt, über inhaltslose Dinge zu sprechen. Auf dem Stalldach hatten sich Schindeln gelöst, dann ging es um die Böden, die Pilze. Noch nie habe Papa einen solch pilzreichen Herbst erlebt. Ich begann, über den Rhododendron zu sprechen, dass er wirklich stark beschnitten werden müsse, weil die Vorderseite unseres Hauses dann sehr viel einheitlicher aussehe. Als Mama und Papa plötzlich einfiel, sie könnten ja eine Thujenhecke am Torhaus pflanzen, konnte ich nicht mehr. Ich lehnte mich zurück und sah zur Decke. Da sah ich den Fleck. Den graugelben Fleck an der Decke.

»Wasser«, sagte ich und deutete nach oben. »Feuchtigkeit im Mauerwerk.«

Dann wurde darüber diskutiert, wie ernst der Schaden war, ob nur das Dach undicht war oder das Wasser aus dem Haus kam. Ob es sich um Regenwasser handelte oder um ein undichtes Rohr. Mama glaubte, es handelte sich um einen einmaligen Wasserschaden, der getrocknet war und den man vielleicht einfach übermalen konnte.

Ich dagegen sagte, dass man vermutlich das ganze Dach abnehmen und genau nach dem Ursprung der Feuchtigkeit forschen musste. Sonst würde sie sich ausbreiten, und eines schönen Tages würde alles über uns einstürzen.

»Du musst nicht gleich so dramatisch sein«, sagte

Mama seufzend. »Vielleicht ist es auch nur Champagner von Silvester.«

Cécile schwieg die meiste Zeit. Sie sah nur uninteressiert zu dem Fleck und stocherte dann weiter in ihrem Essen.

»Was ist mit dir, Cécile?«, fragte Mama. »Du siehst etwas blass aus.«

»Sie hat wahrscheinlich gerade viel Stress mit den ganzen nationalen Prüfungen«, sagte ich. »Die zwingen selbst die Stärksten in die Knie.«

Cécile ignorierte meinen Kommentar, seufzte nur und sagte, sie sei müde.

»Du und deine Schwester könnt ja noch einen Spaziergang machen, bevor es dunkel wird«, schlug Papa vor.

»Ich bin wirklich sehr müde«, entgegnete Cécile.

»Ein bisschen frische Luft macht dich vielleicht wacher«, drängte ich, weil ich wirklich gern mit ihr allein sein wollte.

Im Freien standen wir eine ganze Weile zwischen den Löwen mit ihren aufgesperrten Mäulern. Wir schienen beide nicht zu wissen, wohin wir gehen sollten.

»Wollen wir zum See?«, schlug ich vor.

Cécile zuckte mit den Schultern.

Wir gingen hinunter zum Wasser.

»Was um Himmels willen ist das denn?«, sagte Cécile und deutete auf die Grube.

»Eine Grube«, erklärte ich. »Ich habe ein wenig gegraben.«

»Haben Mama und Papa das gesehen?«

»Ja, und ich werde sie auch wieder zuschütten.«

»Warum hast du überhaupt angefangen zu graben?«

»Ich wollte sehen, wie tief ich komme.«

Cécile musterte mich nachdenklich, als ob sie zu ergründen versuchte, wie wir vom selben Fleisch und Blut sein konnten.

»Was hast du da?«, fragte sie und deutete auf die Kette um meinen Hals.

Ich legte eine Hand darauf und antwortete, das sei einfach nur eine Kette.

»Darf ich mal sehen?«

Cécile kam näher. Ich trat zurück.

»Was denn, ist das ein Geheimnis? Jetzt hör schon auf.«

Sie streckte eine Hand aus und packte blitzschnell den Anhänger. Ich wollte zurückweichen, hatte jedoch Angst, dass die Kette reißen würde.

»Von wem hast du die?«

»Von Mama. Sie hat sie mir geschenkt.«

»Warum?« Cécile starrte mich an, als könnte sie meine Worte nicht glauben.

»Weil ich Jura studieren werde«, sagte ich. »Das ist eine Waage der Justitia. Gerechtigkeit und so.«

»Ich weiß, wofür sie steht«, erwiderte Cécile knapp. »Ich frage mich nur, warum …«

»Warum du sie nicht bekommen hast?«

»Das habe ich nicht gesagt.« Cécile sah von dem Anhänger zu mir. »Du willst also Jura studieren? Dann solltest du besser bald wieder zur Schule gehen.«

»Ich habe noch ein Jahr gut«, erinnerte ich sie.

Dass ich eine Klasse übersprungen und damit immer ein Jahr gut hatte – das war mein Trumpf.

»Für Jura braucht man einen sehr guten Notendurchschnitt«, sagte Cécile.

»Das weiß ich. Ich kenne die Zulassungsbedingungen.«

»Darf ich sie mal umlegen?« Cécile deutete auf die Kette.

»Warum?«

»Ich will einfach mal sehen, wie sie sich anfühlt.«

Ich seufzte, nahm die Kette ab und gab sie Cécile.

»Die hat ja Kratzer«, sagte sie, als sie die Waage umdrehte.

»Das sind Buchstaben«, korrigierte ich sie. »Ein E und ein *I. FREI.*«

»Weiß Mama, dass du ihre Kette kaputt gemacht hast?«

»Sie gehört doch jetzt mir«, entgegnete ich. »Und ich kann damit machen, was ich will. Bekomme ich sie jetzt zurück?«

»Klar. Gleich. Hilf mir, sie anzulegen.«

Sie hielt ihre Haare im Nacken hoch. Wieder seufzte ich, gehorchte jedoch. Wir gingen weiter zum Wasser.

»Weißt du noch?«, fragte ich und deutete auf einen Baum, der schon seine Blätter verloren hatte. »Von dem hast du doch die Knospen abgerissen und sie dir in die Ohren gesteckt, oder?«

»Du vergisst wirklich gar nichts.« Cécile stöhnte.

Das stimmte nicht, ich vergaß sehr viel. Außer Ungerechtigkeiten oder lustige Dinge wie das mit den Knospen, worüber ich immer noch lachen konnte. In dem Frühjahr mussten wir etwa vier oder fünf gewesen sein, als Cécile plötzlich nicht mehr auf Ansprache reagierte. Mama und Papa dachten, sie hätte einen Hörschaden, doch beim Ohrenarzt stellte sich heraus, dass ihre Gehörgänge voller kleiner grüner Knospen waren.

»Warum hast du das eigentlich gemacht?«, fragte ich.

»Weil ich deine Stimme nicht mehr hören wollte«,

antwortete Cécile. »Deine Stimme hat mir in den Ohren wehgetan. Weißt du denn nicht mehr, wie du geschrien hast?«

»Du hättest ja vielleicht etwas anderes nehmen können als Pflanzenteile?«

»Ich war fünf. Ich hatte Panik und habe das genommen, was gerade greifbar war. Dein Geschrei hat die ganze Familie wahnsinnig gemacht.«

»Jetzt übertreibst du aber.«

Cécile sah mich von der Seite an, als könne sie es nicht glauben.

»Überhaupt nicht. Du hast so geschrien, dass ich keine Freunde zu uns einladen konnte. Mama hat geweint und Papa sich in der Bibliothek eingeschlossen. Deshalb waren die Kindermädchen bei uns. Ohne dich hätten wir nie Kindermädchen gehabt oder hätten in den Kindergarten gehen müssen. Man hätte uns vielleicht nicht mal nach Adamsberg geschickt. Aber Mama und Papa hatten einfach nicht genug Kraft für dich.«

»In dem Fall verstehe ich nicht, warum man überhaupt Kinder bekommt«, sagte ich. »Wenn man nicht die Kraft dafür hat.«

»Sie konnten ja nicht wissen, wie du einmal werden würdest.«

»Man kann sich seine Kinder nicht aussuchen. Und dann muss man sich eben um sie kümmern, egal wie sie sich entwickeln.«

»Manchmal höre ich dich immer noch schreien, wenn ich einschlafen will«, sagte Cécile.

Wir waren fast am Wasser. Cécile ging langsam weiter und sprach mit einer geisterhaften Stimme, die nicht wie ihre klang.

»Als ob sie sich in mein Gehirn eingebrannt hätte«, fuhr sie fort. »Deine Stimme. Die Schreie.«

»Entschuldige«, erwiderte ich. »Entschuldige, dass ich euer aller Leben zerstört habe.«

Kapitel fünfundvierzig

Charlie war so auf die Fotos konzentriert, dass sie nicht hörte, wie Jacob hinter sie trat.

»Was machen Sie hier?«, fragte er plötzlich vom Türrahmen aus. »Als ich sagte, Sie könnten sich umsehen, habe ich nicht gemeint, dass Sie hier hereindürfen.«

»Ich …« Sie wusste nicht, was sie sagen sollte.

»Es ist nicht das, was Sie denken«, erklärte Jacob und deutete auf die Fotos auf dem Tisch.

»Okay.«

Instinktiv wollte Charlie fliehen, doch Jacob versperrte den einzigen Ausgang.

»Sie brauchen keine Angst zu haben«, fuhr er fort. »Ich kann das erklären.«

»Dann gehen wir aber besser nach oben.«

Charlie folgte Jacob ins Erdgeschoss. Sie zitterte vor Erleichterung, als sie aus dem Keller raus waren.

»Ich verstehe, dass Ihnen das verdächtig vorkommen muss«, sagte Jacob, als sie zurück in der Küche waren.

»Sie haben Fotos eines verstorbenen Mädchens bei sich«, sagte Charlie. »Eines Mädchens, das seit bald dreißig Jahren spurlos verschwunden ist.«

»Sie ist nicht verstorben. Zumindest nicht auf den Fotos.«

»Das verstehe ich nicht.«

»Es war ein Spiel. Ich weiß, das klingt ganz schön krank, aber Francesca wollte, dass ich sie wie eine Leiche zurechtmache.«

»Warum?«

»Keine Ahnung«, erwiderte Jacob. »Sie hatte einen ziemlich speziellen Humor und fühlte sich von solchen Sachen angezogen. Das war an dem Abend, an dem ich sie von dem Fest abgeholt habe. Sie war sehr betrunken. Zuerst wollte ich nicht, aber dann hat sie mich doch überredet. Warten Sie, ich zeige Ihnen die Bilder.«

Er ging wieder nach unten und kam kurz darauf mit den Fotos von Francesca zurück.

»Sehen Sie, das Datum«, sagte er und deutete auf den Datumsstempel an der rechten Bildseite.

»Aber warum haben Sie sich die Fotos jetzt wieder angesehen?«, fragte Charlie.

»Gestern war ein Mann hier und hat Fragen zu Francesca gestellt«, erklärte Jacob. »Ich habe die Bilder hervorgeholt, weil … keine Ahnung … ich mich erinnern wollte.«

»Johan Ro? Hieß der Mann so, der Sie besucht hat?«

Jacob nickte.

»Warum haben Sie das nicht erwähnt?«

»Er bat mich, nicht darüber zu sprechen. Worum geht es hier eigentlich?«

»Johan Ro wurde gestern schwer verletzt«, berichtete Charlie. »Man weiß noch nicht, ob er überlebt.«

»Warum? Und wer ist der Täter?«

»Das weiß ich nicht. Wann war er hier?«

»Nach dem Mittagessen, um zwei Uhr etwa, glaube ich.«

Jacobs Telefon klingelte wieder, und er entschuldigte sich noch einmal, stand auf und verließ die Küche.

»Bitte entschuldigen Sie«, sagte er, als er zurückkam. »Ein Todesfall.«

»Wer ist gestorben?«, fragte Charlie. »Nein, Verzeihung, das geht mich nichts an.«

Jacob lächelte und sagte, dass er das eigentlich nicht weitergeben durfte, aber da sie es ja sowieso im Supermarkt oder im Motel erfahren würde …

»Sven-Erik Larsson«, fuhr er fort.

»Svenka?«

»Ja, so wird er genannt. Kennen Sie ihn?«

»Nur oberflächlich. Ich habe gestern im Motel mit ihm gesprochen. Was ist passiert?«

»Das ist nicht ganz klar. Seine Schwester hat angerufen. Sie steht immer noch unter Schock.«

Charlie sah Sara vor sich, schwarzen Kajal um die Augen, mit dem Ausdruck von Resignation und Einsamkeit einer alten Frau in ihrem Gesicht. Doch sie war erst vierzehn. Was würde jetzt aus ihr werden? Wie viel würde sie vergessen müssen, um zu überleben?

»Ich muss wissen, was Sie Johan erzählt haben«, sagte Charlie, nachdem sie ihr Beileid zu dem plötzlichen Todesfall ausgesprochen hatte.

»Er hat ganz ähnliche Fragen gestellt wie Sie.«

»Hat er gesagt, wohin er als Nächstes wollte?«

»Nein, nichts dergleichen. Ich hoffe wirklich, dass er überlebt und man den Irren erwischt, der dafür verantwortlich ist.«

»Haben Sie jemandem erzählt, dass er hier war?«

Jacob verneinte. »Ich habe mit niemandem darüber gesprochen.«

»Ich muss los«, sagte Charlie.

Sie bedankte sich für den Kaffee und ging zur Haustür. Jacob folgte ihr.

»Wenn Sie etwas über meinen Bruder oder Francesca herausfinden, sagen Sie es mir bitte«, bat er zum Abschied.

»Natürlich«, erwiderte Charlie. »Und rufen Sie mich an, wenn Ihnen noch etwas einfällt. Sie haben ja meine Mobilnummer.«

Kapitel sechsundvierzig

Sobald Charlie das Bestattungsunternehmen Bergman hinter sich gelassen hatte, rief sie Olof an. Er klang gestresst, als er sich meldete.

»Hat Adam gestanden?«

»Nein. Er hat ein Alibi. Er war erst zu Hause und dann im Motel.«

»Da kann er auch mal schnell weggegangen sein«, sagte Charlie. »Vom Motel sind es nur ein paar Hundert Meter zum Schmelzwerk. Ihr müsst ihn stärker unter Druck setzen.«

»Wir tun, was wir können«, antwortete Olof. »Bist du noch dran, Charlie?«

Charlie drückte ihn weg, als ein anderer Anruf von einer Nummer aus Gullspång hereinkam.

Die Anruferin musste sich erst von einem starken Hustenanfall erholen.

»Mit wem spreche ich?«, fragte Charlie schließlich.

»Annelie Karlsson. Die Pflegerin in Amnegården, wir haben uns kennengelernt, als Sie und Ihr Freund Sixten Molan besucht haben.«

Charlie erinnerte sich gut an die Pflegerin.

»Also, ich habe gehört, was Ihrem … Freund zugestoßen ist. Denn das war er doch? Der im Schmelzwerk niedergeschlagen wurde?«

»Ja, das war er.«

»Und dann habe ich gehört, dass Sie Polizistin sind. Und da dachte ich, dass Sie vielleicht wissen sollten, dass er an dem Tag noch einmal hier war, Ihr Freund, und mit Doktor Molan gesprochen hat. Danach war Sixten schlecht gelaunt und hat sich über Menschen beschwert, die überall ihre Nase reinstecken müssen und … Aber ich weiß nicht, ob das überhaupt wichtig ist.«

»Doch, das ist es«, sagte Charlie. »Vielen Dank, dass Sie angerufen haben.«

Sixten Molan war nicht in seinem Zimmer. Ein alter Mann schlurfte mit seinem Rollator vorbei, als Charlie gerade an der verschlossenen Tür zog.

»Am Klavier.« Der Mann deutete den Flur entlang.

Charlie ging in die angegebene Richtung, und tatsächlich, Molan saß an einem Klavier. Seine Hände lagen auf den Tasten, als wolle er gerade anfangen zu spielen. Doch er starrte nur mit leerem Blick auf das Notenpult und bemerkte sie erst, als sie schon neben ihm stand. Er schien nicht überrascht, sie zu sehen.

»Doktor Molan«, sagte Charlie. »Ich müsste mit Ihnen reden.«

»Schon wieder?«

»Ja, wenn Sie Zeit haben.«

»Können wir nach draußen gehen?« Er drehte den Kopf zu einer Tür, die auf eine Terrasse führte. »Ich muss ein wenig rauchen.«

Erst als sie ins Freie traten, sah Charlie, dass dort bereits eine weißhaarige Frau auf einem Plastikstuhl saß.

»Herr Molan!«, begrüßte sie ihn mit leicht ironischem Unterton. »Wie entzückend.«

»Greta!«

Doktor Molan lüftete seinen nicht vorhandenen Hut und verbeugte sich. Er ging zu einem Tisch, auf dem eine Pfeife und eine Schachtel Zündhölzer lagen, zündete die Pfeife an und setzte sich neben Greta.

Diese musterte Charlie mit neugierigen braunen Augen.

Charlie stellte sich vor.

»Charlie also«, sagte Greta. Sie verengte die Augen, als versuche sie sich an etwas zu erinnern. »Das klingt nach einem Männernamen.«

»Als Frauenname funktioniert er auch.«

»Ja, und das ganz ausgezeichnet.«

Greta drückte ihre brennende Zigarette auf einem umgedrehten Blumentopf auf dem Tisch aus und zog gleich eine neue aus ihrer Packung.

»Greta«, sagte Doktor Molan. »Charlie und ich müssten uns unter vier Augen unterhalten.«

Greta lachte, warf die Hände in die Höhe und erwiderte, dass sie sich draußen befanden, unter Gottes freiem Himmel, und dass sie sich nicht einfach so vertreiben lassen würde.

Charlie lächelte sie an. Doktor Molan verdrehte die Augen und sog einige Male an seiner Pfeife, bevor er sich an Charlie wandte und vorschlug, stattdessen in sein Zimmer zu gehen.

»Sie ist schwierig«, murmelte er auf dem Weg.

»Ich fand sie nett«, entgegnete Charlie.

»Sie hat früher für mich gearbeitet«, erzählte Doktor Molan. »Hat geputzt und das Essen gekocht. Damals hat sie nicht so freimütig gesprochen.«

»Man beißt nicht in die Hand, die einen füttert.«

»Dafür beißt sie jetzt umso mehr.«

Mit zitternder Hand schob er den Schlüssel ins Schloss seiner Zimmertür.

»Setzen Sie sich.« Er deutete auf das Sofa.

Er selbst ließ sich in einem Sessel auf der anderen Seite des Tisches nieder und schlug die Beine übereinander. Er schien wieder in seine Rolle als Psychiater geschlüpft zu sein und nur darauf zu warten, dass sie sich auf die Couch legte, die Augen schloss und ihm ihr Inneres offenbarte.

»Ich habe gehört, was Ihrem Freund zugestoßen ist«, begann er. »Ich hoffe, er erholt sich wieder.«

»Und ich habe gehört, dass er gestern hier war«, sagte Charlie. »Johan. Mein Freund.«

»Ja, er war gestern noch einmal hier. Den Grund habe ich nicht ganz verstanden. Er hat viele Fragen gestellt.«

»Welche zum Beispiel?«

»Wen ich bei meinen Besuchen in Gudhammar getroffen habe und ob ich mich an noch etwas erinnere, was ich Ihnen noch nicht gesagt habe. Alles Mögliche.«

»Und?«

»Ich habe ihm alles gesagt, was mir einfiel, selbst kleinere Ereignisse.«

»Wissen Sie noch, was Sie genau erzählt haben?«

»Warum sollte ich das nicht?« Doktor Molan wirkte gekränkt. »Ich habe ihm von einem Mann erzählt, der sich laut Francesca an ihr vergangen hatte. Das hat sich später als Lüge herausgestellt, aber …«

»Wer war das? Und wieso sind Sie sich so sicher, dass es eine Lüge war?«

»Das ist eine lange Geschichte, aber Rikard und Fredrika ließen Francesca untersuchen, und sie war noch unberührt.«

»Unberührt?«

»Sie verstehen schon.«

Charlie nickte. Sie verstand, was das Wort bedeutete, aber nicht, wie Eltern ihrer Tochter so misstrauen und sie mit einer solchen Untersuchung erniedrigen konnten.

»Man kann jemanden auch ohne vaginale Penetration vergewaltigen«, erklärte sie Doktor Molan.

»Ach ja?«, sagte er, als ob das etwas Neues für ihn wäre.

»Wie hieß er?«, fragte Charlie weiter. »Wie hieß Francescas Vergewaltiger?«

»Das weiß ich nicht mehr.«

»Adam? Adam Rehn?«

»Wie gesagt, das ist viele Jahre her. Ich kann mich an keine Namen erinnern.«

Charlie seufzte. War dieser Besuch etwa nur Zeitverschwendung?

»Ich denke, wir sollten für heute Schluss machen«, verkündete Doktor Molan und lehnte sich zurück. »Ich hoffe, Ihr Freund kommt wieder auf die Beine. Manchmal ist es besser, sich nicht zu sehr einzumischen«, fügte er noch hinzu, als Charlie schon an der Tür war.

»Was meinen Sie damit?«

»Ich meine, dass man manche Dinge besser ruhen lässt. Für einen Psychiater ist das vielleicht eine unerwartete Aussage, aber wenn ich in meinem Beruf etwas gelernt habe, dann, dass man manche Steine lieber nicht umdrehen sollte.«

»Und wenn ich etwas in meinem Beruf gelernt habe«, erwiderte Charlie, »dann, wie wichtig es ist, bei Körperverletzung und Mordverdacht zu ermitteln.«

Auf dem Flur betrachtete Charlie erneut die Schwarz-Weiß-Fotos an den Wänden. Wieder blieb sie bei dem

Bild vom Erntedankfest stehen und musterte die jungen Männer, die Verstärker und Mikrofonständer trugen. Am Rand des Fotos entdeckte sie eine Frau, die sie beim ersten Mal übersehen hatte. Eine blonde Frau mit langen Beinen in einem Kleid. Sie sah zu den Männern, als würde sie selbst ein Bild betrachten oder ein Leben, zu dem sie nicht richtig dazugehörte.

»Schön, nicht wahr?«

Charlie drehte sich um. Greta stand hinter ihr und lächelte sie an.

»Ich nenne diese Flure die Allee der Erinnerungen«, fuhr die alte Frau fort. »Die Fotos aus vergangenen Zeiten sollen uns wohl ein sicheres Gefühl vermitteln. Aber man wird davon auch wehmütig.«

Charlie nickte.

»Das Erntedankfest«, sagte Greta und nickte zu dem Bild.

»Wissen Sie, wer das ist?« Charlie deutete auf die Frau in dem schönen Kleid.

»Das ist die vornehme Frau Mild.« Greta lächelte.

»Kannten Sie sie?«

Greta schüttelte den Kopf. »Das Ehepaar Mild war ein paarmal beim Herrn Doktor eingeladen, aber ich war ja nur Personal und in ihren Augen Teil der Einrichtung. Sie bewegten sich meist in ihren Kreisen. Deshalb war es auch eine große Überraschung, als Frau Mild auf diesem Erntedankfest auftauchte. Und noch dazu allein. Der Abend wurde unvergesslich.«

»Warum?«

»Wegen des Ehemanns. Der kam auch noch, und dann gab es eine Schlägerei.«

»Wer war daran beteiligt?«

»Rikard Mild und Ivan Hedlund«, sagte Greta. »Aber Ivan hat mehr Schläge ausgeteilt. Das war ein richtiges Spektakel. Hm, merkwürdig. Ich habe die Geschichte gestern erst einem jungen Mann erzählt, der hier war. Wir haben über das Erntedankfest geredet und…«

»Johan?«

»Ich weiß nicht mehr, wie er hieß, aber er war hübsch. Mit Locken.« Greta hob eine Hand über den Kopf.

»Und Sie haben ihm dasselbe erzählt wie mir?«

»Ich glaube schon«, antwortete Greta. »War das falsch?«

Kapitel siebenundvierzig

Charlie fuhr nach Ålön. Der Misthaufengestank stieg ihr in die Nase, als sie auf Ivan Hedlunds Haus zuging.

»Sie schon wieder?«, fragte er, als er die Tür öffnete.

Er trug ein weites, dünnes T-Shirt und alte Jeans. Charlie bemerkte die muskulösen Arme. Er schien nicht erfreut über ihren Besuch.

»Heute bin ich wegen einer anderen Sache da«, sagte Charlie. »Darf ich reinkommen?«

»Natürlich.«

Ivan ließ sie eintreten.

Das Haus roch … schmutzig. Eine Mischung aus feuchtem Hund, Stall und einem Geruch, in dem Charlie oft in Lyckebo aufgewacht war: einer langen Nacht mit viel Alkohol.

»Bleib«, befahl Ivan dem Hund, der hinzugekommen war und an Charlies Schritt schnüffelte. »Weg da, Nima.«

Ivan hob eine Hand und verpasste dem Hund einen Schlag. Dieser jaulte, krümmte sich und trabte davon.

»Acht Jahre alt und einfach nicht zu erziehen«, sagte Ivan seufzend.

Charlie schwieg. Der Schlag war zu plötzlich gekommen und zu hart gewesen.

»Also, weshalb sind Sie heute da?«, fragte Ivan.

Er hatte die Arme vor der Brust verschränkt und würde

sie offensichtlich nicht weiter ins Haus bitten als bis in die Diele.

»Wegen Körperverletzung.« Charlie zeigte ihm ihre Marke.

»Polizei?« Ivan hob eine Augenbraue. »Warum haben Sie das beim letzten Mal nicht gesagt?«

»Da war ich als Privatperson da.«

»Muss ich mir Sorgen machen?«

»Das weiß ich nicht. Mein Freund Johan, mit dem ich am Donnerstag hier war, wurde schwer verletzt.«

»Das ist sehr bedauerlich«, sagte Ivan. »Aber was hat das mit mir zu tun?«

»Es besteht Grund zur Annahme, dass es Verbindungen zu dem Fall gibt, zu dem wir Ihnen Fragen gestellt haben. Francesca Milds Verschwinden. Hat Johan Sie noch einmal versucht zu erreichen? Nachdem wir hier waren?«

»Nein. Werfen Sie mir irgendwas vor?«

»Wir reden mit allen, die wir wegen Francesca Mild befragt haben. Sie stehen nicht mehr unter Verdacht als alle anderen.«

Es war nicht richtig, so zu tun, als wäre sie in den Fall involviert, doch das war ihr egal. Sie musste einfach etwas unternehmen, solange Johan um sein Leben kämpfte. Charlie warf einen Blick zur Seite. Hinter einem halb vorgezogenen Vorhang sah sie die schweren schwarzen Stiefel, die Ivan im Stall angehabt hatte. Die blauen Arbeitshosen hingen ebenfalls dort. Was war das am Saum? Blut? Von den Schweinen?

Etwas zischte in der Küche.

»Verdammt, das Essen kocht über«, fluchte Ivan. »Einen Moment.«

Er eilte davon.

Als Charlie näher herantrat, erkannte sie, dass nicht Blut den Hosensaum rot gefärbt hatte. Sondern roter Staub. Wie er gestern ihre Schuhe verschmutzt hatte. Er stammte von dem oxidierten Eisenerz und bedeckte den Boden des Schmelzwerks. Betty hatte immer gesagt, dass er nicht nur die Lungen, sondern auch die Seele zerstöre.

Kapitel achtundvierzig

Auf der Fahrt zurück nach Gullspång rief Charlie Olof an. Als er nicht antwortete, versuchte sie es bei Micke.

»Hoffentlich ist es wichtig«, sagte er ohne Begrüßung.

»Ivan war bei Gea«, erzählte sie. »Im Schmelzwerk«, erklärte sie, als er nicht reagierte.

»Ich weiß, was Gea ist«, reagierte Micke ungehalten. »Woher weißt du das?«

Charlie erzählte ihm von den Arbeitshosen.

»Und ich glaube, dass Johan an dem Tag bei ihm war, an dem er niedergeschlagen wurde.«

»Warum?«

Charlie gab das Gespräch mit Greta in Amnegården wieder und was diese ihr über die Schlägerei zwischen Ivan Hedlund und Rikard Mild erzählt hatte. Charlie war sich sicher, dass Johan zu Ivan gefahren war.

»Worum ging es bei der Schlägerei?«, wollte Micke wissen.

»Keine Ahnung. Aber Johan hat sich mit Ivan getroffen und ihm ungemütliche Fragen gestellt. Jetzt ist Johan schwer verletzt, und an Ivans Kleidung klebt roter Staub aus dem Schmelzwerk. Was braucht ihr noch, um ihn zu verhaften?«

»Ich gebe es an Olof weiter.«

Dann legte Micke auf.

Charlie fuhr direkt nach Gudhammar. Sie wollte Francescas Zimmer durchsuchen, denn es bestand immer noch die Möglichkeit, dass der angekündigte Brief, der Jacob nie erreicht hatte, noch dort war.

Die Dämmerung hatte sich über das alte Gut gesenkt. Charlie parkte an der Allee. Als sie auf das Haus zuging, hatte sie das seltsame Gefühl, nicht allein zu sein, dass jemand neben ihr ging, ihre Hand hielt und ihr sagte, sie solle sich beeilen.

Die Löwen mit den aufgesperrten Mäulern leuchteten weiß im Dämmerlicht. Die Haustür war immer noch unverschlossen und öffnete sich leise knarzend, als sie die Türklinke drückte. Es war dunkel, und sie schaltete die Taschenlampe ihres Handys ein, um sich zu orientieren.

Sie ging in Francescas Zimmer und sah sie vor sich auf ihrem Bett, während die Dämonen in ihrer Brust kämpften. Sie ging zum Schreibtisch und öffnete die Schubladen. Sie waren leer. Hatte jemand sie ausgeräumt? Sie durchsuchte eine Kommode und einen Schrank. Nichts. Was hatte sie eigentlich erwartet? Die Polizei hatte nach Francescas Verschwinden sicher alles durchsucht. Oder jemand anders. Vielleicht hatte sich schon früher jemand darum gekümmert? Das Zimmer enthielt nichts Bemerkenswertes. Jetzt blieb nur noch das Bett. Charlie leuchtete mit der Taschenlampe über den gehäkelten Überwurf. Als sie ihn zurückzog, fluchte sie. Ein Tier hatte hier Junge zur Welt gebracht. Oder war hier gestorben. Sie zwang sich dazu, die Matratze hochzuheben. Ihr Herz schlug schneller, als sie etwas entdeckte. Es sah aus wie ein Schulheft.

Sie nahm es, schlug es auf der ersten Seite auf und leuchtete mit dem Handy. *Räume in der Zeit* stand dort geschrieben.

Ein dumpfes Geräusch ertönte aus dem Erdgeschoss.

Charlie erstarrte. Ihr Herz hämmerte wie wild. Sie versuchte sich einzureden, dass es sicher nur der Wind gewesen war, eine Ratte, ein Vogel, der gegen die Fensterscheibe geflogen war. Dann hörte sie Schritte. Instinktiv zuckte ihre Hand zur Waffe. Doch da war nichts, sie war ja schließlich nicht im Dienst. Rasch legte sie sich auf den Boden, schob sich unter das Bett und schaltete ihr Handy aus. Angestrengt versuchte sie, ruhiger zu atmen. Als sich die Schritte näherten, musste sie an die Versteckspiele aus ihrer Kindheit denken. Wenn sie zusammengekauert irgendwo lag und Betty langsam durchs Zimmer ging und mit gekünstelter Stimme fragte: *Wo ist denn das kleine Mädchen? Ist es verschwunden? Nein, es muss doch hier irgendwo sein … Denn es kann sich ja nicht einfach rausgeschlichen haben. Charliiie?*

Doch das hier war kein Spiel. Der Unbekannte war eine Weile durchs Obergeschoss gegangen und stand jetzt direkt vor Francescas Zimmer. Charlie lag ganz still da. Wer war das? War ihr jemand gefolgt? Wer es auch war, er befand sich jetzt im Zimmer, ging umher, nur wenig mehr als einen Meter von ihr entfernt. Charlie hielt den Atem an, dachte an Johans eingeschlagenen Kopf. War sie jetzt an der Reihe?

Francesca

Ich verstand nicht, warum Papa uns einen Spaziergang vorgeschlagen hatte. Wieso sollte ich Zeit mit einer Schwester verbringen, die mich sowieso nur beleidigte? Wie auch immer, jetzt waren wir am Wasser.

»Sei vorsichtig«, sagte ich, als Cécile den Steg betrat. »Einige Bretter sind morsch.«

»Ist mir egal«, erwiderte Cécile.

»Dann bist du selbst schuld, wenn du einbrichst.«

Wir setzten uns. Das hätte Mama missbilligt. Ihre größte Sorge war, dass wir uns eine Blasenentzündung holen und dann nie Kinder bekommen könnten. Als ob Kinderlosigkeit das Schlimmste wäre, was einer Frau zustoßen konnte.

»Himmel«, sagte Cécile, als ich eine Flasche Wein hervorzog, die ich in Mamas weitem Pelz verstaut hatte. »Du solltest besser nicht trinken.«

»Warum nicht?«

»Weil es dir nicht gut geht.«

»Und genau deshalb trinke ich«, erwiderte ich und hielt Cécile die Flasche hin.

Sie nahm sie und trank in großen Schlucken.

»Zeig ein bisschen Respekt«, meinte ich. »Die Flasche hat hundert Kronen gekostet.«

»Ah ja.« Cécile klang gleichgültig.

Ohne einen Blick zum Haus holte sie ein kleines silbernes Zigarettenetui hervor, klappte es auf und reichte es mir.

»Die werden uns umbringen«, sagte ich.

»Nicht, wenn wir nur ab und zu rauchen.«

»Ich habe nicht die Zigaretten gemeint«, erklärte ich und deutete zum Haus.

»Was sollen sie schon tun?«, fragte Cécile.

Wir zündeten die Zigaretten an.

»Ich habe Pfefferminzbonbons dabei«, sagte ich. »Du weißt doch, wie gut Mamas Nase ist.«

»Sie scheint nicht ganz so aufmerksam zu sein wie sonst. Diese ganze Geschichte hat sie wohl ganz schön mitgenommen.«

»Es geht nicht nur um mich.«

»Was soll das heißen?«, fragte Cécile. »Was ist denn noch?«

»Das kommt jetzt vielleicht völlig überraschend für dich, aber ich bin nicht die Einzige in der Familie, die Fehler macht.«

»Papa?«

»Ja, aber das wussten wir ja schon.«

»Mama?« Cécile sah mich verständnislos an.

Ich nickte.

»Man könnte sagen, dass Mama in Papas Fußstapfen tritt, zumindest in Sachen Untreue.«

»Hör auf, Fran. Hör auf, alles und jeden zu beschuldigen.«

»Es stimmt aber, ich habe sie selbst gesehen, ich …«

»Man kann dir nicht trauen, was du gesehen hast oder nicht«, unterbrach mich Cécile. Ihre Stimme war eisig. »Es ist nicht das erste Mal, dass du etwas siehst oder hörst, das es nur in deiner Welt gibt. Mama und Papa lieben einander. Sie würden niemals …«

»Blind«, sagte ich.

»Was?«

»Dein Name. Er bedeutet ›blind‹. Ich habe es nachgeschlagen.«

»Das ist mir egal.«

»Weißt du, dass Katzenjunge blind werden, wenn man ihnen eine gewisse Zeit die Augen verbindet?«, fragte ich. »Sie lernen das Sehen nicht, wenn …«

»Sei still. Du klingst wie eine Irre.«

»Das bin ich aber nicht.«

»Du sprichst zu schnell. Das sagen alle. Aber man versteht nicht, was du sagst. Du bist einfach zu schnell.«

»Vielleicht denken die anderen einfach zu langsam.«

Cécile seufzte.

»Und dein Name?«, sagte sie schließlich nach einer Weile. »Was bedeutet der?«

»Frei. Francesca bedeutet ›frei‹.«

»Wie schön.«

»Scheiß drauf. Wie geht es dir eigentlich?«

»Darauf antworte ich gar nicht erst«, sagte Cécile. »Ich werde nicht auf deine geheuchelte Sorge eingehen, wir können also auch gleich Klartext reden. Was willst du wissen?«

»Ich will wissen, ob du mit Henrik Schluss gemacht hast.«

Cécile nahm einen tiefen Lungenzug und sah aufs Wasser hinaus. »Eines musst du über Henrik wissen. Er ist nicht immer so, wie du denkst. Er hat auch eine andere Seite, eine lustige, ist klug, einfallsreich, sogar tiefgründig.«

»Du hast also nicht Schluss gemacht?« Die positiven Seiten ihres Freundes ignorierte ich.

»Nein. Warum sollte ich auch?«

»Paul war in ihn verliebt.«

Cécile lachte.

»Ich meine es ernst«, sagte ich. »Es würde mich nicht wundern, wenn sie irgendeine Art Beziehung gehabt hätten.«

»Bist du jetzt endgültig verrückt geworden, Fran?«

Cécile wirkte auf einmal unruhig.

Ich erzählte ihr von dem Rebus, Pauls Worten, den Erinnerungen, die zurückgekommen waren.

»Du musst das endlich sein lassen«, drängte Cécile. »Was immer Paul auch für Henrik empfand, es ist nicht wichtig. Wenn irgendjemand wissen muss, dass Henrik nicht homosexuell ist, dann ich.«

»Aber er ist vielleicht ein Mörder«, sagte ich und rückte dicht an sie heran.

»Hör auf. Ich meine es ernst. Hör auf, dich wie eine verdammte Irre zu benehmen.«

Ich verpasste ihr einen leichten Schlag.

»Au!«, schrie sie und rieb sich den Arm. Natürlich musste sie übertreiben.

»Wann hörst du endlich auf, mich zu schlagen?«, fauchte sie. »Wie alt bist du eigentlich? Du benimmst dich wie ein kleines Kind.«

Ich schlug sie erneut.

»He, lass das!«, schrie sie.

»Was ist denn los?«, rief Mama von der Veranda.

»Sie schlägt mich«, brüllte Cécile. »Francesca schlägt mich!«

Und natürlich verpetzte sie mich an Mama. Das schien

Cécile nie ablegen zu können. Wer von uns war jetzt das kleine Kind?

»Hör auf, Francesca«, schrie Mama von der Veranda. »Hör sofort auf!«

»Es war doch nur Spaß!«, wehrte ich mich lautstark.

»Hör trotzdem auf!«

»Wenn du dich nicht zusammenreißt, kommt sie runter und wird gar nicht begeistert sein«, sagte Cécile.

Sie rieb sich weiter den Arm und nickte in Richtung Zigaretten und Wein. »Du führst dich wirklich wie eine Wahnsinnige auf, Francesca.«

»Du würdest dich vielleicht auch nicht tadellos benehmen, wenn du deinen besten Freund verloren hättest.«

»Ich habe eine Schwester verloren«, erwiderte Cécile und warf den glühenden Zigarettenstummel ins Wasser.

»Das ist deine eigene Entscheidung«, sagte ich. »Weil du mir nicht vertraust. Sind Schwestern nicht dafür da? Einander zu vertrauen?«

»Früher habe ich das«, antwortete Cécile. »Das haben wir alle.«

»Aber genau das habt ihr nicht getan.«

»Ich will nicht länger diskutieren«, sagte Cécile. »Ich kann einfach nicht mehr, Fran.«

Wir sahen aufs Wasser.

»Kannst du dich an den Wettbewerb erinnern?«

»Welchen Wettbewerb?«

»Wer länger unter Wasser sein konnte.«

»Wie sollte ich das vergessen?«

»Ich wollte dir nur helfen. Damit du nicht immer wieder zurück an die Oberfläche treibst.«

»So hat es sich aber nicht angefühlt.«

»Glaubst du wirklich, ich wollte dich ertränken?«

Cécile überlegte lange, bevor sie schließlich antwortete: »Ich weiß nicht mehr, was ich geglaubt habe. Mein Gedächtnis ist wohl nicht so gut wie deins.«

»Es scheint jedenfalls recht selektiv zu sein.«

»Warum fängst du jetzt überhaupt damit an? Das ist doch mindestens zehn Jahre her.«

»Neun. Etwas mehr als neun Jahre.«

»Aha. Und worauf willst du hinaus?«

»Ich will darauf hinaus, dass du auch manchmal die Wahrheit verschweigst. Du hast Mama und Papa nie gesagt, dass ich dich nicht ertränken wollte. Du hast ihnen nie erzählt, dass es nur ein Spiel war.«

»War es das denn?«

Es wurde dunkel. Cécile und ich gingen zurück zum Haus.

»Erinnerst du dich an die Vogeleier?«, fragte sie.

»Wir müssen nicht noch mehr Erinnerungen wälzen.«

»Darfst nur du dich an Dinge erinnern?«

Das war so typisch, dachte ich. Cécile kam heim und erinnerte mich an noch mehr Grässlichkeiten. Hatte sie vergessen, dass ich depressiv war?

Wir hatten die kleinen Möweneier eines Sommers unten am Wasser gefunden, gedacht, dass sich niemand mehr darum kümmerte, und sie mit in mein Zimmer genommen, um sie zu wärmen, damit irgendwann kleine Vogelkinder schlüpften. Das Problem war nur meine Ungeduld. Nachdem die Eier eine Ewigkeit unter der Lampe gelegen hatten, ohne dass etwas passierte, wollte ich doch nur unter die Schale schauen, ob sich da etwas tat, und dann… Ich sah immer noch die blutige Masse vor mir, die auf meinem Überwurf gelandet war und sich nie richtig auswaschen ließ.

»Du weißt doch, was man von Kindern sagt, die Tiere quälen oder töten?«, bemerkte Cécile.

»Nein.«

»Dass sie nicht ganz richtig im Kopf und Psychopathen sind.«

»Ich habe sie nicht getötet«, wehrte ich mich. »Zumindest nicht mit Absicht. Ich wollte nur, dass sie ausgebrütet werden.«

»Dir musste doch klar sein, dass sie sterben«, sagte Cécile. »Dass Vogelembryos sterben, wenn man die Schale aufbricht.«

»Das hättest du auch wissen müssen. Hast du vergessen, dass du ein Jahr älter bist, dass du auch dabei warst?«

»Aber ich habe sie nicht getötet«, entgegnete Cécile. »Ich habe sie nicht einmal angerührt.«

Kapitel neunundvierzig

Charlie schloss die Augen und wartete darauf, plötzlich aus ihrem Versteck gezogen zu werden. Da klingelte ein Handy. Der Mann verließ das Zimmer, rannte die Treppe hinunter, und dann… Stille. Wie lange lag sie danach noch bewegungslos unter dem Bett? Eine halbe Stunde? Eine Stunde? Es kam ihr wie eine Ewigkeit vor.

Nachdem sie mit zitternden Knien das Haus verlassen und sich im Auto eingeschlossen hatte, rief sie wieder Olof an.

»Habt ihr ihn verhaftet?«, fragte sie? »Habt ihr Ivan Hedlund abgeholt?«

»Nein, wir…«

»Verdammt noch mal!«

»Red nicht so mit mir«, wies Olof sie zurecht. »Und lass mich ausreden.«

»Sag mir verflucht noch mal nicht, was ich tun und lassen soll.«

»Wir waren vor Kurzem dort, aber es war niemand zu Hause.«

»Vielleicht, weil ihr zu spät dran wart und er in der Zwischenzeit mich gejagt hat.«

»Was sagst du da?«

»Ich sage, dass ich glaube, dass er hinter mir her war«,

verdeutlichte Charlie. Bevor Olof weiter Fragen stellen konnte, schrie sie ihn an, dass sie Ivan so schnell wie möglich finden sollten, bevor noch jemand zu Schaden kam.

Aufgebracht warf sie das Telefon auf den Beifahrersitz. Ihr Blick fiel auf das Heft, das sie unter Francescas Matratze gefunden hatte. Charlie wollte es in Ruhe lesen. Sie startete den Wagen und ließ Gudhammar hinter sich. Alle paar Sekunden blickte sie in den Rückspiegel, doch niemand schien ihr zu folgen.

Eine Viertelstunde später bog sie in die schmale Abzweigung nach Lyckebo ein. Sie stieg aus und lauschte auf Motorengeräusche von der großen Straße, doch sie hörte nur Vogelkrächzen und den Wind in den Bäumen.

Das Schild mit der Aufschrift *Lyckebo* war fast vollständig im Boden versunken. Als Charlie es herausziehen wollte, brach ein Stück des morschen Holzes ab. Sie ignorierte das Schild und ging zum Haus. Als sie im Sommer dort gewesen war, zum ersten Mal seit ihrem Wegzug mit vierzehn, waren ihre Nerven zum Zerreißen gespannt. Die Bilder aus jener Nacht, wie Betty halb über ihrem Schminktisch lag, die Fliegen, die sie umschwirrten, die sinnlosen Wiederbelebungsversuche, begleiteten sie immer noch.

Eine SMS traf ein. Micke schrieb, dass man Ivan zur Vernehmung abgeholt hatte. Charlie rief sofort zurück, während sie sich neben der Eingangstreppe aus Paletten bückte, den Schlüssel unter dem gesprungenen Blumentopf hervorholte und aufschloss. Micke meldete sich nicht.

Es war dunkel im Eingangsbereich, sodass sie wieder die Taschenlampenfunktion des Handys einschaltete. In der Küche bemerkte sie, dass etwas nicht stimmte. Auf dem alten Tisch standen mehrere leere Weinflaschen. Die waren im Sommer, als sie das Haus verlassen hatte, nicht da gewesen. Sie hatte alle leeren Flaschen auf die Veranda gestellt. Jemand war hier gewesen. War vielleicht noch da. Lange stand sie bewegungslos da und lauschte, doch sie hörte nur das seit ihrer Kindheit vertraute Knacken des Holzes. Hatte sie die Flaschen möglicherweise doch vergessen? Vielleicht hatte sie vorgehabt aufzuräumen und dann nicht mehr daran gedacht.

Charlie suchte nach ein paar Teelichtern und zündete sie an. Dann schlug sie das Heft mit dem Titel »Räume in der Zeit« auf und begann zu lesen. Mit jeder Seite tauchte sie tiefer in Francesca Milds Welt ein.

Doktor Molan sagt, dass das Erinnerungsvermögen des Menschen unzuverlässig ist und sich verändert. Erinnerungen können verschwinden, manipuliert werden und falsch sein. Wenn dazu noch Beruhigungsmittel, Alkohol und Drogen kommen, werden sie natürlich noch unzuverlässiger. Fazit: Meine Erinnerungen aus der Ballnacht können falsch sein. Die gelbe Rose, die nassen Hosenaufschläge der Königsclique … Das alles könnte die Folge eines Rausches sein, eines Traums, einer Halluzination. Und egal, wie sehr ich es will, sagt Doktor Molan, ich werde die Ereignisse nicht aus dem Vergessen hervorlocken. Ich werde die Lücken nicht füllen können. Das ist ein komplexer Prozess, der sich nicht bewusst steuern lässt. Statt mich daher zu quälen, weil ich mich unbedingt erinnern will, soll ich an etwas anderes denken, sagt Doktor Molan. Ich soll einfach alles vergessen.

Ich würde ihm gerne sagen, dass das Vergessen ein komplexer Prozess ist, der nicht bewusst gesteuert werden kann.

Schließlich kam Charlie an die Stellen, die ihr bestätigten, dass die nächtlichen Besuche mit Betty in Gudhammar keine Einbildung gewesen waren. *Heute Nacht hat es an der Tür geklopft. Ich habe gehört, wie Mama Papa weckte, wie er die Treppe hinuntereilte. Eine Frau hat geweint, und Papa klang so wütend. »Verschwinde.« Und als ich aus dem Fenster schaute, sah ich eine Frau mit einem kleinen Kind die Allee hinuntergehen.*

Francescas Handschrift war klein und schwer lesbar. Es schien ihr egal zu sein, ob das Geschriebene einen Zusammenhang hatte. Mitten in einer Erzählung von einem nächtlichen Spaziergang im Internat sprang sie plötzlich zu einem Gedicht, das Paul ihr vorgelesen hatte.

Unser Leben ist ein Windhauch, ein Märchen,
ein Traum
Ein Tropfen, der fällt in den Zeitenraum
Der kurz schillert, bunt wie ein Regenbogen,
Bis er zerspringt und fällt und ist verloren.

Ein Klicken. Charlie kannte das Haus und auch das Geräusch. Die Haustür. Jemand war hereingekommen. Sie stand rasch auf und ging leise die zwei Schritte zur Besteckschublade neben der Spüle, aus der sie das erstbeste Messer herausholte. Dieses Mal würde sie sich nicht verstecken.

»Stehen bleiben!«, schrie Charlie dem Eindringling im Eingangsbereich entgegen. »Nicht bewegen! Langsam vortreten, damit ich Sie sehen kann.«

»Ich kann nicht vortreten, wenn ich stehen bleiben soll«, ertönte eine Mädchenstimme.

Charlie senkte das Messer.

»Sara?«, sagte sie. »Was machst du hier?«

Kapitel fünfzig

»Tut mir leid wegen dem Wein.« Sara sah zu den leeren Flaschen auf dem Tisch. »Aber da waren so viele im Keller und noch mehr draußen im Erdkeller …«

»Mach dir darüber keine Gedanken«, unterbrach Charlie sie.

Sie saßen einander gegenüber am Küchentisch. Saras Gesicht leuchtete weiß im Kerzenschein.

»Und weil ich einfach in Ihr Haus gegangen bin.«

»Das macht nichts«, sagte Charlie. »Es ist doch gut, wenn es zu etwas nutze ist.«

»Es war schön, einen Ort ganz für mich zu haben.«

»Das verstehe ich.« Charlie legt ihre Hand auf Saras.

»Papa ist tot«, erzählte das Mädchen.

»Ich habe es gehört. Es tut mir so leid.«

»Ich bin wohl eine Psychopathin, weil ich … gar nichts fühle.«

»Du stehst unter Schock. Hast du jemanden zum Reden?«

Sara schüttelte den Kopf. »Meine Tante ist da, aber ich will nicht mit ihr reden, mit niemandem. Haben Sie eine Zigarette?«

Charlie nickte, holte ihre Packung hervor und gab Sara eine Zigarette, die das Mädchen an einem Teelicht anzündete. Charlie tat es ihr nach.

Schweigend rauchten sie.

»Einmal sind wir nach Stockholm gefahren, Papa und ich«, erzählte Sara schließlich. »Mama hat mich zum Bahnhof gebracht, wo wir uns treffen wollten. Da habe ich noch jede zweite Woche bei ihr gewohnt, bevor sie sich abgesetzt hat. Papa kam schwankend über den Bahnsteig auf uns zu, auf der Nase eine dieser riesigen Scherzbrillen, Sie wissen schon, und für mich hatte er auch eine gekauft.«

Sara lächelte, als ob das eine schöne Erinnerung wäre.

»Mama hat gesagt, er soll sich zusammenreißen, dass ich vielleicht nicht mit ihm fahren sollte, wenn er sich so aufführte. Sie hat mich gefragt, ob ich wirklich mit ihm nach Stockholm fahren wollte, und ich wollte natürlich nicht, weil er ja stockbesoffen war, aber ich wollte ihn auch nicht enttäuschen. Deshalb habe ich gesagt, dass ich mitfahren wollte. Die Reise war der pure Horror.«

Sara schüttelte den Kopf.

»Papa war ein verdammter Alkoholiker, aber ich habe ihn geliebt. Ich habe es ihm nicht mehr gesagt seit … Ich weiß nicht mehr, wann ich es zuletzt gesagt habe, und jetzt ist es zu spät.«

»Er weiß es«, tröstete Charlie das Mädchen.

Sie spürte, wie ihr Hals sich zuschnürte, sah sich selbst auf den Knien neben Bettys leblosem Körper, wie sie versuchte, der Toten Leben einzuhauchen. *Ich liebe dich, Mama. Ich liebe dich. Mama!*

»Ich weiß nicht, ob ich weitermachen kann«, sagte Sara. »Ich fühle mich, als wäre mein Leben auch zu Ende.«

Charlie wollte ihr versichern, dass es ganz und gar nicht zu Ende war, dass sie erst vierzehn war, aber hier ging es nicht um das Alter, das wusste sie nur zu gut. Und ihr blickte auch kein junges Mädchen von der anderen Tischseite entgegen. Sondern ein Mensch, der schon zu viel Dunkelheit gesehen hatte.

Micke schickte eine SMS. *War was Besonderes?*

»Ich muss kurz jemanden anrufen«, sagte Charlie zu Sara. »Dauert nicht lang.«

Sie stand auf und ging ins Wohnzimmer.

»Hat Ivan gestanden?«, fragte sie, als Micke abhob.

»Ja, die Körperverletzung gibt er zu.«

»Warum? Was war sein Motiv?«

»Johan hat ihn angerufen und wollte mit ihm reden. Ivan war gerade im Schmelzwerk, weil er ein altes Schweißgerät holen wollte. Johan kam dazu und ...«

»Aber was war sein Motiv?«

»Er sagt, dass er es nicht erträgt, wenn ihm Menschen zu nahe kommen. Als Kind wurde er misshandelt und ... Johan hat ihn unter Druck gesetzt, da hat erst Ivan zugeschlagen, dann Johan. Ivan sagt aber, dass er mit nichts auf Johan eingeschlagen hat, sondern der unglücklich gestürzt sein muss. Ihm wurde erst sehr viel später klar, wie schwer die Verletzung wohl war, und da bekam er Panik. Deshalb hat er zuerst nichts gesagt.«

»Was für eine Fantasie der Mann hat.«

»Sei nicht so sarkastisch. Ich erzähle dir nur, was er gesagt hat. Ich muss nicht mit dir reden.«

»Aber ihr müsst den Fall lösen«, entgegnete Charlie. »Ihr müsst verstehen, dass das alles zusammenhängt, dass wir uns immer noch mit Francescas Verschwinden auseinandersetzen müssen. Einfach den Deckel drauflegen funktioniert nicht.«

»Du bist nicht meine Vorgesetzte, und du bestimmst nicht, mit welchen Fällen ich mich zu beschäftigen habe.«

»Er hat sich früher schon geprügelt«, sagte Charlie unbeirrt. »Ivan Hedlund. Das war nicht das erste Mal.«

»Das weiß ich.«

»Weißt du, worum es damals ging?«

»Ein Missverständnis, wenn ich es richtig verstanden habe. Rikard Mild hatte sich eingebildet, Francesca und er hätten eine Beziehung, aber das stimmte nicht, sie war mit jemand anderem zusammen.«

»Mit wem?«

»Keine Ahnung.«

Francesca

Am nächsten Tag erzählten Mama und Papa, dass sie bei Doktor Molan eingeladen seien. Ich sah vor mir, wie sie edlen Champagner aus Kristallgläsern tranken und leichte Konversation über die Anpassungsschwierigkeiten ihrer jüngsten Tochter betrieben.

»Ich dachte, wir wollten mehr Zeit als Familie verbringen«, sagte ich. »Jetzt, wo Cécile endlich daheim ist.«

Mama erwiderte, sie seien nur ein paar Stunden weg und dass ich im Notfall bei Doktor Molan anrufen könne. Ich hätte ja seine Nummer.

»Und während wir weg sind, könntest du anfangen, endlich diese Grube zuzuschütten, die so tief ist wie ein Grab«, sagte Mama.

»Das glaube ich nicht.«

»Gut. Dann sind wir uns ja einig. Wenn wir zurückkommen, ist da keine Grube mehr.«

»Ich dachte, das wäre Adams Aufgabe.«

»Adam arbeitet nicht mehr für uns, das weißt du sehr gut. Du musst dich jetzt selbst darum kümmern.«

»Ja, mache ich«, versprach ich, während ich gleichzeitig dachte: *Das werde ich ganz bestimmt nicht tun. Ich habe Besseres zu tun, als Gräber zuzuschütten.*

»Ein Sturm zieht auf«, sagte ich zu Cécile, nachdem Mama und Papa gefahren waren.

Ich stand am Küchenfenster und sah zu den schwankenden Bäumen unten am See hinaus.

»Das bisschen Wind«, meinte Cécile. »Du musst nicht gleich übertreiben.«

»Wann bekomme ich meine Kette zurück?« Ich drehte mich um.

Cécile hatte den Anhänger unter ihrer Bluse versteckt. Vielleicht hoffte sie, ich würde vergessen, dass sie die Kette immer noch hatte.

»Sie kann uns ja zusammen gehören?«, schlug Cécile vor. »Mir gefällt sie auch.«

»Sie gehört mir«, beharrte ich. »Du darfst sie nicht mit nach Adamsberg nehmen.«

Cécile seufzte und sagte, nein, das würde sie nicht.

Cécile ging an diesem Abend früh schlafen. Sobald sie in ihrem Zimmer verschwunden war, holte ich mein Heft, setzte mich an den Küchentisch und schrieb. Von der Wut auf meine Schwester. Dass sie, die immer der Liebling unserer Eltern gewesen war, mir nicht einmal die Kette meiner Mutter gönnte. Während des Schreibens wurde ich so wütend, dass ich ein paar große Schlucke aus der Weinflasche nehmen musste, die ich am Tag zuvor gefunden hatte. Kein Wunder, dachte ich eine halbe Flasche später, dass so viele Schriftsteller Alkoholprobleme hatten, man konnte damit wirklich schneller denken und leichter schreiben. Vielleicht könnte ich ja eines Tages einen Roman aus meinen Texten machen? Der Alkohol beeinflusste offenbar auch das Urteilsvermögen. Nach etwas mehr Wein schlug meine Stimmung um, und ich wurde wütend und sann auf Rache. Ich dachte an Henrik Stiernbergs böse Augen und das hämische Grinsen, wie falsch er und seine jämmerlichen Königsfreunde sich bei Pauls Gedenkgottesdienst gegeben hatten. Wie konnten sie nur so tun, als trauerten sie, wenn sie ihn doch umgebracht hatten? Ich sah ihre lächerlichen kleinen Leben vor mir, ihre zukünftigen Karrieren und Geschäfte, die Zigarren, das Rückenklopfen und die Wangenküsse. Eins ist sicher, dachte ich, selbst wenn die Wahrheit nie ans Licht kommt, dürfen sie es nicht vergessen. Solange ich lebte, wollte ich eine ständige Erinnerung an das Geschehene für sie sein. Ich nahm mein Weinglas mit zum Telefon und rief in einem bestimmten Wohnheim in Adamsberg an. Ich hatte erwartet, dass irgendein armer Teufel aus dem ersten Jahr abnehmen würde, doch zu meiner Überraschung hörte ich Henriks Stimme am anderen Ende der Leitung.

»Hier spricht Francesca«, sagte ich.

»Das höre ich«, antwortete Henrik. »Was willst du?«

»Ich will nur, dass du es zugibst.«

»Was soll ich zugeben?«

»Stell dich nicht dumm.«

»Hör auf damit, dir etwas einzubilden, Francesca.« Er klang flehend, als wäre er die falschen Anschuldigungen wirklich leid.

»Ich weiß von dir und Paul.«

Er atmete schwer und antwortete erst nach einer längeren Pause. »Wir sollten uns am besten treffen und miteinander reden. Bist du in Gudhammar?«

»Ja.«

»Dann komme ich dorthin.«

»Jetzt?«

»Ja. Ich denke, es ist am besten, wenn wir das ein für

alle Mal klären. Ich meine, wenn ich mit deiner Schwester zusammen sein soll …«

Ich unterdrückte die Bemerkung, dass er das besser nicht sein sollte.

»Findest du her?«, fragte ich stattdessen.

Henrik sagte, dass er schon mit Cécile hier gewesen sei.

»Cécile schläft schon«, sagte ich. »Nur damit du Bescheid weißt.«

»Dann hole ich dich ab, und wir fahren ein bisschen herum.«

»Ich mag keine Ausfahrten mit dem Auto. Wir treffen uns unten am Steg auf der Rückseite des Hauses. In eineinhalb Stunden. Fahr die Allee nicht ganz bis zum Haus, sonst weckst du womöglich Cécile.«

Mein Herz hämmerte, als ich auflegte. Mir war schwindelig, ich war froh, wütend und … erleichtert. Ich legte mich auf den Boden und dachte an Paul, sah seine dunklen Augen vor mir, hörte seine Stimme. *Wenn man einem Kätzchen die Augen über einen gewissen Zeitraum verbindet, lernt es nie zu sehen.*

Die Schlussszene naht, schrieb ich in mein Heft. Es war fast voll, und meine Buchstaben wurden immer kleiner. Was als Versuch angefangen hatte, meine Erinnerungslücken zu füllen, hatte sich inzwischen zu einer tagebuchartigen, grüblerischen Abhandlung entwickelt, voller Abschweifungen, bei denen Fräulein Wilhelmsson Fragen zu Dramaturgie und Zweck gestellt hätte. *Wo ist der rote Faden? Was willst du eigentlich ausdrücken, Francesca?*

Die Wahrheit, dachte ich. Ich will nur die Wahrheit sagen.

Henrik Stiernberg, schrieb ich, *bald ist seine Zeit als*

der Freund meiner Schwester vorbei und hoffentlich auch seine Zeit in Freiheit. Vielleicht gibt es ja doch eine Form von göttlicher Gerechtigkeit?

Kapitel einundfünfzig

Susanne saß im Wohnzimmer und schaute einen Film, als Charlie zurückkam.

»Charlie«, sagte sie, »du siehst ja völlig erledigt aus.«

»Das bin ich auch.«

»Hast du was Neues von Johan gehört?«

»Er ist immer noch bewusstlos.«

»Alles wird gut«, sagte Susanne. »Am Ende wird alles gut.«

Man hörte an ihrem Tonfall, dass sie selbst nicht ganz daran glaubte. Sie wussten beide, dass nicht immer alles gut wurde, dass es auch richtig übel ausgehen konnte.

»Hat die Polizei schon einen Verdacht, wer der Täter sein könnte?«, fragte Susanne.

»Ivan Hedlund.«

»Ivan? Warum?«

»Das ist noch unklar.«

»Himmel, wie verrückt kann jemand sein. Da denkt man, man weiß alles über die Menschen, und am Ende stellt sich heraus, dass man nicht mal seine eigene Familie kennt.«

»Das Gefühl kenne ich.«

»Hast du das von Svenka gehört?«

Charlie nickte. »Ich habe Sara in Lyckebo getroffen.«

»Was hat sie denn da gemacht?«

»Sie hat mein Haus als Zufluchtsort benutzt.«

»Wie geht es ihr?«

»Sie steht unter Schock. Ich würde sie gern mit nach Stockholm nehmen, damit sie das alles hier hinter sich lassen kann.«

»Funktioniert das?«, fragte Susanne. »Nach Stockholm fahren und alles hinter sich lassen? Aber sie hätte es auf jeden Fall gut bei dir.«

Charlie dachte an Lilith. Die arme Katze hatte nicht einmal einen Monat in ihrer Obhut überlebt. Konnte sie sich überhaupt um ein anderes Lebewesen kümmern als sich selbst?

»Ich glaube, ich gehe ins Bett«, sagte sie. »Der Tag war furchtbar.«

Nachdem sie die Tür von Nils' Zimmer hinter sich geschlossen hatte, holte sie Francescas Schreibheft heraus. Sie hatte noch viel zu lesen.

Ich habe sie heute Nacht im Torhaus gesehen. Mama und Adam. Sie haben das Tier mit zwei Rücken gemacht.

Charlie starrte ins Leere und versuchte zu begreifen, was sie gerade gelesen hatte. Adam hatte eine Affäre mit Francescas Mutter Fredrika gehabt. Deshalb hatte Rikard ihm gekündigt. Warum hatte er das nicht einfach gesagt?

Francesca schrieb von der Schule, den Wohnheimen, den Ruderwettbewerben und allen Regeln, denen sie folgen musste. Charlie dachte an jahrhundertealte Traditionen, den Zusammenhalt, das Elitedenken und das Knüpfen wichtiger Kontakte für die Zukunft. Francesca hatte nicht in dieses System gepasst. *Ich bin ein komischer Vogel. Ich bin das fünfte Rad, die dreizehnte Fee, der immer ungeladene Gast.*

Dann schrieb sie von Paul:

Zwei Fehler heben sich nicht gegenseitig auf, aber jetzt haben wir einander.

Das Einzige, was ich sicher weiß, ist, dass er sich nicht umgebracht hat. Das würde er nicht tun, nicht so, nicht ohne mich.

Charlie dachte an das Bild, das während der Ermittlungen von Francesca gezeichnet worden war. Ihre Familie und Bekannte hatten sie als Mädchen beschrieben, das oft log und nicht zwischen Realität und Fantasie unterscheiden konnte, eine selbstmordgefährdete junge Frau, die quasi seit ihrer Geburt destruktiv veranlagt gewesen war. Seltsamerweise hatte niemand Francescas offensichtliches Talent erwähnt. Schon nach den ersten Absätzen war Charlie aufgefallen, was für ein intelligenter und scharfsinniger Mensch Francesca gewesen war. Sie wirkte viel älter als sechzehn Jahre.

Charlie blätterte auf die letzte Seite. Ihr Bauch verkrampfte sich, als sie das Datum am oberen Rand las: *Gudhammar, 7. Oktober 1989.*

Sie schluckte ein paarmal, bevor sie zu lesen begann. Zuerst erzählte Francesca vom Wetter. Es hatte so stark gestürmt, dass sie dachte, das Haus würde einstürzen.

Ich habe gerade zu Cécile gesagt, dass wir zwei hier sterben werden. Wenn Mama und Papa von Doktor Molan zurückkommen, werden sie ihre Töchter aus den Trümmern ausgraben müssen. Es wäre interessant zu sehen, wie sie darauf reagieren.

Cécile sagte, ich solle nicht so dramatisch und morbide sein.

Ich erwiderte, das sei eben meine Art, dafür könne ich nichts.

Cécile sagte, dass sie es nicht aushalte, über meine Art zu reden, aber ich solle mir keine Sorgen machen, Gudhammar würde seit Hunderten von Jahren Wind und Wetter standhalten und ganz sicher nicht ausgerechnet jetzt einstürzen.

Ich sparte mir die Antwort, dass früher oder später alles einstürzte, dass nichts ewig währte.

In dem Absatz, der von Pauls heimlicher Liebe handelte, las Charlie die Aufklärung des Rätsels, die ihr den Atem raubte.

Henrik Stiernberg. Bald ist seine Zeit als der Freund meiner Schwester vorbei und hoffentlich auch seine Zeit in Freiheit. Vielleicht gibt es ja doch eine Form von göttlicher Gerechtigkeit?

Charlie legte das Heft zur Seite und sah ins Leere. In der Nacht ihres Verschwindens hatte sich Francesca mit Henrik Stiernberg getroffen, dem sie den Mord an Paul Bergman vorwarf. Derselbe Mann, den ihre Schwester Cécile geheiratet hatte.

Am Morgen rief Charlie den behandelnden Arzt im Karolinska-Krankenhaus an. Der Zustand des Patienten sei immer noch kritisch, lautete die Antwort, und man werde noch nicht versuchen, ihn aufzuwecken.

Wann werde das passieren?

Das könne leider keiner genau sagen.

Charlie hätte am liebsten gefragt: Aber Sie werden es doch versuchen? Er wird doch aufwachen? Doch sie wusste schon, was man ihr antworten würde. Ärzte waren keine Götter, sie konnten keine Wunder an eingeschlagenen Schädeln wirken, wie sehr man sich das auch wünschte.

Als Charlie nach unten ins Erdgeschoss ging, saß Susanne in den Kleidern von gestern auf dem Sofa.

»Guten Morgen«, sagte sie. »Hast du was vom Krankenhaus gehört?«

»Er ist noch nicht stabil genug für einen Aufweckversuch«, erzählte Charlie. »Mehr können sie gerade nicht sagen. Ich muss hinfahren, Susanne. Ich glaube, es ist an der Zeit, nach Hause zu fahren.«

»Das verstehe ich.« Susanne klopfte neben sich auf das Sofa. »Setz dich zu mir.«

Charlie gehorchte, und Susanne legte einen Arm um sie.

»Du schaffst das.«

Charlie lehnte sich an ihre Freundin, deren Haare nach fruchtigem Shampoo und Haarspray rochen. Lange saßen sie so da und hielten einander fest.

Kapitel zweiundfünfzig

Als Charlie Gullspång hinter sich ließ, wusste sie, dass es nicht für immer war. Sie würde zurückkommen. Zurück zu Susanne und den Jungs, zu Sara Larsson, den Wiesen, dem Wald und dem Wasser, nach Lyckebo.

Hundertfünfzig Kilometer weiter hielt sie an einem Rasthaus und rief Henrik Stiernberg an. Wie schon bei ihren vorherigen Versuchen war der Teilnehmer nicht erreichbar. Als sie es stattdessen bei seiner Frau versuchte, wurde zu ihrer Überraschung nach dem dritten Klingeln abgenommen.

»Cécile Stiernberg.«

»Mein Name ist Charlie Lager. Ich rufe an, weil ich Ihren Mann erreichen muss.«

Langes Schweigen. Charlie musste aufs Display schauen, ob die Verbindung noch bestand.

»Warum rufen Sie dann nicht meinen Mann an?«, antwortete Cécile schließlich.

»Das habe ich, aber er ist nicht erreichbar.«

»Er ist verreist. Er hat viel zu tun. Aber vielleicht kann ich Ihnen helfen.«

»Ich würde mich gern mit Ihnen treffen. So schnell wie möglich.«

»Kein Problem. Ich nehme an, Sie wissen, wo ich wohne, wenn Sie schon meine Nummer haben.«

»Kann ich heute vorbeikommen, am späten Nachmittag?«

»Ja, das geht. Ich bin daheim.«

Kapitel dreiundfünfzig

Charlie war zurück in Stockholm, der Stadt, in der sie sich nie richtig heimisch gefühlt hatte. Jetzt war sie ihr fremder als je zuvor. Hier konnte man einsam in seiner Wohnung sterben, ohne von irgendjemandem vermisst zu werden. Hier lebten Menschen, über die niemand sprach, deren Existenz unbedeutend war für den Rest der Welt. Hier, wo es vor Menschen nur so wimmelte, war sie anonym und sich selbst überlassen, wie sie es in Gullspång nie wäre.

Aber du bist doch gern allein, Charlie.

Sie fuhr direkt zum Karolinska-Krankenhaus. Der große Parkplatz am Eingang war voll, weshalb sie zum Astrid-Lindgren-Kinderkrankenhaus weiterfuhr und den Wagen dort abstellte. Auf dem Weg zum Haupteingang sah sie zur Statue von Astrid Lindgren hinüber und dachte daran, wie sie sich als Kind nach Nangijala und Nangilima gesehnt hatte, bis Betty ihre Fantasiewelt zerstört und gesagt hatte, dass der Tod ein großes Nichts sei. Die Vorstellung, dass es im Leben nach dem Tod keine Täler mit blühenden Kirschbäumen gab, sondern nur unendliche Dunkelheit, hatte Charlie Angst gemacht.

Wer sagt denn, dass der Tod unendliche Dunkelheit ist?, hatte Betty daraufhin erwidert. *Leg die Hand über das Auge. Was siehst du?* Als Charlie beschreiben wollte, was sie mit dem anderen Auge sah, unterbrach Betty sie: *Das verdeckte Auge, Dummerchen.*

Nichts.

Nicht einmal Dunkelheit?

Nein, nichts.

Genau. So wird es sein, wie vor der Geburt. Einfach nichts.

Am Haupteingang stand ein ausgezehrter Mann mit einem Infusionsständer und rauchte hingebungsvoll eine dünne Zigarette, worauf er von einer Schwester zurechtgewiesen und zu einem Bereich geschickt wurde, in dem das Rauchen gestattet war. Langsam schlurfte der Mann davon und zog den Infusionsständer neben sich her.

Johan hatte ein Einzelzimmer im achten Stock. Eine Schwester begleitete Charlie hinein.

»Die ganzen Maschinen sehen beängstigend aus, ich weiß«, sagte sie. »Aber so können wir ihn am besten überwachen. Kommen Sie.«

Charlie ging zum Bett. Johans Augen waren geschlossen. Sie hatte gehofft, ihn in besserer Verfassung als bei ihrem letzten Besuch anzutreffen, doch das Gegenteil war der Fall. Er war leichenblass, die Lippen blutleer und sein Gesicht von Blutergüssen übersät.

»Es sieht schlimmer aus, als es ist«, erklärte die Schwester beruhigend.

Sie zog ein Papiertuch aus einem Spender an der Wand und gab es Charlie, als würde sie weinen. Vielleicht erwartete man das ja von der Partnerin eines Patienten, der zwischen Leben und Tod schwebte.

»Aber sein Zustand ist doch ernst?«, fragte Charlie. »Also sieht es genauso schlimm aus, wie es tatsächlich ist.«

»Er ist auf jeden Fall stabil«, antwortete die Schwester.

Charlie sah zu Johans Brust, die sich durch die künstliche Beatmung mechanisch hob und senkte. Was half es, stabil zu sein, wenn er vielleicht nie wieder aufwachen und allein atmen würde?

Die Schwester beugte sich über Johan, legte eine Hand auf seine Stirn und rückte das Kissen zurecht. Sie trug ein kleines goldenes Kreuz um den Hals. Charlie wünschte sich mehr denn je, selbst einen Glauben zu haben, eine Hoffnung, einen Gott, zu dem sie beten konnte. Doch sie war allein.

Auf dem Korridor ertönte ein Alarm. Die Schwester entschuldigte sich und eilte aus dem Raum.

Charlie legte vorsichtig eine Hand auf Johans Brustkorb. Sie wollte etwas sagen, beruhigende, aufmunternde Worte flüstern, doch sie konnte nicht.

Kapitel vierundfünfzig

Das Haus am Strandvägen in Djursholm ließ sogar Gudhammar klein aussehen. Mit seinen prachtvollen Zinnen und Türmchen erhob es sich über die Welt. Die elektrischen Tore mit Überwachungskameras standen offen. Im Garten wurde an einer Baustelle gearbeitet. Hier wohnten sie also, Cécile und Henrik Stiernberg.

Charlie drückte die Klingel, hörte jedoch kein Läuten.

Eine junge Frau öffnete die Tür und bat sie in gebrochenem Schwedisch einzutreten.

Charlie ging in die riesige Eingangshalle mit glitzerndem Kronleuchter. Weder Jacken noch Schuhe waren zu sehen. *Seelenlos,* hätte Betty gesagt. *Ein Haus ohne Seele.*

»Sie werden im Salon erwartet«, sagte die Frau, nahm ihre Jacke und bedeutete Charlie mit einem Nicken, ihr zu folgen.

Cécile Stiernberg und eine ältere Frau, die ihr ähnlich sah und damit wohl ihre Mutter war, saßen auf einem dunkelgrünen Samtsofa. Ihre blonden Haare waren gleich geschnitten und frisiert, und beide trugen teure Hosen, Blusen und Pumps mit niedrigen Absätzen.

»Willkommen«, sagte Cécile. Sie erhob sich und schüttelte Charlies Hand. »Das hier ist meine Mutter.«

Die ältere Frau erhob sich ebenfalls und reichte Charlie die Hand.

»Fredrika«, stellte sie sich vor. »Sehr erfreut.«

»Bitte, nehmen Sie Platz«, sagte Cécile und deutete auf einen Sessel. Sie wirkte sehr ernst.

Charlie setzte sich. Es war seltsam, die Schwester vor sich zu sehen, über die Francesca so viel geschrieben hatte. Charlie dachte an die Szene im See, an Francescas Hände auf Céciles Kopf. *Ich wusste nicht mehr, was ich wollte.*

Ein etwa zehnjähriges Mädchen kam ins Zimmer. Sie trug Bluse und Rock und sah wie eine erwachsene Frau aus.

»Wann kommt Papa nach Hause?«, fragte sie.

»Morgen«, antwortete Cécile. »Das habe ich dir doch gerade erst gesagt.«

»Mama, ich wollte dir zeigen ...«

»Nicht jetzt, Beatrice«, unterbrach Cécile ihre Tochter. »Wir Erwachsenen müssen uns unterhalten.«

Als das Mädchen nicht sofort gehorchte und den Raum verließ, rief Cécile etwas auf Französisch, und die Frau, die Charlie ins Haus gelassen hatte, eilte herbei, führte das Mädchen hinaus und schloss die große Doppeltür hinter sich.

Charlie wollte gerade das Gespräch beginnen, als Fredrika ihr zuvorkam.

»Ich hätte gedacht, du kommst früher, Charline«, sagte sie.

Charlie erstarrte. Wieso nannte diese Frau sie Charline, und was meinte sie mit »früher«?

»Wegen des Erbes«, fuhr Fredrika fort. »Ich meine, wenn du die Tochter deiner Mutter bist ...«

»Wovon reden Sie?«, unterbrach Charlie sie.

Ihr wurde abwechselnd heiß und kalt, und der Parkettboden wölbte sich ihr entgegen.

»Ich spreche von Rikard. Er ist jetzt seit einem Monat

tot, und ich wundere mich, dass wir nicht schon früher von dir oder deiner Mutter gehört haben.«

»Was soll das heißen?«, fragte Charlie. »Ich verstehe überhaupt nichts.«

Doch natürlich verstand sie. Langsam wurde ihr klar, wer sie eigentlich war.

Die Nacht. Der Kiesweg. Die Treppe. Bettys Fäuste an der Doppeltür.

Verschwinde. Lass uns in Frieden.

»Alles in Ordnung?«, fragte Cécile. Sie stand auf und ging zu Charlie. »Du siehst gar nicht gut aus. Wir werden nicht mit dir streiten, Charline. Bei der Scheidung hat Mama die Wahrheit aus Papa herausgepresst. Betty hat sicher den Vaterschaftstest noch irgendwo und … Du musst dir keine Sorgen machen.« Sie drehte sich um. »Mama, hol bitte ein Glas Wasser aus der Küche.«

Fredrika verließ den Raum.

»Wie geht es dir?«, fragte Cécile.

Charlie wusste nicht, was sie sagen sollte. Bettys Worte hallten in ihrem Kopf wider.

Nimm dich vor den Männern mit den großen Worten in Acht. Überhaupt vor allen Männern. Vergiss nicht, dass alle Männer Schweine sind.

Mein Papa auch?

Der ganz besonders, Liebling.

Wer ist er?

Er war nur auf der Durchreise.

Aber wer ist er?

Niemand, Liebling. Er war niemand.

»Charlie?«, ertönte wieder Céciles Stimme. »Wusstest du etwa nichts davon?«

Charlie schüttelte den Kopf. Ihre Knie hüpften unkontrolliert, und sie legte die Hände darauf. Bettys Gesicht hinter ihrem im Spiegel. *Sind wir hübsch?*

»Aber warum bist du dann hier?«, frage Cécile.

Fredrika kam mit einem Glas kaltem Wasser zurück. Sie stellte es auf den Marmortisch vor Charlie und verließ den Raum wieder.

Cécile gab Charlie das Glas, das diese nahm, ohne zu trinken. Sie musterte Céciles blasses Gesicht und suchte nach Ähnlichkeiten mit sich selbst, fand jedoch nichts. Cécile war die Tochter ihrer Mutter.

Aber sie ist deine Schwester. Und dann traf sie nachträglich die Erkenntnis: *Und Francesca ist auch deine Schwester.* Charlies Gedanken rasten. Wie lange wusste die Familie das schon? Und warum hatten sie keinen Kontakt zu ihr aufgenommen?

Das alles hier ist nur Fassade. Mama findet, wir sollten den Wasserschaden an der Decke übermalen. Sie versteht nicht, dass die Feuchtigkeit immer noch da ist, auch wenn man sie nicht sieht, dass sie sich unter der Oberfläche nach innen ausbreitet.

»Ich habe etwas für euch«, brachte Charlie schließlich heraus.

Etwas Wasser schwappte über, als sie das Glas auf dem Tisch abstellte. Sie holte eine Kopie von Francescas Aufzeichnungen aus der Tasche und gab sie Cécile.

»Was ist das?«

»Der Grund, warum ich hier bin.«

»Wohin gehst du?«, fragte Cécile, als Charlie aufstand und zur Salontür ging.

»Du kannst mich ja anrufen, wenn du alles gelesen hast«, sagte Charlie. »Ich muss … an die frische Luft.«

In der Eingangshalle hatte Charlie das Gefühl, als bewegten sich die Wände auf sie zu, als wollte das Haus sie einschließen. Das Kindermädchen oder die Haushälterin, oder was auch immer sie war, tauchte mit ihrer Jacke hinter ihr auf. Charlie bedankte sich und nahm sie entgegen. Im Freien holte sie tief Luft und suchte dann in ihrer Handtasche nach einer Sobril. Schließlich fand sie eine in einer Innentasche und schluckte sie.

»Wohin gehen Sie?«

Charlie drehte sich um. Céciles Tochter betrachtete sie neugierig. Das Mädchen trug eine Mütze mit einem echt aussehenden Fellbommel und eine dünne dunkelblaue Steppjacke.

»Ich mache nur einen Spaziergang«, sagte Charlie. »Ich bin gleich zurück.«

»Gestern habe ich einen Wolf gesehen«, erzählte das Mädchen.

»Ach so? Gibt es hier Wölfe?«

»Alle sagen, dass es hier keine gibt. Aber ich habe einen gesehen. Mit meinen eigenen Augen. Dahinten ist er vorbeigelaufen.«

Sie deutete auf den Kiesweg.

»Ja, dann gibt es hier vielleicht doch Wölfe«, sagte Charlie. »Wenn du einen gesehen hast.«

»Genau das habe ich Mama auch gesagt.«

Kapitel fünfundfünfzig

Charlie folgte dem Weg bis zum Wasser und ins Zentrum von Djursholm. Sie war wegen der Arbeit schon öfter hier gewesen, und die Größe der Häuser und Gärten beeindruckte sie jedes Mal aufs Neue. In der Herbstsonne wirkten die stattlichen Jahrhundertwendehäuser noch größer als in ihrer Erinnerung. Sie blickte auf die hübschen Fassaden, die sorgfältig gepflegten Gärten und fragte sich, wie es wohl war, hier aufzuwachsen, Kind in einer dieser Vorzeigevillen zu sein mit Pools, Dinnergesellschaften und Angestellten. Sie hätte ein solches Kind sein können. Sie hätte eins dieser kleinen Mädchen in Erwachsenenkleidern sein können, mit Nanny, zweisprachiger Erziehung und vornehmen Manieren. Das alles hätte sie sein können, wenn ihr Vater sie anerkannt hätte. Wie hätte ihr Leben dann wohl ausgesehen? Wer wäre sie geworden, wenn sie auf ein Internat gegangen wäre, als Tochter von respektablen Eltern? Wenn sie nicht nur die arme Kleine von Betty Lager gewesen wäre?

Wäre sie glücklicher gewesen?

Sie dachte an Francescas Aufzeichnungen. *Ich bin das fünfte Rad, die dreizehnte Fee, der immer ungeladene Gast.*

Nein, vielleicht nicht. Aber manches wäre sicher… leichter gewesen. All die Tage, an denen Betty im Dunkeln gelegen hatte und kein Licht ins Haus dringen durfte, all die Nächte, in denen sie herumgewandert war, die Feste, die aus dem Ruder gelaufen waren. Und die ganze Zeit war er im Sommer da gewesen, Rikard Mild, nur ein paar Kilometer von Lyckebo entfernt. Jetzt verstand sie endlich, warum Betty solchen Wert darauf gelegt hatte, dass sie hübsch aussah. Weil sie Rikard Mild dazu zu bringen wollte, sie zu sich zu nehmen. Wie oft war sie als Kind in Gudhammar gewesen? Wie oft hatte Betty gebettelt und gefleht und sich erniedrigt, bevor sie aufgegeben hatte?

Warum hast du nichts gesagt, Betty? Warum hast du mir nicht alles erzählt?

Weil es dich nicht glücklicher gemacht hätte. Ich habe es versucht, Liebling. Aber er war… leider nur ein gewöhnlicher Mann.

Die Sobril konnte die vielfältigen Gefühle, die in ihr tobten, nicht dämpfen. Verwirrung, Trauer und etwas, das sie nicht richtig benennen konnte.

Das Zentrum von Djursholm bestand aus einer Hauptstraße mit kleinen Läden, nicht größer als der zentrale Platz in Gullspång, doch da hörten die Ähnlichkeiten auch schon auf. Hier waren keine Schaufenster vernagelt, eingeschlagen oder zerstört. Sie ging an einem Blumenladen mit geschmackvollen Herbstarrangements vorbei, einem Secondhand-Laden mit teuren Taschen und einer Buchhandlung mit gebundenen Klassikern im Schaufenster. Cécile würde mindestens eine Stunde brauchen, um Francescas Aufzeichnungen zu lesen. Wie gut kannte sie eigentlich ihren Mann? Wusste sie am Ende sogar alles?

Charlie überquerte einen kleinen Platz und ging in ein

Café, das laut Speisekarte die größte Auswahl für diejenigen hatte, die sich zucker-, gluten- und laktosefrei ernährten. Sie bestellte einen großen Latte und setzte sich an den einzigen freien Tisch. Über die grünen Wände zogen sich endlose Reihen von kleinen … roten Beeten. Es befanden sich nur Frauen im Café, und die meisten schienen Englisch zu sprechen. Sie bildeten ein Hintergrundrauschen, während Charlie versuchte, ihr neues Wissen zu verarbeiten. Sie war nie das verlassene Kind gewesen, das davon geträumt hatte, wieder mit seinem Vater vereint zu werden. Mit Betty war sie genug beschäftigt gewesen. Und jetzt war er tot.

Nach fünfzig Minuten stand Charlie auf und machte sich auf den Rückweg.

Cécile saß mit den Kopien im Schoß auf dem Sofa. Weder ihre Mutter noch ihre Tochter waren zu sehen. Vor ihr auf dem Tisch stand ein halb volles Glas mit einer Flüssigkeit, die wie Whisky aussah.

»Ich weiß nicht recht, was ich sagen soll«, begann Cécile. »Ich … ich glaube, ich … stehe unter Schock.«

»Das verstehe ich.«

Charlie versuchte Céciles Gesichtsausdruck zu deuten. Schauspielerte sie? Hatte sie ihren Mann nicht selbst verdächtigt?

»Sie wollte Henrik zur Rede stellen«, sagte Charlie. »Das hast du ja selbst gelesen. Wenn das stimmt, dann ist dein Mann der Letzte, der deine Schwester lebend gesehen hat.«

»Ich verstehe überhaupt nichts«, erwiderte Cécile. »Ich verstehe nicht, was du damit andeuten willst. Mein Mann würde niemals, ich meine, er ist … So ist er nicht, er würde nie …«

»Aber mit größter Wahrscheinlichkeit war er der Letzte, der sie gesehen hat«, betonte Charlie.

»Woher hast du das?« Cécile hielt die Kopien hoch.

»Ich bin Polizistin«, antwortete Charlie, als ob das alles erklärte.

»Und die Polizei hat die Ermittlungen wieder aufgenommen, ohne uns zu informieren?«

Cécile musterte sie skeptisch.

Sie war nicht dumm, so viel war klar.

»Das ist eine lange Geschichte«, sagte Charlie.

»Das kann ich mir gut vorstellen.«

Cécile sah wütend aus, als ob alles, was Francesca aufgeschrieben hatte, Charlies Schuld wäre. Sie warf einen Blick zur Tür.

»Du solltest jetzt besser gehen. Wenn du Geld willst, klären wir das. Wir haben damit gerechnet, dass du kommst.«

»Was meinst du damit?«, fragte Charlie. »Ich wusste ja nicht einmal, dass er mein Vater ist.«

»Bist du sicher, dass du es nicht wusstest?«, fragte Cécile scharf.

»Ich verstehe nicht, worauf du hinauswillst.«

»Vielleicht, dass ich glaube, dass du mehr Geld haben willst, als dir zusteht, indem du das hier ausgräbst.«

»Behaltet euer Geld.« Charlie stand auf.

»Was willst du eigentlich, Charline?«, fragte Fredrika, die lautlos in der Tür aufgetaucht war.

»Rehabilitierung«, erklärte Charlie. »Ich will wissen, was mit Francesca und Paul Bergman passiert ist.«

»Ich verstehe nicht, wovon du sprichst«, sagte Fredrika.

»Lass uns allein, Mama«, sagte Cécile aufgebracht. »Geh endlich!«

Fredrika zog sich hastig zurück und schlug die Doppeltüren hinter sich zu.

Cécile wandte sich wieder an Charlie.

»Du solltest alles auf sich beruhen lassen, was du bis jetzt glaubst, gefunden zu haben. Unsere Familie hat genug gelitten. Es ist keinem geholfen, wenn weiter in der Vergangenheit gewühlt wird.«

»*Mir* ist damit geholfen«, entgegnete Charlie und sah Cécile direkt in die hellen Augen. »Ich bin nicht der Mensch, der Wasserflecken übermalt und alles unter der Farbe verrotten lässt.«

»Es ist mir egal, was für ein Mensch du bist. Gib mir einfach deine Kontonummer, dann überweisen wir dir deinen Teil des Erbes.«

»Wie gesagt«, erwiderte Charlie, »deshalb bin ich nicht hier. Ich will mit deinem Mann sprechen, wenn er zurückkommt.«

»Ich glaube aber nicht, dass er auch mit dir sprechen will.«

»Dann schicke ich eben einen meiner Kollegen her.«

Charlie bewegte sich auf dünnem Eis, das war ihr bewusst. Cécile würde schnell herausfinden, dass der Fall nicht neu aufgerollt worden war, und Charlie damit in ernste Schwierigkeiten bringen, aber das war ihr im Moment egal.

Cécile folgte ihr in die Eingangshalle.

»Sie war meine Schwester«, sagte sie, als Charlie nach draußen ging. »Ich habe sie geliebt. Wir waren sehr verschieden und haben uns oft gestritten, aber sie war meine Schwester.«

Meine auch, dachte Charlie. Sie war auch meine Schwester.

»Sag deinem Mann, er soll mich anrufen, sobald er zurück ist«, erwiderte sie jedoch nur. »Ihr habt ja meine Nummer.«

Kapitel sechsundfünfzig

Sie hatte das Gefühl, monatelang nicht mehr in ihrer Wohnung gewesen zu sein. So ging es ihr immer, wenn sie ein paar Tage nicht daheim gewesen war, doch jetzt war es stärker als je zuvor. Sie erkannte den Geruch der Wohnung nicht wieder, die Möbel und Gegenstände kamen ihr fremd vor, als ob sie jemand anderem gehörten. Vielleicht weil sie nicht mehr die war, für die sie sich gehalten hatte. Sie hatte geglaubt, ihr Vater sei ein Nichtsnutz auf der Durchreise gewesen. Doch in Wahrheit war er… ja, was war er eigentlich gewesen?

Herzlos, hörte sie Bettys Stimme. *Und was sollen wir mit einem herzlosen kleinen Mann, Charlie? Wir sind doch bisher auch so gut zurechtgekommen.*

Henrik Stiernberg rief am nächsten Tag an. Er sprach seinen Nachnamen auf eine Art aus, die keinen Zweifel an seiner vornehmen Herkunft ließ.

»Meine Frau sagt, du warst hier«, begann er. »Und dass es kein angenehmer Besuch war, weshalb wir diese Angelegenheit baldmöglichst abschließen sollten.«

»Angelegenheit?«

»Ja, keiner will mit dir streiten, Charline. Du wirst deinen Teil des Erbes bekommen, ohne dass wir dafür alte Familientragödien aufrühren müssen.«

»Ich glaube, du missverstehst mich«, erwiderte Charlie. »Wir sollten uns besser treffen.«

»Ich habe heute den ganzen Tag Termine in der Stadt.«

»Gut, dann treffen wir uns dazwischen. Ruf einfach an, dann komme ich vorbei.« Sie legte auf.

Charlie glaubte nicht, dass Henrik sich melden würde, doch um sechs Uhr abends rief er an und sagte, er habe eine halbe Stunde Zeit. Ob sie in zwanzig Minuten zum Restaurant Grodan kommen könne?

»Ja, ich bin gleich da«, antwortete Charlie.

Sie war vor Henrik im Restaurant. Nach zehn Minuten kam ein elegant gekleideter Mann ins Lokal und sah sich um.

»Henrik Stiernberg?«, fragte Charlie.

Er nickte, und sie schüttelten sich die Hände. Man führte sie an einen Tisch.

»Möchtest du etwas?«, fragte Henrik.

»Nur ein Wasser, danke.«

Henrik bestellte zwei Wasser und einen Whisky.

Charlie hatte keine Kraft für höflichen Small Talk und kam gleich zur Sache.

»Hast du Francescas Aufzeichnungen gelesen?«, fragte sie. »Die Kopien, die ich deiner Frau gegeben habe?«

Henrik nickte. Er hatte sicher einmal gut ausgesehen, doch jetzt machte ihn ein unsympathischer Zug in seiner Ausstrahlung unattraktiv. Vielleicht war sie auch von Francescas Worten über ihn beeinflusst. Dass er verächtlich über Paul geredet und ihn geschubst hatte, das allgemeine tyrannische Verhalten.

»Wenn du alles gelesen hast, verstehst du sicher, dass es nicht so gut für dich aussieht«, fuhr Charlie fort.

»Was meinst du damit?«

»Du und Paul, was Francesca in der Ballnacht gesehen hat, der Selbstmord, der wohl keiner war, und ihr Verschwinden, das …«

»Paul Bergman war depressiv«, unterbrach Henrik sie. »Da kannst du alle möglichen Leute fragen.«

»Hattet ihr eine Beziehung?«

»Eine Beziehung?« Henrik lachte. »Auf keinen Fall! Aber in dem Alter … experimentiert man eben ein wenig.«

Er beugte sich über den Tisch.

»Ich glaube nicht, dass du dir vorstellen kannst, wie hart es ist, an einem Ort wie Adamsberg und zu der Zeit für so etwas angeklagt zu werden … Und ich, ich bin nicht homosexuell, ich …«

»Deine sexuelle Orientierung ist mir egal«, sagte Charlie. »Mich interessiert nur, was mit Paul und Francesca passiert ist.«

»Ich mag deinen Ton nicht.«

Und ich mag dich nicht, dachte Charlie.

Henrik schwieg eine Weile, bevor er widerwillig weitersprach.

»Paul und ich … haben uns ab und zu getroffen. Ich mochte ihn, und er mochte mich, aber ich … Ich war so verdammt unsicher und musste an meinen Ruf denken. Paul war wütend auf mich, weil ich nicht zu mir stehen konnte, aber ich wusste ja selbst nicht, wer ich war.«

»Und dann?«

»Auf dem Herbstball war er sehr betrunken und wollte alles herausposaunen. Ich stand da mit meinen Freunden und konnte ihn nicht zum Schweigen bringen. Ich habe es wirklich versucht, aber er sprach immer weiter, und da …«

»Und da?«

»Es war ein Unfall.«

»Was war ein Unfall?«

»Wir haben uns gestritten. Ich schlug vor, dass wir uns allein unten am See treffen, nur er und ich. Ich wollte nicht, dass eine Hausmutter oder ein Hausvater uns sehen und …«

»Und?«, drängte Charlie.

»Er hat fürchterliche Dinge zu mir gesagt.« Henrik bedeutete mit seinem leeren Glas einem Ober, dass er noch einen Drink wollte. »Ich kann mich nicht an alles erinnern, aber er wollte mein Leben zerstören, allen von uns erzählen, er würde …«

»Und was ist dann passiert?«

»Ich wollte ihn nur erschrecken. Ich war gerade achtzehn geworden, hatte mein ganzes Leben noch vor mir, und dieser Mensch wollte alles kaputt machen.«

»Er hieß Paul.«

»Was?«

»Dieser Mensch, der dich geliebt hat. Er hieß Paul Bergman.«

»Ich weiß, wie er hieß.«

Der Ober kam mit dem Whisky. Henriks Hand zitterte leicht, als er das Glas zum Mund hob.

»Was hast du dann gemacht?«, fragte Charlie.

»Ich wollte ihn nur erschrecken. Ich habe ihn unter Wasser gedrückt. Er hat um sich geschlagen und sich gewehrt, aber ich war viel stärker als er. Er hatte keine Chance. Ich war so wütend auf ihn, und als ich ihn wieder hochgezogen habe … hat er nicht mehr geatmet.«

»Das kann passieren, wenn man unter Wasser gedrückt wird«, meinte Charlie trocken.

»Ich wollte ihn doch nicht töten!«

»Aber das hast du getan.«

Sie ballte die Hände zu Fäusten. In ihrem Kopf dröhnte es.

»Wussten deine Freunde davon?«, fragte sie.

Henrik nickte. Sie hatten ihm aus dem Wasser geholfen, weil er unter Schock gestanden hatte.

»Und keiner hat versucht, Paul zu retten?«

»Er war doch schon tot.«

»Du hättest sagen können, was passiert ist.«

»Was hätte das gebracht? Außer dass mein Leben zerstört gewesen wäre.«

Seltsam, dachte Charlie, dass dieser Mann offenbar keinen Gedanken daran verschwendet hatte, dass es für Pauls Familie wichtig gewesen sein könnte.

»Was passiert jetzt mit mir?«, fragte Henrik.

»Mord verjährt nicht«, antwortete Charlie. »Das muss also ein Staatsanwalt entscheiden.«

»Ich war jung, ich …« Henrik raufte sich die Haare und sah zum ersten Mal richtig betroffen aus. So war das bei Menschen ohne Empathie, dachte Charlie, sie wurden erst unruhig, wenn sie erkannten, dass ihre Taten Konsequenzen für sie selbst haben würden.

»Und Francesca?«, fragte sie weiter.

»Was soll mit ihr sein?« Henrik trank sein Glas mit einem großen Schluck aus. »Sie war verrückt und ist verschwunden.«

»Ich weiß, dass sie verschwunden ist«, erwiderte Charlie. »Die Frage ist nur, wohin und wie.«

»Willst du andeuten, dass ich …?«

Henrik stellte sein Glas hart auf dem Tisch ab.

»Ist das so abwegig? Francesca wusste etwas, und du hast sie als Letzter lebend gesehen.«

»Das stimmt nicht.«

»Hast du nicht gesagt, du hättest ihre Aufzeichnungen gelesen?«

»Ja.«

»Willst du damit sagen, dass du nicht nach Gudhammar gefahren bist?«

»Doch«, erwiderte Henrik. »Ich bin hingefahren, aber …«

»Was?«

»Francesca war nicht da. Wir haben uns nicht getroffen.«

Räume in der Zeit

Manchmal erscheint einem das Leben so unfassbar, ungerecht und ungeheuer schmerzvoll.

Der Pfarrer hält in seiner Ansprache inne, die er zu Pauls Andenken geschrieben hat. Ein paar Reihen vor mir sitzen ein paar Angehörige der Königsclique mit gesenkten Köpfen.

Paul war ein guter Kamerad und fleißiger Schüler, spricht der Pfarrer monoton weiter. Er war … neugierig, kritisch und hat alles hinterfragt. Er war … originell. Lasst uns zusammen singen.

Verdammt, flüstere ich in das Gesangbuch, das aufgeschlagen auf meinen Knien liegt.

Meine Tränen lassen den Text des Liedes verschwimmen, »Fürchte dich nicht«, das wir gleich singen werden.

Ich singe mit lauter Stimme, dass die Einsamkeit sich als Strand ins Licht erstreckt, und von den Spuren im Sand. Die Hausmutter in der Reihe vor mir dreht sich um und wirft mir einen strengen Blick zu.

Ich starre aufgebracht zurück. Sonst achtet sie immer streng darauf, dass alle mitsingen, warum hat sie jetzt etwas dagegen? Ich stehe auf, das Gesangbuch fällt zu Boden.

Die Orgel verstummt, doch ich singe weiter. Ich weiß den Text nicht auswendig, doch ich singe vom Herrn und von dunklen Häfen. Alle Blicke sind auf mich gerichtet, alle verlogenen Schüler und arroganten Lehrer, alle bestechlichen Hausmütter und Hausväter, der leiernde Pfarrer, das Schwein von Direktor. Immer noch singend schiebe ich mich zum Mittelgang. Die Knie der Sitzenden weichen zur Seite wie das Wasser vor Jesus.

Meine Einsamkeit erstreckt sich als Strand ins Licht.

Kapitel siebenundfünfzig

Nach dem Treffen mit Henrik Stiernberg rief Charlie Anders an.

Er fragte als Erstes, wie es Johan ging.

»Unverändert«, antwortete Charlie.

»Haben sie den Täter geschnappt?«

»Ich glaube schon.«

Sie erzählte ihm von Ivan Hedlund.

»Gut«, sagte Anders. »Gut, dass diese Geschichte vorbei ist.«

»Das ist sie nicht. Können wir uns treffen?«

»Jetzt?«

»Ja.«

»Ich mache in einer halben Stunde Schluss. Wo sollen wir uns sehen?«

»Ich war im Grodan und mache mich gerade auf den Weg.«

»Im Grodan? Was wolltest du denn da? Ich dachte, du wolltest dich vom Stureplan fernhalten.«

»Ich halte mich von gar nichts fern, ich mag nur einige Orte lieber als andere. Wie geht es dir übrigens?«

»Immer noch beschissen, aber auch daran gewöhnt man sich.«

»Man bekommt nur so viel aufgeladen, wie man auch tragen kann«, sagte Charlie.

Woher hatte sie das denn? Irgendein Kirchenmensch hatte das im Zusammenhang mit Bettys Beerdigung zu ihr gesagt. Damals hatte es sie nicht getröstet, und es würde auch Anders jetzt nicht helfen. Denn wer schon etwas Zeit auf Erden verbracht hatte, wusste, dass es nicht stimmte. Dass man manchmal auch viel mehr aufgeladen bekam.

»Die DNA an den Leichen der Frauen passt übrigens zu dem Ex-Freund«, erzählte Anders. »Damit haben wir ihn.«

»Gute Arbeit«, sagte Charlie.

Ich hätte hierbleiben und an dem Fall arbeiten sollen, dachte sie. Dann läge Johan jetzt nicht im künstlichen Koma im Krankenhaus, und ich könnte weiterleben wie früher. Aber jetzt … ist alles anders.

»Wo sollen wir uns also treffen?«, fragte Anders.

Charlie war gerade an dem Betonpilz auf dem Stureplan vorbeigegangen. Vor dem 7-Eleven saß ein Mann mit leerem Blick auf seinem Schlafsack. Er hatte definitiv mehr zu tragen, als er konnte.

»Charlie?«, wiederholte Anders. »Wo sollen wir uns treffen?«

Charlie sah sich um.

»The Bull and Bear Inn«, las sie von einem Schild ab.

»Was?«

»Ein Pub beim Stureplan. Komm dahin.«

Eine Dreiviertelstunde später betrat Anders das schottische Lokal. Charlie sah, wie er amüsiert die Angestellten musterte, die alle in Kilt, Kniestrümpfen und schwarzen Lackschuhen herumliefen.

Sie winkte ihn zu ihrem Tisch.

»Ich habe dir schon was bestellt«, sagte sie und deutete auf das Bier. »Ich wusste nicht, ob du mit dem Auto da bist, aber …«

»Ich bin gerade in die kleine Zweitwohnung meines Vaters zwei Blöcke weiter gezogen«, erklärte Anders. »Also nein, kein Auto.«

»Ist es so ernst?«

»Ich will jetzt nicht darüber sprechen. Wie ist es bei dir gelaufen? Hast du die Familie erreicht?«

Charlie erzählte ihm von Francescas Aufzeichnungen, ihrem Besuch bei Cécile und dem Treffen mit Henrik Stiernberg. Sie erwähnte allerdings nicht ihre Verwandtschaft mit der Familie Mild. Das Gespräch sollte nicht davon handeln.

»Du glaubst also, dass Henrik beide getötet hat?«, fragte Anders. »Paul und Francesca?«

»Paul auf jeden Fall, auch wenn er behauptet, dass es ein Unfall war.«

»War es das denn?«

»Wenn man davon ausgeht, dass es ein Unfall ist, jemanden zu ertränken. Er sagt auch, dass er Francesca am Abend ihres Verschwindens nicht angetroffen hat.«

»Er könnte doch genauso gut lügen?«

»Ja, aber warum hat er dann das mit Paul zugegeben?«

»Hast du nicht gesagt, dass das in Francescas Aufzeichnungen stand?«

»Ja, doch keiner hat ihr geglaubt. Ich verstehe es nicht.«

Charlie trank ihr Bier aus.

»Ich muss heim«, sagte sie plötzlich.

»Ich bin doch gerade erst gekommen«, erwiderte Anders.

»Entschuldige, aber mir ist etwas eingefallen. Ich melde mich.«

Als sie in der Wohnung zurück war, holte Charlie Francescas Heft hervor. Sie überflog den Text, bis sie das Gesuchte fand.

Ein Absatz, den Francesca über ihre Grube geschrieben hatte, die beruhigende Wirkung, die die harte körperliche Arbeit auf sie hatte. *Sie ist so tief wie ein Grab.* Sie blätterte weiter bis zu den letzten Seiten, wo Francesca von der Idiotie ihrer Eltern geschrieben hatte, die zu einer Einladung gingen und ihre zwei Töchter bei einem tobenden Sturm allein daheim ließen.

Und wenn wir zurückkommen, ist die Grube zugeschüttet, sagte Mama.

Ich sagte, ich dachte, das sei Adams Aufgabe.

Adam arbeitet nicht mehr für uns, sagte Mama, das weißt du sehr gut. Du musst dich jetzt selbst darum kümmern.

Das versprach ich. Aber das war natürlich eine Lüge. Ich hatte Besseres zu tun, als Gräber zuzuschütten.

Charlie rief Olof an.

»Ich habe gehört, dass du wieder in Stockholm bist«, sagte er. »Warst du bei Johan? Wie geht es ihm?«

»Er ist stabil«, antwortete Charlie. »Weißt du, ob dein alter Chef und seine Kollegen nach Francescas Verschwinden den Garten ordentlich durchkämmt haben?«

»Davon gehe ich aus.«

»Dort gibt es einen Tierfriedhof, wo die Mild-Töchter ihre Tiere begraben haben.«

»Das wusste ich nicht, aber worauf willst du hinaus?«

Charlie erklärte, was sie in Francescas Aufzeichnungen gelesen hatte.

»Woher hast du die?«, fragte Olof.

»Das spielt keine Rolle.«
Dann beendete sie das Gespräch.
Sie musste zurück nach Gullspång.

Kapitel achtundfünfzig

Charlie streckte sich, als sie nach drei Stunden hinter dem Steuer aus dem Auto stieg. Sie hatte am Torhaus geparkt und ging die Allee entlang zum Haus. Die Herbstsonne schien auf das mitgenommene Dach und die Fassade von Gudhammar, und hinter den Wiesen glitzerte das dunkle Wasser des Skagern. Charlie ging den Weg entlang hinunter zum See und blieb bei den Birken stehen. Zweifellos war das hier ein Friedhof. Beim Anblick der kleinen, handgefertigten Holzkreuze, die schief in der Erde steckten, musste Charlie an Stephen Kings *Friedhof der Kuscheltiere* denken. Zuerst konnte sie keinen Hinweis auf ein größeres Grab entdecken. Sie bückte sich und untersuchte das Gras genauer, tastete es ab und spürte schließlich eine leichte Erhöhung. Charlie setzte sich auf den Boden. Was sollte sie jetzt tun? Micke oder Olof anzurufen wäre sinnlos. Kurz darauf holte sie ihr Handy hervor und wählte die Nummer, die sie erst vor ein paar Tagen angerufen hatte.

»Adam«, sagte sie, als er sich meldete. »Hier spricht Charlie Lager. Ich brauche deine Hilfe.«

Sie hatte erwartet, dass er aufgebracht reagieren oder einfach auflegen würde, doch zu ihrer Überraschung antwortete er ruhig: »Worum geht es?«

Eine halbe Stunde später war Adam mit Schaufeln und einem kleinen Bagger vor Ort. Charlie empfing ihn an der Wendeschleife vor dem Haus.

»Unten beim Tierfriedhof«, sagte sie und deutete in die Richtung.

»Ich kann mich noch erinnern, wo die Grube war«, erwiderte Adam. »Wir können mit dem Bagger anfangen, doch dann sollten wir mit den Schaufeln weitermachen. Damit wir nicht… Also, falls dort etwas ist, sollten wir vorsichtig sein.«

Charlie nickte. »Danke, dass du so schnell gekommen bist«, sagte sie. »Danke, dass du überhaupt gekommen bist.«

»Nichts zu danken«, antwortete Adam. »Es ist wirklich höchste Zeit, das ein für alle Mal aufzuklären. Ich habe es satt, verdächtigt zu werden.«

»Hast du das so empfunden?«

»Ja, seit die Polizei mich das erste Mal verhört hat, hat man mir immer misstraut. Mein Bruder hat viel angestellt, und ich habe auch einiges getan, worauf ich nicht stolz bin, aber ich würde niemals einer Frau etwas tun oder überhaupt einem Menschen. Ich mochte die beiden doch, Francesca und Fredrika. Ich will, dass diese Geschichte ein Ende findet.«

Ich auch, dachte Charlie.

»Zum Glück haben wir einen warmen Herbst, da ist der Boden noch nicht gefroren«, fuhr Adam fort.

Er startete den Bagger, und Charlie bemerkte, mit welcher Präzision er die Maschine manövrierte. Nachdem er die obere Erdschicht abgetragen hatte, mussten sie selbst weitergraben. Adam reichte Charlie eine Schaufel und ein Paar Handschuhe.

»Sonst hast du sofort Blasen.«

Sie gruben an entgegengesetzten Seiten des Rechtecks. Charlie dachte, dass sie jetzt genau dasselbe tat wie Francesca drei Jahrzehnte früher. Sie sah sie vor sich. Francesca mit der Schaufel, die sie wieder und wieder in die Erde stieß. Damals hatte sie einfach nur drauflosgegraben, doch Charlie hatte ein Ziel. *Ich grabe nach ihr. Nach meiner Schwester.*

»Hier scheint nichts zu sein«, sagte Adam nach etwas mehr als einer halben Stunde.

»Wir müssen tiefer graben.«

Charlie dachte, dass sie sich vielleicht irrte. Sie wünschte es sich. Wenn wir hier nichts finden, dachte sie, würde sie nicht weiterforschen, sondern sich Francesca an irgendeinem Ort der Welt vorstellen, glücklich und am Leben und weit weg von allem, wozu sie offensichtlich nicht hatte gehören wollen.

»Hier ist etwas«, sagte Adam plötzlich.

Er hielt ein Knochenstück in die Höhe.

Charlie betrachtete es lange. Es schien von einem Oberschenkelknochen zu stammen.

»Das kann auch von einem Tier sein«, sagte Adam.

»Wir müssen weitergraben.« Ihr Puls beschleunigte, und mit zitternden Händen trug sie vorsichtig Erde ab.

Nach ein paar Minuten glitzerte etwas in der Sonne. Sie bückte sich und holte eine Kette aus der Erde. Sie wischte sie sauber und erkannte eine goldene Waage. Das Geschenk von Francescas Mutter an ihre Tochter.

»Was hast du gefunden?«, fragte Adam.

»Eine Kette. Sie hat Francesca gehört.«

»Du bist ja ganz blass. Es ist nur eine Kette. Das muss nicht heißen, dass ...«

Charlie schwieg. Sie wusste genau, was es bedeutete.

Um sie herum verschwamm alles. Sie tauchte in Francescas Aufzeichnungen ein, die Stelle, an der Cécile die Kette für sich beanspruchte und nicht zurückgeben wollte. Das vereinbarte Treffen mit Henrik Stiernberg. *Francesca war nicht da. Wir haben uns nicht getroffen.*

Wieder die Aufzeichnungen. Der letzte Abend: *Ich hatte Besseres zu tun, als Gräber zuzuschütten.*

»Charlie?«

Adam legte ihr eine Hand auf die Schulter.

»Warte kurz«, sagte sie. »Ich muss nachdenken.«

»Ich hole in der Zwischenzeit meine Zigaretten.«

Charlie setzte sich auf den Boden, ohne sich um die Feuchtigkeit zu kümmern, die durch ihre Hose drang. Sie schloss die Augen und sah alles wie in einem Film vor sich: Francesca rennt die Treppe hinunter, umrundet das Haus und läuft weiter zum See. Eine Lampe wird in einem Zimmer im Obergeschoss eingeschaltet. Das Zimmer mit Blick zum See. Die großen Doppeltüren, die sich öffnen und wieder schließen. *Wohin willst du, Francesca? Was hast du vor?* Cécile läuft ihrer Schwester nach. Am Tierfriedhof holt sie sie ein, packt Francesca am Arm und sagt, dass sie zurück ins Haus kommen soll, dass sie verrückt ist. Francesca macht sich los und antwortet, dass sie alles weiß. Sie weiß alles und wird nicht schweigen. Schreie, Schläge, Francesca verliert das Gleichgewicht. Sie versucht, sich an etwas festzuhalten, den Sturz aufzufangen. Die Kette. Sie reißt, Francesca fällt nach hinten. Die Waage der Justitia folgt ihr ins Grab, die tiefe Grube mit den Steinen am Grund. Ein dumpfer Aufprall – dann ist es vorbei.

Sie sieht Cécile, wie sie zu ihrer Schwester hechtet,

die nicht mehr atmet. Wie sie Zeige- und Mittelfinger an Francescas Hals legt und keinen Puls spürt. Panik. Schreie, die über den See hallen. Alles ist vorbei. Dann hievt sich Cécile aus der Grube, nimmt die Schaufel, die danebenliegt, und bedeckt weinend ihre Schwester mit Erde.

Charlie öffnete die Augen und versuchte, die Bilder abzuschütteln. Vergeblich. Sie sah alles glasklar vor sich, als wäre sie selbst dabei gewesen und hätte alles mitverfolgt. Sie sah Céciles bleiches, nervöses Gesicht vor sich. *Ich habe sie geliebt. Wir waren sehr verschieden und haben uns oft gestritten, aber sie war meine Schwester.*

Wie würde es jetzt weitergehen? Wer würde das alles aufklären?

Nicht ich, dachte sie. Ich bin fertig mit allem.

Sie sollte sich eigentlich erleichtert fühlen, doch sie empfand nur Trauer. Sie hätte dieser Geschichte so sehr ein glückliches Ende gewünscht.

Unser Leben ist ein Windhauch, ein Märchen,
ein Traum
Ein Tropfen, der fällt in den Zeitenraum
Der kurz schillert, bunt wie ein Regenbogen
Bis er zerspringt und fällt und ist verloren.

Charlie betrachtete die goldene Waage in ihrer Hand, drehte sie um, wischte die Erde ab und las die eingravierten Buchstaben: *FREI*.

Lesen Sie weiter >>

LESEPROBE

Ein leerer Kinderwagen. Ein Wettlauf gegen die Zeit. Jede Spur eine Sackgasse.

In Karlstad wird ein neun Monate altes Baby entführt. Das reiche Elternpaar steht unter Schock, die Medien berichten sensationsheischend über die vergebliche Suche. Eine Lösegeldforderung bleibt aus, vielversprechende Spuren verlaufen im Sand – doch dann erhält die brillante Stockholmer Kommissarin Charlie Lager einen Hinweis, der alles verändert: Der Fall scheint mit ihrer eigenen Familie und ihrer Vergangenheit verknüpft, die sie für immer begraben wollte. Mit jeder Stunde, die verstreicht, werden die Chancen geringer, das junge Leben zu retten. Charlie ist gezwungen, sich nicht nur um Beatrice' willen bis an ihre Grenzen zu treiben – sondern auch aus Angst um sich selbst.

Ich bin so blöd, dachte Charlie, als sie am nächsten Tag auf dem Boden vor der Toilette aufwachte. Was war geschehen? Sie versuchte, die Erinnerungen an die letzte Nacht zusammenzusetzen, die Frauen auf der Straße, die Kellerbar, das billigste Bier der Stadt und dann ... nichts.

Sie stand auf und musste sich vor lauter Schwindel am Waschbecken festhalten. Durch die offene Tür sah sie ihre Kleidung auf dem Boden in der Diele liegen. Sie hob sie auf und suchte dabei nach ihrem Handy. Es lag in der Küche neben dem Spülbecken.

Eine ungelesene Nachricht von Anders.

Wo bist du?

Sie scrollte nach oben und sah zu ihrem Entsetzen, dass sie ihm vier Stunden zuvor völlig wirr geschrieben hatte, er solle kommen.

Das Handy piepste. Noch eine Nachricht von Anders.

Alles in Ordnung?

Ja, alles gut, antwortete sie mit zitternden Fingern.

Aber woher wollte sie das wissen? Es war erschreckend, dass ihr so viele Stunden fehlten. Sie hatte öfter mal Erinnerungslücken, wenn sie viel getrunken hatte, aber niemals einen Filmriss von einem ganzen Abend, einer ganzen Nacht. Plötzlich wurde ihr schlecht, sie rannte zurück ins Badezimmer, wo sie sich in die Toilette übergab. Danach wusch sie sich am Waschbecken. Ihr Puls raste. Sie öffnete den Badezimmerschrank und holte die Packung Sobril heraus. Sie nahm eine Tablette von dem Beruhigungsmittel und legte sich ins Bett, wo sie sofort wieder einschlief.

Als sie das nächste Mal aufwachte, war es fast elf. Kurz fühlte sie sich noch schläfrig und entspannt, doch dann fiel ihr alles wieder ein, und die Panik flammte wieder auf. Sie scrollte durch die Nachrichten, um die rasenden Gedanken zu beruhigen. Bei einer Eilmeldung der *Dagens Nyheter* setzte sie sich auf: *Säugling bei Karlstad verschwunden. Groß angelegte Suche eingeleitet.* Der Begleittext war kurz und enthielt alle wichtigen Informationen. Eine Mutter hatte ihre neun Monate alte Tochter im Kinderwagen vors Haus gestellt, und als sie eine Stunde später wieder nach dem Baby sah, war es mitsamt dem Wagen verschwunden.

Charlie rief andere Nachrichtenseiten auf. Das vermisste Kind beherrschte die Schlagzeilen, doch Genaueres wusste niemand.

Sie rief ihren Chef Challe an, der sich sofort meldete.

»Ich wollte dich gerade anrufen«, sagte er. »Wegen des verschwundenen Babys in Karlstad. Die Lage ist ernst, und sie brauchen unsere Unterstützung. Ich würde dich und Anders gern hinschicken. Kannst du reinkommen?«

Dorothea öffnete ihre Wohnungstür zwei Sekunden, nachdem Charlie ins Treppenhaus getreten war. Sie musste hinter dem Türspion gelauert und nur darauf gewartet haben, sich auf sie zu stürzen.

Charlie nickte knapp und ging rasch die ersten Treppenstufen nach unten.

»Einen Moment, bitte, Charline«, rief Dorothea ihr nach.

Charlie blieb seufzend stehen. »Ich habe es eilig«, erwiderte sie.

»Ich wollte Ihnen nur sagen, dass ich bei der nächsten Eigentümerversammlung das Problem ansprechen werde, dass sich ständig Personen im Haus herumtreiben, die nicht hier wohnen. Sie wollen ja nicht auf uns hören.«

»Warum regen Sie sich denn so auf?«, fragte Charlie. »Wir haben doch erst gestern darüber gesprochen.«

»Genau. Gestern haben wir darüber gesprochen, und prompt haben Sie es am Abend wieder getan. Mein Mann und ich sind von dem Gepolter im Treppenhaus aufgewacht, und als wir nachgesehen haben, was da los war, haben Sie schon wieder einen neuen Freund mitgebracht.«

Charlies Herzschlag setzte einen Moment aus. Sie musste sich am Treppengeländer festhalten, um nicht zu stürzen.

»Charline?« Dorothea sah vom Treppenabsatz auf sie herab. »Ist alles in Ordnung?«

Charlie antwortete nicht, atmete nur tief durch und lief weiter die Stufen nach unten.

* * *

Challe, Charlie und Anders saßen im Besprechungsraum. Charlie bemühte sich nach Kräften, Anders' forschendem Blick auszuweichen und sich auf den aktuellen Fall zu konzentrieren. Doch nicht einmal ein vermisstes Baby konnte sie von den Gedanken an den gestrigen Abend ablenken. Sie hatte einen Fremden mit nach Hause genommen … Aber wen? Und was war dann passiert?

»Heute Morgen um halb neun hat Frida Palmgren ihre neun Monate alte Tochter Beatrice in ihrem Kinderwagen auf die Terrasse gestellt«, berichtete Challe. »Das Mädchen schläft normalerweise mindestens eine Stunde, doch als Frida um halb zehn nach dem Kind sah, war es samt dem Wagen verschwunden.«

»Wissen wir noch mehr als das, was in den Zeitungen steht?«, fragte Charlie.

»Dazu komme ich gleich«, antwortete Challe.

»Ich dachte nur, dass die Zeit drängt.«

»Wenn du weiter dazwischenredest, brauchen wir noch länger«, sagte Challe und warf ihr einen verärgerten Blick zu. »Die Familie ist reich. Der Ehemann hat erst kürzlich ein Internetportal für fast drei Milliarden Kronen verkauft, weshalb man von einer baldigen Lösegeldforderung ausgeht.«

Er warf Charlie einen strengen Blick zu, die aufgestanden war, doch sie setzte sich nicht wieder, sondern rannte auf die Toilette, wo sie sich noch einmal übergab.

Nachdem sie die Spuren beseitigt und zweimal gespült hatte, sah sie in den Spiegel. Was hatte sie sich da nur eingefangen? Was zum Teufel war passiert? Wen hatte sie mit nach Hause genommen? Hatten sie Sex miteinander gehabt? Sie fühlte in sich hinein, spürte, dass sie etwas wund zwischen den Beinen war. War das gestern auch schon so gewesen, nach der Nacht mit Jack? Sie wusste es nicht.

»Bist du krank, Charlie?«, fragte Challe, als sie zurückkam.

»Nein.«

Er sah sie an, als warte er auf eine Erklärung. Als diese ausblieb, fasste er kurz für sie zusammen, was sie verpasst hatte. Die Familie hatte ihres Wissens nach keine Feinde, die Befragung der Nachbarn hatte bisher auch nichts ergeben. Die Hunde hatten eine Spur gefunden, sie aber in Regen und Sturm schnell wieder verloren. Außerdem konnte sie jeder hinterlassen haben, der die Familie in der letzten Zeit besucht hatte.

»Wer war denn alles dort?«, fragte Charlie.

»Sie haben einige Angestellte«, sagte Challe, »und Freunde könnten auch vorbeigeschaut haben.«

»Ist ein Team vor Ort, das die Eltern einweist, wie sie sich zu verhalten haben, wenn die Kidnapper sich melden?«

»Da waren sie gerade dran, als ich die Ermittlungsleiterin angerufen habe«, antwortete Challe.

»Gut, dann sollten wir wohl am besten gleich losfahren«, sagte Anders und stand auf.

Challe hielt Charlie zurück, als sie den Raum verlassen wollte. »Kann ich noch kurz mit dir reden?«

»Klar.« Charlies Unbehagen wuchs.

»Kann ich mich darauf verlassen, dass du dich im Griff hast?«, fragte Challe, als sie allein waren.

»Natürlich.«

»Sei nicht gleich so aggressiv. Ich würde nicht mit dir darüber sprechen, wenn du nicht …«

»Ich bin nicht aggressiv. Ein Baby ist verschwunden. Wenn du mir nicht zutraust, dass ich meine Arbeit machen kann, dann solltest du besser jemand anderen losschicken.«

»Ich vertraue dir.«

»Gut.«

Charlie dachte, dass er ihr in letzter Zeit nicht gerade dieses Gefühl gegeben hatte.

»Also enttäusch mich jetzt nicht, Lager.«

»Ich tue mein Bestes.«

Und das stimmte, dachte sie, als sie das Büro verließ. Sie gab immer ihr Bestes, ausgehend von dem, was das Leben ihr mitgegeben hatte.